U0733814

古龙经典

彩环曲

文匯出版社

目 录

楔　子

浓云如墨，蛰雷鸣然。

暴雨前的狂风，吹得漫山遍野的草木，簌簌作响，虽不是盛夏，但这沂山山麓的郊野，此刻却有如晚秋般萧索。

一声霹雳打下，倾盆大雨立刻滂沱而落，豆大的雨点，击在林木上，但闻遍野俱是雷鸣鼓击之声。雷光再次一闪，一群健马，冒雨奔来，暴雨落下虽才片刻，但马上的骑士，却已衣履尽湿了。

当头驰来的两骑，在这种暴雨下，马上的骑士，仍然端坐如山，胯下的马，也是关内并不多见的良驹，四蹄翻飞处，其疾如箭。左面马上的骑士，微微一带缰绳，伸手抹去了面上的雨水，大声抱怨道："这里才离沂水城没有多远，怎地就荒凉成如此模样，不但附近几里地里，没见过半条人影，而且竟连个躲雨的地方都没有。"说话间，魁伟的身形，便离镫而起，一挺腰，竟笔直地站到马鞍上，目光如电，四下一扫，突地身形微弓，铁掌伸起，在马首轻拍了一下，这匹长程健马，昂首一声长嘶，马头向右一兜，便放蹄向右面的一片浓林中，急驰了过去。马蹄踏在带雨的泥地上，飞溅起一连串淡黄的水珠。

右面马上的骑士，撮口长啸一声，也自纵骑追去，紧接在后面并肩而驰的两骑，马行本已放缓，此刻各自挥动掌中的马鞭，也想暂时躲入林中，先避过这阵雨势，哪知身后突地响起一阵焦急的呼声，一个身躯远较这四人瘦小的骑士，打马疾驰而来，口中喊道：“大哥，停马，这树林千万进去不得！”

但这时雨声本大，前行的两骑，去势已远，他这焦急的呼喊声，前面的人根本没有听到，只见马行如龙，这两骑都已驰进那浓林里。

焦急呐喊的瘦小汉子，面上惶恐的神色越发显著，哪知肩头实实地被人重重打了一下，另一骑马上的虬髯大汉，纵声笑道：“你穷吼什么！那个树林子又不是老虎窝，凭什么进去不得？”猛地一打马股，也自扬鞭驰去。

这身躯瘦小的汉子此刻双眉深锁，面带重忧，看着后两骑也都已奔进了树林，他竟长长地叹息了一声，在雨中愣了半晌，终于也缓缓向这浓密的树林中走了过去。但是他每行近这树林一步，他面上那种混合着忧郁和恐惧的神色，也就更加强烈一些，生像是在这座树林里，有着什么令他极为惧怕的东西似的。

一进了树林，雨势已被浓密的枝叶所挡，自然便小了下来，前行的四骑此刻都已下了马，拧着衣衫上的雨水，高声谈笑着，嘴里骂着，看到他走了进来，那虬髯大汉便又笑道：“金老四入关才三年，怎地就变得恁地没胆？想当年，你我兄弟纵横于白山黑水之间，几曾怕过谁来？”

随又面色一怔，沉声道：“老四，你要知道，这次我们入关，是要做一番事业的，让天下武林，都知道江湖间还有我们‘关外五龙’这块招牌，若都像你这样怕事，岂不砸了锅了？”

这被称为“金老四”的瘦小汉子，却仍皱着双眉，苦着脸，长叹了一声！方待答话，哪知另一个魁伟汉子，已指着林木深处，哈哈笑道：“想不到我误打误撞地闯进了这树林里来，还真找对了地方了。你们看，这树林子里居然还有房子，老二、老三，你们照料牲口，我先进去瞧瞧。”说话间，已大踏步走了进去。

另三个彪壮大汉，已自一拥而前，凝目而望，只见林木掩映，树林深处，果然露出一段砖墙来。

但那“金老四”面上的神色，却变得更难看了，手里牵着马缰，低着头愣了许久，林梢滴下的雨水，正好滴在他的颈子上，他也生像是完全没有感觉到。

雨哗哗然，林木深处，突地传出几声惊呼。这金老四目光一凛，顺手丢了马缰，大步拧身，脚尖微点，突地，往林中蹿了进去。

树林本密，林木之间的空隙，并不甚大，但这金老四，正是以轻功扬名关外的“入云龙”。此刻在这种浓密的枝干间蹿跃着，身形之轻灵巧快，的确是曼妙而惊人的，远非常人能及。

入林愈深，枝干也愈密，但等他身形再次三个起落过后，眼前竟豁然开朗。在这种浓密的林木中，竟有一片显然是人工辟成的空地，而在这片空地上，就耸立着令这金老四恐惧的楼阁。

“关外五龙”的另四人，手里各各拿着方才戴在头上的马连坡大草帽，此刻脸上竟也露出惊异的神色来，金老四一个箭步蹿了过去，沉声道：“这里绝非善地，现在雨势也小了些，我们还是赶紧赶路吧。”

但是这些彪形大汉的目光，却仍然都凝注在这片楼阁上。原来在这片浓林中的楼阁外，高耸的院墙，方才虽未看清，此刻却极为清晰地可以看出，竟全然是黑铁铸成的，而且高达五丈，竟将里面的楼阁屋宇，一齐遮住。“关外五龙”虽然也是久闯江湖的角色，但像这种奇怪的建筑物，却还是第一次见到。

虬髯大汉伸手入怀，从怀中掏出一粒弹丸来，中指微曲，轻轻一弹，只听“铮”的一声，击在墙上，果然发出了金铁交鸣之声。他不禁浓眉一皱，沉声道：“这是怎么回事？”

那“入云龙”金四此刻更是面色大变，转眼一望那片楼阁，只见里面仍然是静悄悄的，连半点人声都没有，才略为松了口气，一拉那虬髯大汉的胳膊，埋怨道："二哥，您怎地随便就出手了，您难道现在还没有看出来，这栋房子究竟是怎么回事吗？"

那虬髯大汉浓眉一轩，蓦地一抖手，厉声道："管他是怎么回事，我今天也得动它一动！"熊腰一矬，"唰"地竟又蹿入了树林。

"入云龙"金四连连跺脚，急声道："二哥怎地还是这种脾气，唉！大哥，你劝劝他，武林中人一走进这铁屋，就从来没有人再出来过。大哥，您这几年来虽未入关，总也该听过'石观音'这名字吧？"

那当先纵马入林的魁伟大汉，正是昔年关外最著盛名的一股马贼，"五龙帮"之首，"金面龙"卓大奇，此刻面上也自骤然变色，失声道："'石观音'？难道就是那南海无恨大师的传人，曾经发下闭关三十年金誓的'南海仙子'石琪吗？"

语音落处，"烈火龙"管二已从林中掠了过来，闻言竟又大笑道："原来在这栋怪房子里住着的就是'南海仙子'，我早就听得江湖传言，说这石琪是江湖中的第一美人，而且只要有人能将她从这铁屋里请出来，她不但不再闭关，而且还嫁给这人，哈——想不到我误打误撞，却撞到这里来了。"

他仰天而笑，雨水沿着他的面颊，流入他满面的浓须里，再一滴一滴地滴到他本已全湿的衣服上。

"入云龙"金四双眉深皱，目光动处，忽地看到他手上，已多了一盘粗索，面色不禁又为之一变，慌声道："二哥，你这是要干什么？"

"烈火龙"管二浓眉一轩，厉声道："金四，你从什么时候开始，能管我的事的？"

言罢双脚微顿，身形动处，已自掠到那高耸的铁墙边，左手找着掌中那盘巨索的尾端，随手一抖，右手却拿着上面系有铁钩的另一端，缓缓退了两步，目光凝注在墙头上，右手"呼"地一抡，巨索便冲天而起，“铮”的一声，索头的铁钩，便恰好搭在墙头。

“金面龙”微喟一声，大步走了过去，口中道：“二弟，大哥也陪你一齐进去。”回头又道，“老三、老四，三个时辰里，我们假如还没有出来，你们就快马赶到济南府，把烈马枪董二爷找来——”

他话犹未了，那“烈火龙”已截口笑道：“你们放心，不出三个时辰，我和大哥包管好生生地出来——”他走到墙边，伸手一拉，试了试搭在墙头的铁钩，可还受力，又笑道，“不但我们好生生地出来，而且还带出来一个千娇百媚的美人。”长笑声中，他魁伟的身躯，已灵猴般攀上巨索，眨眼之间，便已升上墙头，这“烈火龙”身躯虽魁伟，但身手却是矫健而灵巧的。

“入云龙”面如死灰，等到那“金面龙”已自攀上铁墙，和管二一齐消失在那高耸的铁墙后面，他竟长长地叹息了一声，“噗”地坐在满是泥泞的地上。

这阵暴雨来得虽快，去得也急，此刻竟也风停雨止，四下又复归于寂静，但觉这“入云龙”频频发出的叹息声和林梢树叶的微籁，混合成一种苍凉而萧索的声音。

挂在铁墙上面的巨索，想必是因着“金面龙”的惶乱，此刻仍未收下，随着雨后的微风轻轻地晃动着，“入云龙”的目光，便瞬也不瞬地望在这段巨索上。

“五龙帮”中的三爷，黑龙江上的大豪杰，“翻江龙”黄三胜，突地一挺身躯，大声道：“大哥他们怎地还未出来——老五，你看已到了三个时辰没有？”

始终阴沉着脸，一言未发的“多手龙”微微摇了摇头，阴沉的目光，也自瞪在墙头上，墙内一无声息，就像是从未有人进去过，也绝不会有人从里面出来似的。

“翻江龙”目光一转，转到那坐在地上的“入云龙”身上，焦急地又道："老四，进这房子去的人，难道真的没有一人出来过吗？"

"入云龙"目光呆滞地留在那灰黑的铁墙上，缓缓说道："'震天剑'张七爷、'铁臂金刀'孔兆星、'一剑霸南天'江大爷，再加上武林中数不清的成名立万的人物，谁都有着和二哥一样的想法，可是——谁也没有再活着出来过。"

他语声方顿，"多手龙"突地一声惊呼，一双本来似张非张的眼睛，竟圆睁着盯在墙头上，"五龙帮"素来镇静的"多手龙"，此刻也变了颜色。"翻江龙"心头一跳，顺着他的目光望去，只见那黑铁墙头上，突地现出了一只白生生的玉手，一根春葱般的手指上，戴着一个精光隐现的黑色指环。

这只玉手，从墙后缓缓伸出来，抓着那段巨索，玉手一招，这段长达六丈的巨索，竟突地笔直地伸了上去，在空中画了个圈子，和那只纤纤玉手，一齐消失在黑铁的墙头后面。

"入云龙""嗖"地从地面上跳了起来，惶声道："已有三个时辰了吧——"

语声未落，死一样静寂的铁墙之后，突地传出两声惨呼。

这两声惨呼一入这本已惊愕住了的三人之耳，他们全身的血液，便一齐为之凝结住了。因为他们根本毋庸分辨，就能听出这两声令人惊栗的惨呼，正是那"金面龙"和"烈火龙"发出的。

"翻江龙"大喝一声，转身扑入林中，眨眼之间，也拿了一盘巨索出来，目光火赤，嘶哑着声音道："老四、老五，我们也进去和那妖女拼了。"

纵身掠到墙边，扬手挥出了巨索，但是他心乱之下，巨索上的铁钩，"铮"地击在铁墙上，却又落了下来。

"多手龙"目光在金四面上一转，冷冷道："四哥还是不要进去的好，就把以前誓共生死的话忘了好了。"

言罢缓步走到墙脚，从“翻江龙”手中接过巨索，手臂一抡，“砰”地将铁钩搭在墙头上，拉了拉，试了试劲，沉声道：“三哥，我也去了！”双手一使力，身形动处，便也攀了上去。

“翻江龙”转过头，目光亦在金四面上一转，张口欲言，却又突地忍住了，长叹了口气，猛一长身，跃起两丈，轻伸铁掌，抓着了那段巨索，双掌替换着拔了几把，彪伟的身躯，也自墙上升起。

只听“砰砰”两声，“入云龙”知道他们已落入院中了，一阵风吹过，林梢的积雨，“簌”地落下一片，落到他的身上。

暴雨已过，苍穹又复一碧如洗，这“入云龙”伫立在仍然积着水的泥地上，面上的肌肉，痛苦地扭搐着，也缓缓走到墙脚，但是伸手一触巨索，便又像是触了电似的退了回去。他双手掩在面上，深深地为着自己的怯懦而痛苦，但是，他却又无法克服自己对死亡的恐惧。

暮色渐临，铁墙内又传出两声惨呼——

夕阳漫天之下，浓密的丛林里，走出一个瘦小而剽悍的汉子，颓丧地坐在马上，往昔的精悍之气，此时却已荡然无存，在这短短的半日之间，他竟像是突然苍老了许多。

两滴泪珠，沿着他瘦削的面颊流了下来，他无力地鞭策着马，向济南城走去。

夕阳照在林中的铁墙上，发出一种乌黑的光泽，墙内却仍然一片死寂，就像是什么事都不曾发生过似的。

第一章

罗衫侠少

夕阳西下，绚丽的晚霞，映着官道边旱田里已经长成的麦子，灿烂着一片难以描摹的颜色，木叶将落未落，大地苍茫，却已有些寒意。

秋风起矣，一片微带枯黄的树叶，飘飘地落了下来，落在这棵老榕树下，落在那寂寞流浪人的单薄衣衫上。他重浊地叹了口气，捡起这片落叶，挺腰站了起来，内心的愧疚、生命的创痛，虽然使得这昔日在武林中，也曾叱咤一时的“入云龙”金四，已完全消失了当年的豪气，但是，这关外武林的高手，身手却仍然是矫健的。

他微微有些失神地注意着往来的行人，但在这条行人颇众的官道上赶路的，不是行色匆忙的行旅客商，就是负笈游学的士子，却没有一个他所期待着的武林健者，于是，他的目光更呆滞了。

转过头，他解开了缚在树上的那匹昔日雄飞，今已伏枥的瘦马缰绳，喃喃低语着道：“这三年来，也苦了你了，也苦了你……”抚着马颈上的鬃毛，这已受尽冷落的武林健者，不禁又为之唏嘘不已。

蓦地——

一阵洪亮的笑语声，混杂着急遽的马蹄声，随着风声传来。他精神一振，拧回身躯，闪目而望，只见烟尘滚滚之中，三匹健马，疾驰而来，马上人扬鞭大笑声中，三匹马俱已来到近前。

“入云龙”金四精神陡长，一个箭步，蹿到路中，张臂大呼道：

“马上的朋友，暂留贵步。”

马上的骑士笑声倏然而住，微一扬手，这三匹来势如龙的健马，立刻一齐打住，扬蹄昂首，长嘶不已，马上的骑士却仍腰板挺得笔直，端坐未动，显见得身手俱都不俗。

“入云龙”金四憔悴的面上，闪过了一丝喜色，朗声说道：“朋友高姓大名，可否暂且下马，容小可有事奉告？”

马上人狐疑地对望了一眼，征求着对方的意见，他们虽然不知道立在马前这瘦小而落魄汉子的来意，但一来这三骑骑士，武功俱都不弱，并不惧怕马前此人的恶意，二来却是因为也动了好奇之心，目光微一闪动后，各各打了个眼色，便一齐翻身下了马。路人俱都侧目而顾，不知道这里出了什么事。

“入云龙”金四不禁喜动颜色。这些年来，武林中人一见他的面，几乎都是绕道而行，或是不顾而去，根本没有一人会听他所说的话，而此刻这三个劲服疾装、神色剽悍的汉子，却已为他下了马，这已足够使得他惊喜了。

这三个劲装大汉再次互视一眼，其中一个目光炯然、身量颀长的中年汉子，走前一步，抱拳含笑道：“小弟屠良，不知兄台高姓，拦路相邀，有何见教？”

“入云龙”金四目光一亮，立刻也抱拳笑道：“原来是‘金鞭’屠大爷，这两位想必就是白二爷和费三爷了，小弟久仰‘荆楚三鞭’的大名，却不想今日在此得见侠踪，实在是三生有幸——”

他话声微微一顿，近年声名极盛的“荆楚三鞭”中的二侠“银鞭”白振已自朗声一笑，截断了他的话，抱拳朗笑道：“兄弟们的贱名，何足挂齿！兄台如此抬爱，反叫兄弟汗颜。”他笑容一敛，转过语锋，又道，“兄弟们还有俗务在身，兄台如无吩咐，小弟就告辞了。”

“入云龙”金四面容一变，连声道：“白二侠，且慢，小弟的确有事相告。”

“银鞭”白振面色一整，沉声道：“兄台有事，就请快说出来。”

“入云龙”金四忍不住长叹一声，神色突然变得灰暗起来，这三年来，他虽已习惯了向人哀求，但此刻却仍难免心胸激动，颤声道：“小可久仰‘荆楚三鞭’仗义行侠，路见不平，尚且拔刀相助，小可三年前痛遭巨变，此刻苟且偷生，就是想求得武林侠士，为我兄弟主持公道。屠大侠，你可知道，在鲁北沂山密林之中——”

他话未说完，“荆楚三鞭”已各各面色骤变。

“金鞭”屠良变色道：“原来阁下就是‘入云龙’金四爷。”

“入云龙”长叹道：“不错，小可就是不成材的金四，三位既是已经知道此事，唉——三位如能仗义援手，此后我金四结草衔环，必报大恩。”

“银鞭”白振突地仰天大笑了起来，朗声道：“金四爷，你未免也将我兄弟三人估量得太高了吧，为着你金四爷的几句话，这三年里，不知有多少成名露脸的人物，又葬送在那间铁屋里，连济南府的张七爷那种人物，也不敢伸手来管这件事，我兄弟算什么？金四爷，难道你以为我兄弟活得不耐烦了，要去送死！兄弟要早知道阁下就是金四爷，也万万不敢高攀来和你说话，金四爷，你饶了我们，你请吧！”

狂笑声中，他微一拧腰，翻身上了马，扬鞭长笑着又道：“大哥、三弟，咱们还是赶路吧，这种好朋友，我们可结交不上。”

“入云龙”金四，但觉千百种难堪滋味，齐齐涌上心头，仍自颤声道：“白二爷您再听小可一言——”

“唰”的一声，一缕鞭风，当头袭下，他顿住话声，脚下一滑，避开马鞭，耳中但听得那“银鞭”白振狂笑着道：“金四爷，你要是够义气，你就自己去替你的兄弟们报仇，武林之中傻子虽多，可再也没有替你金四爷卖命的了！”

马鞭“唰”地落在马股上，金四但觉眼前沙尘大起，三匹健马，箭也似的从他身前风驰而去，只留下那讥嘲的笑声，犹在耳畔。

一阵风吹过，吹得扬起的尘土，扑向他的脸上，但是他却没有伸手擦拭一下。三年来，无数次的屈辱，使得他几乎已变得全然麻木了。

望着那在滚滚烟尘中逐渐远去的“荆楚三鞭”的身影，他愣了许久，一种难言的悲哀和悔疚，像怒潮似的开始在他心里澎湃起来。

“为什么我不在那天和他们一齐闯进那间屋子，和他们一齐死去？我——我是个懦夫，别人侮辱我，是应该的。”

他喃喃地低语着，痛苦地责备着自己，往事像一条鞭子，不停地鞭笞着他。铁屋中他生死与共的弟兄们所发出的那种惨呼，不止一次将他从梦中惊醒，这三年来的生活，对他而言，也的确太像是一场噩梦了，只是噩梦也该有醒的时候呀！

他冥愚地转回身，目光动处，突地看到在他方才伫立的树下，此刻竟站着一个满身罗衫的华服少年，正含笑望着自己。

秋风吹起这少年宽大的衣衫，使得这本已极为英俊的少年，更添了几许潇洒之意。

笑容是亲切而友善的，但此刻，金四却没有接受这份善意的心情。他垂下头，走过这华服少年的身侧，去牵那匹仍然停在树下的马。

哪知这华服少年却含笑向他说道：“秋风已起，菊美蟹肥，正是及时行乐的大好时候，兄台却为何独自在此发愁？如果兄台不嫌小弟冒昧，小弟倒愿意为兄台分忧。”

“入云龙”金四缓缓抬起头来，目光凝注在这少年身上，只见他唇红齿白，丰神如玉，双眉虽然高高扬起，但是却仍不脱书生的儒雅之气。此刻一双隐含笑意的俊目，亦正凝视着自己。

两人目光相对，金四却又垂下头去，长叹道：“兄台好意，小弟感激得很，只是小弟心中之事，普天之下，却像是再无一人管得了似的。”

那华服少年轩眉一笑，神采之间，意气飞扬，含笑又道：“天下虽大，却无不可行之事。兄台何妨说出来，小弟或许能够稍尽绵薄，亦未可知。”

“入云龙”金四微一皱眉，方自不耐，转念间却又想起自己遭受别人冷落时的心情。这少年一眼望去，虽然像是个不知道天多高、地多厚的富家少爷，人家对自己却总是一片好意。

于是他停下脚步，长叹着道：“兄台翩翩年少，儒雅公子，小可本不想将一些武林凶杀之事告诉兄台，不过兄台如果执意要听的话，唉——前行不远，有间小小的酒铺，到了那里，小弟就原原本本告诉兄台。”

那华服少年展颜一笑，随着金四走上官道。此刻晚霞渐退，天已入黑，官道上的行旅，也愈来愈少，他们并肩行在官道上。“入云龙”金四寂寞而悲哀的心中，突然泛起一丝暖意，侧目又望了那少年一眼，只见他潇洒而行，手里竟没有牵着马。

金四心中微动，问道：“兄台尊姓，怎地孤身行路，却未备有牲口？”

却听那少年笑道：“马行颠簸，坐车又太闷，倒不如随意行路，来得自在。”又笑道，“小弟姓柳，草字鹤亭，方才仿佛听得兄台姓金，不知道台甫怎么称呼？”

金四目光一抬，微喟道：“贱名是金正男，只是多年飘泊，这名字早已不用了，江湖中人，却管小弟叫作金四。”

两人寒暄之中，前面已可看到灯火之光，一块青布酒招，高高地从道侧的林木中挑了出来，前行再十余丈，就是一间小小的酒饭铺子，虽是荒郊野店，收拾得倒也干净。

一支燃烧过半的红烛，两壶烧酒、三盘小菜，“入云龙”几杯下肚，目光又变得明锐起来，回扫一眼，却见这小铺之中，除了他两人之外，竟再也没有别的食客，遂娓娓说道：“普天之下，练武之人可说多到不可胜数，可是若要在江湖之中扬名立万，却并不简单。柳兄，你是个书生，对武林中事当然不会清楚，但小弟自幼在江湖中打滚，关内关外的武林中事，小弟是极少有不知道的——”

他微微一顿，看到柳鹤亭正自凝神倾听，遂又接着道：“武林之中，派别虽多，但自古以来，就是以武当、点苍、昆仑、峨嵋、崆峒，这几个门派为主，武林中的高人，也多是出自这几派的门下。但是近数十年来，却一反常例，在武林中地位最高、武功也最高的几人，竟都不是这几派中的门人。”

他大口啜了口酒，又道：“这些武林高人，身怀绝技，有的也常在江湖间行道，有的却隐迹世外，啸傲于名山胜水之间。只是这些避世的高人，在武林中名头反而更响，这其中又以伴柳先生、南荒神龙和南海的无恨大师为最。”

柳鹤亭朗声一笑，笑着说道：“金兄如数家珍，小弟虽是闻所未闻，但此刻听来，却也未免意气豪飞哩。”端起面前的酒杯，仰首一干而尽。

却听金四又道：“那南海无恨大师，不但武功已然出神入化，而且是位得道的神尼，一生之中，手中从未伤过一人。哪知无恨大师西去极乐之后，她的唯一弟子‘南海仙子’石琪，行事竟和其师相反。这石琪在江湖中才只行道两年，在她剑下丧生的，竟已多达数十人。这些虽然多是恶徒，但‘南海仙子’手段之辣，却已使武林震惊了。”

烛光摇摇，柳鹤亭凝目而听，面上没有丝毫表情，那“入云龙”金四面上却是激动之色，又道：“幸好两年一过，这位已被江湖中人唤作‘石观音’的女魔头，突地销声匿迹，武林中人方自额手称庆。哪知这石观音却又扬言天下，说是有谁能将她从那间隐居的屋子里请出来，她就嫁给那人为妻，而且还将她得自南海的一些奇珍异宝，送给那人，唉！于是不知又有多少人送命在她手上。”

柳鹤亭剑眉微轩道：“此话怎讲？”

金四“啪”的一声，将手中的酒杯，重重放在桌上，一面吆喝店伙加酒，一面又道：“‘南海仙子’美貌如仙，武林之中，人人都知道，再加上那些奇珍异宝，自然引起武林中人如痴如狂去碰碰运气。但是无论是谁，只要一走进那间屋子，就永远不会出来了。虽说这些人不该妄起贪心，但柳兄，你说说看，这‘石观音’此种做法，是否也大大地违背了侠义之道呢？”

店伙加来了酒，柳鹤亭为金四满满斟了一杯，目中光华闪动，却仍没有说出话来，“入云龙”金四长叹一声，又道：“我兄弟五人，就有四人丧命在她手上，但莽莽江湖之中，高手虽不少，却没有一个人肯出来主持公道，有些血性朋友，却又武功不高，一入那间铁屋，也是有去无回。柳兄，这三年来，我……我已不知为此受了多少回羞辱，多少次笑骂，但我之所以仍苟活人世，就是要等着看那妖妇伏命的一日。我要问问看，她和这些武林朋友，到底有何仇恨？”

这“入云龙”金四，愈说声调愈高，酒也愈喝愈多。

柳鹤亭微微一笑，道：“金兄是否醉了？”

金四突地扬声狂笑起来，道：“区区几杯淡酒，怎会醉得了我？柳兄，你不是武林中人，小弟要告诉你一件秘密，这几个月来，我已想尽方法，要和那些‘乌衣神魔’打上交道，哈！那‘石观音’武功再强，可也未必会强过那些‘乌衣神魔’去。”

他抓起面前的酒杯，仰首倒入口中，又狂笑道：“柳兄，你可知道‘乌衣神魔’的名声？你当然不会知道，可是，武林中人却没有人听了这四字，不全身发抖的，连名满天下的‘一剑震河朔’马超俊那种人物，都栽在这班来无影、去无踪的魔头手上，落得连个全尸都没有，其余的人，哈——其余的人，柳兄，你该也知道了。”

他伸出右手的大拇指来，上下在柳鹤亭面前晃动着，又道：“江湖中人，有谁知道这些‘乌衣神魔’的来历？却又有谁不惧怕他们那身出神入化的武功？这些人就好像是突然从天上掉下来的，但是，柳兄，这班人虽然都是杀人不眨眼、无恶不作的恶徒，但若用来对付‘石观音’——哈，哈！以毒攻毒，却是再好也没有了，只可惜我现在还没有找着他们，否则——哈！”

这“入云龙”金四连连饮酒，连连狂笑，已经加了三次酒的店小二，直着眼睛望着他，几乎以为这个衣衫褴褛的汉子，是个酒疯。

柳鹤亭微微一笑，突地推杯而起，笑道：“金兄真的醉了。”整了整身上的衣裳，掏出锭银子，放在桌上，含笑又道，“今日风萍偶聚，小弟实是快慰生平，但望他日有缘，还能再聆金兄高论。此刻，小弟就告辞了。”微一抱拳，缓步而出。

那“入云龙”金四愣了一愣，却又狂笑道：“好，你告辞吧！”“啪”地一拍桌子，喊道：“跑堂的，再拿酒来。”

已经走到门口的柳鹤亭，回顾一笑，拂袖走出了店门。门外的秋风，又扬起他身上的罗衫，眨眼之间，潇洒挺秀的少年，便消失在苍茫的夜色里。

“入云龙”金四踉跄着走了出来，目光四望，却已失去了这少年的踪迹了。

在萧索的秋风里，“入云龙”金四愣了许久，口中喃喃低语道：“这家伙真是个怪人——”

转身又踉跄地走到桌旁，为自己又斟了满满一杯酒，端起来，又放下去，终于又仰首喝干了。于是这间小小酒铺里，又响起他狂放的笑声，酒使得他忘去了许多烦恼，他觉得自己又重回到关外的草原上，跃马驰骋放怀高歌了。

门外一声马嘶，“入云龙”金四端起桌上的酒壶，齐都倒在一只海碗里，踉跄着又走出了门，走到那匹瘦马的旁边，将酒碗送到马口。这匹马一低头，竟将这么大一碗酒，全都喝干了。

金四手腕一扬，将手中的空碗，远远抛了开去，大笑道：“酒逢知己，酒逢知己，哈！哈！却想不到我的酒中知己，竟然是你。”左手一带马缰，翻身上了马。

这匹昔日曾经扬蹄千里的良驹，今日虽已老而瘦弱，但是良驹伏枥，其志仍在千里，此刻想必也和它的主人一样，昂首一阵长嘶，放蹄狂奔了起来。马上的金四狂笑声中，但觉道旁的林木，飞也似的退了回去，冰凉的风，吹在他火热的胸膛上，这种感觉，他已久久没有领受到了。

于是他任凭胯下的马，在这已经无人的道路上狂奔着，也任凭它奔离官道，跃向荒郊。

夜，愈来愈深——

大地是寒冷而寂静的，只有马蹄踏在大地上，响起一连串响亮的蹄声，但是——

这寂静的荒郊里，怎地突然响起了一阵悠扬的箫声，混合在萧索的秋风里，袅袅四散！

更怪的是，这箫声竟像是有着一种令人无法抗拒的力量，竟使得这匹狂奔着的马，也不禁顺着这阵箫声，更快地狂驰而去。

马上的“入云龙”金四，像是觉得天地虽大，但均已被这箫声充满了，再也没有一丝空隙来容纳别的。他的心魂，仿佛已从跃马奔驰的草原，落入另一个梦境里，但觉此刻已不是在萧索的秋天，吹在他身上的，只是暮春时节，那混合着百花香的春风，天空碧蓝，绿草如茵——

马行也放缓了下来，清细的箫声，入耳更明显了，“入云龙”轻轻地叹了口气，缓缓勒住马缰，游目四顾。他那张本已被酒意染得通红的面孔，不禁在眨眼之间，就变得苍白起来。

四下林木仍极苍郁，一条狭窄的泥路，蜿蜒通向林木深处。这地方他是太熟悉了，因为在这里，他曾遭受过他一生最重大的变故。

林中是黑暗的，他虽然无法从掩映的林木中，看出什么，但是他知道，前面必定有一块空地，而在那块空地上矗立着的，就是那间神秘铁屋。于是，他心的深处，就无形地泛起一阵难言的悚栗，几乎禁不住要拨转马头，狂奔而去。

但是那奇异的箫声，却也是从林木深处传出来的，箫声一转，四下已将枯落的木叶，都像是已恢复了蓬勃的生气。

“入云龙”枯涩而惊恐的心田里，竟无可奈何地又泛起一阵温馨的甜意，儿时的欢乐、青春的友伴、梦中的恋人，这些本是无比遥远的往事，此刻在他心里，都有着无比的清晰。

他缓缓下了马，随意抛下马缰，不能自禁地走向林木深处，走向那一片空地——

月光，斜斜地照了下来，矗立在这片空地上，那黝黑的铁墙，显得更高大而狞恶了，铁墙的阴影，沉重地投落了下来。

然而，这一切景象，都已被这箫声融化了。“入云龙”惘然走了出来，寻了一块大石坐下，舒适而懒散地伸出了两条腿。他几乎已忘了矗立在他眼前的建筑物，就是那曾吞噬了不知几多武林高手的性命，甚至连尸骨都没有吐出来的铁屋。

箫声再一转，温馨的暮春过去了，美艳的初夏却已来临，转瞬间，只觉百花齐放，彩蝶争艳，而那吹箫的人，也忽然从铁墙的阴影中，漫步出来。一袭深青的罗衫，衿袂飘飘，在月光下望去，更觉潇洒出尘，却竟是那神秘的华服少年柳鹤亭。

“入云龙”金四在心中惊呼一声！身躯却仍懒散地坐在石上，缓缓抬起手，扬了扬，只因为他此刻已被箫声引入梦里。

柳鹤亭眼中涌出一丝笑意，双手横抚青箫，梦幻似的继续吹弄着，目光抬处，望到那一堵铁墙上，铁墙里仍然是死一样的静寂。

“奇怪，这里面的人难道没有耳朵吗？”金四在心中暗骂一声，此刻他已知道这华服少年柳鹤亭，并不是自己所想象的富家公子，却是个身怀绝技的武林侠少。虽然他的来历，仍是个未解之谜，但他此来的用意，却是显而易见的。

“这箫声该能引出这屋里的‘石观音’呀！假如‘石观音’也和我一样是个人，也有着人的感情的话，除非——哼！她不是个人。”

金四变动了一下坐着的姿势，却听得箫声愈来愈高亢，直欲穿云而入，突又一折，袅袅而下，低回不已。

于是百花竞放的盛夏，就变成了少妇低怨的残秋，穿林而来的秋风，也变得更为萧索了。月光，更明亮，铁墙的阴影，却更沉重。

“入云龙”长长叹息一声，林中突地传来一声轻微的马嘶——

他侧顾一眼，目光动处，却又立刻凝结住了。

暗黑的林中，突地袅袅走出一个遍体银衫的少女，云鬓高挽，体态若柳，手里捧着一个三脚架子，在月光下闪着金光。

这少女轻移莲步，漫无声息地从林中走了出来，目光在金四身上一转，又在那柳鹤亭身上一转，缓步走到空地上，左手轻轻一理云鬓，就垂下头去，像是在凝听着箫声，又像是沉思着什么。

“入云龙”心中大为奇怪，此时此地，怎会有如此一个绝美的少女到这里来？哪知他目光一动，却又有一个少女袅娜从林中走出，也是一袭银色的衣衫，高挽云鬓，体态婀娜，只是手中却捧着一个通体发着乌光的奇形铜鼓。

片刻之间，月光下银衫飘飘，林中竟走出十六个银裳少女来，手里各各捧着一物，在这片空地上，排成一排。“入云龙”金四望着这十六个婀娜的身影，一时之间，竟看得呆了，几不知身在何处。

柳鹤亭按箫低吹，目光却也不禁注目在这十六个奇异的银裳少女身上，他的箫声，竟不自觉地略为有些凌乱了起来。

先头入林的少女，口中娇唤一声，柳腰轻折，将手中的三脚架子，放在地上，另外十五个银裳少女，几乎也同在一刹那之间，放下了自己手上捧着的东西，袅娜走入林中。

空地之上，却多了八面大小不一，形状各异的奇形铜鼓，有的在月光下灿着乌光，有的却是通体金色，显见得质料也全不一样。

“入云龙”一挺腰，站了起来，掠到林边，却见黝黑的树林中，此刻已无半条人影，只有自己那匹瘦马，垂首站在树侧。

风声簌簌，箫声又明亮起来，在这片林木间，袅袅四散。

“入云龙”长叹一声，又惘然坐回石上，此刻这闯荡江湖已数十年的武林健者，心神竟已全被箫声所醉，纵然转过别的念头，也是瞬息即过。

他仿佛看到一个美丽的少妇，寂寞地伫立在画廊的尽头，木叶飘飘，群雁南渡。这少妇思念着远方的征人，叹息着自己的寂寞，低哼着一支凄婉的曲子，目光如梦，却也难遣寂寞。

柳鹤亭虽然仍未识得愁中滋味，却已将箫声吹得如泣如诉，如怨如慕。但他目光转处，铁墙内仍然毫无动静，铁墙中的人，是否也有这种寂寞的感觉呢?

八面铜鼓，本在月光下各各闪着光芒，但铁墙的阴影愈拖愈长，片刻之间，这八面铜鼓也都被笼罩在这片巨大的阴影里。“入云龙”金四的心情，似乎也被笼罩在这阴影里，沉重得透不过气来。

蓦地，鼓声“咚”地一响，冲破低回的箫声，直入云霄。

“入云龙”大惊抬头，除了那吹着青箫的柳鹤亭外，四下仍无人影。

但那八面铜鼓，却一连串地响了起来，眨眼间，但闻鼓声如雷，如雨打芭蕉，而且抑扬顿挫，声响不一，居然也按宫商，响成一片乐章，清细的箫声，立刻被压了下去。

这急遽的鼓声，瞬息便在寂静的山林中弥漫开来，但在那八面铜鼓之前，却仍无半条人影。“入云龙”金四只觉一股寒意，直透背脊，掌心微微沁出了冷汗，翻身站起，游目四顾，却见那华服少年柳鹤亭，仍然双手横抚青箫，凝神吹奏着。

于是，箫声也高亢了起来。

这鼓声和箫声，几乎将“入云龙”的心胸，撕成两半。终于，他狂吼一声，奔入林中，飞也似的掠了出去，竟将这匹瘦马留在林木里。

鼓声更急，箫声也更清越，但铁墙后面，却仍是死寂一片，没有丝毫反应。

柳鹤亭剑眉微轩，知道自己今日遇着了劲敌，不但这铁屋中的人，定力非比等闲，这在暗中以内家真气隔空击鼓之人，功力之深，更是惊人。

他目光如电，四下闪动，竟也没有发现人影，只有那匹瘦马，畏缩地从林木中探出头来，昂首似欲长嘶，但却嘶不出声来。

柳鹤亭心中不禁疑云大起，这击鼓的人，究竟是谁呢？是敌，抑或非敌？这些问题困惑着他，箫声，也就又低沉了下来。

须知这种内家以音克敌的功力，心神必须集中，一有困惑，威力便弱，威力一弱，外魔便盛。柳鹤亭此刻但觉心胸之中，热血沸腾，几乎要抛却手中青箫，随着那鼓声狂舞起来。

他大惊之下，方待收摄心神，哪知铁墙后面，竟突然传出一阵奇异的脚步声，在里面极快地奔跑着，只是这声音轻微已极，柳鹤亭耳力虽然大异常人，却也听不清楚。

他心中一动，缓步向铁墙边走去，哪知突传来“锵啷”一声龙吟，一道青蓝的光华，电也似的从夜色中掠了过来，龙吟之声未住，这道剑光，已自掠到近前。柳鹤亭大惊四顾，只见一条瘦弱的人影，手持一口光华如电的长剑，身形微一展动间，已自飞掠到那八面铜鼓上，剑尖一垂，鼓声寂然。

这条人影来势之急，轻功之妙，使得柳鹤亭不禁也顿住箫声。却见这条人影，已闪电似的往另一方飞掠而出，只留下一抹青蓝光华，在夜色中一闪而逝。

突地——

林木之中，又响起一阵暴叱，一条长大的人影，像蝙蝠似的自林梢掠起，衣袂兜风，“呼”的一声，也闪电似的往那道剑光隐没的方向追去。

这一个突来的变故，使得柳鹤亭愕了一下，身形转折，掠到鼓边。只见这八面铜鼓，鼓面竟都从当中分成两半。

他虽已知道方才那击鼓之人，定是隐在林梢，但这人究竟是谁呢？却仍令他困惑，尤其是持剑飞来的一人，不但轻功好到毫巅，手中所持的长剑，更是武林中百年难见的利器神兵。

柳鹤亭身怀绝技，虽是初入江湖，但对自己的武功自信颇深。哪知一夜之中，竟遇着了两个如此奇人，武功之高，竟都不可思议，而且见其首不见其尾，都有如天际神龙，一现踪迹，便已渺然。

他呆呆地愕了许久，突然想起方才从铁屋中传出的那种奇异的脚步声，两道剑眉，微微一皱，翻身掠到墙边，侧耳倾听了半晌，但此刻里面又恢复寂然，半点声音也听不出来。

“这铁屋之后，究竟是些什么呢？那石琪——她又是长得什么样子呢？她为什么如此狠心，杀了这么多和她素无怨仇的人？”

这些疑问，使得他平时已困惑的心胸中，更加了几许疑云。抬目望去，只见这道铁墙，高耸入云。铁墙外面，固然是清风明月，秋色疏林，但在这道铁墙里面，该又是怎样一种情况呢？

柳鹤亭脑海中，立刻涌现一幅悲惨的图画——

一个寂寞而冷酷的绝代丽人，斜斜地坐在大厅中的一张紫檀椅上，仰望着天上的明月。大厅的屋角，挂着一片片蛛网，窗棂上，也堆着厚厚的灰尘。而在这间阴森的大厅外面，那小小的院子里，却满是死人的白骨，或是还没有化为白骨的死人。

“这铁墙后面，该就是这副样子吧？”他在心中问着自己，不禁轻轻点了点头，一阵风吹来，使得他微微觉得有些寒意。

于是他再次仰视这高矗的铁墙一眼，突地咬了咬牙，想是为自己下了个很大的决心，将手中那支青竹长箫，插在背后的衣襟里，又将长衫的下摆，掖在腰间的丝带上。

然后他双臂下垂，将自己体内的真气，迅速地调息一次，突地微一顿足，潇洒的身形，便像一只冲天而起的白鹤，直飞了上去。

上拔三丈，他凌空地疾挥双掌，在铁墙上一按，身形再次拔起，双臂一张，便搭住铁墙的墙头。眨眼之间，他的身躯，就轻轻地跃入那道铁墙后面，跃入那不知葬送了多少个武林高手的院子里。

墙外仍然明月如洗，但同样在这明亮的月光照射下的铁墙里，是不是也像墙外一样平静呢？这问题是没有人能够回答的，因为所有进入这间铁屋的人，就永远在这世界上消失了踪迹。

但是，这问题的答案，柳鹤亭却已得到了。

他翻身入墙，身影像一片落叶似的冉冉飘落下去，目光却机警地四下扫动，警戒着任何突来的袭击。

此刻，他的心情自然难免有些紧张，因为直到此刻，他对这座神秘的铁屋里的一切仍然是一无所知。

铁墙内果然有个院子，但院子里却寂无人影。他飘身落在地上，真气凝布全身，目光凛然四扫。院子里虽然微有尘埃，但一眼望去，却是空空如也，哪里有什么死人白骨！

“难道她把那些武林豪士的尸身，都堆在屋子里吗？”

他疑惑地自问一下，目光随即扫到那座屋宇上。但见这座武林中从来无人知道真相的屋子，此刻暗无灯火，门窗也紧紧地关闭着。

穿过这重院子，他小心地步上石阶，走到门前，迟疑了半晌。四下，仍然死一样地静寂，甚至连他自己的呼吸声，都清晰可闻。

柳鹤亭缓缓伸出手掌，在门口轻轻推了一下，哪知道这扇紧闭着的门，竟“呀”的一声，开了一线。他暗中吐了口长气，手上一加劲，将这扇门完全推了开来，双腿屹立如桩，生怕这扇门里，会有突来的袭击。

自幼的锻炼，使得他此刻能清晰地看出屋中的景象。只见偌大一间厅房里，只有一张巨大的八仙桌子，放在中央，桌上放着一支没有点火的蜡烛，此外四壁荡然，就再无一样东西。

柳鹤亭心里更加奇怪，右足微抬，缓缓跨了进去。哪知突然“吱”的一声尖叫，发自他的脚下。他心魄俱落，身形一弓，“唰”地倒退了回去，只觉掌心湿湿的，头皮都有些麻了起来，几乎已丧失了再进此屋的勇气。

但半晌过后，四下却又恢复死寂。他干咳一声，重新步上台阶，一面伸手入怀，掏出一个火折子，点起了火。他虽然能够清晰地看出一切，但是这火折子此刻的功用，却只是壮胆而已。

一点火光亮起，这阴森的屋子，也像是有了几分生气。他再次探首入门，目光四下一扫，不禁暗笑自己，怎地变得如此胆怯。

原来大厅的地上，此刻竟零落地散布着十余只死鼠的尸身，方才想是他一脚踏在老鼠身上，而这只老鼠并未气绝，是以发出一声尖叫。

但是，他并不就此松懈下自己的警戒之心，仍然极为小心地缓步走了进去，只见地上这些死鼠，肚子翻天，身上并无伤痕。

柳鹤亭心中一动，忖道：“这些老鼠，想必是难以抗拒外面的铜鼓之声，是以全都死去。”心念一转，“难道我方才听到的那种奇异的脚步声，也是这些老鼠，在未死之前，四下奔逃时所发出的吗？”

于是，他不禁又暗中哂笑一下，谨慎地移动着脚步，走到桌旁，点起那枝蜡烛。烛光虽弱，但这阴森黑暗的厅堂，却倏然明亮了起来。

大厅左右两侧，各有一扇门户，也是紧紧关着。柳鹤亭一清喉咙，沉声道：“屋中可有人么？在下专程拜访。”

死寂的屋子里，立刻传来一连串回声：“拜访，拜访……”

但回声过后，又复寂然。柳鹤亭剑眉一轩，“唰”地掠到门口，立掌一扬，激烈的掌风，将这扇门“砰”地撞了开来。

厅中的余光，照了进去，他探首一望，只见这间屋中，也是当中放着一张桌子，桌上放着一支蜡烛，此外便无一物。

他心中既惊且怪，展动身形，在这间屋宇里的每一个房间，都看了一遍。哪知这十数间房间，竟然间间一样，房中一张桌子，桌上一支蜡烛，竟连桌子的形状、蜡烛的颜色，都毫无二致。

这整个一座屋宇中，竟连半个人影都没有，那么一入此屋的武林豪士，为什么便永不复出呢？他们到哪里去了？

这问题虽然只有一个，但在柳鹤亭心中，却错综复杂，打了无数个死结，因为在这个问题里，包含着的疑问，却是太多了。难道这屋中从没有人住过吗？那么石琪为什么要宣称隐居于此呢？但若说石琪的确住在这屋子里，那么她此刻又到哪里去了？

那些进入此屋的武林豪士，是否都被石琪杀死了呢？若是，他们虽死，总该也有尸身，甚至是骨头留下呀！难道这些人都化骨扬灰了不成？

若说这屋中根本无人，这些人都未死，那么他们又怎会永远失踪了呢？

柳鹤亭沉重地叹着气，转身走回大厅，喃喃地低语着：“这究竟是怎么回事？这简直岂有此理！”

话声方落，厅中突地传出一声娇笑，一个娇柔无比的声音，缓缓说道：“你骂谁呀？”

声音娇柔婉转，有如黄莺出谷，但一入柳鹤亭之耳，他全身的血液，不禁都为之凝结住了。

他微微定了定神，一个箭步，蹿入大厅。

只见大厅中那张八仙桌子上，此刻竟盘膝坐着一个美如天仙的少女，身上穿着一套紧身的翠绿短袄，头上一方翠绿的纱巾，将满头青丝，一齐包住。一双其白如玉的春葱，平平放在膝上，右手无名指上，戴着一个特大的指环，在烛光下闪着绚丽的色彩。

这少女笑容方敛，看到柳鹤亭的样子，不禁柳眉一展，一双明如秋水的眸子，又涌现出笑意，梨涡轻现，樱口微张，娇声又道：“谁岂有此理呀？”

柳鹤亭愣了半晌，袍袖一展，朝桌上的少女，当头一揖，朗声笑道：“姑娘是否就是此屋主人，请恕在下冒昧闯入之罪。”

他本非呆板之人，因为方才所见太奇，再加上又对这间神秘的屋子，有着先入为主的印象，是以微微有些失态。但此刻一揖一笑，却又恢复了往昔的潇洒。

那少女的一对剪水双瞳，始终盯在他的脸上，此刻扑哧一笑，伸出那只欺霜赛雪的玉手，轻轻掩着樱唇，娇笑着道：“你先别管我是不是这屋子的主人，我倒要问问你，深更半夜的，跑到这里来穿房入舍的，到底是为着什么？”

柳鹤亭低着头，不知怎地，他竟不敢接触这少女的目光，此刻被她这一问，竟被问得讷讷地说不出话来，沉吟了许久，方自说道：“小可此来，的确有着原因，但如姑娘不是此屋的主人，小可就不拟奉告。”

这少女“唷”了一声，娇笑道：“看不出来，你倒挺会说话哩，那么，我就是这里的主人——”

柳鹤亭目光一抬，剑眉立轩，沉声道：“姑娘如果是此间的主人，那么小可就要向姑娘要点公道，我要问问姑娘，那些进到这间屋子里来的人，究竟是生是死？这些人和姑娘——”

哪知这少女竟又扑哧一笑，截断了他的话，娇笑道：“你别这么凶好不好，谁是这里的主人呀？我正要问问你呢！刚刚你前前后后地找了一遍，难道连这间房子的主人都没有找着吗？”

这少女娇声笑语，明眸流波，柳鹤亭心里，却不禁有些哭笑不得，半晌说不出话来。却见这少女柳腰微挺，从桌上掠了下来，轻轻一转身，理了理身上的衣裳，回过身来，娇笑又道：“我就不相信这房子里连个人影都没有，来，我们再去找找看。”

柳鹤亭目光再一抬，突地问道：“方才在外面，挥剑破鼓的，可就是姑娘？”方才这少女转身之间，柳鹤亭目光转动，看到她背后，竟背着一柄形式奇古的长剑，再看到这少女跃下桌时那种轻灵曼妙的身法，心中不禁一动，此刻不禁就问了出来。

这少女轻轻点了点头，娇笑道：“对了，本来我听你吹箫，吹得蛮好听的。哪知被那家伙‘叮叮咚咚’地打一通鼓，我也听不成了，我一生气，就把那些鼓给毁了。”

她微微一顿，接着又道：“不过，我也差点儿就让那打鼓的家伙追着，那家伙功夫可真高，满口长胡子，长得又怕人，又真怕让他追着。”她扑哧一笑，又道，“幸好这家伙功夫虽高，头脑却不大灵活，被我一兜圈子，跑到这房子里来，他就追不着了。”

这少女嘀嘀咕咕，指手画脚地一说，却把柳鹤亭听得愣住了。

方才他本暗惊于持剑破鼓人的身手，却想不到是这么一个娇憨天真的少女。自己幼承家教，父母俱是武林中一流高手，再加上自己天资也不算不高，此次出道江湖，本以为纵然不能压倒天下，但在年轻一辈中，总该是顶尖人物了。

哪知此刻这少女，年纪竟比自己还轻，别的武功虽未看到，但就只轻功一样，非但不在自己之下，甚至还胜过自己少许。

他愣了半晌，深深地体验到“人外有人，天外有天”这句话的意义，平日的骄狂之气，在这一瞬间，消去不少。

那少女秋波流转，又自笑道：“喂，你在这里发什么愣呀？跟我一齐再去找找看嘛，你要是不敢去，我就一个人去了。”

柳鹤亭微一定神，却见这少女正自似笑非笑、似嗔非嗔地望着自己，明媚的眼波，在幽暗的烛光中，有如两颗晶莹的明珠，娇美的笑靥中，更像是在荡漾着暮春微带甜香的春水，水中飘满了桃花的涟漪。于是，在回答她的问话之前，他尚未说出的言辞也似乎在这旋转的涟漪中消失了。

那少女梨涡稍现，娇嗔又起，不知怎地，双颊之上，却悄悄飞上两朵红云，狠狠地白了柳鹤亭一眼，娇嗔着道：“真没想到这么大一个男人，胆子却比姑娘家还小。”语声未歇，纤腰微扭，她轻盈的身躯便已掠出这间屋子。

柳鹤亭只觉一阵淡淡的幽香，随着一阵轻风自身侧掠过，回首望去，门棂边只剩下她一抹翡翠衣衫的衣角，再定了定神，拧腰错步，“嗖”地也随着她那轻盈的身躯，掠了出去。

烛光愈来愈暗，但他敏锐的目光，却仍能看到这翡绿的人影，在每间房间里如轻鸿般一掠而过。飞扬的晚风里，似乎飘散着那一缕淡淡的，有如幽兰一般的香气。

阴森森幽暗的房屋，似乎也被这一缕香气，熏染得失去它那原有的阴森恐怖了。于是柳鹤亭心胸中的那分惊悸疑惑，此刻也变为一种微带温馨的迷乱，他惊异于自己心情的改变，却又欣喜地接受了，人类的心情，可该是多么奇妙呀！

穿过这十余间房子，以他们身形的速度，几乎是眨眼间事。

他追随着这条翠绿的身影，目光动处，却见她竟蓦地顿住了身形，站在这栋屋宇的最后一间房子里，像是突然发现了什么。

“这里的每间房间，原本是同样地空洞的呀！难道这间房子，此刻竟有了什么改变？难道这间房子，此刻突地现出奇迹？”

柳鹤亭心中不禁大奇，电也似的掠了过去。只见这间房间，却是丝毫没有改变，而那翠衫少女却正呆呆地望着房中那张桌子出神。

他轻咳一声，袍袖轻拂，急行如电的身形，便倏然而顿。那少女秋波微转，缓缓回过头来，望了他一眼，却又立刻回转头去，望在那木桌上，语气中微带惊诧地说道：“奇怪……怎地别间房子里的桌子上，放着的全都是半支蜡烛，这张桌子上，放着的却是一盏油灯？”

柳鹤亭心中一动，随着她的目光望去，只见这张和别间房子完全一样的八仙桌子上，放着的果然不是蜡烛，而是一盏形式制造得颇为古雅的铜灯，在这黝黯的夜色中，一闪一闪地发着光泽。

他心中不禁暗道一声：“惭愧。”转目望着那翠衫少女，道：“姑娘真好眼力，方才小可到处查看了一遍，却未发现这间房子里放着的不是蜡烛。”

这少女抿嘴一笑，轻轻道：“这也没什么，不过我们女孩子，总比你们男孩子细心些就是了。”语气轻柔如水。

柳鹤亭呆了一呆，暗中忖道：“这少女方才言语那般刁蛮，此刻却又怎地如此温柔起来？”他想来想去，想不出这其中的原因，却不知道自古以来，少女的心事最是难测，又岂是他这未经世故的少年能猜得到的。

却见她缓缓移动着脚步，走到桌前，垂下头仔细看了一看，又道：“你身上可有火折子，点起来好不好？”语犹未了，火折子便已亮起，她回眸一笑，又道，“你动作倒真快得很。”

柳鹤亭但觉面上一红，举着火折子，站在她身旁，半晌说不出话来。

只见她螓首深垂，露出后面一段莹白如玉的粉颈，茸毛微微，金黄如梦，衬着满头漆黑的青丝，令人为之目眩心动。

柳鹤亭暗叹一声，努力地将自己的目光，从这段莹玉上移开，却见这少女蓦地娇唤一声，抬起头来，满怀喜悦地望着他道：“原来全部秘密都在这盏铜灯上！”

柳鹤亭微微一愣，却听这少女又道：“你看，这盏铜灯里面灯油早已枯竭，而且还布着灰尘，显见是好久没有用了。但是铜灯的外面，却又是那么光亮，像是每天都有人擦拭似的，你想，这又是什么原因呢？”

柳鹤亭沉吟半晌，恍然道：“姑娘的意思，是否是说这盏铜灯，是个机关消息的枢纽？”

这少女伸出手掌，轻脆地拍了一下，娇笑着说道：“对了，看不出你倒也聪明得很！”

柳鹤亭面颊竟又一红，他自负绝才，的确亦是聪明之人，自幼而长，不知受过多少人的称赞，早已将这类话置之淡然。

然而此刻这少女淡淡说了一句，却使他生出一分难以描述的喜悦，那似乎远比他一生之中受到的千百句称赞的总和，意义还要重大些。

这少女秋波一转，又道：“这栋房屋之中，不知包含着多少的秘密，按理说绝对不会没有人迹。那么，这座屋子里的人跑到哪里去了呢？”

她轻笑一下，接着道：“这张桌子下面，必定有着地下秘密。这栋屋子的秘密，必定就是隐藏在这里。你说，我猜得对不对？”她一面说着话，一面便又伸出手掌，不住地抚弄着那盏铜灯，但这盏铜灯，却仍然动也不动。

柳鹤亭的双眉微皱，并指如戟，在桌上一打敲。只听“当”的一声，这张外貌平常已极，只是稍微大些的八仙桌子，竟然是生铁铸成的。

他双眉又为之一皱，凝目半晌，只见那少女双手捧着铜灯，向左一搬，又向右一推，只是铜灯却仍然不动。

她轻轻一跺脚，回转头来，又自娇嗔着道：“你别站在这里动也不动好不好，过来帮忙看看呀！”

柳鹤亭微微一笑，突地伸出手掌，平平向那盏铜灯拍去。

这少女柳眉轻颦，嗔道：“你这么蛮来可不行，这东西……”

她话未说完，哪知目光动处，却见这盏铜灯，竟随着柳鹤亭的手掌，嵌入桌面，接着一阵“轧轧”的机簧之声，这张桌子，忽然升了起来，露出地上一个深黑的地洞。

这一来，那少女却不禁为之一愣，转目望去，柳鹤亭正含笑望着她，目光之中，满是得意之色，好像又是期待着她的赞许。

哪知她却冷哼一声，冷冷地说道：“好大的本事，怎么先前不抖露出来，是不是非要人家先丢了人你才高兴？”娇躯一扭，转过身去，再也不望他一眼。

柳鹤亭暗叹一声，忖道：“这少女好难捉摸的脾气，她心里在想着什么，只怕谁也无法知道。”

他却不知那少女口中虽未对他称赞，芳心之中，却已默许，正自暗暗忖道：“想不到这少年不但人品俊雅，武功颇高，对这土木机关之学，也有颇深的造诣。”转念又忖道，“像他这样的人才，真不知是谁将他调教出来的。”两人心中，各各为对方的才华所惊，也不约而同地在猜测着对方的师承来历，只是谁也没有猜到。

那铁桌缓缓上升三尺，便自戛然停住，下面黝黑沉沉，竟无梯级可寻。

柳鹤亭呆了半晌，方自讷讷说道："姑娘在此稍候，待小可下去看看。"一撩衫角，方待跃下。

哪知，那少女却又突地回首嗔道："你想就这样跳下去呀？哼——我从来没有见过比你更笨的人，你先丢块石块下去看看呀，你知道下面是什么？"

口气虽是娇嗔，但语意却是关切的！柳鹤亭听在耳里，面上不禁露出喜色，目光四转，想找块可以探路的石头。

那少女嘴角一撇，突地微一顿足，转身飞掠出去。

柳鹤亭不禁又为之一愣，心中方自惊诧，却见那少女惊鸿般掠了回来，玉手轻伸，一言不发地伸到柳鹤亭面前，手中却拿着一段蜡烛。

他心中暗自赞叹一声，觉得这少女的聪慧，处处俱在自己之上，一时之间，也不知该说什么。默默地将蜡烛接了过来，用手中的火折子点上火，顺手一抛，向那黑沉的地道中抛了下去。

一点火光，在黝黑的地道中笔直地落下，眨眼便自熄灭，接着只听"噗"的一声，从地底传来。那少女柳眉一展，道："下面是实地，而且并不深。"

柳鹤亭目光微抬，却见这少女竟将目光远远避开，伸出手来，轻轻道："你把火折子给我。"

默默交过火折子，柳鹤亭心胸之间但觉情感波激，竟是自己前所未有。这少女忽而娇嗔，忽而刁蛮，忽而却又如此温驯，使得他百感交集，亦不知是怒是喜。只觉得无论她所说的话是嗔是怒，抑或是如此地温柔，却同样地带着一分自己从未经历过的甜意。

拿过火折子，指尖微触到柳鹤亭坚实的手指，这刁蛮的少女心中，不知怎地，也荡漾起一丝温馨的涟漪。

她暗问着自己，为什么自己对这素昧平生的少年，有时那么凶狠，有时却又那么温柔。

她不能回答自己，于是，她的面颊，又像桃花般红了起来。

因为她知道，当人连自己都不能了解自己的时候，那就是……

她禁止自己再想下去，秋波转处，柳鹤亭已纵身跃了下去，一声轻微的声响，便自地底传出，那声音甚至还远比蜡烛落下时轻微得多，这种轻功，又是多么惊人呀！

她暗中微微一笑，轻移莲步，走到地洞旁边，俯首望去，下面黝黑得有如盲人眼中的世界，她纵然用尽目力，可也无法看清下面的景象。

于是，她又开始焦急起来。

“这下面究竟是什么样子呢？会不会有人？唉！我真该死，怎么让他一个人跳下去，万一他——”

她再一次阻止住自己的思潮，她是任性的，从她懂事那一天起，她从不知道什么叫作自责。但此刻，为着一个陌生人，她却暗自责备自己起来，这是一种多么奇异的现象，却又是一种多么可喜的现象呀！

独自伫立半晌，心中紊乱难安，她暗中一咬银牙，正待也纵身跃下。

哪知——

地底蓦地传来他清朗的口音，说道：“姑娘，这里并不太深，你笔直地跳下来就行了。”稍微一顿，“可是却千万要小心些，这里黝黯得很。”

她温柔地微笑一下，秋波之中，焕发起喜悦的光彩，使得她望来更美如仙子，但是她口中却仍娇嗔着道：“你放心，我摔不死的，哼——别以为你的轻功就比别人强些。”然后又暗中偷笑一下，撩起衫角，跃了下去。

跃到中途，手中的火折子倏然灭了，于是下面仿佛变得更加黑暗，黑暗得连人影都无法分辨。

她轻盈而纤细的腰肢，在空中轻轻转折一下，使得自己落下的势道，更加轻灵，当她脚尖触到地面的时候，便几乎没有发出任何声音。

但是，扑面而来的一股强烈的男性气息，却使得她有些慌乱起来，踉跄地退后两步，方自稳住身形，一个强而有力的臂膀，却已经轻扶住了她的身子，只听柳鹤亭柔声说道："姑娘小心些，这里实在太暗——"

哪知他话犹未了，肘间却已微微一麻，那少女冷冷哼了一声，嗔道："你多什么事，难道我自己就站不稳吗！哼，动手动脚的，像什么样子。"

这轻描淡写的几句话，听在柳鹤亭耳里，却有如雷轰电击一般，使得他全身一震，悄然缩回手掌，一时之间，竟不知说什么才好。

他呆呆地愣了半晌，心胸之中，但觉羞、惭、恼、怒，交换纷沓，愈想愈觉不是滋味，黑暗之中，只见那少女一双光彩夺人、有如明珠般的秋波，一眨一眨的，仿佛仍在望着自己。他虽然知道她必定看不见自己的面容，却也不禁为之垂下头去。

哪知那少女竟又扑哧一笑，娇笑着道："你怎么不说话了呀？喂，我问你，你下来了半天，到底看到了什么没有？"语气娇柔如莺，哪里还是方才那种冷冰冰的样子？

柳鹤亭不禁又愣了一下，暗中苦笑起来。这少女忽而嗔怒，忽而娇笑，忽而温柔，忽而刁蛮，使得他根本不知如何应付才好，只得暗中长叹一声，转身走了两步，一面答道："此间伸手难辨指掌，小可实是一无所见，但在这神秘的屋宇中，既然有此地窟，必定大不寻常，而且方才小可伸手触处，这地道尽头，仿佛有座门户，门上还刻着浮雕，如果小可猜想不错的话，这扇门户之后，必定别有天地——"

说到这里，他忽然想起，如果自己猜测错误，岂非又要受到这少女的讪笑？便倏然住口不言，却听那少女温柔地笑道：“这里实在黑得怕人，你能在这么黑的地方发现了这么多，也真算不容易了。”

语声微顿，突又扑哧一笑，低语道：“我真是糊涂，怎么连这个都没有想到——”语声又自一顿，突听“锵啷”一声龙吟，眨眼之间，柳鹤亭眼前便已光华大作，这道有如厉电般的光华，使得他几乎睁不开眼来。

那少女却又娇笑着道：“我早该把这口剑拔出来的，不比火折子好得多了吗？”突地娇唤一声，又道，“你看，前面果然有扇大门，呀——这扇大门可真漂亮，我从来也没有看过这么漂亮的大门！”

柳鹤亭双目微闭即张，却见这少女已袅娜走到自己身侧，笑靥如花，梨涡隐现，胸前却横持着一柄精光耀目，宛如一泓秋水般的青锋长剑。她娇美的面容被剑光一映，更显得风华绝代，丽质天生。

但是，他的目光却不敢在这娇美的面容上停留太久，转目望去，只见这条并不十分狭窄的地道尽头，果然是一座门户，高约三丈，气象恢宏。门上龙腾虎跃，浮雕隐现，被这森寒明亮的剑光一映，更觉金碧辉煌，富丽之极，却看不出究竟是何物所制。

在这种黑暗的地道里，突然发现如此堂皇的门户，柳鹤亭不禁为之心中大奇。

那少女却仍然带着满面的娇笑，指点说道：“真难为她，在这里还建了扇这么漂亮的大门，你再猜猜看，这扇大门里究竟有着什么？”

话声方了，纤腰微扭，已自掠到门前，伸手一推那一双金光晶莹的门环，只听“当”的一声清鸣，大门却纹丝不动。柳鹤亭长长透了口气，他生怕这少女一推大门，门内会有什么令人不及预防的变化发生，此刻见她推之不动，心中反倒一定。

哪知这少女柳眉轻颦，突地将右面的门环向左一拉，这扇大门竟漫无声息地开了一半。剑光映处，门内空空洞洞，什么东西都没有，仿佛仍是一条地道。

柳鹤亭虽然年轻，行事却颇为慎重，方待仔细观察之后，才定行止。却见这少女嘴角一扬，已当先走了进去，像是根本就没有将任何危险放在心上！

进了大门，前行数步，地中阴寒而潮湿的空气，便扑面向柳鹤亭袭来。他突地想到江湖中有关这铁屋中的种种传说，不禁激灵灵打了个寒噤，自己一入此门，生死实未可知，也许从今以后，自己便再也无法走出这扇门户一步了。

那少女袅娜前行，头也不回，却又娇笑一声，缓缓说道："你要是不敢进来，就在外面等我好了。"

柳鹤亭但觉心胸之间热血上涌，再也不顾别的，大步赶过这少女的身旁，当先走去。

只见地道前行丈余，便又到了尽头，但左右两侧，却似各有一条歧路。柳鹤亭一掠上前，举目四顾，却见这条地道左面的歧路尽头，是一扇上面亦有浮雕隐现的黑色大门，而右面歧路尽头，却是一扇红色门户！

他停步迟疑半晌，转身向右而行，那少女亦步亦趋地跟在他身后，面上虽然仍带笑容，但目光中却又现出紧张之色。

走到红色门前，柳鹤亭回头一望，这少女明媚的秋波，仍在凝视着他。他胸膛一挺，疾地伸出手掌，在门环上"砰"地一击，这扇亦极堂皇的红色大门，便也漫无声息地开了。一道明亮的光线，突地自门内射出，使得那少女手上的剑光，都为之黯然失色。

站在门外的柳鹤亭，此刻的心情是奇妙而紧张的，十年来武林中人，从未有一人能看到这门中的秘密，而此刻他只要探首一望，所有的秘密便似乎都可揭晓，他又沉重地透了口长气，举步向门内走去。

哪知——

门内的景象，却是柳鹤亭再也无法料想得到的。那少女一脚跨了进来，亦不禁失声惊呼起来。

这阴森而黝黯的地道中，这扇诡异而神秘的门户之内，竟是一间装置得十分华丽的女子绣阁。四面墙壁，铺缀着一块块微带乳白的青玉方砖，屋顶上却满缀着龙眼大小的晶莹明珠，屋内锦帐流苏，翠鬟高堆，四面桌几妆台，设置更是清丽绝俗。

柳鹤亭转目四望，只见四壁青玉砖上，俱是自己和这少女的人影，人面珠光，交相掩映。一时之间，他仿佛陡然由阴森的地狱之中，置身于人间天上！

他出身虽非阀阅豪富，但武林世家的子弟，所见所闻，却也未见会在豪富子弟之下，而此刻他只觉自己一生之中，从未听过世间有如此美丽的地方。

那少女秋波流转，似乎也看得呆了，手中的长剑，竟也缓缓垂落了下来，剑尖触着地面，“锵”的一声轻鸣，原来地面亦是青玉铺就！

她呆立半晌，鼻端竟渐渐嗅到一种淡淡的甜香之气，亦不知从何处生出。这种淡淡的香气，使得这间本已华丽迷人的绣阁，更有如梦境一般的美丽。

一时之间，两人似乎俱为这绣阁中的情景所醉，方才心中的疑惑惊惧之心，此刻早已荡然无存。这少女轻轻一叹，轻轻插回长剑，缓缓走至床侧，却重重地坐了下来，斜斜往床边一靠，满身俱是娇慵之态，就像是个未出闺阁的怀春少女，哪里还有半分仗剑纵横、叱咤江湖的侠女模样？

柳鹤亭亦觉得心中飘飘荡荡，仿佛站在云端，立足不稳，也想找个地方靠下来，转目望去，只见这少女的娇靥越发嫣红，秋波越发明亮。而她那种甜甜的笑容，更有如三月的春风，和暖地吹到他身边，使得他连逃避都不能。

于是，他也缓缓走到床侧，坐了下来，厚厚的床垫，像蜜糖一样柔软，隔着流苏的锦帐，向外望去，只见对面墙上，也有一张绣榻、一面锦帐。绣榻之上，锦帐之下，并肩坐着一男一女：男的目如朗星，修眉俊目，红唇贝齿，英俊挺逸；女的更是杏眼含媚，樱唇若点，宜喜宜嗔，艳丽无伦。

这一双人影，女的秋波之中，满含一种难以描摹的光彩，男的面目之上，却带着一种如痴如醉的神色。他呆呆望了两眼，心中方自暗笑这一双男女的神态，却见对面的少年也对自己一笑，他定了定神，才突地想起，这不过是自己的人影，心中一凉，有如冷水浇头，口中大喝一声，闪电般地掠出房去。

地道中阴森的寒气使得他心神一清，他不禁暗中低呼一声：“侥幸！”探首望去，那少女仍娇慵地倚在床边，漫声呼道：“喂，你到哪里去呀！”

柳鹤亭暗中一咬钢牙，屏住呼吸，一掠而入，疾伸铁掌，电也似的扣着这少女的脉门，将她拉了出来。这少女还是满面茫然之色，直到柳鹤亭将她拉到另一扇漆黑的大门前，松开手掌，沉声道：“姑娘，你没事了吧？”

她定了定神，想到自己方才的神态，才不禁为之红生双颊，垂下头去，再也不敢望柳鹤亭一眼。

由那边门户中映出的珠光，使得这地道中没有方才那般黝黑，柳鹤亭站在门前，略一调息，“砰”的一声，又再推门而入。这一次他远较方才戒备严密，是以完全屏住呼吸，进内一看，只见——这扇漆黑门户中，竟也是一间女子绣阁，骤眼望去，里面锦帐流苏，翠丽高堆，桌几妆台，陈设井然，屋顶明珠如星，壁青如玉，似乎和方才那间屋子一模一样。

但仔细一看，这屋中四壁的青玉方砖，却隐隐泛出一种灰黑之色，锦帐翠丽，也绝不是那间屋子那种嫩绿粉红之色。四下的桌几妆台上，在那间红色门后的绣阁中，放置的本是珠宝珍玩，而在这间房里，却排列着一个个漆黑玉瓶！

走进这间房子，他似乎不由自主地感到一种阴森恐怖之意，这不但和方才那种温馨迷乱的感觉大不相同，也和在地道中所感觉的那种阴森寒意迥然而异。

那少女在门外迟疑半晌，方自缓步走了进来，目光四下一扫，面色亦为之大变，她再也想不通在这两间装置几乎一样的房间里，竟会感到如此截然不同的气氛。抬头一望，只见屋顶上虽亦满缀明珠，但珠上所发的珠光，却是一种暗淡的灰白色，映在柳鹤亭面上，使得他本来英俊挺逸的面目，却幻出一种狰狞的青灰之色！

她暗中惊呼一声，不由自主地伸手握着柳鹤亭的手掌，只觉两人俱都掌心潮湿，竟是各各都出了一手冷汗。

两人目光相对，虽然俱都屏住呼吸，谁都没有说话，但彼此心中，却似都知道对方在想着自己的心事："这间屋子怎地如此古怪！"两人都恨不得立时奔出这间鬼气森森的房间，才对心思，但十年来有关这座神秘屋宇的种种传说，此刻仍像一只浓雾中的海船，让人摸不着方向。他们虽然俱都心生惊惧，却又都下了决心，要将这神秘的谜底探出，是以纵然如此，却谁也没有向外移动一步！

两人彼此紧紧握着对方的手掌，虽然此刻两人心中没有半分温馨之情，但彼此手掌相握，却似都给了对方一分勇气！

然后他们缓缓走到墙边的一座妆台之前，妆台上放着两排黑色玉瓶，柳鹤亭伸手取了一个，凝目而视。

只见这晶光莹然，极为精致，但非金非玉，亦不知是何物所制的黑色小瓶上，竟刻着两行不注目凝视，便难发现的字迹。

仔细一看，上面写着的竟是……

“沧州赵家坪，五虎神刀赵明奇”以及“辛丑秋日黄昏”两行十八个字迹娟秀的蝇头小楷！

柳鹤亭心中一动，剑眉怒轩，将这黑色小瓶，伸手递与身侧的少女。

她看清了瓶上的字迹，柳眉亦为之一轩，松开紧握着的手掌，旋开瓶塞。珠光辉映之下，只见瓶中似是血污满瓶，她虽然无法看清究竟里面装的是什么，但心头亦不禁泛起一阵恶心的感觉，激灵灵打了个寒噤，手指一松，小瓶笔直地落了下去。

两人同时惊呼一声，柳鹤亭闪电般伸出手掌，手腕一抄，竟将这眼看已将要落到地上的黑色小瓶抄在手掌之中。

但一声惊呼过后，两人再也无法屏住呼吸，只觉一股难以描述的腐臭之气，扑鼻而来，而这黑色小瓶之中，却露出半截乱发！

到了此刻，他心中再无疑念，那些冒死进入这栋神秘屋宇中来的武林豪士，果然都一一死在那“南海仙子”石琪手中。而这手狠心辣的女子，竟还将他们的尸身化作脓血，贮在这些小瓶之内。

一时之间，柳鹤亭但觉胸中怒气填膺，恨不得立时找着这狠心的女子，问问她为何要如此做法。

但是，居住在这栋房屋里的“南海仙子”石观音，此刻却又到哪里去了？

他深皱剑眉，忍受着这扑鼻而来的臭气，将小瓶又放到桌上，然后再将桌上的黑瓶一一检视，便发觉每个小瓶上面，都刻着一个武林豪士的名号，以及一行各不相同的时日。

这些名号在江湖中各有名声，各有地位，有的是成名多年的镖客武师，有的是积恶已久的江湖巨盗。看到这三张小几上的第七只小瓶，柳鹤亭不禁心中一动，暗暗忖道：“此人想必就是那‘入云龙’金四的弟兄了！”

原来这只黑瓶之上，刻着的名字竟是：“辽山大豪，‘金面龙’卓大奇！”而以下的三只瓶子，自然就是“烈火龙”“翻江龙”“多手龙”等人了！

他暗叹一声，将这四只黑瓶，谨慎地放入怀中，转目望去，却见那少女仍然停留在第二张小几前面，双手捧着一只黑瓶，目光却远远地望着屋角。她一双莹白如玉的手掌，也在不住地颤抖着，像是发现这瓶上的名字与她自己有着极深的关系似的。

于是他立刻走到她身侧，低声问道：“你怎样了？”

但是这少女却仍然不言不动地呆立着，像是根本没有听到他的话。从侧面望去，她面上清秀的轮廓，更觉动人，但此刻那一双明媚的秋波中，却满含着愤恨怨毒之色。

柳鹤亭再次暗叹一声，不知该如何劝慰于她，探头过去，偷眼一望，这只黑瓶上的名字，竟是：“江苏，虎丘，西门笑鸥。”

他生长于武林世家，对于江湖中成名立万的人物，知道得本不算少，但这“西门笑鸥”四字，对他却极为陌生。而此刻他连这少女的名字都不知道，自然更不知道她与此人之间究竟有何关系，但她必定识得此人，却是再无疑问的了。

哪知这少女却突地转过头来，缓缓问道：“你认得他吗？”

柳鹤亭摇了摇头，这少女立刻又接口问道：“你见过他吗？”

柳鹤亭又摇了摇头，却见这少女竟幽幽长叹了一声，目光又自落到屋内，缓缓说道：“我也没有见过他。”

柳鹤亭不禁呆了一呆，心中暗奇！

“你既未见过此人，却又怎地为此人如此伤心？”

却见这少女又自幽幽一叹，将这只小瓶，轻轻放回几上，伸手一理鬓角，目光望着自己的脚尖，一言不发地往门外走去。

柳鹤亭原与这少女素昧平生，但经过这半日相处，却已对她生出情感。此刻见了她这种如痴如呆，但却哀怨无比的神色，心中亦不禁为之大感怆然，默默地随着她走到门口，哪知她却又突地回过头来，缓缓说道：“你去把那只瓶子拿来。”

柳鹤亭口中应了一声，转身走了回去，拿起那只黑瓶，一个箭步蹿到门口。这少女的一双秋波，缓缓在瓶上移动一遍，柳鹤亭见了她这种哀怨的目光，忍不住叹息着道：“姑娘究竟有何心事？不妨说给小可一听，只要我力量所及——”

这少女轻轻摇了摇手掌，截断了他的话，却又幽幽叹道：“我没有什么别的事求你，只求你替我把这个瓶子收起来，唉——我自己要做的事，我自己会去做的！”

柳鹤亭又为之一愣，他不知道这少女自己不收起这只瓶子，却让他收起来是为了什么，但是这少女哀怨的目光，哀怨的语声，却又使他无法拒绝。只是他心中本已紊乱不堪的思潮，此刻就更加了几个化解不开的死结，他更不知这些疑云、死结，要到何时才能化解得开。

第二章

绝地惊艳

此刻这条地道左右两端的两扇门户，俱都是敞开着的，明亮的珠光，笔直地从门中照射出来，使得这条本极阴森黝黯的地道，也变得颇为明亮。柳鹤亭站在门口，珠光将他的身形长长地映在地上，他出神地望着手中的黑色小瓶，以及瓶上的“西门笑鸥”四字，心中突地一动，立即忖道：“这些黑色小瓶之上，只只都刻有被害人的姓名籍贯，而那‘石观音’在此间却已隐居多年，与这些武林人物绝不可能相识，她又怎会知道这些人的名字？除非是这些人在临死之前，还被迫说出自己的名字来，但这似乎又不大可能。”

他思路一转，觉得此事之中，似乎大有蹊跷之处，对武林中的种种传说，也起了数分怀疑。抬目望处，只见那翠装少女缓缓前行，已将走到地道分歧之处，心念又自一动，将瓶子揣进怀里，大步赶了上去，沉声问道：“这栋房子里看来像是的确渺无人踪，以姑娘所见，那‘石观音’会走到哪里去了呢？多年来进入此间的武林人士，从未有一人生返，若说俱都是被那‘石观音’一一杀死，那么你我此刻怎地见不到她的踪影？若说那‘石观音’根本不在这里，那么，这些武林豪士却又是被谁杀死的呢？”

他说话的声音愈来愈大，使得这地道都响满了他说话的回声。而此刻话声虽了，回声却未住，只听得地道中前前后后、上上下下，似乎都在问这翠装少女："……谁杀死的呢？谁杀死的呢？"

她缓缓停住脚步，缓缓回过头来。珠光辉映之中，只见她面容苍白得没有一丝血色，目光却更晶莹清澈了，就像方才悬在屋顶上的明珠一样，随着柳鹤亭的目光一转，突地幽幽长叹了一声，轻轻说道："我现在心乱得很，你若是有什么话要问我，等一会儿再说好吗？"纤腰微扭，向右一折，便转入那条通向出口的地道。

柳鹤亭神色之间，似乎愣了一愣，垂下头去，凝思起来……

他是下决心要探出这间浓林密屋中的秘密，但直到此刻为止，他虽已将这密屋前前后后搜索了一遍，此中的真相，却仍在五里雾中。他纵然寻得一些蛛丝马迹，只是这些断续的线索，也像是浓雾中的萤光一样，虚无缥缈得无从捉摸。

他垂着头呆呆地沉思半晌，极力想从这浓雾中捕捉一些什么。

哪知——

地道出口之处突地传来那翠装少女的惊呼之声，这焦急而惊慌的呼声，使得柳鹤亭心神一震，纵身掠了过去。目光抬处，他本已紧绷的心弦，便像是立刻被一柄锋利的刀剑斩断，耳中"嗡"然一声，眼前似乎什么都看不见了，只有一道漆黑的大门，沉重地横亘在他面前。

原来那扇本已敞开的门户，此刻竟又紧紧地关住了，翠装少女正发狂似的在推动它，这扇大门外面虽是金碧辉煌，里面却和四下的石壁一样，是一片丑恶的青灰色，连个门环、门闩也没有。

柳鹤亭大惊之下，一步掠到这翠装少女身前，急声问道："姑娘，这是怎么回事？"

在这扇门上慌乱地推动着的一双纤纤玉手，渐渐由慌乱而缓慢，由缓慢而停止。洁白的手掌停留在青灰的门叶上，又缓缓垂落，落到一片翠绿的衣衫下，而这双玉掌和这片衣衫的主人，她的面色，一时苍白得有如她的手掌，一时却又青碧得有如她的衣裳。

她失望地叹息了一声，喃喃自语："这是怎么回事？这扇门是谁关上的？怎么会开不开了？"突地转回头，目光沉重地投向柳鹤亭，轻轻地说道，"这是怎么回事？我……我也不知道。"

柳鹤亭只见她目光中明媚的光彩，此刻已因恐惧而变得散乱无方了。他双足牢牢地站在地上，只觉地底突地透出一股寒意，由脚心、腿股冷到他心里，使得他忍不住要激灵灵打个寒噤，然后一言不发地横跨一步，那翠装少女侧身一让，他便代替了她方才站着的位置。

于是他的一双手掌，便也和她方才一样，在这扇门户上推动起来。

从外表看来，他的一双手掌，动作是笨拙而缓慢的，其实这双手掌中，早已满含足以摧石为粉的内家真力，他沉重地移动着他的手掌，前推、后吸、左牵、右曳，然后掌心一陷、指尖一滑，口中猛地闷哼一声，掌心往外一顶——

只听"砰"的一声大震，地道石壁，似乎都被他满聚真力的这一掌，击得起了一阵轻微的震动。

但是，这两扇紧紧关着的门户，却仍和方才一样，丝毫没有变动，甚至连中间那一条门缝，都没有被震开半分。

他不禁大感失望地叹息一声，目光便也沉重地投向这翠装少女。

两人目光相对，只听那"砰"地一震后的回声，渐弱渐消，然后，他们便像是各各都已能听得见对方心跳的声音。

柳鹤亭突地脱口道："你的那柄剑呢？拿出来试试，也许能将这扇大门刺穿！"

这少女低呼一声道："呀！我又忘了它了。"回手一抽，纤细的指尖，触到的却只是空空的剑鞘，她面容立刻又随之一变，突又低呼道："呀！我大概是把它忘记在……方才那个床上了。"

想到方才的情形，她语声不禁为之停顿了一下，她阵白阵青的面靥，也突然像加上了一抹浅浅的红色。

此时此刻，虽然他们是在这种神秘而危险的地方，虽然他们都知道自己的对手是那么样一个神秘而又危险的魔头。

但是当方才在那房中的情景，自他们心头掠过的时候，他们的心，仍不禁随之一荡。柳鹤亭再一次匆忙地避开了她的目光，连忙地说道："我去找找！"身躯一转，方待掠起。

但是——从那两扇门中间照出来，一直照到这里，使得他们彼此都能看到对方面容的亮光，就在柳鹤亭身形方转的一刹那之间，竟突然地无声无息、无影无踪地消失了。

于是，空气、血液、心房的跳动，思潮的运转，在这一刹那之间，也像是突地凝结住了。

然后，心跳的声音加速、加重，柳鹤亭突地大喝一声，当他喝声的回声尚未消失的时候，他已掠到地道的尽头，若不是他早有预防，伸出手掌，是以手掌一触石壁，身形便倏然顿住，只怕此刻早已飞身撞在石壁之上了。

他真气一沉，转目而望，两端俱都是黝黑一片，什么是石壁，什么是门户，全都看不见。他第一次领会到盲人的悲哀，这种悲哀和恐怖，已足够使得人们发狂，何况他还知道，此刻一定也像出口处的大门一样，被人关起来了，这暗中的敌人，随时都在窥伺着他，准备吞噬他的生命，但这人是谁？在哪里？他却一点也不知道！

黑暗！绝望的黑暗，他有生以来，从不知道黑暗竟如此恐怖，他迫切地希望光明。在这绝望的黑暗中，他不止一人，他不是孤独而寂寞的，这迫切的希望，比任何思念都强烈，于是他呼道："你……姑娘，你在哪里？"

黑暗，仍然是绝望的黑暗，呼声住了，回声也住了。绝望的黑暗，再加上绝望的静寂，因为，黑暗中竟没有一个回答他的声音！

他的心，开始往下沉："她到哪里去了？她到哪里去了……为什么她不回答我？"

他再大喊："你在哪里？你在哪里？"

回声更响了，震得他自己的耳鼓，都在嗡嗡作响。

于是，当声音再次消失的时候，静寂，也就变得更加沉重。

惊、惧、疑、乱，刹那之间，像怒潮般淹没了他。纵然，他聪明绝顶，纵然，他绝技惊人，但此时此刻，此情此景，他又怎能不为之慌乱呢？何况，这本是他初次行走江湖，就连"石观音"与"浓林密屋"这件久已在武林中流传的情事，他都是在"入云龙"金四口中第一次听到。

初次闯荡江湖，便遇着此等神奇诡异之事，便来到这种危机四伏之境，一时之间，他只觉黑暗之中，步步俱是危机。他微一侧身，让自己的背脊，紧紧贴在冰凉的石壁上，勉强按捺着心中的惊恐疑惧，冀求能在这四伏危机的危境中，寻一自救之道。

石壁上冰冷的寒意，使得他剧烈起伏着的胸膛，渐渐趋于正常，也使得他慌乱的思潮，渐渐平静下来。

但是，那翠装少女到哪里去了，为什么不回答他的话？这问题却仍在蚕食着他的心叶，此刻纵然要让他牺牲任何一种重大的代价来换取一些光亮，他也会毫无犹疑地付出来的。

但四下却仍然是死一样的黑暗，死一样的寂静，他无意中叹出一口长气，沿着石壁，向右掠去，瞬息之间，便到了尽头。他知道尽头处便是那扇红色门户，他摸索着找着它，门上凸起的浮雕，在他手指的摸索下，就像是蛇身上的鳞甲一样，冰凉而丑恶。他打了个寒噤，快速地找着了那对门环，推动、拉曳，他希望能打开这扇门户，那么，门内的亮光，便会像方才一样，将这阴森黝黯的地道照亮。

但是，他又失望了。

方才那么容易地被他一推而开的门户，此刻又像是亘古以来就未曾开启过的石壁似的，他纵然用尽全力，却也不能移动分毫。

这打击虽然早已在他意料之中，但此刻他却仍不禁感觉一阵虚软，横退三步，身躯再次靠到墙上，静静地定了定神。虽想将眼前的危境，冷静地思考一下，但不知怎地，他思潮动处，却只有那些如烟如雾的往事，黄金般的童年，年轻时的幻梦，梦幻中的真情，以及严师慈父的面容，风物幽绝的故居，小溪边的垂钓，高岩上的苦练，瀑布下的泳浴，幽室中的静坐……都在他这本不应该想起这些的时候，闯入他的思潮中。人们，不总是常常会想起他们不该想的事么?

他从不知道那身兼严师与慈父的老人，在武林中究竟有着怎样的地位，也从不知道老人究竟是他的严师，抑或是他的慈父。

他只知道自他有知之日开始，他就和这老人住在一起，住在那林木葱茏，飞瀑流泉，云海如涛，松涛如海的黄山之巅。他记得这老人曾携着他的手，伫立在蜿蜒夭矫、九迭壮观的九龙潭飞瀑边，望着那缥缈的浮云，飞溅如珠玉的飞瀑，迷离地憧憬着人生。那时，老人就会用苍老而低沉的声音告诉他，人生是多么美妙，世界是多么辽阔。那时，他就会奇怪这老人在说这些话的时候，目光中为何会有那种凄凉的神色?因为他觉得这老人还不太老，大可不必生活在对往事的回忆中，对他说来，人生是该充满希望的，而不是该回忆的。

他也记得，黄昏时，他和老人并肩坐在他们那幢精致的松屋前，他静静地吹着箫，遥望着远方的晚空，尚留余霞一抹，暮云袅袅，渐弥山谷，然后夜色降临。

那老人就会指着幽沉的夜色告诉他，黑夜虽美，却总不如清晨的朝气蓬勃，年轻人若不珍惜自己蓬勃的朝气，那么，等到他年纪大了的时候，他就会感觉到那是一种多么大的损失。

于是，第二天，这老人就会更严厉地督促他修习武功，他也会更专心地去学习。

于是，他生命中这一段飞扬的岁月，便在这种悠闲与紧张中度过。

令他不能了解的是，这老人为什么叫作“伴柳先生”。因为，黄山根本没有柳，有的只是松。那老人常说，海内名山，尽多有松，可是，却从来没有任何一处的松比得上黄山！

可是，这老人为什么要叫作“伴柳先生”呢？

那时，他就会非常失望，因为这样看来，他就不会是这老人的儿子了。

但不知怎地，从一些微小的动作，从一些亲切的关怀中，他又直觉地感到，这老人是他的爹爹，虽然，他们谁也没有说出来过。

日子就像九龙潭的流水一样流动着，从来没有一时一刻停息的时候。

他长大了，学得了一身他自己也不知道究竟有多深的武功，还学得了填词、作画、吹箫、抚琴，这些陶冶性情的风雅之事，他也不知道这老人怎会有如此渊博的学识，也从未想过自己会有将这些学识全都学会的时候。

直到那一天——

那是冬天，黄山山巅的雪下得很大，地上就只剩下一片苍茫的白色。黄山的石，黄山的松，就在这一片银白色里，安静地蜷伏着。

每逢这种天气，也就是他修习得更苦的时候。

然而那一天，老人却让他停下一切工作，陪着他坐在屋中一堆新生的火边，火里的松枝烧得毕剥作响，火上架着半片鹿脯。老人慢慢地转动着它，看着它由淡红变为深黄，由深黄变为酱紫。

然后，香气便充满了这间精致的松屋，他心里也充满了温暖，而就在这一切都显得那么美的时候，老人却对他说，要他下山去，独自去创造自己的生命和新的生活了。

他也曾憧憬着山外面那辽阔的天地，他也曾憧憬过这辽阔的天地里一切美妙的事物。

但是，当这老人说完了这句话的时候，他却有突然被人当胸打了一拳的感觉，只是他知道这老人所说的每一句话，都从来没有改变的日子。他虽然难受，虽然恳求，也无法改变这一切，因为，这老人曾经说过："世上永远没有一直避在母翼下的苍鹰，也永远没有一直住在家里的英雄。"

于是，就在那大雪纷飞的日子里，他离开了那老人，离开了黄山，开始了他生命中新的征途。

为什么要在大地奇寒、朔风怒吼、雪花纷飞的冬天，让一个少年离开他成长的地方，走到陌生而冷酷的世界中去呢？

"伴柳先生"是有着他的深意的，他希望这少年能成大器，所以要让他磨练筋骨，也让他知道，冬天过去就是春天，冬天虽然寒冷，但是不会长。

他从冬天步入春天的时候，就会知道生命的旅途中虽有困阻，但却毕竟大多是坦荡的。

只是柳鹤亭下山的时候，面对着茫然一无所知的世界，他的心情，自然可以想见。他漫无目的地在这茫茫人海中摸索着，终于，春天到了，夏天也到了，等到春天和夏天一齐逝去的时候，他年轻的生命，已在这人海中成熟茁壮起来。

只是，对于武林中事，他仍是一无所知。因为这些日子来，他只是随意在这辽阔的世界中游荡着，根本没有接触过武林中人，也没有遇着什么足以令他心存不平、振臂而起的不平之事。

直到遇着那"入云龙"金四之前，他在武林中也仍然是个默默无闻的少年，别人不认识他，他也不认识别的人。

这么多年的日子，你要一天一天地去度过它，那无疑是十分漫长的。

但是等到你已经度过它，而再去回忆的时候，你就会突然发现，这漫长的日子，竟是如此短促，十年间事，就像是在弹指间便已度过。此刻柳鹤亭竟仿佛觉得，他生命中其他所过日子的总和，都不及此刻在这黑暗中的一刻漫长。

他静静地回忆着这些往事，狂乱的心境，便有了片刻宁静。

但是，等到这些往事在他心中一闪而过之后，所有那些在他回忆时暂时忘记的烦恼，便又一齐回到他思潮里。

他不知道他此刻究竟该怎么做，而事实上他也的确是一无可做。

哪知——

在这死一样的静寂中，他突地听到了一阵凌乱的脚步声。

这脚步声是那么轻微，他立刻屏住呼吸，凝神而听，只听这脚步声，仿佛是来自地道上面。

于是他将耳朵贴在石壁，脚步声果然清晰了些，他断定这地道上本来渺无人踪的房子，此刻已开始有人走动。

但这些人是谁呢？

除了脚步声外，他什么也无法听到，半晌，连脚步声都停止了，四下又归于死一般的寂静。

呀，这是多么难堪的等待，他等待着声音，他等待着光亮，但是所有的声音与光亮，此刻却像是永远都不会再来。

那么，他等待着什么呢？难道是等待着死亡？柳鹤亭暗叹一声，将自幼及长，一生之中所曾听过的夜枭的夜啼，山猫的叫春……这些最最难听的声音，都想了一遍，只觉此时此刻，若是能再让他听到这些声音，便是让他折寿一半，他也心甘情愿。

背倚着石壁，他也不知站了多久，只觉身后冰凉的石壁，此刻都似已因他身躯的依靠，而变得温暖起来，他全身也似因太久的伫立，而变得麻木僵硬了，麻木得就像他的心境一样。

因为此刻他什么也不愿再想，一切像是已全部绝望……哪知——

突地，他身后的石壁，竟缓缓移动了起来！

他身形也不由自主地随着石壁向后移动，接着，一线亮光，自他身后照来。他大惊之下，双肘一挺，“唰”地一个转身。

只听得身后传来轻轻的一声叹息，一个娇柔婉转的声音道：“果然开了！”

声音、光亮，在他已绝望的时候，一齐出现，他本应狂喜雀跃。

但是此时此刻，在经过许多诡异神秘之事以后，他骤然听见这声音，心头却不禁又为之一凛，定睛望去，只见缓缓移动着的石壁后面，突地走出一个人来，手里拿着一个模样甚是奇特的火把，火光熊熊，却无浓烟。

柳鹤亭骤然见着如此强烈的亮光，双目不禁为之一闭，心下闪电般掠过几个念头：“这人是谁？是从哪里来的？是敌是友？”身形倒退两步，张目望去，只见这高举火把之人，竟是一个女子！

这女子长发披肩，只用一方纯白轻纱，轻轻束住。身上也穿着一袭无比洁白的轻衫，肌肤如雪，风姿绰约，除了满头漆黑光亮的黑发之外，全身俱是雪白，面容更秀美绝伦，在火把的映影之下，望之直如仙子一般。

柳鹤亭年来在四处行走，见过的少女也有不少，他方才见了那翠装少女，只道她已是世上最美的人。哪知此刻却又见着了这女子，那翠装少女虽美，若和这女子一比，却又不知要逊色多少。

这女子秋波一转，望了柳鹤亭两眼，突又轻轻一叹，道：“想不到你在这里。”伸手一整秀发，“我真担心她会把你杀死。”

她话声缓慢，温柔如水，就像是春夜黄山中流泉的淙淙细语一样，举手投足间，更不知含蕴着几许温柔美态。

柳鹤亭一眼望去，只觉世间的一切美丽词汇，若用来形容这少女，都不足以形容出她美丽的万一；世间任何一样美丽的事物，若用来和这少女相比，也都会黯然失色。

他生性虽极潇洒倜傥，但却绝非轻薄之徒，是以他方才与那翠装少女相对时，始终未曾对她凝注片刻。但此刻他见了这女子，目光却像是被她吸引住了，再也无法移动得开。

只见这女子长长的眼睫，轻轻一垂，像是十分羞涩地避开了柳鹤亭的目光，柳鹤亭心头一跳，再也不敢望她一眼，只听这女子轻轻说道："我师姐自幼娇纵，做什么事都任性得很，她要是……"

语声微顿，突又叹息一声道："她要是想害死你，其实也没有什么恶意，希望你能原谅她。"

柳鹤亭闻言一愕："这女子是谁？师姐是谁？难道便是那'石观音'？"又忖道，"这女子真是天真，她师姐要害死我，还说是并无恶意？"一时之间，他心里又是疑惑，又觉好笑，忍不住笑道："在下已入绝境，多谢姑娘相救……"

这少女轻轻一叹，接住他的话道："你不用谢我，我知道这些事都是我师姐做出来的，我帮你忙，不是很应该的吗？唉——我真不懂，她为什么常常要杀死与她根本无冤无仇的人。"眼帘一抬，目光中满是幽怨之色，似是泫然欲泣。

柳鹤亭心中大为感动，讷讷道："姑娘的师姐，可就是那位'南海仙子'石琪？"

这女子轻轻颔首道："师父她老人家去世之后，我就没有和她见过面，却不知道这些年来，她……她竟变了，我一直在山上守着师父的墓，直到最近才知道她在这里，所以……我就来找她。"

她说话不但语声缓慢、轻柔，而且时常中辍一下，夹杂着轻微的叹息，让人听来，更觉得楚楚堪怜，娓娓动听。

只听她接着又道：“我一到了这里，就听见你在吹箫，那箫声，我……我从来也没有听过。”

柳鹤亭心头又自一跳。

这女子垂下目光，又道：“我本来要进去找师姐，可是听到你的箫声，我像是什么都忘了！”

柳鹤亭只觉自己身上的麻木僵硬，此刻已一扫而空，忍不住轻叹道：“只要姑娘愿意，在下以后可以随时吹给姑娘听的。”

这女子轻轻一笑，头垂得更低了，柳鹤亭第一次见着她的笑容，只觉这笑容之美，美得竟有如幼时黄金色梦境中仙子的微笑。

只见她垂着头，说话的声音更低了，接着道：“后来那鼓声响起，接着又有一道剑光将那些鼓一齐划破，我认得那道剑光就是师父她老人家昔年佩着避邪的‘避魔龙吟剑’，所以我知道那是师姐到了。”她轻轻地说着，一面用纤细莹莹的手指，抚弄着漆黑的头发。

然而这几句话听在柳鹤亭耳里，却有如雷轰电击，使得他心头一震，暗忖：“难道那翠装少女就是她的师姐？就是那武林中人人闻之色变的‘石观音’石琪！”

刹那之间，那翠装少女娇憨天真的神态，在他心头一闪而过，他几乎无法相信自己这想法是真的，只听这女子又已接道：“这房子本来是师父昔年的一位故友所建的，我幼时曾经来过，知道这房子满处都是机关，所以我看见你贸然走进来的时候，心里着急得很，正想……正想着进来看看，哪知这时我师姐也跟着进去了，我想起我听到的武林中有关我师姐的种种传说，心里就更着急了。”

她声音愈说愈低，头也愈垂愈低，言语神态中的羞涩之意，也就愈来愈浓，说到后来的“更着急了”几个字，生像是费了好大力气方自说出。要知道一个少女为了个生人着急，本来就不是轻易之举，要让她将这份着急说出来，便更加困难。一时之间，柳鹤亭心中忽而惊疑，忽而困惑，忽又感到一分无法揣摩、无可比拟的甜意。

只见她低垂着粉颈，默然半晌，方自轻轻一叹，接着道："我知道这一下你必然会遇着危险，但是我又不愿和师姐当面冲突，我……我想了许久，只好从这房子后面一条密道中进来。我虽然以前来过这里，也从那位前辈那里知道了一些这屋子的秘密，可是毕竟过了这么多年，我找了许久，才找到这条密道，又找了许久，才找到这里。"

她一口气说了这么长的一段话，似乎颇为吃力，于是她轻轻叹了口气，方自接道："我担心你此刻已被师姐杀了，哪知……却在这里遇着了你。"

柳鹤亭呆呆地听着她的话，等到她话说完了，仍自呆着出神，不知该说什么才好，一些他本来难以了解之事，此刻他都已恍然而悟。

这密屋中为何渺无人迹？

原来这屋中的主人便是他身侧的少女！

为什么她一眼便发现了铜灯之秘？

她既是此屋主人，自然知道！

这地道中的门户为何突然一齐关起来了？

她既是此屋主人，知道一切机关，这些门户自然是她关的！

黑暗中，她怎地会突然失踪？

原来是她自己走出去了！

柳鹤亭暗叹一声，又自忖道："她不愿亲手杀我，却要将我关在这里活活闷死饿死，唉！想不到她如此美貌，如此年轻，却心如蛇蝎，毒辣至此——"

柳鹤亭一念至此，他心中又不禁一动，突地想到那"石观音"石琪的事迹，在武林中流传已有如此之久，年龄绝不会像那翠装少女如此年轻。抬目望去，只见对面这白衣少女，柳眉含翠，星眸如波，唇檀凝朱，鼻如玉琢，满头漆黑的发丝，柔云般披落下来，只觉她丽如艳姬，清如秋月，却看不出她有多大年纪。

他心中疑云又起，沉吟不绝，不知道该怎样才能将心中的疑惑之事，在这仙子般的少女面前问出口来。

却见这女子又自轻轻叹息一声，目光抬起，依依落到远处，道：“想起来，已经许多年了，我和师姐都没有见过面，不知道她现在变成什么样子？”

语声微顿，又自叹道：“唉！我知道她不会变的，她永远像个年轻的女孩子一样。”目光一转，转向柳鹤亭，“是不是？”

柳鹤亭颔首道：“正是。”忍不住又道，“令师姐能令芳华永驻，难道她知道什么驻颜之术吗？”心中却在暗忖：“这女子如此问我，莫非她已猜中我的心事？”

只见这女子竟突地轻轻一笑，缓缓点了点头，却又笑着说道：“这个——我以后再告诉你。”

当笑容再次从她娇靥上泛起的时候，这阴森黝黯的地道中，便像是突然充满了春风，而这阵春风，便也将柳鹤亭心中的疑云吹散。

他与这女子相对良久，不但目光被她吸引，心神也像是为她所醉，直到此刻，他甚至连脚步都未曾移动一下，只见这女子像是右手举得酸了，缓缓将火把交到左手，脚步一动，像是想往前走，但柳鹤亭却正站在她面前，她只得停下脚步。

柳鹤亭目光动处，不禁暗笑自已，怎地变得如此之迂，连动都未曾动一下，转念一想，又忖道：“我该随这女子的来路出去呢？抑或是由我来时的原路返回？”他不禁又大感踌躇。

思忖半晌，突地说道：“姑娘既然得知此屋的秘径，想必也能将这里的一扇门户打开了？”他反手一指身后的红漆门户。

这女子秋波一转，随着他手势望去，目光眨动了几下，方自轻轻说道："让我试试看！"

柳鹤亭侧身让她走过，鼻端中只嗅到一阵淡淡的幽香之气，望着她走到门前，举着火把，凝视半晌，似乎在搜索着门上秘密的枢纽。他呆呆地望着她窈窕的身影，心中却在暗地寻思："方才那翠装少女说她的剑遗落在这房里了，不知她说的是真是假？"念头方自转完，眼前亮光突又大作，这女子已在这片刻之间，开启了这扇柳鹤亭方才用尽全力都未能打开的门户。

柳鹤亭又是惭愧，又觉佩服，只见她回头一笑，轻轻道："想不到十年来这里门户的枢纽仍然一点也没有改变。"玉手一伸，将手中的火把插在门环上，莲足轻抬，袅娜走了进去，秋波一转，轻唤一声，似乎亦为这房中的情景所醉。

柳鹤亭大步跟了进去，目光亦自一转，亦自轻唤一声——

只是他此次惊唤的原因，却并非因为这房中的锦绣华丽，而是因为他目光动处，竟见到那锦帐下，翠衾上，果然有一柄晶莹长剑！

他一声惊呼，一个箭步，掠到床前，伸手拿起了这柄长剑，只见剑长约摸三尺，通体有如一泓秋水，虽在如此明亮的珠光之下，却仍闪闪地散发着清澈的寒光。他眼中望着长剑，心中却在暗忖："她没有骗我！这柄剑果然是她方才遗落在这里的。"

心念一转，又不禁忖道："但这又证明什么呢？她自然会故意将这柄剑留在这里，因为她知道我根本无法走入这扇门户，可是，她却不知道——"

只听身后的白衣女子又自惊唤一声，道："这不是我那柄'龙吟剑'吗？"

一只莹白如玉、纤细秀丽的手掌，从他身后伸过来，接过这柄长剑。他思路倏然中止，鼻端中又嗅到了这少女身上那种淡淡的幽香，而这种淡淡的幽香和房中奇异的甜香之气混合，便混合成了一种令人无法抗拒的香气!

他不敢回身，因为他感觉到那白衣女子温暖的躯体，正依依靠在他身后。可是他却也无法前行，因为此刻地上坚硬的青玉，仿佛又变成了柔软的云絮，他晕眩了，混乱了，迷失了——

四面青玉砖上，映着他们的身影，只见这白衣女子一手拿着从柳鹤亭手中接过来的长剑，剑尖垂落在地上，一手抚着自己的秀发，目光却痴痴地望在柳鹤亭颀长壮健的背影上。

终于——柳鹤亭回转了身子。

四道痴痴的目光对在一处，柳鹤亭忘了方才自己曾将那翠装少女拉出去的事，也忘了一切事。

他不知道自己怎会有如此感觉，也不知道他艰苦锻炼多年的定力，此刻怎会突然变得如此脆弱，他眼中只能看到这女子的娇靥秋波，鼻中只能嗅到那幽甜的香气，他缓缓伸出手——

于是，他便立刻接触到一团暖玉，滑腻、柔软……呀！世间竟没有任何一句话能形容出他手指触到这团暖玉的感觉。

当两只手接触到一起的时候，由坚硬的青玉石板变成的柔软云絮，竟像又被一阵春风吹过，飘飘摇摇，终于吹散。

柳鹤亭倒退两步，腿弯已接触到柔软的床沿，他只要往下一倒——

哪知，这白衣少女竟突地一咬银牙，反腕一把，扣住柳鹤亭的脉门，身形倒纵，“唰”地两人一齐退到那森严的地道中。柳鹤亭只觉心神一震，一震后的心神，再被地道中森冷的寒意一激，他定了定神，方自想起方才的情景。于是，他立刻想到片刻以前的那段事来。

目光扫处，面前的白衣女子，粉颈低垂，目光抬都不敢抬起。他不知道什么力量使得这女子能从那温柔的陷阱中脱身的，他只有暗中佩服这女子的定力，想到方才的自己，又想到现在的自己，拿方才的自己和现在的自己一比，他惭愧地垂下了头，目光亦自不敢再向上抬起。

因为他觉得此刻站在他面前的女子，是这样高贵而圣洁，他生怕自己的目光，玷污了这份高贵与圣洁。

两人垂首相对，柳鹤亭突地发现自己的右腕仍被握在那只温暖的柔荑中，一时之间，他心里也不知是喜是惭，忍不住抬起目光，却见这女子轻轻一笑，然后温柔地放开手掌。就只轻轻一笑，已给了柳鹤亭不知多少安慰与劝解；就只这轻轻一笑，便已足够在柳鹤亭心中留下一个永生都难以磨灭的影子。

哪知——

就在这白衣少女灿如春花般的笑容未敛之际，方才她经由的密道中，突地传来一阵清朗的笑声。

这笑声清澈高亢，再加上四下的不绝回声，听来更有如金鸣玉震。

柳鹤亭与这白衣女了俱都为之 ·惊，只听笑声未绝，一人朗声说道："看来诸葛先生的神算，亦不过如此，我早就知道密屋左近必有密道，却想不到竟被奎英误打误撞地发现了。"

柳鹤亭面色一变，四顾这地道之中，竟无藏身之处。而这清朗的话声一了，密道中已当先走入两个锦衣劲装的彪形大汉来，一人腰畔佩着一柄绿鲨鱼鞘、紫金舌口的奇形长刀，另一人却在背后斜背着两条玄铁钢锏。这两人不但身躯彪壮，步履沉稳，而且豹目狮鼻，虬髯如铁，在他们两人分持着的两枝松枝火把的烈焰照映之下，更觉神态威猛之极。

这两人本自满面笑容，但在目光一转，瞥见柳鹤亭与那白衣女子的身形后，面上的笑容，便一齐消失无踪，倏地顿住脚步，目光厉电般在柳鹤亭与白衣女子身上一转。柳鹤亭只当他们必定会厉声叱问，哪知这两人对望一眼，却一言不发地旋转身躯，立在密道出口的两侧，竟再也不望柳鹤亭一眼。

柳鹤亭大奇之下，只听秘道中一声轻咳，又自缓步走出一个人来，轻袍飘飘，步履从容，神态之间仿佛潇洒已极，方自含笑道：“奎英，什么事？”

目光一转，望见柳鹤亭与白衣女子两人，神态亦自一变，但瞬即恢复从容，哈哈大笑答道：“我当是谁？原来是吹箫郎君已先我而入了，好极——呀，还有位风流美貌的娘子，好极，奎英快举高火把，让我看个仔细。”

此人年龄亦自在弱冠之间，面目韵华英俊，神态亦极潇洒，但面色苍白，双眼上翻，鼻带鹰勾，却又让人一眼望去，不由生出一种冷削之意。

柳鹤亭对这少年原本还无恶感，但此刻见他出言轻浮，目光中亦似带着三分邪意，不由剑眉微皱，朗声道：“在下等与阁下素不相识，还望阁下出言尊重些，免得彼此伤了和气！”

这少年又自哈哈一笑，还未答话，他身侧腰横长刀的锦衣大汉已自一瞪豹目，厉声道：“你可知道你在面对何人说话，在太子面前竟敢如此……哼哼！我看你真是活得起腻了！”

柳鹤亭心中一愣。

“谁是太子？”

只见这少年哈哈一笑，接口道：“无妨，无妨，不知者不罪，又怎能怪得了人家？”

手腕一伸，从袍袖中取了柄折扇，“唰”的一声展了开来，轻轻摇了两摇，目光一转，狠狠瞟了那白衣女子两眼，忽地瞥见她手中的龙吟长剑，目光一掠，却仍含笑道：“想不到，想不到，原来这位千娇百媚的娘子，便是方才手挥神剑，划破在下八面皮鼓的高人——”突地回转头去，向那腰横长刀的大汉道：“奎英，你常说当今武林，没有高手，如今你且看看这两位，一位身怀神剑，轻功更是妙绝，一位虽未现出武功，但却已能以箫音克敌，内功想必更是惊人！哈哈，难道这两人还不能算是武林高人！”

他又自一阵大笑，摇了摇手中的描金折扇，回身又道：“两位身手如此高明，不知可否将大名、师承见告？先让我听听中州武林高人的名号。”目光一转，却又盯在白衣少女身上。

这少年轻摇折扇，虽然满面笑容，但却不减狂妄之态，说话的神态，更是旁若无人，洋洋自得。

柳鹤亭冷笑一声，沉声道：“在下贱名不足挂齿，倒是阁下的姓名，在下是极想听听的。”

他听了这少年便是方才隐于林梢，隔空击鼓之人，心中亦不禁为之一惊一愕，惊的是他知道这少年武功实在不弱，愕的是他想到那翠装少女方才说：“打鼓的家伙，满口长胡子。”而此刻这少年却连一根长须也没有。

但他转念一想，那翠装少女便是“石观音”，她已不知骗了自己多少事，方才她说的话，自然也不能算数。他本系外和内刚、傲骨峥嵘之人，见了这少年的神态语气，心中大感不愤，是以言语之中，便也露出锋锐。

那两个锦衣大汉闻言一齐勃然变色，但这少年却仍摆手笑道：“我足迹初涉中州，也难怪他们不认得我。奎英，你先莫动怒，且将我的姓名说给他们听听又有何妨。”

那叫作奎英的锦衣大汉本自须眉怒张，但听了他的话，面色竟倏然归于平静，垂首答了一声：“是！”方自大声道，“尔等听清，此刻与尔等谈话之人，乃‘南荒大君’陛下之东宫太子，尔等如再有无礼情事——”

他话声未了，那一直敛眉垂首、默默无语的白衣女，竟突地扑哧一声，笑出声来，腰横长刀的锦衣大汉面容一变，手掌垂下，紧握刀柄，柳鹤亭剑眉一轩，却听这位“东宫太子”已自笑道：“娘子，你笑些什么？”

白衣少女目光一垂，轻轻道：“我觉得很有意思。”

这“东宫太子”微微一愣，随亦哈哈大笑起来，道：“是极，是极，很有意思。”转问柳鹤亭，“如此有意思的事，你为何不笑？”轻轻摇了摇折扇，缓缓摇了摇头，大有可惜柳鹤亭不解风趣之意。

那两个锦衣大汉虽自满腔怒火，也不知道是什么事“如此有意思”，但见了这“东宫太子”目光已转向自己身上，连忙嘿嘿干笑了两声，但面上却无半分笑容，笑声中亦无半分笑意！

一时之间，地道中充满了哈哈大笑之声，柳鹤亭冷哼一声，对这自称“东宫太子”的少年厌恶之心愈来愈盛，却见这白衣女子明眸一张，像是十分诧异地说道：“是什么事有意思，你们笑些什么？”

“东宫太子”哈哈笑道：“我也不知是什么事有意思，但娘子说是有意思，自然是有意思的了。”

白衣女子不禁又扑哧一笑，但目光转向柳鹤亭时，笑容立刻尽敛，垂首道：“我与你素不相识，你也不必问我的名字，你那八面皮鼓，也不是我划破的，我只觉得你名字竟然叫作‘太子’，是以才觉得很有意思！”

她一面说着话，一面轻移莲步，缓缓走到柳鹤亭身畔，轻轻道：“我叫陶纯纯，你不要告诉别人。”

柳鹤亭见她与这自称“东宫太子”的少年答话，不知怎地，突地感到一阵气恼，故意偏过头去，再也不望他们一眼。哪知她此刻竟突然说了这句话，刹那之间，柳鹤亭心中又突地生出一阵温暖之意，目光一转，白衣少女正仰首望着他，两人目光相对，几乎忘了旁边还有人在！

他两人俱都初出江湖，都从未听过“南荒大君”这个名字，更未将这“东宫太子”放在眼里。他们却不知道那“南荒大君”，便是数十年前便已名震天下的“南荒神龙”项天尊，而这位“东宫太子”，便是项天尊的唯一爱子项煌。

约在四十年前，项天尊学艺方成，挟技东来，那时他年龄亦在弱冠之间，经验阅历俱都不够，虽然在中原、江南道上闯荡了一年，但始终未能在武林中成名，后来他无意之中救了一个落魄秀才诸葛胜，这诸葛胜便替他出了不少主意，说是：“要在江湖争胜，第一须不择手段，第二是要知道‘射人先射马，挽弓当挽强’，要找武林中最负盛名之人交手，无论胜负，都可成名。否则你便是胜了百十个碌碌无名之辈，也无用处。”

项天尊听了这话，心中恍然，那时江湖中最大的宗派，自是少林、武当。他便三闯少林罗汉堂，独上武当真武庙，半年之间，将少林、武当两派的高手，都打得七零八落。于是“南荒神龙”项天尊之名，立时便在江湖中赫赫大震。

当时江湖中人都知道“南荒神龙”武功绝妙，来去飘忽，行事任性，但却又都无法将其制服，哪知就在他声名震动天下的时候，他竟又突然远遁南荒，从此便未在中原武林中露面。江湖中人不知详情，虽然额手称庆，却又都有些奇怪。他们却不知道这“南荒神龙”是因折在那位“无恨大师”的手中，发下重誓，足迹从此不得迈入中原一步。

他重创之下，便和那诸葛胜一齐回到他出生的地方，这时诸葛胜便又说：“你虽然在中原失意，但天下颇大，何处不能立业？”于是数十年来，他便在南荒又创立了一分基业，只是他恪于重誓，足迹竟真的从此没有迈入中原一步。

但项煌却年轻喜动，久闻大河两岸、长江南北的锦绣风物，时刻想来游历，更想以自己一身绝技，扬名于中原武林之中，心想：“爹爹虽立下了重誓，我却没有。”于是，他便时时刻刻磨着“南荒神龙”，直到项天尊答应了他。

一入中原，他自恃身手，想为他爹爹复仇雪耻，便一心想找着那“无恨大师”一较身手，同时也想探究出他爹爹当年究竟是如何折在这“无恨大师”手中的真相，因为他爹爹只要一提此事，便只有连声长叹，似乎根本不愿提起。项煌虽暗中猜想他爹爹昔年一定败得甚惨，但究竟是如何落败，他却不甚清楚。

但这有如初生牛犊般的项煌虽有伏虎雄心，却怎奈那“无恨大师”早已仙去多年，他听得这消息时，心里大感失望，却不禁又有一种如释重负的感觉。失望的是他从此不能享受到复仇雪耻胜利的荣耀，但却也不会尝受失败的痛苦。当然，后面的一种感觉，只是他心里的秘密而已，甚至连他自己都不愿相信有这种感觉存在。

但是他终于听到了这“浓林密屋”，以及那神秘的“石观音”的故事，于是他便毫不犹疑地取道而来。但他却未想到中原武林亦多异人，竟有人能在他猝不及防之下，将他珍爱异常、苦心独创的八面“天雷神鼓”一齐划破。

此刻他手中轻摇折扇，面带笑容，神色之间，虽仍满含那种混合着高傲与轻蔑、冷削与潇洒的神态，但是目光所及，看见了眼前这一双少年男女并肩而立，目光相对，那种如痴如醉的神情。他心中的感觉，实在不是他外表所显示的那么平静。

那两个锦衣大汉面上笑容早已敛去，目光灼灼，亦自一齐瞪在柳鹤亭与这白衣女子陶纯纯身上。一人巨大而满布青筋的手掌，紧紧握着腰畔的奇形刀柄，另一人手掌箕张，神色中亦满露跃跃欲试的锋芒，似乎只要这“东宫太子”稍有暗示，他两人便立刻会一齐出手。

笑声顿消，地道中便又归于静寂，只有从那密道中吹来的阴风，吹得这两个大汉掌中火把上的火焰呼呼作响。

白衣少女陶纯纯缓缓抬起头，幽幽叹息一声，满含幸福满足之意，似是方自从一个甜蜜温柔的梦中醒来，刹那之间，项煌只觉心中热血上涌，冷哼一声，“唰”地收起折扇，冷冷道：“我那八面‘天雷神鼓’，真的不是你划破的吗？”

柳鹤亭剑眉一轩，方待发作，哪知陶纯纯目光转处，温柔地望了他一眼，便缓缓摇头叹道：“我从来没有说过骗人的话，难道你还不信？”

项煌目光连转数转，目光中的妒怒火焰，虽已因这句温柔的言语而减去不少，但口中仍冷冷道：“但你手中的这柄利剑，哪里来的？哼——奎英，你知不知道有些人口中虽说从不说谎，但其实说谎说得最多。”

柳鹤亭的怒气再也忍耐不住，厉叱道：“纵是说谎，便又怎地？”

项煌目光一抬，目中精光暴射，那叫作“奎英”的锦衣大汉，“锵啷”一声，抽出腰畔长刀。柳鹤亭骤觉眼前寒光一闪，只见这大汉右手之中，已多了一柄刀身狭长、隐射紫色鳞光，一眼望去，通体有如一条紫色带墨的奇形长刀。

他心中一动：“难道此人便是‘胜家刀’当今的长门弟子？”

却见这“东宫太子”项煌已自冷笑道：“我与这位姑娘之间的情事，我看你还是少管些的好。”

他伸出手中折扇，轻轻一点这手持奇形长刀的锦衣大汉，冷笑道：“这位便是‘南荒大君’殿前的‘神刀将军’胜奎英，嘿嘿，河南的‘胜家刀法’，你想必早就知道的了。”

扇柄一转，扇头点向那身背铁锏，横眉怒目的另一锦衣大汉，他又自冷笑道：“这位‘铁锏将军’尉迟高，在中原武林，虽然声名较弱，但是——嘿嘿，‘关内一条鞭，赛过活神仙；关外两根铁锏，艺高九云天。’这句话你大约听人说过，至于我——”

他得意地大笑几声，拇指一旋，“唰”地向右张开折扇，轻摇一下，拇指突地向左一旋，这柄描金折扇向左一阖，突又向左一张。

柳鹤亭本自强忍着心中怒气，听他夸耀着这两个锦衣大汉的来历，目光动处，只见这描金折扇向左一张之后，竟又换了个扇面。扇面上金光闪烁，竟画着一条金龙，神态夭矫，似欲破扇飞去。

项煌冷笑道：“你年纪轻轻，在武林中还要闯荡多年，若结下我等这样的强敌，嘿嘿，那实在是不智已极，嘿嘿，实在是不智已极。”

他重复着自己的话，强调着语中的含义。

柳鹤亭忍耐已到极处，胸膛一挺，方待答话，哪知白衣女子陶纯纯竟突地轻伸玉掌，轻轻地握住他的手腕，柳鹤亭心头一颤，却听她缓缓说道：“这柄剑虽然是方才划破你那八面皮鼓的剑，可是使剑的人却不是我，唉——你要是再不相信，我……”她又自轻轻一叹，结束了自己的话，柳眉敛处，像是满聚着深深的委屈，让你永远无法不相信她说的任何一句话。

项煌嘴角一扬，像是得意，又像是轻蔑地斜睬柳鹤亭一眼，道：“娘子既如此说，我自然是相信的。但是使剑的人此刻在哪里，娘子想必是一定知道的了。”

他此刻语声之中，又已尽敛森冷的寒意，这白衣女子的轻叹低语，就像是春日的熏风，吹得每个人心中都充满了柔情蜜意——春风，是永远没有仇敌的。

陶纯纯的一只柔荑轻轻地一握柳鹤亭的手腕，便又极为自然地缩回袖中，像是根本没有发生过这件事似的，又自叹道：“这使剑的人究竟到哪里去了，我也不知道。她也许在这地道外面，也许在别的地方，唉——也许她就在这地道里面也不一定，只是她虽看得见我们，我们却再也看不到她。”

项煌双目一张：“难道此人便是那‘石观音’么？”

陶纯纯轻轻点了点头，秋波四下一转，像是真在搜索着那“石观音”的影子。

“神刀将军”胜奎英手掌一紧，下意识回头一望，背后空空，哪有半点人影？他心中不觉泛起一股寒意，却见那“铁锏将军”尉迟高亦方自回转头来，两人对望一眼，彼此心中都各各领受到对方心中的寒意。

项煌心头亦不禁为之一凛，但却故作从容地哈哈大笑几声，一面轻摇手中折扇，一面大笑道：“娘子你也未免说得太过了，想那‘石观音’武功虽然高明，却也不是神仙，何况——”

他笑声突地一顿，“唰”地收起折扇，大步走到那红色门户前，目光一扫，面上也不禁现出惊异之色，往里走了两步，突地一皱眉峰，微拂袍袖，颀长的身形便又如行云流水般退回来，倏然伸手接过那胜奎英手中的火把，冷冷说道：“我倒要看看她究竟是否真有三头六臂，竟敢——哼哼！竟敢将人命视如草芥。”

目光一转，那白衣女子陶纯纯又道：“我也正要去找她。”她轻伸玉掌，一指地道那端，“这条好像就是通向外面的出路！”

转身婀娜走了两步，突地回身向柳鹤亭一笑：“你站在这里干什么？难道你不出去么？”

柳鹤亭似乎在呆呆地发着愣，他愣了半晌，方自暗叹一声，道：“我自然要出去的。”

项煌冷笑道：“我只当你不敢去哩！”言语之间，满含着撩拨之意，他只当柳鹤亭必定会反唇相讥。

哪知柳鹤亭竟只微微一笑，一言不发地跟在后面，走了过去。

项煌心中不禁大为奇怪，心想：“此人怎地变得如此怯懦起来？”

他却不知道柳鹤亭方才心念数转，想到自己与这“东宫太子”本来素无仇隙，又想到这项煌此次前来，目的也和自己一样，是想探出

“浓林密屋”和“石观音”的秘密，那么岂非与自己是友而非敌？他纵然言语狂傲，那是人家生性如此，却也并非什么大恶，自己此刻对他如此怀恨敌视，却又为了什么呢？

“难道我是为了陶纯纯而对他生出妒恨吗？”他暗自思索着，“那么，我也未免太过不智，太过小气了，何况陶纯纯与我也不过初次相识，我有如此想法，实在不该。”

他本是心肠磊落的少年英侠，一念至此，心中便不禁觉得甚是惭愧，是以那项煌言语撩拨，他也装作没有听到。

片刻之间，便已走到地道尽头，项煌双眉微皱，方自说道：“前面似已无路可行，难道那——”

语声未了，却见这白衣女子陶纯纯已自在那看来有如一片山石的门户上，抚摸半晌，突地轻抬莲足，在门下连环踢出数脚，这扇柳鹤亭方才想尽千方百计也无法开启的门户，竟又突地漫无声音地开了。

项煌顿时大感疑惑，目光一转，冷笑道：“原来你对此间的设置倒熟悉得很。”

白衣女子像是根本没有听出他语中锋锐，仍自缓缓道：“我当然知道啦，那‘石观音’就是我的师姐，只不过我已有许多许多年没有见过她了。”

项煌面色一变：“难道你亦是那‘无恨大师’的弟子？”

陶纯纯回眸一笑，轻轻道：“你倒也知道我师父的名字！”

项煌面青如铁，但抬目一望，只见她笑颜如花，娇媚甜美，他愣了一愣，倏忽之间，神情变化数次，最后竟亦淡淡一笑，手举火把，跟在陶纯纯身后向门外走去。

柳鹤亭却在心中暗叹一声，忖道：“这女子当真是纯洁坦白无比，在任何人面前，都不隐藏自己的身份，世人若都和她一样，全无机诈之心，那人间岂非要安详太平得多？”

回头一望，那“神刀将军”与“铁锏将军”也已随后跟来，胜奎英手中仍然紧握着那柄紫鳞长刀，像是生怕柳鹤亭溜走似的。

柳鹤亭淡淡一笑，突地扭转身躯，扬手一掌，像是要往胜奎英当头拍去。这一下变生仓猝，胜奎英大吃一惊，方自侧首一让，突地觉得右肘一麻，右腕一松，手中的长刀，便已被柳鹤亭夺在手中，竟是那么轻易而自然，就像是他自己将刀送到别人手里一样。

他惊怒交集之下，方自呆了一呆，那尉迟高亦自变色喝道：“你要怎地？”

却见柳鹤亭手持长刀，在火把下仔细端详了两眼，伸手轻轻一拂，哈哈笑道：“难怪河南胜家神刀名扬四海，这‘紫金鱼鳞’，果真是口宝刀。”双手一抬，竟又将这柄刀送回胜奎英手里。

胜奎英不知所措地接回自己的金刀，心中既惊且怒，虽有满腔怒气，但却又不知自己该不该发作出来。

只见柳鹤亭一笑转身，走出门去。项煌听得那一声厉叱，亦自转身道：“奎英，什么事？”

“神刀将军”胜奎英怔了一怔，还未答话，只听柳鹤亭又已笑道：“没有什么，只不过在下将胜将军的宝刀借来看了一看而已。”

项煌冷哼一声，只见胜奎英垂首走了出来，虽然面容有异，但却没有说什么话。那白衣女子又自轻轻一笑道：“他这口刀真是不凡，以后有机会，我也要借来看一看的。”

项煌眼珠转了几转，哈哈笑道：“以后——以后自然会有机会的。”

胜奎英垂首无言，他在武林中亦是佼佼人物，如今吃了个哑巴亏，竟连发作都无法发作，心中真是难受已极，却又不禁暗中惊佩，这少年的身手之快，当真是无与伦比。

柳鹤亭嘴角含笑，目光四下一转，只见这地道四面俱是石壁，上面的入口，竟然没有关闭，离地约摸竟有三余丈。入口边的石壁上，嵌着一排六节钢枝，他方才虽由此处跃下，但却因四下黑暗，是以没有看到。

项煌目光亦自一转，含笑又道："这里想必就是出口了吧？由此上去，不知是否——"

柳鹤亭一笑接口道："不错，这里上去就是那栋密屋，方才在下就是由此处下来的。"语声和悦，丝毫没有敌意。

项煌"噢"了一声，心下不觉又有些奇怪，这少年怎地对自己如此友善，但口却含笑向陶纯纯说道："此处既是出口，那么就请娘子你先上去吧。"

陶纯纯又轻轻一笑，她此刻对项煌像是较为熟些，是以神态便有些改变，不但面上微带笑容，而且也没有了先前那种羞涩之态。项煌只觉她这一笑的笑容，比方才还要甜美，哪知她微笑的明眸，却又已转到柳鹤亭身上。

她轻轻一笑，缓缓说道："那么我就不客气，要先上去了。"笑语之中，婀娜的身躯，突地飘飘而起，上升丈余，双臂突地一扬，身形便又急升两丈，玉掌轻轻一垂，身形便已穿出去，飘飘落在上面。

柳鹤亭又自暗叹一声，忖道："这女子不但轻功高绝，而且身法美妙，有如凌波仙子，唉——看来武林中尽多异人，我这点功夫，还算不得什么！"

却听项煌抚掌大笑道："好极，好极，想来古之聂隐红线，亦不过如此吧！"

大笑声中，身躯突然滴溜溜一转，冲天而起，凌空一张折扇，"唰"地一扇拍下。

柳鹤亭只觉一股劲风由上压下，他知道是项煌意欲借力上拔，微微一笑，移开三尺，抬头望处，却见项煌的身形已在出口处消失，只不过却仍有笑声传来，道：“你要是上不来的话，就从旁边的钢枝爬上来好了。”

柳鹤亭剑眉一挑，但瞬即笑道：“正是，正是，若没有这些钢枝，我还真上不去哩。”回首一望胜奎英、尉迟高两人道，“两位你们说可是？”

胜奎英、尉迟高不禁各各面颊一红，要知道身形若能凌空上拔四丈，实在大非易事，若非轻功妙到绝处，便再也休想。胜奎英、尉迟高两人武功虽都不弱，但却都无法做到。

却听柳鹤亭又自笑道：“两位先请，在下殿后。”

胜奎英鼻孔里暗哼一声，伸手还刀入鞘，举步掠到壁边，纵身一跃，右手抓住第四节钢枝，微一换气，身形一长，左手便已抓住第五节钢枝，这样双手交替，眨眼之间，便已掠了出来。

柳鹤亭鼓掌一笑：“好身手。”侧顾尉迟高笑道，“此次该轮到阁下了。”

那“神刀将军”武功传自河南“神刀门”，正是“胜氏神刀”当下的长门弟子，因了一事流落南荒，才被“南荒大君”收服了去，武功的确不弱，方才他虽不能有如陶纯纯、项煌般一跃而上，但身手的矫健，亦颇惊人。

是以柳鹤亭含笑说出的“好身手”三字，其中并无揶揄之意，只是听在尉迟高耳里，却觉大为不是滋味。

他不悦地冷哼一声，身形突也斜斜掠起，“唰”地跃起约摸两丈，脚尖一着石壁间的第四节钢枝，双臂突地一垂，身形再行拔起，他有意卖弄身法，却忘了自己手中还拿着一支火把。身形已掠了出去，但手中火把却碰在地道出口的石壁上，再也把持不牢，手腕一松，火把竟落了下去。

他身形掠出，向前冲了两步，方自站稳身形，却听身后笑道：“火把在这里。”

他一惊之下，倏然转身，只见柳鹤亭竟已一手举着他方才失手落下的火把，笑吟吟地站在他身后。

于是在这刹那之间，他便已开始了解到胜奎英方才的感觉，因为他自己此刻的感觉，正和胜奎英方才毫无二致。

他默默地接着火把，目光接处，胜奎英正在凝视着他，两人目光又自相对，口中不言，却都对这少年一身玄奇的武功大为惊佩。

但柳鹤亭的目光，却没有望向他们，而望在这间房外的一双人影上——

此刻陶纯纯竟已和那项煌一齐走了出去，柳鹤亭呆呆地望了半晌，轻叹一声，随后走去。只是他叹息声是如此轻微，轻微得就连站在他身前的“铁锏将军”尉迟高都没有听到。

他无言地又自穿过一间房间，里外情况，仍和来时一模一样，他心中一动，突地听到自己在地道中听到的脚步声：“难道那又是老鼠的奔跑声？”

他微带自嘲地暗问自己，从前面项煌手中火把射来的火光，使得这间屋子的光线已有足够的明亮。他目光一扫，突地动也不动地停留在房中那张方桌之上，目光中竟突地满露惊骇之色，一个箭步，掠到桌旁，伸手一摸桌上的蜡烛，俯首沉吟半晌，暗中寻思道：“这房中果然有人来过，而且还燃过蜡烛。”

原来这桌上的蜡烛，此刻竟已短了一截，只是若非柳鹤亭目光敏锐，却也难以发现！

陶纯纯与项煌已将走到另一间房子的门口，方自回转头来，向柳鹤亭招手唤道：“喂，你在看什么呀？这里果然一个人也没有，我师姐又不知跑到哪里去了。”

柳鹤亭漫应一声，却听项煌已接口笑道：“你要是没有见过蜡烛，我倒可以送你一些，让你也好日夜观赏。”他笑语之中，有些得意，又满含着讥嘲。

柳鹤亭心中冷哼一声。

哪知那白衣女子陶纯纯竟亦娇笑一声，道：“人家才不是没有见过蜡烛哩。”又道，“我们再往前看看，你快些来呀！”

柳鹤亭呆了一呆，心胸之间，杂感交集，只听得他两人的声音已自远去。

那“东宫太子”项煌似乎在带笑说道：“纯纯，那少年和你……”语声渐弱，后来便听不甚清。

柳鹤亭暗中一叹。

“原来她到底还是把她的名字告诉了他。”不知怎地，他心里忽然觉得甚是难受，觉得这房子虽大，竟像是多了自己一人似的，挤得他没有容身之处。

他呆呆地伫立半晌，突地一咬钢牙，身形斜掠，竟然掠到窗口，伸手一推窗户，倏然穿窗而出。

胜奎英、尉迟高对望一眼，心中都在奇怪：“这少年怎地突然走了？”

他们却不知道柳鹤亭此刻心中的难受，又岂是别人猜想得到的。

他想到自己和这白衣女子陶纯纯初遇时的情景，想到她带着一种圣洁的光辉，高举着火把，伫立在黑暗中的样子，想到当他的手掌，握住她那一双柔荑时的感觉。

于是他痛苦地制止自己再想下去，但心念一转，他却又不禁想起那翠衫少女的娇嗔和笑语。

“难道她真是那冷酷的女中魔王‘石观音’，唉——为什么这么多离奇而又痛苦的事，都让我在一夜间遇着。”

他沉重地叹息着，发狂似的掠出那高耸的铁墙，掠到墙外清朗的世界。天上星河耿耿，夜已更深，他不知道此刻已是什么时候了，晚风吹过树林，林梢的木叶，发出阵阵清籁——

但是！

在这风吹木叶的声音中，怎地突然会传出一阵惊骇而短促、微弱而凄惨，像是人类临死前的最后一声哀呼？

他大惊之下，脚步微顿，凝神而听——

哀呼之声虽在，但风声之中，竟还有着一声声更微弱而凄惨的呻吟！

他心头一凛，双臂微张，身形有如夜空中一闪而过的流星，倏然掠入树林，目光一扫——

刹那之间，他但觉眼前暗然一花，耳旁轰然一响，几乎再也站不稳身形，此刻树林中的情景，纵然被心如铁石的人见了，也会和他有一样的感觉。

夜色之中，四周的树干之上——

每株树上，竟都挂着两个遍体银衫的少女，不住地发着轻微的呻吟，她们的衣衫已是凌乱而残败，本都极为秀美的面容，在从林梢漏下的星光影映下，苍白而惊恐，柳鹤亭甚至能看到她们面上肌肉的颤抖。

而正中一株树上，却绑着一个身躯瘦小的汉子，身上鲜血淋漓，竟已被人砍断一手一足，而他——

赫然竟是那去而复返的“入云龙”金四！

树下的泥地上，亦满流着鲜血，金四的爱马，倒卧在鲜血中，一动也不动，马首血肉模糊，竟似被人以重手法击毙。

柳鹤亭已全然被这惨绝人寰的景象吓得呆住了，他甚至没有看到几个身穿黑衣的人影，闪电般掠出林去。等到他微一定神，目光开始转动的时候，这几条黑衣人影已只剩下了一点淡淡的影子，和隐约随风传来的阴森冷笑！

这些在当时都是刹那间事！

柳鹤亭心胸之中，但觉悲愤填膺，他目眦尽裂地大喝一声，身形再起，闪电般向那些人影消失的方向掠去。他拼尽全力，身形之疾，连他自己都难以置信，但是他身形乍起，林外便已响起一阵急遽的马蹄声，等他掠出树林，马蹄声早已去得很远。星光下只见沙尘飞扬，却连人马的影子都看不到了。

他发狂似的追了一阵，但却已永远无法追到，于是他悲哀、气愤，而又失望地掠回林边。树林外仍停着十数匹鞍辔鲜明的健马，仿佛像是项煌身后那些银衫少女骑来的，此刻群马都在，但是那些银衫少女，却已受到了人世间最凄惨的遭遇！

谁也不知道她们到底受了怎样的惊吓与屈辱，柳鹤亭折回林中，笔直地掠到"入云龙"金四身前，大喝一声："金兄。"

他喝声虽大，但听在金四耳里，却像是那么遥远。

柳鹤亭焦急地望着他，只见他双目微弱地张开一线，痛苦地张了张嘴唇，像是想说什么，却无声音发出。

柳鹤亭又自大喝道："金兄，振作些！"俯首到"入云龙"口旁，只听他细如游丝般的声音，一字一字地断续说道："想……不到……他……他们……我的……"

柳鹤亭焦急而渴望地倾听着，风声是这么大，那些少女本来听来那么微弱的声音，此刻在他耳中也生像是变得有如雷鸣。

因为这些声音都使得"入云龙"断续的语声，变得更模糊而听不到，他愤怒而焦急地紧咬着自己的牙齿，渴望着"入云龙"金四能说出这惨变的经过来，说出是谁的手段竟有如此残酷，那么柳鹤亭纵然拼却性命，也会为这些无辜的牺牲者复仇的。

但是，"入云龙"金四断续而微弱的语声，此刻竟已停顿了。他疲倦地阖上眼帘，再也看不到这充满了悲哀和冷酷的无情世界，他沉重地闭起嘴唇，再也说不出一句向别人哀恳的话了。

江湖中从此少了一个到处向人哀求援手的“懦夫”，却从此多了一段悲惨残酷的事迹。

柳鹤亭焦急地倾听着，突地，所有自金四身体内发出的声音——呼吸、呻吟、哀告，以及心房的跳动，都归于静寂。

“他死了！”

柳鹤亭失神地站直身躯，他和这“入云龙”金四虽萍水初交，但此刻却仍不禁悲从中来，他一双俊目中滚动着的泪珠，虽未夺眶而出，但是这种强忍着的悲哀，却远比放声痛哭还要令人痛苦得多。

他沉痛地思索着“入云龙”金四死前所说的每一个字，冀求探测出字句中的含义！

“想不到”……为什么想不到，是什么事令他想不到？“他们”……他们是谁？“我的”……他为什么在临死前还会说出这两个字来？

他垂下头，苦自寻思：“难道他临死前所说的最后两字，是说他的心愿还未了，是以死不瞑目，还是说他还有什么遗物，要交给他人？这都还勉强可以解释，但是——‘想不到’却又是什么意思呢？难道他是说杀他的人令他再也想不到，是以他在垂死之际，还不忘挣扎着将这三个字说出来？”

心念一转，蓦地又是一惊：“呀！难道将他如此残酷地杀死的人，就是那突然自地道中失踪的翠衫女子？是以金四再也想不到如此天真娇柔的女子，会是个如此冷酷心狠的魔头，唉——如此说来，她真的是‘石观音’了，将我骗入地道，然后自己再溜出来，偷偷做出这等残忍之事——但是……”

他心念又自一转：“但是他却又说是‘他们’！那么做出此事的想必不止一人……”

刹那之间，他心念数转，对那“入云龙”金四垂死之际说出的七个字，竟不知生出多少种猜测，但其中的事实真相，他纵然用尽心力，却也无法猜透。他长叹一声，垂下目光，目光轻轻一扫——

突地！

他竟又见到了一件奇事！

这已惨死的“入云龙”金四，右臂已被人齐根砍断，但他仅存的一只左掌，却紧握成拳，至死不松，就像是一个溺于洪水中的人，临死前只要抓着一个他认为可以拯救他性命的东西，无论这东西是什么，他都会紧握着它，至死不放一样。

柳鹤亭心中一动：“难道他手掌中握了什么秘密，是以他垂死前还不忘说出‘我的手掌……’这句话，只是他‘手掌’两字还未说出，就已逝去。”

一念至此，他缓缓伸出两手，轻轻抬起“入云龙”金四那只枯瘦的手掌，只是这手掌竟是握得那么紧，甚至连指甲都深深地嵌入了掌心肌肤之中，柳鹤亭只觉他手掌仿佛还有一丝暖意，但是他的生命已完全冷了。

柳鹤亭悲痛地叹息着，生命的生长，本是那么艰苦，但是生命的消失，却偏偏是那么容易。

他叹息着，小心而谨慎地拉开这只手掌凝目而望！只见掌心之中——

赫然竟是一片黑色碎布，碎布边却竟是两根长只数寸的赤色须发！

他轻轻地拿起它们，轻轻地放下金四此刻已渐冰冷的手掌，但是他的目光却是沉重的，沉重地落在这方黑布和这两根赤色须发上。边缘残落的碎布，入手竟非常轻柔，像是一种质料异常高贵的丝绸，赤色的须发，却坚硬得有如猪鬃。

“这黑巾与赤发，想必是他从那将他残杀之人的面上拉落下来的，如此看来，却像又不是那石琪了。”他又自暗中寻思，“他拉落它们，是为了有赤色须发的人并不多，他想让发现他尸身的人，由此探寻出凶手的真面目，唉——他临死之前，仍念念不忘将他手掌中掌握的秘密告诉我，他心里的仇恨，该是如何深刻呀！”

他痛苦地为“入云龙”金四垂死前所说的“我的”，找出了一个最为合情合理的答案，他却不知道此事的真相，竟是那么诡异而复杂，他猜测得虽极合情合理，却仍不是事实的真相!

他谨慎地将这方碎布和赤须放入怀中，触手之处，一片冰凉。他突又记起了那黑色的玉瓶，和玉瓶上的“西门笑鸥”四字!

“唉！这又是个难以解答的问题。”

那些银衫少女，双手反缚，背向而立，被绑在树上，直到此刻还未曾动弹一下，只有在鼻息间发出微弱的呻吟。

柳鹤亭目光一转!

“难道她们也都受了重伤？”拧身一掠，掠到身旁五尺的一株树前，只见树上绑着的一个银衫少女，仿佛竟是方才当先自林中出来的那个女子。只是她此刻云鬓蓬乱，面容苍白，眼帘紧闭着，衣裳更是凌乱残破，哪里还是方才出来时那种衣如缟云、貌比花娇的样子!

他不禁为之暗叹一声，就在这匆匆一瞥间，他已断定这些女子都是被人以极重的手法点了穴道。

于是他跨前一步，伸出手掌，正待为她们解开穴道，哪知树林之外，突又传来一阵朗朗的笑声，竟是那项煌发出来的。大笑声中，仿佛还夹着女子的娇柔笑语，柳鹤亭心头一跳，目光数转，突地长叹一声，微拂袍袖，向林外掠去。

不知究竟是为了什么，只是为了一种强烈的感受，他突然觉得自己再也不愿看到这并肩笑语而来的两人，他急速地掠入树林，他知道那

“入云龙”金四的尸身，会有人收埋的，至于那些银衫少女，她们本是项煌的女侍，自然更不用他费心。只是他心里却又不免有一些歉疚，因为他和“入云龙”相识一场，却未能替朋友料理后事！

“但是我会为他寻出凶手，为他复仇的！”

他重复地告诉自己，但身形却毫未停顿，秋风萧索，大地沉寂如死，他颀长的身躯，在这深秋的荒野上飞掠着，就像是一道轻烟，甚至连林中的宿鸟都未惊起。

此刻他心中情潮翻涌，百感交集，像是都从这狂掠的过渡中寻求解脱。也不知狂掠了多久，更不知狂掠了多远，他但觉胸中郁积稍减，体内真气，也微微有些削弱，便渐渐放缓脚步，转目四望，却不禁轻呼一声。原来他方才身形狂掠，不辨方向，此刻竟已掠入沂山山地的深处。

他在这一夜之中屡经巨变，所遇之事不但诡异难测，而且惨绝人寰，却又俱都令人不可思议。此刻他身处荒山，不由自嘲地暗叹一声，自语着道：“我正要远远离开人群，静静地想一想，却正好来到这种地方。”

于是他便随意寻了块山石，茫然坐了下来，虽在这如此寂静的秋夜里，他心情还是无法平静，一会儿想到那翠装少女天真的笑靥，一会儿想到那陶纯纯的温柔笑貌，一会儿却又不禁想起那“入云龙”金四死前的面容。

一阵风吹过，远处树林黝黑的影子，随风摇动，三两片早凋的秋叶，飘飘飞落。他随手拾起一粒石子，远远抛去，眨眼便消失在无边的黑暗里，不知所踪。抛出去的石子，是永远不会回头的，那付出了的情感，也永远无法收回了。

突地——

忧郁的秋风里，竟又飘来一声深长的叹息，这叹息声的余音，就像是一条冰冷的蛇尾，拂过柳鹤亭的肌肤，使得他脚尖至指尖，都起了一阵难言的悚栗。已经有了足够的烦恼的柳鹤亭，此刻几乎不相信自己的耳朵，这一夜之间，他已经历了太多的事，而此刻在这寂静如死的荒山里，却又让他听到了这一声离奇的叹息。“是谁？”他暗问自己，不知怎地，无尽的苍穹，此刻竟像是变成了一只“入云龙”失神的眼睛。

叹息声终于消失了。

但是，随着这离奇的叹息——

“唉！人生为什么如此枯燥，死了……死了……死了也好。”

是谁在这秋夜的荒山里，说这种悲哀厌世的苍凉低语？

柳鹤亭倏然站起身来，凝目望去，只见那边黝黑的树影中，果然有一条淡灰的人影。呀！这条淡灰人影，双脚竟是凌空而立，柳鹤亭不由自主地激灵灵打了个寒噤，脑海中突地闪电般掠过一个念头！

“难道此人正在那边树林中悬枝自尽？”

第三章

荒山魅影

柳鹤亭生具至性，此刻自己虽然满心烦恼，但见了这等情事，却立刻生出助人之心，当下脚尖轻点，如轻烟般掠了过去。

又是一阵风吹过！

这淡灰的人影，竟也随风摇动了起来。

“呀！果然我未曾猜错！”他身形倏然飞跃三丈。笔直地掠到这条淡灰人影身前。只见一条横生的树枝，结着一条黑色的布带，一个灰袍白发的老头，竟已悬吊在这条布带之上。

柳鹤亭身形微顿又起，轻伸猿臂，拦腰抱住这老者，左掌横切，有如利刃般将那条黑色布带切断！

他轻轻地将这老人放到地上，目光转处，心头又不禁一跳。原来这满头白发，面如满月的老者，双臂竟已齐根断去，他身上穿着的灰布长袍，甚至连衣袖都没有。柳鹤亭伸手一探，他胸口尚温，鼻息未断，虽然面容苍白，双目紧闭，但却绝未死去。

柳鹤亭不禁放心长叹一声，心中突地闪过一丝淡淡的欢愉，因为他已将一个人的性命从死亡的边缘救了出来。一个人纵然有千百种该死的理由，却也不该自尽，因为这千百种理由都远不及另一个理由充足正大，那就是：

上天赋予人生命，便没有任何人有权夺去——这当然也包括自己在内。

柳鹤亭力聚掌心，替这白发灰袍的无臂老者略为推拿半晌，这老者喉间一阵轻咳，长叹一声，张开眼来，但随又阖起。

柳鹤亭强笑一下，和声道：“生命可贵，蝼蚁尚且偷生，老丈竟要如此死去，未免太不值得了吧？”

白发老人张开眼来，狠狠望了柳鹤亭两眼，突然“呸”的一声，张嘴一口浓痰，向柳鹤亭面上吐去，柳鹤亭一惊侧首，只觉耳畔微微一凉，这口痰竟擦耳而过，却听这白发老人怒骂道：“老夫要死就死，你管得着吗？”翻身从地上跃了起来，又怒骂道，“不知天多高地多厚的毛头小伙子，真是岂有此理。”“呸”地又向地上吐了口浓痰，掉首不顾而去。

柳鹤亭发愣地望着他的背影，心中既觉恼怒，却又觉有些好笑，暗道：“自己这一夜之中，怎地如此倒霉，救了一个人的性命，却换来一口浓痰，一顿臭骂。”他呆呆地愣了半晌。

只见这老人愈去愈远，他突然觉得有些寒意，暗道一声：“罢了，他既然走了，我还待在这里干什么？”转念一想，“他此刻像是要走到别的地方自尽，我若不去救他，唉——此后心必不安。”转目一望，那老者灰色的身影，还在前面缓缓而走。一个残废的老人踯躅在秋夜的荒山里，秋风萧索，夜色深沉，使得柳鹤亭无法不生出恻隐之心。

他只得暗叹一声，随后跟去，瞬息之间，便已掠到这老者身后，干咳了一声，方待再说两句劝慰之言，哪知这老者却又回首怒骂道：“你这混账小子，跟在老夫后面作甚，难道深夜之中，想要来打劫吗？”

柳鹤亭愣了一愣，却只得强忍怒气，暗中苦笑，抬头一望，面前已是一条狭长的山道，两边山峰渐高，他暗中忖道：“他既然要往这里走，我不如到前面等他，反正这里是条谷道——”心念转处，他身形已越过这老者前面，回头一笑道：“既然如此，小可就先走一步了。”

白发老者冷哼一声，根本不去搭理于他。柳鹤亭暗中苦笑，大步而行，前行数丈，回头偷望一眼，那老者果然自后跟来，嘴里不断低语，不知在说些什么，满头的白发在晚风中飞舞着，无臂的身躯，显得更加孱弱。

柳鹤亭暗暗叹息着，转身向前走去，一面在心中暗忖：“无论如何，我也要将这老人从烦恼中救出，唉！他年龄如此——”

突地！

一个惊人的景象，打断了他心中的思潮。

他定了定神，驻足望去，前面道旁的小峰边，竟也横生着一株新树，而树枝上竟也悬吊着一个灰白的人影，他一惊之下，凌空掠了过去，一手切断布带，一把将这人抱了下来，俯首一看——

只见此人满头白发，面如满月，双臂齐肩断去，身上一袭无袖的灰布长袍，他激灵灵打了个寒噤，回头望去，身后那条笔直的山路，竟连一条人影都没有了，只有秋风未住，夜寒更重。他颤抖着伸出手掌，在这老者胸口一探，胸口仍温，鼻息未断，若说这老人便是方才的老人，那么他怎能在这眨眼之间越到自己身前，结好布带，悬上树枝？他双臂空空，这简直是令人难以置信。

若说这老人不是方才那老人，那他又怎会和他生得一模一样？而且同样地是个断去双臂的残废！

他长长透了口气，心念数转，一咬牙关，伸手在这老者胸前推拿了几下。等到这老者亦自喉间一咳，吐出一口长气，他突地手掌一回，在这老者腰畔的“睡穴”之上，疾点一下。

他知道以自己的身手，点了这老者的睡穴，若无别人解救，至少也得睡上三个时辰。于是他立即长身而起，掠回来路，身形疾如飘风，四下一转，大地寂静，竟真的没有人踪。他身形一转，再次折回，那白发老人鼻息沉沉，却仍动也不动地睡在树下。

他脚步微顿一下，目光四转，突地故意冷笑一声，道："你既如此装神弄鬼，就让你睡在这里，等会儿有鬼怪猛兽出来，我可不管。"语声一顿，大步地向前走去，但全神凝注，却在留神倾听着身后的响动。此刻他惊恐之心极少，好奇之心却极大，一心想看看这白发老人究竟是何来路。

但他前行又已十丈，身后却除了风吹草动之声外，便再无别的声息。他脚步愈行愈缓，方待再次折回那株树下，看看那白发老人是否还在那里，但是他目光一动——前面小山壁旁，一株木枝虬结的大树上，竟又凌空悬吊着一条淡灰人影。

他倒吸一口凉气，身形闪电般掠去，右掌朝悬在树枝上的布带一挥，那黑色布带便又应手而断，悬在树枝上的躯体，随之落下，他左手一揽，缓住了这躯体落下的势道。

只见此人竟然仍是满头白发，面如满月，双臂齐断，一身灰袍！

此刻柳鹤亭心中已乱作一团，他自己都分不清是惊骇还是疑惑，下意识地伸手一探鼻息，但手掌立即缩回，轻轻将这人放在地上，身形猛旋，猛然几个起落，掠回方才那株树下。

树下空空，方才被他以内家妙手点了"睡穴"的那灰袍白发老人，此刻竟又不知走到哪里去了！

他大喝一声，脑海中但觉纷乱如麻，身形不停，忽然又是几个起落，掠出了这条山道，抬头一望——

先前他第一次见着那白发老人悬绳自尽的树枝上，此刻竟赫然又自凌空悬吊着一条淡灰人影，掠前一看——

灰袍白发，面如满月！

他剑眉一挑，突地扬掌劈出一股劲风，风声激劲，竟凭空将这段树枝震断，然后他任凭树枝上悬吊着的躯体"噗"地落在地上，脚跟半旋，蜂腰一拧，身形转回，“嗖、嗖、嗖”，三个起落，掠回十丈。

谷道边的第一株树上，树枝轻摇，木叶飘飘，却赫然又悬吊着一条人影，也仍然是灰袍白发，两臂空空。

柳鹤亭身形有如经天长虹，一掠而过，随手一挥，挥断了树枝上的布带，身形毫不停顿，向前掠去，一掠数丈，三掠十丈。

十丈外那一株枝叶纠结的大树下，方才被柳鹤亭救下的白发老者，此刻竟仍安安稳稳地躺在地上。

柳鹤亭身形如风，来回飞掠，鼻洼已微见汗珠，但是他心中却不断地泛出一阵阵寒意。他甚至不敢再看躺在地上的白发无臂老者一眼，一点脚尖，从树旁掠了过去，此刻他只盼望自己能早些离开这地方，再也不要见到这白发老者的影子。

谷道边两旁的山壁愈来愈高，他身形有如轻烟，不停地在这狭长的谷道中飞掠着，生像是他身后追随着一个无形的鬼怪一样。

他不断地回着头，身后却一无声息，更无人影。

刹那间，他似已掠到谷道尽头。前面一条山路，蜿蜒而上，道前一片山林。他微一驻足，暗中一调真气，大骂自己糊涂，怎地慌不择路，竟走到了这片荒地的更深之处。方才那有如鬼魅一般的白发老者，竟使得这本来胆大心细的少年，此刻心中仍在惊悸地跳动着，他甚至开始怀疑这老者究竟是否人类！

哪知——

谷道尽头突地传来一声哈哈大笑之声，笑声虽然清朗，但听在柳鹤亭耳里，却有如枭啼鬼号。他忍不住周身一噤，却见前面山林阴影中，已缓缓走出一个人来，哈哈大笑着道：“老夫被你救了那么多次，实在也不想死了，小伙子，交个朋友如何？”赫然又是那满头白发，双臂齐折的灰袍老人。

柳鹤亭极力按捺着心中的惊恐，直到此刻为止，他还是无法断定这老者究竟是否人类，因为他实在无法相信，人类竟有如此不可思议的轻功，这谷道两旁山峰高耸，这老者难道是从他头上飞过来不成？

只见这老者缓步行来，笑声之中，竟像是得意高兴已极，面上更是眉开眼笑，快活已极。

柳鹤亭心中又惊又奇，暗忖："这老人究竟是人是鬼？为什么这般戏弄于我？"

只见这老者摇摇摆摆地行来，突地一板面孔，道："老夫要死，你几次三番地救我，现在老夫不想死，你却又不理老夫，来来来，小伙子，我倒要问问你，到底是什么意思？"

柳鹤亭呆呆地愣在当地，不知该如何是好。这老者面孔虽板得一本正经，但目光中却似隐含笑意，在柳鹤亭脸上左看右看，似是因为夜色深沉，看不甚清，是以越发看得仔细些。柳鹤亭只被他看得心慌意乱。

却听他突地"哎呀"一声，道："小伙子，你不过三天，大难就要临头，难道你不知道吗？"

柳鹤亭心头一跳，暗忖："是了，今夜我遇着的尽是离奇怪异之事，说不定近日真有凶险。这老者如果是人，武功如此高妙，必非常人，也许真被他看中了。"

只见这老者突地长叹一声，缓缓摇头道："老夫被你救了那么多次，实在无法不救你一救，只是……唉！老夫数十年来，从未伸手管过武林中事，如今也不能破例。"他双眉一皱，面上立刻换了愁眉苦脸的表情，仿佛极为烦恼。

柳鹤亭生性倔强高傲，从来不肯求人，见了他这种表情，走也不是，不走也不是，却听他又道："你武功若稍微高些，大约还可化险为夷，只是——哼！不知你是从哪里学来的功夫，实在太不高明，怎会是别人敌手？"

这话若是换了旁人对柳鹤亭说出，他硬是拼却性命，也要和那人斗上一斗。只是他方才实在被这老者的身法所惊，心中反而叹道："我自命武功不错，如今和这老人一比，实在有如萤火之与皓月，唉——他如此说法，我除了静听之外，又能怎地？"心念一转，"唉！我如能从这老人处学得一些轻功妙诀，只怕比我以前全部学到的还多。"

这白发老人目光动也不动地望在他脸上，似乎早已看出他的心意，突又长叹一声，摇首道："老夫一身绝艺，苦无传人，数十年来，竟连个徒弟都找不到，唉——如果——"

他语声一顿，柳鹤亭心头却一动："难道他想将我收在门下？"

却听这老人又自接着正色说道："老夫可不是急着要找徒弟，只是老夫方才见你武功虽差，却有几分侠义之心，是以才想救你一命。如果你愿拜在老夫门下，老夫倒可传你一本秘籍，包你数天之内，武功就能高明一倍。"他忽然闭起眼睛，仰首望天，叹道，"恩师，我虽然破戒收徒，但却实非得已，恩师，你不会怪我吧？"

此刻柳鹤亭心中已再无疑念，认定这老人一定是位隐迹风尘，玩世不恭，武功却妙到不可思议的武林异人，方才心中的惊疑恐惧，一扫而空。但他生性强傲，恳求的话，仍然说不出口，讷讷地嗫嚅了半晌，终于挣扎着说道："弟子无知，不知道你老人家是位异人，如果你老人家……嗯……"他嗯了半天，下面的话还是无法说出口来。

哪知这老人却已立刻接道："你不必说了，你可是愿意做老夫的徒弟？"

柳鹤亭红着脸点了点头。

这老人眼睛一转，目光中更是得意，但却仍长叹道："唉——既是如此，也是老夫与你有缘。我平生武功奥秘，都写成一本秘籍，此刻便藏在老夫脚下的靴筒里。老夫一生脱略行迹，最恨世俗礼法，你既拜老夫为师，也不必行什么拜师大礼，就在这里随便跟我磕个头，将那本秘籍拿去就是了。”

柳鹤亭虽然聪明绝顶，但此刻心中亦再无疑念，大喜着叫了一声：“恩师。”“噗”地跪了下去，恭恭敬敬叩了几个头，只见这老人已抬起脚来，他恭敬地伸出手掌，在靴筒里一掏，果然掏出一本黄绢为面的册子，热烘烘的，似乎还有些臭气。但他却丝毫没有放在心上，谨慎地收了起来。只听这老者干咳一声，缓缓道：“好了，起来吧。”

柳鹤亭遵命长身而起，目光一抬，却见这老人正在朝着自己挤眉弄眼。他不禁愣了一愣，心中方自奇怪，哪知这老人却再也忍不住心里的快活，竟弯下腰去，放声大笑了起来。

柳鹤亭心中更奇，哪知他笑声一起，柳鹤亭身后竟也有人哈哈大笑起来。柳鹤亭一惊之下，回首而望，只见他身后数丈之外，竟一排大笑着走来三个白发灰袍、两臂齐断的老人，走到他身侧，四个一齐弯腰跌足，笑得开心已极。柳鹤亭心中却由惊而奇，由奇而恼，只是他亦自恍然大悟，难怪方才自己所遇之事那般离奇，原来他们竟是孪生兄弟四人，只是自己再也未曾想到这里，是以才会受了他们的愚弄。一时之间，他心中不禁气恼，但见了这四人的样子，却又不禁有些好笑。

“反正他们年龄都已这么大了，我纵然向他们叩个头又有什么关系。”

要知道柳鹤亭虽然倔强高傲，却并非气量偏窄之人，而且天性亦不拘小节。此刻他站在中间，看到身旁这四个满头白发，笑来却有如顽童一般的老人，想到自己方才的心情，愈想愈觉好笑，竟也忍不住放声大笑起来。

哪知他笑声一起，这四个白发老人的笑声却一齐顿住，八只眼睛，一齐望着柳鹤亭，像是非常奇怪，这少年怎地还有心情笑得出来。只见他笑得前仰后合，竟像是比自己还要得意，四人对望一眼，心里都不觉大奇，四人竟都忍不住脱口问道：“你笑什么？”

柳鹤亭目光一转，不停地笑道："我笑的事，怎能告诉你们？"话声一了，又自大笑起来。

这四个老人年纪虽大，但童心仍炽，四人不知用这方法捉弄了多少人，那些人不是被他们吓得半死，连走都走不动了，就是见了第二个上吊的老人，便吓得连忙逃走。纵然有一两个武功特别高的，后来发觉了真相，也都一定会勃然大怒，甚至和他们翻脸成仇。

此刻他们见了柳鹤亭被他们捉弄之后，不但不以为忤，竟笑得比他们还要开心，这倒是他们生平未遇之事。柳鹤亭不肯说出自己发笑的原因，这四人便更觉好奇之心，不可遏止，四人面面相觑，各各心痒难抓，突地一齐向柳鹤亭躬身一礼，齐声道："方才小老儿得罪了阁下，阁下千万不要见怪。"

柳鹤亭笑声一顿，道："我自然不会见怪。"

这四个老人一齐大喜道："阁下既不见怪，不知可否将阁下发笑的原因告诉我们？"

此刻东方渐白，大地已现出一丝曙光，柳鹤亭四望一眼，只见这四人虽然须发皆白，但却满脸红光，眉眼更俱都生成是一副喜笑颜开的模样。只是此刻却又一个个眼慜眉皱，像是心里十分苦恼。

柳鹤亭见了他们苦恼的神情，知道他们苦恼的原因，心道："你们方才那般捉弄我，我此刻也偏偏不告诉你们。"口中却道："我只是想到一句话，是以才觉得好笑而已。"

这四个老人一生之中，四处寻找欢笑，但他们四人一体而生，行踪诡异，别人见到他们，不是早已吓得半死，便是不愿和他们多话，哪有心情和他们说笑？是以这四人喜欢捉弄别人，自寻乐趣，此刻听了柳鹤亭想到一句如此好笑的话，却不告诉他们，心中越发着急，急急追问道："不知阁下可否将这句话说出来，也让小老儿开心开心？"这四人心意相通，心中一生好奇之心，说起话来，竟也是同时张口，同时闭口，竟像是一个人的影子。

柳鹤亭目光一转，心里好笑，口中却故意缓缓道："这句话嘛……"眼角斜瞟，只见这四人眼睛睁得滚圆，嘴唇微微张开，竟真的是一副急不可待的神情，忍不住哈哈笑道："我想起的那句话便是'穿蓑衣救火'。"

那四人一呆，道："此句怎解？"

柳鹤亭本来是见了他们样子好笑，哪里想起过什么好笑的话，不过是随口胡诌而已，此刻见他们反被自己捉弄了，心中得意，接口笑道："我本想救人，却不知反害了自己，这岂非穿蓑衣救火——惹火上身吗？"

四个老人齐地又是一呆，目光中流露出失望的神色，像是觉得这一句话一点也不好笑，但四人对望了一眼，竟也哈哈大笑起来，五个人竟笑作一团。

柳鹤亭心中暗道："我今日虽被他们捉弄，却换来一场如此大笑，也算得上是人生中一段奇遇，此刻还和他们鬼混什么？"

心中虽想走，但见他们大笑的神情，却又觉得甚为有趣，不舍离去。

却见这四个老人一齐哈哈笑道："阁下真是有趣得紧，小老儿今日倒是第一次见到阁下这般有趣的人，不知阁下可否将大名见告，将来也好交个朋友。"

柳鹤亭笑道："在下柳鹤亭，不知阁下等是否也可将大名告诉小可？"他此刻对这四个奇怪的老人，心中已无恶感，心想与这种人交个朋友倒也有趣。

白发老人哈哈笑道："正是，正是，我们也该将名字告诉阁下，只是我四人纵然将名字告诉阁下，阁下也未见能分得清。"

此刻晓色更开，柳鹤亭与这四人对面相望，已可分辨出他们的须发。只见这四人站在一处，竟生像是一个模子里铸出来的，乍见之下，委实叫人分辨不出。

却听老人又道："但其实我兄弟四人之间，还是有些分别的，只是别人看不出来而已。"

柳鹤亭微微一侧身，让东方射来的曙光，笔直地照在这四人面上，目光仔细地自左而右，逐个向这四人面上望去，来回望了数次，只见这四个眉开眼笑的老人，此刻面孔竟板得一本正经，心中不禁一动，故意颔首道："不错，你们若是不笑的话，别人委实分辨不出。"

白发老人齐地双目一张，突又哈哈大笑起来，连声道："你这小伙子真是有趣，竟将我们这个秘密都看出来了。"

原来这四人不笑之时，面容的确一样，但笑起来，一人嘴角一齐向上，一人嘴角一齐向下，一个口中长了两颗看来特别显眼的犬齿，另一个面颊右边却生着一个深深的酒窝。

柳鹤亭心中暗笑，只见这四人笑得愈厉害，面上的特征也就愈明显，他不禁暗叹造物之奇妙，的确不可思议。

明明造了一模一样的四个人，却偏偏又要他们面上留下四个不同的标记。这四人若是生性冷僻，不苟言笑，别人亦是无法明辨，但偏偏又要他们终日喜笑颜开，好叫别人一眼就可辨出。

只见这四个白发老人笑得心花怒放，前仰后合，他心里不觉甚是高兴，无论如何，能够置身在欢乐的人们中间，总是件幸福的事。而人生中能遇着一些奇迹——像这种含着欢笑的奇迹，那么除了幸福之外，更还是件幸运的事。

他性情豁达，方才虽被这四个老人捉弄了一番，但他深知这四人并无恶意，是以此刻心中便早已全无怨恨之心，含笑说道："小可既然猜出，那么老丈们想必也该将大名告知在下了吧！"

只听这四人一一自我介绍，那笑起来嘴角一齐向上的人是老大

“戚器”，那笑起来嘴角眼角一齐向下的人是老二“戚气”，那口中生着犬齿的是老三“戚栖”，那生着酒窝的自是老四，叫作“戚奇”。

晨风依依，晚秋的清晨，虽有阳光，但仍不减秋风中的萧索之意，只是这秋阳中的山野，却似已被他们的笑声渲染得有了几分春色。

柳鹤亭大笑着忖道：“这四人不但一切古怪，就连名字都是古怪的，这种名字，却教人家怎生称呼？”心念一转，口中便笑道：“那么以后我只得称你们作‘大器’‘二气’‘三栖’‘四奇’了。”

戚器大笑道：“正是，正是，我兄弟起这名字，原正是这个意思。”

柳鹤亭却又一怔，他本是随口所说，却不知这本是人家的原意。只听戚器又自接口笑道：“本人大器晚成，是以叫作‘大器’。老二最爱生气，气功可练得最好，不但练成无坚不摧的‘阳气’，还练得我兄弟都不会的‘阴气’，阳阴二气，都被他学全了，所以叫作‘二气’。”

他语声一顿，柳鹤亭恍然忖道：“这四人无臂无掌，用以伤人制敌的武功，自然另有一功，想必就是以气功见长的武功了。”

戚大器已接道：“老三叫作‘三栖’，更是好极，因为他不但可以在地上走，还可以在水里游，甚至在水里耽上个三五天都无所谓，像条鱼一样，再加上他跳得最高，又像是麻雀，哈哈——他不叫‘三栖’叫什么？”

他摇头晃脑，大笑连连，说得得意已极。

柳鹤亭却暗忖：“这三人虽然滑稽突梯，但却都可称得上是武林奇人。这位老三想必轻功，水功都妙到毫巅，既能栖于陆，又能栖于水、栖于空，他叫作‘三栖’，倒的确是名副其实得很。”

戚大器大笑又道：“老四嘛——他花样最多，所以叫‘四奇’。我们兄弟本来还有个老五，他人生得最漂亮，又最能干，竟一连娶了五个太太，哈哈——像是替我们兄弟一人娶了一个，本来他叫作‘五妻’‘戚妻’，真是再好也没有了，只是——”他笑声中突然有些慨叹，竟低叹一声，方自接道，“只是我们这位最能干的老五，却跑去当官去了——”

他又自长叹一声，缓缓顿住了自己的话。

柳鹤亭心中大感好奇，本想问问他有关这“老五”的事，但又生怕触到他的伤心之处，心中虽好奇，却终于没有问出口来。

这戚氏兄弟与柳鹤亭愈谈愈觉投机，真恨不得要柳鹤亭永远陪着他们四人才对心思，要知道他们一生寂寞，见着他们的人，不是有着轻贱之心，便是有着畏惧之意，像柳鹤亭这种能以坦诚与之相交的人，他们当真是平生未遇。四人你一眼，我一眼，你一句，我一句，真弄得柳鹤亭应接不暇，他自幼孤独，几曾见过如此有趣的人物，更不曾得到过如此温暖的友情，竟也盘膝坐下，放声言笑起来。

戚大器哈哈笑道：“看你文质彬彬，想不到你居然也和我兄弟一样，是条粗鲁汉子，我先前在那边看你愁眉苦脸，长吁短叹，还只当你是个酸秀才呢！”

柳鹤亭目光动处，只见他说话之际，另三人竟也嘴皮连动，虽未说出声来，但显见他说话的意思，完全和另三人心中所想相同。他语声一了，另三人立刻连连点头，齐地连声道：“正是，正是，我兄弟方才还直当你是个穷秀才哩！”

柳鹤亭大笑着道：“你们先前当我是个酸秀才，我先前却当你们是深山鬼魅、千年灵狐，后来又当你们是一个轻功妙到毫巅、武功骇人听闻的武林奇人，我若知道你们不是一个而是四个，那么——哈哈，你们年纪虽大，那个头我却是绝不会磕下去的。”

哪知他语声方了，戚大器身形动处，突地一跃而起，柳鹤亭心中方自一怔，只见他已恭恭敬敬地跪了下来，恭恭敬敬地向自己叩了一个头，口中一面笑道："一个还一个，两不吃亏——"

柳鹤亭亦自一跃而起，对面跪了下去，立刻还叩一个，口中道："事已过去，你这又何苦，你年龄比我大得多，我就算磕个头，却又何妨？"

戚大器连声道："不行，不行，这个头我非还你不可的，不然我睡觉都睡不着。"说话声中，又是一个头叩了下去。

另三人见他两人对面磕头，更是笑得前仰后合，几乎连眼泪都笑了出来。柳鹤亭亦自连声道："不行，不行，我若让你还叩一个头，那么我也要睡不着觉了。"

戚大器叫道："那真的不行——那怎么可以——"这两人竟是一样地拗性，一个一定要叩还，一个偏偏不让他叩还。

柳鹤亭心想："我抓住你的臂膀，然后对你叩个头，我再躲到你兄弟身后去，看你怎生叩还我。"一念至此，再不迟疑，疾伸双掌，向戚大器肩头抓去。他这一手看似平平无奇，其实不但快如闪电，而且其中隐含变化，心想：你无法出手招架，又是跪在地上，这一下还不是手到擒来，看你如何躲法？

哪知他手掌方伸，戚大器突地一声大笑，直笑得前仰后合，全身乱颤。

柳鹤亭突地觉得他全身上下，都在颤动，一双肩膀眨眼间竟像是变成了数十个影子，自己出掌虽快，虽准，此刻却似没有个着手之处。

柳鹤亭虽然深知这四个残废的老人防敌制胜，必定练有一些极为奇异的外门功夫，但骤然见到这种由笑而发，怪到极处的身法，仍不禁吃了一惊，方自缩回手掌，只听大笑声中，戚四奇突地长长"咦"了一声，另三人立刻顿住笑声，彼响斯应。柳鹤亭心中又为之一动。

戚四奇已自接道："此时此刻，这种地方，怎地会又有人来了？"

戚大器笑声一顿，颤动着的身形，便立刻变得纹风不动。柳鹤亭愣了一愣，自然停住笑声，心中大奇！

“方才笑声那等喧乱，这戚四奇怎地竟听出远处有人走来，而我却直到此刻还未——”

心念动处，快如闪电，但他这念头还未转完，谷道那边果然已有人声马嘶隐隐传来，柳鹤亭心中不由大为惊服，道：“四兄如此高的耳力。”他长于绝代高人之侧，对于这耳目之力的锻炼，十数年可说已颇有火候，但此刻和人家一起，自己简直有如聋子一样，他惊服之余，长身站了起来，一拍膝上泥土，心中直觉甚是惭愧。

却听戚四奇哈哈一笑，道：“别的不说，我这双耳朵倒可以算是天下第一，咦——来的这些人怎地阴盛阳衰，全是女的，嗯——男的只有三个——二十四马，都是好马，有趣有趣，有趣有趣。”

他一连说了四句有趣，面上又自喜笑颜开。

柳鹤亭听了，心下却不禁骇然，但他也曾听过，关外的马贼多擅伏地听声之术，远在里外之地行来的人马，他们只要耳朵贴在地上一听，便知道人马之数。但像戚四奇这样一面谈笑，却已将远处的人马数目、男女性别，甚至马的好坏都听了出来，那却真是见所未见、闻所未闻之事。尤其令柳鹤亭惊骇的是，他所说出的这人马数目，正和那来自南荒的一行人马一样。

只听戚大器笑道：“不知道这些人武功怎样，胆子可大——”

戚四奇“呀”了一声，道：“不好，不好，这些人耳朵也很灵，居然听出这里有人了，咱们可得躲一躲，若让他们一齐见到我们四人，那就没有戏唱了。”

柳鹤亭目光闪动处，只见这四人此刻一个个眉开眼笑，一副跃跃欲试的模样，就有如幼童婴儿面对着心爱的玩物一样。

他心里只觉好笑，却有些不太舒服，暗中寻思道：“不知道那陶纯纯此刻是否还和他在一起？”

又忖道："反正我已不愿再见他们，管他是否与她在一起，都与我无关。"口中急道："正是，正是，我们快躲他一躲。"

目光一转，却见戚氏兄弟四人，各各眼动目跳，以目示意，像是又想起什么好玩的事一样，一会儿又不住打量自己。他心中一动，连忙摇手道："不行，不行。"

戚三栖忍住笑道："不行什么？"

柳鹤亭一怔，忖道："是呀，不行什么？人家又没有叫我干什么。"

只听戚大器笑道："你是说不愿躲起来是么？那正好极，你就站在这里，替我们把这班人拦住，然后——"

柳鹤亭此刻大感焦急，又想掠去，又想分辩，但戚大器说个不停，他走又不是，插口也不是。哪知他话声未了，戚四奇突地轻咳一声，戚大器立刻顿住语声，柳鹤亭忙待发话，哪知咳声方住，这戚氏兄弟四人，竟已一齐走了。

这戚氏兄弟四人武功不知究竟怎样，但轻功的确不弱，眨眼之间，四人已分向四个方向如飞掠走。

柳鹤亭怔了一怔，暗道："此时不走，更待何时？"

心念动处，立刻毫不迟疑地一拧身躯，正待往道边林野掠去，哪知身后突地传来一声娇呼："呀——你！"

另一个冰冷冷的语声："原来是你！"

柳鹤亭心往下一沉，吸了口长气，极力按捺着胸中的愤慨之意，面上做出一丝淡淡的笑容，方自缓缓回转身去，含笑道："不错，正是在下。"

他不用回头，他知道身后的人，一定便是那陶纯纯与"东宫太子"项煌，此刻目光一抬，却见陶纯纯那一双明如秋水的秋波，正自瞬也不瞬地望着自己。她一掠鬓角秀发，轻轻道："方才我们远远听到这里有人声，就先掠过来看看，却想不到是你。”

柳鹤亭面上的笑容，生像是石壁上粗劣笨拙的浮雕一样，生硬而呆板。

要知他本不喜作伪，此刻听她说“我们”两字，心里已是气得真要吐血，再见了那项煌站在她旁边，负手而笑，两眼望天，一副志得意满之态，更恨不得一脚踢去。此刻他面上还有这种笑容，已是大为不易，又道：“不错，正是在下。”

陶纯纯微微一笑，道：“我知道是你，可是你方才为什么不声不响地就跑了？”

柳鹤亭心中冷哼一声，忖道：“反正你有人陪着，我走不走干你甚事？”口中仍含笑道：“不错，在下先走了。”

陶纯纯秋波一转，像是忍俊不住，“扑哧”一声，笑出声来，她缓缓伸出手掌，掩住樱唇，轻笑道：“你这人……真是。”

项煌突地冷笑一声，道：“阁下不声不响地走了，倒教我等担心得很，生怕阁下也像我宫中的婢女一样，被人宰了，或是被人强行掳走，嘿嘿——想不到阁下却先到这里游山玩水起来了，却将救活人、埋死人的事，留给我等来做。”

他冷笑而言，柳鹤亭昂首望天，直到他话说完了，方喃喃自语道：“好天气，好天气……”

目光一转，满面堆笑，道：“兄台方才是对小可说话么？抱歉，抱歉，小可方才正自仰望苍穹，感天地之幽幽，几乎怆然而泪下了，竟忘了聆听兄台的高论。”

他方才与那戚氏兄弟一番论交，此刻言语之中，竟不知不觉地染上那兄弟四人一些滑稽玩世的味道。要知道聪明的少年大多极善模仿，他见了这项煌的神情举止，正自满腹怒气，却又自惜身份，不愿发作出来。此刻他见项煌面上阵青阵白，知道他此番心中的怒气，只怕还在自己之上，心下不觉大为得意，干笑了两声，竟真的忍不住放声大笑了起来。

一阵马蹄声，如飞奔来，前行四匹健马，两匹马上有人，自是那两位“将军”。此刻他两人一手带着另一匹空鞍之马，扬蹄奔来，到了近前，一勒缰绳，四匹马竟一齐停住。

柳鹤亭哈哈笑道：“好马呀好马，好人呀好人，想不到两位将军，不但轻功极好，马上功夫更是了得，小可真是羡慕得很，羡慕得很。”

“神刀将军”胜奎英、“铁锏将军”尉迟高，见着柳鹤亭，已是微微一怔，齐地翻身掠下马来。听了他的话，“铁锏将军”一张满布虬髯的大脸，已变得像是一只熟透了的蟹壳僵在当地，怒又不是，笑更不是，不知该如何是好。

项煌此刻的心情正也和柳鹤亭方才一样，直恨不得一脚将柳鹤亭踢到八百里外去，永远见不着这惹厌的小子才对心思，胸中的怒气向上直冒，忍了半晌，想找两句话来反唇相讥，但一时之间，却又偏偏找不出来。

柳鹤亭见了，更是得意，目光一转，只见陶纯纯正自含笑望着自己，目光之中，满是赞许之色，根本不望她身旁的项煌一眼。

刹那之间，柳鹤亭但觉心中一乐：“原来她还是对我亲近些。”方才闷气，便都一扫而空，再望到项煌的怒态，虽然仍觉甚为好笑，但却已有些不忍了。

此刻那些淡银衣裳的少女，也已都策马而来，最后的一匹马上，一鞍两人，想必是有一人让出一匹马来给陶纯纯了。这些少女此刻一个个云鬓蓬乱，衣衫不整，极为狼狈，见到柳鹤亭，目光齐地一垂，缓缓勒住马缰。

项煌不愿陶纯纯和柳鹤亭亲近，目光连转数转，忽地向陶纯纯笑道：“这鬼地方了无人烟，又无休息之处，你我还是早些走吧，大家劳累了一夜，此刻我已是又累又饿了。”

陶纯纯点了点头，道：“我也有些饿了。”

项煌哈哈笑道：“姑娘想必也有些饿了。”他凡事都先想到自己，然后再想到别人，却以为这是天经地义之事。

陶纯纯转首向柳鹤亭一笑，道：“你也该走了吧？”

柳鹤亭在一旁见到他们谈话之态，心里竟又有些闷气！暗道：“原来她对这小子也不错。”

要知道少年人心中的情海波澜，变化最是莫测，心中若是情无所钟，那么行动自是潇潇洒洒，胸中自是坦坦荡荡；若是心中情有所钟，那么纵然是像柳鹤亭这样心胸磊落的少年，却也难免变得患得患失起来。他勉强一笑，自然又是方才那种生硬的笑容，强笑说道：“姑娘你们只管去好了，小可还得在此等几个朋友。”

陶纯纯明眸一张：“等朋友？你在这里还有朋友——”秋波一转，“啊！对了，刚才你就是在和他们说话是不是，现在他们到哪里去了？”

项煌冷笑道：“这个人行迹飘忽，事情又多，姑娘你还是省些气力，留待一会儿和别人说话吧！”

柳鹤亭剑眉一轩，突地笑道：“不过姑娘若是腹中有些饿了的话，不妨和小可在此一同等候，让这位太子爷自己走吧！”

陶纯纯轻轻笑道：“我实在有些饿了，你叫我在这里等，难道有东西吃喝？”

项煌连声冷笑道：“这里自然有东西吃，只不过这里的东西，都是专供野狗吃的。”

柳鹤亭生像是根本没有听到他的话，目光凝注着陶纯纯笑道：“敝友们此刻就是去准备酒食去了，让小可在这里等候，这里离最近的城镇只怕也有一段极远路途，我劝姑娘不如在此稍候吧！”他见了项煌的神态心中大是不忿，立意要气他一气。

要知道柳鹤亭虽然胸怀磊落，却仍不过是个弱冠少年，自难免有几分少年人的争强斗胜之心，心想：“你既如此张狂，我又何苦让你，难道我真的畏惧于你不成？”一念及此，他便决心要和这“东宫太子”斗上一斗。

只听陶纯纯拍掌笑道：“那真好极了，我就陪你在这里等吧。”

柳鹤亭微微一笑，斜瞟项煌一眼，道：“太子爷若是有事的话，小可却不敢斗胆留太子爷大驾。”

项煌面色一变，倏地回转身去，走了两步，脚步一顿，面上阵青阵白，眨眼之间，竟变换了数种颜色，突地一咬牙齿，咧嘴轻笑了几下，然后又突地回过头来，微微一笑，道：“这位姑娘既是和我一齐来的，我若先走，成什么话？”双掌一拍，拂了拂身上的尘土，然后双手一背，负手踱起方步来了。

柳鹤亭心中既是愤怒，又觉好笑，见他不走，自也无法，心中却有些着急，等一下哪里会有酒食送来？又暗中奇怪，方才看那戚氏兄弟的样子，以为他们一定会去而复返，甚至也将这项煌捉弄一顿，但此刻却仍不见他们人影，不知他们到哪里去了。

陶纯纯秋波四转，一会儿望柳鹤亭一眼，一会儿又望项煌一眼，一会儿又垂下头去，像是垂首沉思的样子。

尉迟高、胜奎英并肩而立，呆若木鸡。

那些银裳少女武功虽不高，骑术却甚精，此刻仍端坐在马上。这一群健马亦是千中选一的良驹，群马集聚，也不过只发出几声低嘶，以及马蹄轻踏时所发出的声响，风声依依。

项煌突地低声吟哦起来：“春风虽自好，春物太昌昌。若教春有意，惟遣一枝芳。我意殊春意，先春已断肠……先春已断肠，唉……姑娘，你看此诗作得可还值得一吟吗？我意殊春意，先春已断肠……”眼帘一阖，像是仍在品诗中余味。

陶纯纯眨了眨眼睛，轻轻一笑，道：“真好极了，不知是谁作的？”

项煌哈哈一笑，道：“不瞒姑娘说，这首《咏春风》，正是区——”

陶纯纯“呀”了一声，轻拍手掌，娇笑道：“我想起来了，这首诗是李义山做的，难怪这么好。”

柳鹤亭忍住笑回过头去，只听项煌干笑数声，连声说道：“正是，正是，正是李义山作的，姑娘真是博学多才得很。”

语声微顿，干笑两声，项煌又自踱起方步来，一面吟道：“花房与蜜脾，蜂雄蛱蝶雌。同时不同类，那复更相思。本是丁香树，春条结……始……生……姓柳的，男子汉大丈夫，一言既出，驷马难追，等会儿若是没有东西送来，又当怎地？”

柳鹤亭转首不理，干咳一声道：“黄河摇溶天上来，玉楼影近中天台。龙头泻酒客寿杯，主人浅笑红玫瑰——咳，这首诗真好，可惜不是区区在下作的，也是李义山作的。李义山呀李义山，文章本天成，妙手偶得之，可是你却为什么将天下好诗都抢去了，却不留两首给区区在下呢？”

项煌面色又自一变。

陶纯纯却轻笑道：“有没有都无所谓，我在这里听听你们吟诗，也蛮好的。”

项煌冷笑一声，道：“我却没有——”他本想说“我却没有这种闲工夫。”但转念一想，这是自己要在这里等的，又没有别人勉强，他纵然骄狂，但一念至此，下面的话，却也无法说下去。

柳鹤亭微微一笑，心下转了几转，突地走到陶纯纯面前，道：“姑娘，方才小可所说有关酒食之言，实在是——”

他心中有愧，想来想去，只觉无论这项煌如何狂傲，自己也不该以虚言谎话来欺骗别人。他本系胸襟磊落之人，一念至此，只觉自己实在卑鄙得很，忍不住要坦白将实情说出，纵然说出后被人讥笑，却也比闷在心里要好得多。

知过必改，已是不易，知过立改，更是大难，哪知他话方说到一半，陶纯纯又“呀”了一声，娇笑着说道：“呀！好香好香，你们闻闻看，这是什么味道——”

柳鹤亭心中一怔：“难道真有人送酒食来了？”鼻孔一吸，立时之间，只觉一股不可形容的甜香之气，扑鼻而来。

只听陶纯纯轻笑又道：“你们闻闻看，这是什么味道——嗯，有些像香酥鸭子，又有些像酥炸子鸡，呀——还有些辣辣的味道，看样子不止一样菜呢！”

她边笑边说，再加上这种香气，直让项煌嘴中忍不住唾沫横流，却又怕发出声音来，是以不敢咽下口去。

柳鹤亭亦是食指大动，要知道这些人俱是年轻力壮，已是半日一夜未食，此刻腹中俱是饥火中烧。此地本是荒郊，自无食物可买，他们饿极之下骤然嗅到这种香气，只觉饿得更是忍耐不住。

那尉迟高、胜奎英，虽然憋着一股闷气，站得笔直，但嗅到这种香气，方自偷偷咽下一口口水，腹中忽地“咕噜咕噜”地叫了起来。

项煌回过头去，狠狠瞪了两眼，方待喝骂出声，哪知“咕噜咕噜”两声，他自己的肚子也叫了起来。

柳鹤亭精神一振，忽地听到蹄声“嘚嘚”，自身后传来，他猛地回首望去，只见道前的那片平林之中，一个身穿紫红风氅的老人，驾着一辆驴车，缓缓而来。那拉车的驴子全身漆黑光亮，只有四蹄雪白，一眼望去，便知定是名种。最奇的是此驴既无缰绳，更无辔头，只松松地套了一副挽具，后面拉着一辆小车子，在这种山路上，走得四平八稳，如履康庄。

项煌见这骡子走得愈近，香气便愈浓，知道这香气定是从这车子发出的，忍不住伸头望去，只见这驾车的老人一不挽缰，二不看路，双手像是缩在风氅之中，眼睛竟也是半开半阖，但驴车却走得如此平稳，心中不禁大奇。

柳鹤亭一见这驾车之人穿着紫红风氅，心方往下一沉，但是定睛一望，这老人虽然衣服不同，却不是戚氏兄弟是谁？他大喜之下，脱口叫道："喂——"

这老人对他微微一笑，现出两个笑窝，他连忙接道："原来是四兄来了。"忍不住展颜笑了起来。

戚四奇一笑过后，双目一张，四扫一眼，哈哈大笑道："小老儿来迟了，来迟了，倒累你等了许久。你有这许多朋友要来，怎地方才也不告诉我，也好叫我多拉些酒菜来。"

他一笑将起来，眼睛在笑，眉毛在笑，嘴巴在笑，竟连鼻子也在笑，当真是喜笑颜开，眉开眼笑。

柳鹤亭口中笑诺，心中却大奇："他竟真是送来酒菜，而且好像听到我方才说话似的——唉，看来此人当真有过人之能，远在别处，竟能听到这里的对话，又不知从哪里整治出这些食物。"

项煌自恃身份，仍自两眼望天，负手而立，意甚不屑。但见这骡车愈走愈近，腹中饥火上升，忍不住偷看两眼，这一看不打紧，目光却再也移动不开。

尉迟高、胜奎英望着骡车后面的架板，双目更是要冒出火来。

陶纯纯轻笑道："真的送来了。"回顾项煌一眼，"我知道他不会骗人的。"

戚四奇哈哈大笑，将驴车驾至近前，轻轻一跃下地，大笑道："这都是些粗食，各位如果不嫌弃的话，大家请都来用些。"

项煌、尉迟高、胜奎英俱都精神一振，目光灼灼地望着这驴车后面架板上放着的一整锅红烧肥肉鸡蛋、一整锅冒着红油的冰糖肘子，一整锅黄油肥鸡——一眼望去，竟似有五六只，还有一整锅大肉油汤、一大堆雪白的馒头、一大葫芦酒。

这些东西混在一起的香气，被饥火燃烧的人闻将起来，那味道便是用上三千七百五十二种形容词句，却也难形容出其万一。

项煌若非自恃身份，又有佳人在侧，真恨不得先将那最肥的一只黄鸡捞在手里，连皮带肉地吃个干净才对心思。

柳鹤亭心中却既惊且佩，他无法想象在如此深山之中，这四个无臂无手的老人怎么弄出这些酒菜来的。只见这戚四奇眉开眼笑地向尉迟高、胜奎英道："两位大约是这位公子的贵管家，就麻烦两位将这些东西搬下来，用这架板做桌子，将就食用些。"

那"神刀将军"胜奎英与"铁锏将军"尉迟高，本是武林中成名人物，此刻被人称作贵管家，暗哼一声，咬紧牙关，动也不动。若非有柳鹤亭、项煌在旁，只怕这两人早已抽出刀来，一刀将这糟老儿杀死，然后自管享用车上的酒食了，哪里还管别的。

他两人咬牙切齿地忍了半晌，突地回头喝道："来人呀，将东西搬下来。"

原来他两人站在车前，一阵阵香气扑鼻而来，他两人心中虽有气，却也忍不住。

心念一转，便回头指使那些银衫女子。这些银衫女子与项煌同来，此刻，亦是半日一夜粒米未沾，腹中何尝不饿？巴不得这声吩咐，一个个都像燕子般掠了过来，眨眼之间便将酒食搬在道边林荫下排好，尉迟高、胜奎英面带微笑，似乎因自己的权威甚为得意。

那戚四奇眉花眼笑，道："柳老弟，你怎地不招呼客人用些？"

柳鹤亭微微一笑，本想将那项煌羞辱一番，但见了他面上的饥饿之色，又觉不忍，便笑道："阁下及尊属如不嫌弃的话，也来共用一些如何？"

项煌心里巴不得立刻答应，口中却说不出来，陶纯纯一笑道："你就吃一点吧，客气什么？"

项煌干咳一声，朗声道："既是姑娘说的，我再多说便作假了。"

柳鹤亭心中暗笑，口中道："请！请！"

项煌走到酒菜边，方待不顾地上污泥，盘膝坐下。

哪知戚四奇突地大笑道："柳老弟，你请这位大公子吃这些酒食，那就大大的不对了。"

项煌面色一变，倏然转回身来。柳鹤亭心中亦是一怔，知道这老人又要开始捉弄人了，但如此捉弄，岂非太过？只怕项煌恼羞之下，翻脸成仇，动起手来，自己虽不怕，却又何苦？

却听戚四奇大笑又道："这些粗俗酒食，若是让这位公子吃了，岂非大大不敬！"

项煌面色转缓，戚四奇又道："柳老弟，这位公子既是你的朋友，我若如此不敬，那岂非也有如看不起你一样么？幸好寒舍之中，还备有一些较为精致些的酒食，你我三人，再加上这位姑娘，不妨同往小饮，这里的酒食，就留给公子的尊属饮用好了。"

项煌方才心中虽然恼怒，但此刻听了这番话，心道："原来人家是对我另眼相看。"一时心中不觉大畅，他生性本来就喜别人奉承，此刻早已将方才的不快忘得干干净净，微微笑道："既承老丈如此抬爱，那么我就却之不恭了。"伸手一拂袍袖，仰天大笑数声，笑声中满含得意之情。

柳鹤亭目光转处，只见那戚四奇眉花眼笑，笑得竟比项煌还要得意，心中又觉好笑，却又有些担心，只听戚四奇哈哈笑道："寒舍离此很近，各位就此动身吧。"

陶纯纯轻笑道："要是不近，我就情愿在这里——"掩口一笑，秋波流转。

项煌含笑道："不错，不错，就此动身吧。"回头向尉迟高、胜奎英冷冷一瞥道，"你等饭后，就在这里等我。"

戚四奇呼哨一声，那黑驴轻轻一转身，掉首而行，戚四奇一跃而上，说道："那么小老儿就带路先走了。"

柳鹤亭虽想问他的"寒舍"到底在哪里，但见那项煌已兴高采烈地随后跟去，只得住口不说。陶纯纯纤腰微扭，袅袅婷婷地一齐掠去，轻轻道："还不走，等什么？"

柳鹤亭随后而行，只见她脚下如行云流水，双肩却纹丝不动，如云的柔发，长长披在肩上，纤腰一扭，罗衫轻盈，一时之间，柳鹤亭几乎连所走的道路通向何处都未曾留意。

蹄声"嘚嘚"之中，不觉已到一处山弯，此处还在沂山山麓，是以山势并不险峻高陡。戚四奇策驴而行，口中不时哼着山村小调，仿佛意甚悠闲。

项煌想到不久即有美食，却越走愈觉饥饿难忍，忍不住问道："贵处可曾到了？"

戚四奇哈哈笑道："到了，到了。"

柳鹤亭突被笑声所惊，定了定神，抬目望去，突见一片秋叶，飘飘自树梢落下，竟将要落到陶纯纯如云的柔发上。陶纯纯却浑如未觉，垂首而行，仿佛在沉思着什么。

柳鹤亭忍不住脚步加紧，掠到她身侧，侧目望去，只见她秀目微垂，长长的睫毛，轻轻覆在眼帘上，仿佛有着什么忧虑之事似的，柳鹤亭忍不住轻唤一声："陶姑娘——"

却见陶纯纯目光一抬，似乎吃了一惊，秋波流转，见到柳鹤亭，展颜一笑，轻轻地道："什么事？"

柳鹤亭鼓足勇气，讷讷道："我见到姑娘心里像是在担着什么心事，不知能否相告？只要……只要我能尽力……"

陶纯纯目光一闪，像是又吃了一惊，道："没有什么，我……我只是太饿了。"

柳鹤亭口中"哦"了一声，心中却在暗忖："她心里明明有着心事，却不肯说出来，这是为了什么呢？"转念又忖道，"唉，你和人家本无深交，人家自然不愿将心事告诉你的。"

目光抬处，只见那项煌不住回过头来，面带冷笑，望着自己，而那戚四奇已大笑着道："到了，到了，真的到了。"口中呼哨一声，那黑驴扬起四蹄，跑得更欢，山势虽不险峻，但普通健马到了此处，举步已甚艰难，但这小小黑驴，此刻奔行起来，却仍如履平地，若非柳鹤亭这等高手，只怕还真难以跟随得上。

山坡迤逦而上，麓秀林清，花鸟投闲，到了这里，忽地一片山崖，傲岸而立，平可罗床，削可结屋，丹泉碧壁，左右映发。柳鹤亭脚步微顿，方疑无路，忽地随着一阵铃声，一声犬吠，崖后竟奔出一条全身长满白色卷毛的小狗来，长不过盈尺，但蹲踞地上，"汪汪"犬吠几声，竟有几分虎威。

柳鹤亭不禁展颜一笑，只听戚四奇笑道："小宝，小宝，来来。"飘身掠下山崖，这白毛小犬已"汪"的一声，扑到他身上，他身躯微微一扭，这白毛小犬双足一搭，搭上他肩头，后足再一扬，竟安安稳稳地立在他肩头上。

柳鹤亭笑道："此犬善解人意，当真有趣得很。"侧首一望，只见陶纯纯目光却望在远处，他这话本是对陶纯纯说的，此刻不禁有些失望。

戚四奇大笑道："崖后就是山居，小老儿又要带路先行了。"再次登上车座。

柳鹤亭随后而行，方自转过山崖，忽地水声震耳，竟有一道山涧，自崖后转出，细流涓涓。但山壑却有竦荡之势，将这一山坡，有如楚汉鸿沟，划然中断，又如瞿塘之濒，吞吐百川，秋水寒烟中一道长桥，自涧边飞跨而过。

戚四奇呼哨一声，骑过桥去。

柳鹤亭不禁暗中赞叹："想不到此间竟有如此胜境，想来天下独得之境，莫过于此了。"

过桥之后，竟是一片平坡，右边高挂一道小小的飞泉，泉瀑虽不大，但水势却有如银汉倾翻，秃丸峻坂，飞珠溅玉，点点滴滴，洒向山涧，不知是否就是这山涧的尽头。

瀑布边却是一片岩山，巨石如鹰，振翼欲起，向人欲落。此刻正值深秋，岩上丛生桂树，倒垂藤花，丝丝缕缕，豁人渺思，在这有如柳絮飞雪般的山藤下，却有一个洞窟，远处虽望不甚清，但已可想见其窈窕峪岈之致，洞前竟赫然扎着一个巨大的帐幕，望去仿佛像是塞外牧人所居的帐篷，但却又不似。帐篷前又停着一辆板车，车后似有人影晃动，也隐隐有笑语声传来，只是为水声所掩，是以听不甚清。

柳鹤亭目光一转，不禁脱口轻唤一声："好个所在。"

项煌亦不禁为之目定口呆，他久居南荒，恶雨穷瘴，几曾见过如此胜境？他虽然狂傲，但到了此刻，亦不禁暗叹造物之奇与自身之渺，只有那陶纯纯秋波流转，面上却一无表情，半晌方自轻轻一笑，道："真好！"

只听戚四奇哈哈大笑道："怎么样，不错吧？"一掠下车，口中又自呼哨一声，黑驴便缓缓走向那个帐幕。帐幕后突地并肩走出三个白发老人来，项煌、陶纯纯目光动处，不禁又为之一惊，几乎要疑心自己眼花，将一个人看成了三个影子。

柳鹤亭见了他们的神态，心中不禁暗笑，只听这戚氏兄弟三人齐地笑道："有朋自远方来，不亦乐乎，不亦乐乎。"

这三人此刻身上竟也各各披着一件风氅，一个浅黄、一个嫩黄、一个嫩绿，再加上他们的皓首白发，当真是相映成趣。

只听戚大器道："柳老弟，你还不替我们肃客？"

戚四奇笑道："此刻酒菜想必都已摆就，只等我们动手吃了。"他大步走了过去。

柳鹤亭心中却突地一动。

"动手吃了……"他们无手无臂，却不知吃饭时该怎么办？

众人走了过去，转过帐幕，项煌精神一振，帐幕后的草地上平铺着一方白布，白布上竟满布各式菜肴，香气四溢，果然又比方才不知丰富若干倍。

戚氏兄弟眉花眼笑地招呼他们都盘膝坐在白布边，突又喝道："酒来！"

语声未了，柳鹤亭突觉一阵阴云，掩住了日色，他眼前竟为之一暗，抬目望去，哪里有什么阴云？

却只有一个黑凛凛的大汉，自帐幕中走了出来，双手捧着一面玉盆，生像是半截铁塔似的，面目呆板已极，一步一步地走了过来。

柳鹤亭此刻坐在地上，若是平目而视，像是最多只能望到此人露在鹿皮短裤外的一双膝盖，纵然站了起来，也不过只能齐到此人前胸。

陶纯纯见了这种巨无霸似的汉子，眼波微动，轻轻笑道："好高呀！"

坐在她身旁的项煌微微一笑，道："这算什么！"

陶纯纯回眸笑道："难道你还见过比他更高的人么？"

项煌悄悄咽下一口唾沫，笑道："你若跟我一齐回去，你便也可以见到了。"横目一瞟柳鹤亭。

柳鹤亭面带笑容，却似根本没有听到。

只见这铁塔般的汉子走到近前，缓慢而笨拙地蹲下来，将手中玉盆放到菜肴中间，里面竟是一盘琥珀色的陈酒，一放下来，便酒香四溢，盆为白玉，酒色琥珀，相映之下，更是诱人馋涎。

项煌见了，心中却大奇："这些人的酒，怎地是放在盆里的？"

目光一转，这才见到这白布之上，既无杯盏，更无碗筷，主人连声劝饮，他忍不住道："萍水相逢，便如此打扰，实在——"

戚大器抢着笑道："哪里，哪里，到了此间，再说客气的话，便是见外！请请……"

项煌讷讷道："只是……只是如无杯筷，怎生吃用？"

话声未了，只见这四个白发老人，突地一齐顿住笑声，眼睁睁地望着他，像是将他方才问的那句话，当作世上最奇怪的话似的，满面俱是惊诧之色，直看得项煌目定口呆，不知所措。

柳鹤亭见了，心中暗笑，直到此刻，他才知道这戚氏兄弟是要如此捉弄别人，但又不禁忖道："如此一来，不是连我与陶姑娘也一齐捉弄了？"想到这里，不禁笑不出来。

只听戚四奇道："这位兄台，小老儿虽不认识，但见兄台这种样子，武功想必不错，怎地竟会问出这种话来，真是奇怪，真是奇怪。"

项煌又一愣，心想："真是奇怪？奇怪什么？武功的深浅，和杯筷吃饭有什么关系？"他见到这些老人都是一本正经的神色，愣了许久，恍然忖道，"我听说塞外边垂之地，人们都是以手抓饭而食，这些老人有如此的帐幕，想必也是来自塞外，是以也是这种风俗。"

一念至此，不禁笑道："原来如此，那么我也只好放肆了，请请。"伸出五爪金龙，往当中的一大碗红烧丸子抓去，方待抓个来吃，暂压饥火。

哪知四个老人却一齐大笑起来，他呆了一呆，只听戚大器道："想不到，想不到，我见你斯斯文文，哪知你却是个——嘿嘿，就连我家的小宝，吃饭都从来不会用手去抓的，此刻还有这位姑娘在座，你难道当真不觉难为情么？”

柳鹤亭心中暗忖：“猫犬吃饭，的确是不会动手，但难道也要和猫犬一样，用舌去舔么？”他心里又是好气，又是好笑。

只见项煌慢慢缩回手掌，面上已变了颜色，突地厉声道：“我与你们素不相识，你们为何这般戏弄于我，这顿饭不吃也罢。”他说话的时候，眼角不时瞟向柳鹤亭，目光中满是恨毒之色。

柳鹤亭知道他一定是在疑心自己和戚氏兄弟串通好了，来捉弄于他，但此时此刻，却又不便解释。

只见他话声一了，立刻长身而起，哪知身形方自站起一半，却又“噗”地坐了下来。原来此刻那半截铁塔似的大汉，已站到他身后，见他站了起来，双手一按，按住他肩头，就生像是泰山压顶般，将他压了下去。

项煌武功虽高，只觉自己此刻双肩之重，竟连动弹都无法动弹一下，要知道这种天生神力，当真是人力无法抵抗。项煌内外兼修，一身武功，若是与这大汉对面比斗，这大汉手呆脚笨，万万不会是项煌的敌手，但项煌方才羞恼之下，被他捉住肩头，此刻就像是压在五指山下的孙悟空，纵有七十二种变化，却一种也变不出来了。

戚大器哈哈笑道：“我兄弟好意请你来吃酒，你又何苦敬酒不吃吃罚酒呢？”

话声方了，突地张口一吸，碗中的一个肉丸，竟被他一吸而起，笔直地投入他嘴中，他张口一阵大嚼，吃得干干净净，吐了口气，又道：“难道像这样吃法，你就不会吃了么？”

项煌忖道：“原来他如此吃法，是要来考较我的内功，哼哼——”口中道：“这有何难？”张口也想吸一个肉丸，但全身被压得透不过气来。

戚大器道："大宝，把手放开，让客人吃东西。"

柳鹤亭暗道："原来这汉子叫大宝。"侧目望去，只见大宝巨鼻阔口，前额短小，眉毛几乎要接上头发，一眼望去，倒有三分像是猩猩，当真是"四肢发达，头脑缺乏"的角色，听到戚大器的话，咧嘴一笑，巨掌一松。

项煌长长透了口气，戚大器笑道："既然不难，就请快用。"

项煌冷哼一声，张口一吸，果然一粒丸子，亦自离碗飞起，眼看快要投入他口中。

哪知戚二气突地笑道："要阁下如此费力方能吃到东西，岂是待客之道，还是我来代劳吧。""呼"地吸起一粒丸子，又"呼"的一声喷了出去，只见这粒肉丸有如离弦之箭般，射向项煌口里，正巧与项煌吸上的那粒肉丸互相一击，两粒肉丸，都被击得一偏，落到地上，那白毛小犬跑来仰首一接，接过吃了。

项煌眼睁睁望着自己将要到口的肉丸竟落到狗嘴里，心中又是愤慨，又是气恼，目光动处，只见身后那巨人的影子，被日光映在地上，竟是腰身半曲，双臂箕张，有如鬼魅要择人而噬。

他想起方才的情事，此刻两臂还在发痛，生怕这家伙再来一手，何况此刻在座各人，俱都是敌非友，这四个老人路道之怪，无与伦比，又不知武功深浅，自己今日若要动手，只怕眼前亏是要吃定了。

他虽然狂傲，却极工于心计，心念数转，只得将气忍住，冷笑道："老丈既然如此客气，那么我只好生受了。"他心想："我就不动口亦不动手，等你将东西送到我嘴里，看你还有什么花样？"

戚二气哈哈笑道："柳老弟，你是自己人，你就自己吃吧，这位姑娘么——哈哈，男女授受不亲，亦请自用，我们请专人来招呼这位兄台了。"

柳鹤亭见了他方才一吸一喷，竟用口中所吐的一点真气，将肉丸操纵如意，不禁暗叹忖道："难怪他叫作'二气'，看来他气功练得有独到之处，唉——这兄弟四人当真是刁钻古怪，竟想出如此缺德的花样。"

目光一抬，只见陶纯纯正似笑非笑地望着他，这女子有时看来那般天真，有时看来却又似城府极深。戚氏兄弟一个个眉开眼笑地望着项煌，项煌却盘膝而坐，暗调真气，如临大敌，他此刻心中直在后悔，自己为什么要跟来此间。

那条白毛小犬围着他身前身后乱跑乱叫，身上系着的金铃"当当"直响，一会儿在他身前，一会儿又到了他身后，当真是跑得迅快绝伦。

那巨人大宝的影子，却动也不动地压在他身上。

第四章

且论杜康

这一片巨大的黑影，直压得项煌心头微微发慌。若是两人交手搏斗，项煌尽可凭着自己精妙的武功，轻灵的身法，故示以虚，以无胜有，沉气于渊，以实击虚，随人所动，随屈就伸，这大汉便万万不是他的敌手。

但两人若以死力相较，那项煌纵然内功精妙，却又怎是这种自然奇迹、天生巨人的神力之敌？项煌生性狂傲自负，最是自恃身份，此刻自觉身在客位，别人若不动手，他万万不会先动，但任凭这巨人站在身后，却又有如芒刺在背，坐立不安。

他心中懊恼，但听那身披鹅黄风氅的老人哈哈一笑道：“兄台远道来，且饮一杯淡酒，以涤征尘。”语声一了，“嘘”的一声，颔下白须，突地两旁飞开，席中那个玉盆中的琥珀美酒，却随着他这“嘘”的一声，向上飞激而起，激成一条白线，宛如银箭一般，闪电般射向项煌口中。

项煌心中一惊，张口迎去，他此刻全身已布满真气，但口腔之内，却是劲力难运之处，眨眼之间，酒箭入口，酒色虽醇，酒味却劲，他只觉口腔微麻，喉间一热，烈酒入肠，仿佛一条火龙，直烫得他五脏六腑都齐地发起热来。

他自幼风流，七岁便能饮酒，他也素以海量自夸，哪知这一口酒喝了下去，竟是如此辛辣，只见这条酒箭宛如高山流泉，峭壁飞瀑，竟是滔滔不绝，飞激而来。

他如待不饮，这酒箭势必溅得他一头一脸，那么他的诸般做作，着意自持，势必也要变作一团狼狈；他如待挥掌扬风，震散酒箭，那更是大煞风景，惹人讪笑。

项煌心中冷笑一声，暗道："难道你以为这区区一盆酒，就能难得倒我？"索性张开大口，瞬息之间，盆中之酒，便已涓滴不剩，项煌饮下最后一大口酒，方待大笑几声，说两句漂亮的话，哪知面上方自挤出一丝笑容，便已头昏眼花，早已在腹中打了若干遍腹稿的话，竟连一个字都说不出来了。

戚二气哈哈一笑道："海量，海量，兄台真是海量！我只道兄台若是酒力不胜，只要轻拍手掌，便可立时停下不饮，哪知兄台竟将这一盆喝干了，此刻还似意犹未尽，哈哈——海量，海量，真是海量！"

柳鹤亭只见他边说边笑，神态得意已极，心中不觉暗笑："这兄弟数人，当真是善于捉弄别人，却又无伤大雅，让人哭笑不得，却又无法动怒。"试想人敬你酒，本是好意，你有权不喝，但却万无动怒之理。

那项煌心中果是哭笑不得，心中暗道："只要轻拍手掌，便可立时不饮，但是——哼哼，这法子你敬过酒之后才告诉于我，我又不是卧龙诸葛，难道还会未卜先知么？"

他心中有气，嘴中却发作不得，嘿嘿强笑数声，道："这算什么，如此佳酿，便是再喝十盆，也算不得什么？"

一边说话，一边只觉烈酒在腹中作怪，五脏六腑，更像是被投进开了锅的沸水之中，突突直跳，上下翻腾。

心头烦闷之时，饮酒本是善策，但酒入愁肠，却最易醉，这条大忌，人多知之，却最易犯。

此刻项煌不知已犯了这饮酒大忌，更何况他饿了一日一夜，腹中空空，暴饮暴食，更是乖中之乖，忌中之忌。

却听戚二气哈哈笑道："原来兄台不但善饮，并还知酒，别的不说，这一盆酒，确是得来不易，这酒中不但有二分贵州'茅台'，分半泸州'大曲'，分半景芝'高粱'，一分江南'花雕'，一分福州'四平'，还杂有三分'清酴'，幸好遇着兄台这般善饮能饮、喜酒知酒之人——哈哈，宝剑赠烈士，红粉赠佳人，佳酿赠饮者，哈哈，当真教老夫高兴得很，当真教老夫高兴得很。"

柳鹤亭本亦喜酒，听得这盆中之酒，竟将天下名酒，全都搜罗一遍，心中还在暗道自己口福不好，未曾饮得这般美酒，转目一望，只见项煌此刻虽仍端坐如故，但面目之上，却已变得一片通红，双目之中，更是醉意模糊，正是酒力不支之象，不禁又暗自忖道："杂饮最易醉人，何况此酒之中，竟还杂有三分'酒母清酴'，这戚氏兄弟不但捉弄了他，竟又将他灌醉，这一来，等会儿想必还有好戏看哩！"

目光一转，却见陶纯纯那一双明如秋水的眼波，也正似笑非笑地凝视着自己，两人相对一笑，柳鹤亭心中暗道："她看他醉了，并无关心之态，可见她对他根本无意。"心头突又一凛，"男子汉大丈夫立身处世，岂能常将这种儿女私情放在心上。"

人性皆有弱点，年轻人更易犯错，柳鹤亭性情中人，自也难免有嫉妒、自私等人类通病，只是他却能及时制止，知过立改，这便是他超于常人之处。

只见项煌肩头晃了两晃，突然放声大笑起来，拍掌高歌——

"天若不爱酒，酒星不在天。地若不爱酒，地应无酒泉。天地既爱酒，爱酒不愧天……哈哈，天子呼来不上船，自称臣是酒中仙……哈哈，常言道，'辣酒以待饮客，苦酒以待豪客，甘酒以待病客，浊酒以待俗客'。哈哈！你不以病俗之客待我，敬我苦辣美酒，当真是看得起我……看得起我！哈哈！能酒真吾友，成名愧尔曹，再来一盆……再来一盆……”一阵风吹来，酒意上涌，他肩头又晃了两晃，险些一跤跌到地上。

戚氏兄弟一个个喜笑颜开，眉飞色舞，一会儿各自相望，一会儿望向项煌，等到项煌嘻嘻哈哈，断断续续地将这一篇话说完，兄弟四人目光一转，戚二气哈哈笑道：“酒是钓诗钩，酒是扫愁帚，这一盆酒可真钓出了兄台的诗来。酒还有，菜也不可不吃，来来来，老夫且敬兄台一块。”吸口又是一喷，项煌醉眼惺忪，只见黑糊糊一块东西飞来，张口一咬，肆意咀嚼起来，先两口还不怎地，这后两口咬将下去，直觉满嘴却似要冒出烟来。

只听戚二气笑道：“酒虽难得，这样菜也并不易，这样‘珠穿凤足’，不但鸡腿肉中，骨头全已取出，而且里面所用的，全是大不易见的异种辣椒‘朝天尖’，来来来，兄台不妨再尝上一块。”

语声未了，又是一块飞来，项煌本已辣得满嘴生烟，这一块“珠穿凤足”方一入门，更是辣得涕泪横流，满头大汗涔涔而落。

柳鹤亭见了他这种狼狈神态，虽也忍不住要笑出声来，但心中却又有些不忍，方待出言打打圆场，却听项煌大笑叫道：“辣得好……咳咳，辣得好……嘻嘻，这辣椒正对男子汉大丈夫的胃口……”说到这里，不禁又大咳几声，伸手又抹鼻涕，又抹眼泪。他虽然一心想做出男子汉大丈夫满不在乎的神态，却怎奈眼泪鼻涕偏偏不听他的指挥。

又是一阵风吹过，这“异种辣椒”与“特制美酒”，便在他腹中打起仗来，他虽然一身内功，但此刻功力却半分也练不到肠胃之处，脑中更是混混沌沌。

柳鹤亭心中不忍，忍不住道：“项兄想是醉了，还是到——”

项煌眼睛一瞪，大叫道：“谁说我醉了？谁说我醉了——嘻嘻，再将酒拿来，让我喝给他们看看……陶姑娘，他在说谎，他骗你的，你看，我哪里醉了？咳咳，我连半分酒意都没有，再喝八盆也没有关系。”

陶纯纯柳眉微颦，悄悄站起身来，想坐远些。

项煌涎脸笑道：“陶姑娘……你不要走，我没有醉……再将酒来，再将酒来……”伸出双手，想去抓陶纯纯的衣衫。

陶纯纯秀目一张，目光之中，突地现出一丝煞气，但一闪又过，微笑道：“你真的醉了！”纤腰微扭，身形横掠五尺。

戚大器道：“兄台没有醉，兄台哪里会醉！”

戚二气大笑道：“哪个若要是说兄台醉了，莫说兄台不答应，便是兄弟我也不答应的，来来来，再饮一盆。”

语声落处，一吸一喷，白布正中那盆“珠穿凤足”的汤汁，竟也一条线般离盆激起，射向项煌口中。项煌醉眼模糊，哪里分辨得出，口中连说：“妙极，妙极！”张口迎去，一连喝了几口，方觉不对，大咳一声，一半汤汁从口中喷出，一半汤汁从鼻中喷出，嘴唇一阖，源源而来的汤汁一头一脸地射在他面上，这一下内外交击，项煌大吼一声，几乎跳了起来。

那巨人手掌一按，却又将他牢牢按在地上，戚氏兄弟笑得前仰后合。他兄弟四人一生别无所嗜，只喜捉弄别人，此刻见了项煌这副狼狈之态，想到他方才那副志得意满，目中无人的样子，四人愈笑愈觉可笑，再也直不起腰来。

柳鹤亭心中虽也好笑，但他见项煌被那巨人按在地上，满面汤汁，衣衫零落，却无丝毫怒意，反而嘻嘻直笑，手舞足蹈，口中连道：“好酒好酒……好辣好辣……”过了一会儿，语声渐渐微弱，眼帘一合，和身倒了下去，又过了一会儿，竟“呼呼”地睡着了。

戚三栖看了项煌一眼，微笑道：“这小子刚才那份狂劲，实在令人看不顺眼，且让他安静一会儿，去去，大宝把他抬远一些，再换些酒来，让我兄弟敬陶姑娘和柳老弟一杯。”

陶纯纯咯咯一笑道："你难道叫我们也像这姓项的那样吃法么，哎哟！那我宁可饿着肚子算了。"戚大器哈哈笑道："去将杯筷碗盏，也一齐带来。"柳鹤亭微微一叹，道："此间地势隐僻，风景却又是如此绝佳，当真是洞天福地，神仙不羡，却不知你们四位是如何寻到此处的？"

心中却更忖道："他兄弟四人俱都是残废之人，却将此间整理得如此整齐精致，这却更是难得而又奇怪了！"只是他怕这些有关残废的话触着戚氏兄弟的痛处，是以心中虽想，口中却未说出。

只见这巨人"大宝"果真拿了两副杯筷，又携来一壶好酒，走了过来，弯腰放到地上。他身躯高大，举动却并不十分蠢笨，弯腰起身之间，一如常人，柳鹤亭一笑称谢，却听戚四奇已自笑道："此事说来话长，你我边吃边讲好了，陶姑娘的肚子不是早已饿了么？"

柳鹤亭一笑拿起杯筷，却见面前这一壶一杯一盏，莫不是十分精致之物，那筷子更是翡翠所制，镶以银壳，便是大富人家，也难见如此精致的食具。

柳鹤亭不禁心中一动，暗暗忖道："这戚氏兄弟天生残废，哪里会用杯筷？但这杯筷却偏偏又是这般精致，难道是他们专用以招待客人的么？"

心念转动间，不禁大疑，只见大宝又自弯下腰来，替自己与陶纯纯满斟一杯酒，却又在那碧玉盆中，加了半盆。

戚大器大笑道："来来！这'珠穿凤足'却吃不得，但旁边那盆'龙穿凤翼'，以及'黄金烧鸡'，却是美物，乘着还有微温，请快吃些。"

柳鹤亭斜目望了陶纯纯一眼，只见她轻伸玉掌，夹起一块鸡肉，手掌莹白如玉，筷子碧翠欲滴，那块鸡肉，却是色如黄金，三色交映，当真是悦目已极，遂也伸出筷子，往那盆"黄金烧鸡"夹去。

哪知——

他筷子方自触着鸡肉，突地一声尖锐啸声，自上而下，划空而来。他一惊之下，筷子不禁一顿，只听“嗖”的一声，一支黄翎黑杆的长箭，自半空中落了下来，不偏不倚地插在那“黄金烧鸡”之上。他呆了一呆，缩回筷子，却见这双翡翠筷子的包头镶银，竟变得一片乌黑。

陶纯纯轻轻娇呼一声，戚氏兄弟面上笑容亦已顿敛。这支长箭来得奇特，还不说这里四面山壁，箭却由半空而落，竟不知来自何处，但来势之急，落后余势不衰，箭翎犹在不住震颤，显见发箭之人，手劲之强，当可算得上万中选一的好手。

更令人惊异的是长箭方落，微微触着鸡肉的银筷，便已变得乌黑，这箭上之毒，岂非是骇人听闻！

柳鹤亭目光一转，只见戚氏兄弟面面相觑，陶纯纯更是花容失色，一双秋波之中，满是惊恐之意，呆呆地望着那支长箭。柳鹤亭剑眉皱处，健腕一翻，方自要拔那支长箭，哪知肩头一紧，却被那巨人大宝按得动弹不得，一个粗哑低沉的声音，自身后传来：“箭上剧毒，摸不得的！”

柳鹤亭不禁暗叹一声，忖道：“想不到此人看来如此蠢笨，却竟这般心细！”回头一笑，意示赞许感激，“唰”地撕下一块白布，裹在箭杆黄翎之上，拔了过来。

定眼望去，只见这箭箭身特长，箭杆乌黑，隐泛黑光，箭镞却是紫红之色，杆尾黄翎之上，一边写着“穿云”两个不经注目便难发觉的蝇头小字，另一边却写的是“破月”二字。

柳鹤亭皱眉道：“穿云破月……穿云破月！”倏地站起身来，朗声道，“朋友是谁？暗放冷箭何意？但请现身指教！”

语声清朗，中气充沛，一个字一个字地远远传送出去，余音袅袅，与空山流水、林木微簌之声相应不绝，但过了半晌，四下仍无回音。

柳鹤亭皱眉道：“这支箭来得怎地如此奇怪……穿云破月，戚兄、陶姑娘，你们可知道武林之中，有什么人施用这种黄翎黑杆，翎上写着‘穿云破月’的长箭么？”

陶纯纯眼帘一阖，微微摇头，道：“我一直关在家里，哪里知道这些。”

戚大器道：“我兄弟也不知道。”突又哈哈大笑起来，道，“管他是谁，他若是来了，我兄弟也敬他一盆‘特制美酒’，一块‘珠穿凤足’，让他尝尝滋味！”语声一落，兄弟四人一齐哈哈大笑起来。

哪知——

他兄弟四人笑声未绝，蓦然又是“砰”的一声，划空而来。

这响声短促低沉，与方才箭杆破空尖锐之声，绝不相同。陶纯纯、柳鹤亭、戚氏兄弟齐地一惊，仰首望去，只见一条青碧磷光，自头顶一闪而过，接着“啪”的一声，对面瀑布边那片如鹰山石之上，突地爆开一片青灿碧火，火光中竟又现出几个青碧色的字迹：“一鬼追魂，三神夺命！”字迹磷光，一闪而没！

柳鹤亭变色道：“这又是什么花样？”

戚四奇哈哈笑道：“一鬼三神，若来要命，我兄弟四人一人服侍一个，包管鬼神都要遭殃！”

话声方落，突地又见一点黑影，缓缓飞来，飞到近前，才看出竟是一只碧羽鹦鹉，在众人头顶飞了一圈，居然吱吱叫道：“读书不成来学剑，骚人雅集震八方……”鸟语啁啾，乍听虽不似人语，但它一连叫了三遍。

柳鹤亭、陶纯纯、戚氏兄弟却已都将字音听得清清楚楚，陶纯纯咯咯一笑，娇声道：“这只小鸟真有意思。”

戚三栖大笑道：“老夫给你抓下来玩就是。”突地纵身一跃，跃起几达三丈，白须飘动，仰天呼出一口劲气。

哪知这只碧羽鹦鹉却似已知人意，低飞半圈，竟突地冲天飞去，吱吱叫道：“不要打我……不要打我……”说到最后一句，已自飞得踪影不见。

柳鹤亭只见戚三栖的身形，有如一片蓝云，飘飘落下，哈哈笑道：“我到底不如小鸟，飞得没有它快……但是我说话却总比它说得高明些吧！”

柳鹤亭见这兄弟四人，包括陶纯纯在内，直到此刻仍在嘻嘻哈哈，将这一箭、一火、一鸟突来的怪事，全都没有放在心上，不禁双眉微皱，暗忖道：“这些怪事，断非无因而来，只是不知此事主使之人究竟是谁？这样做法，却又是为的什么？难道他与我们其中一人有着仇恨？”

目光一转，扫过戚氏兄弟及陶纯纯面上：“但他们却又不似有着仇家的人呀！”又忖道，“莫非是来找项煌的不成？”

他心念数转，还是猜测不出，目光一抬，却见那只碧毛鹦鹉，竟又缓缓飞来，只是这次却飞得高高的，戚三栖大笑道：“你这小鬼又来了，你敢飞低些么？”

却听那鹦鹉“吱吱”地叫道：“不要打我，不要打我……”叫声一起，突有一片雪白的字笺，自它口中飘飘落了下来，柳鹤亭轻轻一掠，接在手中，那鹦鹉叫道：“小翠可怜，不要打我……”又自飞得无影无踪。

陶纯纯娇笑道：“这只小鸟真是有趣，这字条上写的是什么呀？”

柳鹤亭俯首望处，只见这字笺一片雪白，拿在手中，又轻又软，有如薄绢一般，似是薛涛香笺一类的名纸。

笺上却写着：“黄翎夺命，碧弹追魂。形踪已露，妄动丧身！”下面署名：“黄翎黑箭，一鬼三神，骚人雅集同上”。字作八分，铁划银钩，竟写得挺秀已极。

柳鹤亭皱眉大奇道：“这些人是谁？这算是什么？”

戚氏兄弟、陶纯纯一齐凑过来看，戚四奇突地哈哈大笑起来，连声笑道：“我知道了，我知道了！”

柳鹤亭奇道：“你知道什么，难道你认得这些人么？”

戚四奇笑道：“这些人我虽不认得，但我却知道他们此来，为的什么。”

陶纯纯秀目一张，失声问道：“为的什么？”

众人目光凝注，却见戚四奇突地白眉一皱，翻身倒在地上，贴地听了半晌，一个悬空跟斗，鹅黄风氅，四下飞舞，他已站了起来，连声道：“好厉害！好厉害！这下怕至少来了几百人，我只怕——”

语声未了，突地一阵巨吼，四下传来：“黄翎黑箭，穿云破月！”声如雷鸣，也不知是多少人一齐放声吼出，这一吼声方落，又是一阵吼声响起：“一鬼追魂，三神夺命！”紧接着又有不知多少人吼道：“骚人雅集，威震八方！”

戚氏兄弟、柳鹤亭、陶纯纯对望一眼，耳根方自一静，哪知猛地又是一声狂吼：“呔”！

这一声“呔”字，数百人一齐发出，竟比方才的吼声还要响上数倍。柳鹤亭抬头望去，只见四面山壁之上，突地一齐现出数百个汉子来，其中有的穿着一身阴惨惨的墨绿衣衫，有的一身白衣，有的却遍体纯黑，只有头上所包的黑巾之上，插着一根黄色羽毛，手中却都拿着长绳、软梯、钉钩一类的爬山用物，显见得是从后面翻山而来，一个个面色凝重，如临大敌，但“呔”的一声过后，却俱都一声不响，或伏或蹲地附在山壁顶头，也不下来。

柳鹤亭目光转处，心中虽然惊奇交集，却见戚氏兄弟四人，仍在眉开眼笑，生像是全不在意。他既不知道这些人来自何处，更不知道这些人是因何而来，是以自也不便发话，只觉身侧微微一暖，陶纯纯已依依靠了过来，轻声道：“我们不要管别人的闲事好么？”

柳鹤亭双眉微皱，不置可否地微微一笑，心中却自暗忖：“这些人如是冲着戚氏兄弟来的，我与他兄弟虽无深交，却又怎能不管此事？”

心念方动，突地一阵朗笑，自谷外传来，那只碧羽鹦鹉，也又自谷外飞来，“吱吱”叫道：“读书不成来学剑，骚人雅集震八方……”飞到当头空间，柳鹤亭微拧身形，“嗖”地掠过帐篷，只见朗笑声中，一群人缓缓自长桥那边走了过来。

柳鹤亭暗中一数，共是一十三人，却有两个是垂髫童子。

只见一个方巾朱履，白色长衫的中年文士，当先走来，朗声笑道：“想不到，想不到，山行方疑无路，突地柳暗花明，竟是如此胜境。”

目光一转，有如闪电般在柳鹤亭身上一转：“阁下气宇不凡，难道就是此间主人么？”微微一揖，昂首走来。突地见戚大器、陶纯纯，以及那巨人大宝自篷后转出，脚步一顿，目光电闪。他身后一个高髻乌簪，瘦骨嶙峋，却穿着一件长仅及膝的墨绿衣衫，装束得非道非俗的颀长老人，越众而出，阴恻恻一声冷笑，面上却一无表情，缓缓道：“此间主人是谁，但请出来答话！”

柳鹤亭目光一转，突觉身后衣袂牵动，陶纯纯娇声道：“你又不是这里主人，站在前面干什么？”

那碧衫高髻的瘦长老人，两道阴森森的目光，立时闪电般射向戚大器，冷冷道：“那么阁下想必就是此间主人了？”

戚大器嘻嘻一笑，道：“我就是此间主人么？好极好极，做这种地方的主人，也还不错！”

碧衫老人目光一凛，冷冷道：“老夫远道而来，并非是来说笑的。”

戚大器依然眉开眼笑，哈哈笑道："凡人都喜说笑，你不喜说笑，难道不是人么？"

碧衫老人冷冷道："正是！"

柳鹤亭不禁一愣，他再也想不到世上居然有人自己承认自己非人。却听戚大器哈哈笑道："你不是人，想必就是鬼了！"

碧衫老人目光不瞬，面色木然，嘴角微动，冷冷说道："正是！"

柳鹤亭但觉心头一凛，此刻虽是光天化日，他虽也知道这碧衫老人不会是鬼，但见了这碧衫老人的神态，却令人不由自主地自心底生出一股寒意。只见戚大器突地大喊一声："不得了！不得了！活鬼来了！快跑，快跑！""嗖"的一声，身形掠到帐篷之后。

碧衫老人冷笑一声，阴恻恻地沉声道："你若在我'灵尸'谷鬼面前乱玩花样，当真是活得不耐烦了。"

话声未了，却听大叫之声："快跑，快跑！"又自篷后传出，他只觉眼前一花，方才那灰袍白发的老人此刻竟突地变成两个，自篷后奔出，口中不住大喊："不得了，快跑……"在帐篷前一转，又奔入篷后。

众人方自一愣，灰袍老人又大喊着往篷后奔去，众人眼前一花，此人竟已变成三个，亡命般转了又转，又奔入篷后。

这碧衫老人，江湖人称"灵尸"，他自己也取名叫作"谷鬼"，人家称他活鬼，他非但不怒，反而沾沾自喜，当真是不喜为人，但愿做鬼，平生行事，一举一动，都尽量做出阴恻恻、冷森森的样子，喜怒从不形于辞色，但此刻却仍不禁神色一变。其余之人更是面面相觑，群相失色！

柳鹤亭心中暗笑，却又不禁暗惊！暗奇！

这些人先封退路，大举而来，计划周密，仿佛志在必得，但却连此间主人是谁，都不知道，这当真是件怪事！

却见大呼大喊声中，戚氏兄弟四人一齐自篷后奔出，突地呼喊之声一顿，他四人竟在这“灵尸”谷鬼面前停了下来！

“灵尸”谷鬼见这灰袍老人，瞬息之间，竟由一个变成四个，目光之中，不禁也微微露出惊怖之色。

只见这灰袍老人一动不动地站在自己面前，面上既无笑容，亦不呼喊，竟变得神色木然，面目凝重，庄容说道：“你们有神有鬼，你知道我是谁吗？我乃西天佛祖大慈大悲、大智大勇、大神大通文殊菩萨座下阿难尊者，只因偶动凡心，被谪人间，至今九百七十二年，还有二十八年，便要重返极乐。本尊者身外化身，具诸多无上降魔法力，呔——你这妖尸灵鬼，还不快快现形，磕头乞命，也许本尊者念你修为不易，将你三魂七魄，留下一半，让你重投人世，否则你便要化虫化蚁，万劫不复了！”他语声缓慢，一字一句，说得郑重非常，竟像是真的一样。

柳鹤亭心中暗笑，面上想笑，听到后来，再也忍俊不住，只有回转头去，但却又忍不住回过头来，偷眼去望那“灵尸”谷鬼面上的表情。

只见他呆呆地愣了半晌，面色越发阴森寒冷，双掌微微一屈伸，满身骨节咯咯作响，冷冷一笑，缓缓说道：“在我谷鬼面前说笑，莫非活得不耐烦了？”脚步移动，向戚氏兄弟走去，身形步法，看似僵直呆木，缓慢已极，但一双利目之中碧光闪闪，本已阴森丑怪的面目之上，竟又隐隐泛出碧光，再加上他那惨绿衣衫，当真是只有三分像人，却有七分似鬼。

柳鹤亭确信这半鬼半人的怪物，必有一些奇特武功，见他此刻看来已将出手，剑眉微剔，便待出手，但心念微微一动，便又倏然止步。

戚二气哈哈一笑，道：“你这妖尸灵鬼，莫非还要找本尊者斗法么？”眼珠一转，与他兄弟三人，打了个眼色，竟也缓缓走出，只见这两人愈来愈近。

“灵尸”谷鬼面目更见阴森，身形也更呆木。

戚二气却笑得越发得意，几乎连眼泪鼻涕都一齐笑了出来。

眨眼之间，两人身形，已走得相距不及一丈。柳鹤亭虽未出手，却已凝神而备。陶纯纯依偎身侧，半带惊恐，半带娇羞。

突听“灵尸”谷鬼长啸一声，双臂一张，屈伸之间，两只瘦骨嶙峋，留着惨绿长甲，有如鬼爪一般的手掌，便已闪电般向戚二气前胸、喉头要害之处抓去！

他身形呆木已极，但此番出招击掌，不但快如闪电，而且指尖长甲微微颤动，竟似内家剑手掌中长剑所抖出的剑花。

数十年前，武林中有一成名剑客古三花，每一出手，剑尖必定抖出三朵剑花，行走江湖数十年，就仗着这一手剑法，极少遇着敌人。当时武林中人暗中传语，竟作谚道：“三花剑客，一剑三花，遇上眼花，头也开花！”

可见武林中人对这“三花剑客”剑法之推重！

但此刻“灵尸”谷鬼十只指甲，竟自一齐颤动，生像是十只碧绿短剑，一齐抖出剑花，同时向戚二气身上袭来。普通武林中人，遇着这等招式，纵不立即“头晕眼花，脑袋开花”，只怕也无法招架。

哪知戚二气却仍自仰天狂笑，就像是没有看见这一招似的，眼见这“灵尸”谷鬼的两只鬼爪，已堪堪击在他身上，他却笑得前仰后合，全身乱颤。“灵尸”谷鬼明明已要抓在他身上的两只鬼爪，却竟在他这大笑颤动之中，两爪同时落空！

“灵尸”谷鬼纵然武功极奇，交手经验亦颇不少，但一生之中，几曾见过这般奇异的身法？一抓落空，不禁微微一愣，哪知对方哈哈一笑，双腿突地无影无踪地踢将出来！“灵尸”谷鬼竟是无法招架，厉啸一声，“唰”地后退一丈，方自避开这一招两腿，但掌心却已惊出一掌冷汗！

无论是谁，脚上力道，总比手上要大上数倍。常人推门，久推不开，心急情躁，大怒之下，必定会踢出一脚，却往往会将久推不开的门户应脚踢开，便是脚力大于手力之理。

但武功中自古以来的绝顶高手，却从未闻有以“腿法”成名武林的，只有以拳法、掌法，或是兵刃招式，名传天下。这一来自是因为脚总不如手掌灵便，再来却是因为无论是谁，踢出一脚以前，肩头必定会微微晃动一下，有如先跟别人打了个招呼，通知别人自己要踢出一脚一样，对方只要武功不甚悬殊，焉有避不过这一脚之理！

南派武功中的绝顶煞手“无影腿法”便是因为这一腿踢出之前，可以肩头不动，让人防不胜防。但虽然如此，还是难免有一些先兆，骗得过一般武林豪客，却逃不过一流内家高手的目光，是以擅长这种腿法的武家，纵然声名颇响，却永远无法与中原一流高手一较短长！

而此刻这戚二气大笑之中，全身本就在不住颤动，这一脚踢将出来，就宛如常人笑得开心，以至前仰后合、手舞足蹈时的情况一样，哪有一丝一毫先兆？众人俱是见多识广的武林人物，但见了这般身法，却也不禁一齐相顾失色！

柳鹤亭心中既是好笑，又觉惊佩，方才他想抓住戚大器的肩头之际，便已领教过了这种离奇古怪的身法，是以他方才驻足不动，便也是因为想看看戚氏兄弟怪异的武功！

只听戚二气哈哈笑道：“我还当你这妖尸灵鬼有多大神通，哪知如今老夫这一手‘快活八式’仅只使出一式，你便已招架不住，哈哈，丢人呀丢人！丧气呀丧气！我看你不如死了算了，还在这里现什么活丑！”

“灵尸”谷鬼大惊之下，虽然避开这一脚，但心头此刻犹在突突而跳，四顾左右山石之上，数百道目光，俱在望着自己，他虽被对方这种怪异身法所惊，但却又怎会在自己这些门人弟子眼前丢人？目光一转，又自阴恻恻地冷笑一声，脚步一动，竟又像方才一式一样地向戚二气走去！

他若是身法改变，还倒好些，他此番身法未变，柳鹤亭却不禁暗中吃惊，知道他必有成竹在胸，甚或有制胜之道。戚氏兄弟武功虽怪异，但也只能在人猝不及防之下施展而已，别人若是已知道他们武功的身法，自便不会那般狼狈。何况他们双臂已断，与人对敌，无论如何，也得吃亏极大，一念至此，柳鹤亭再不迟疑，清叱一声："且慢！"

身形微动之间，便已掠至戚二气身前，就在他叱声方自出口这刹那之间，"灵尸"谷鬼身后，已有人喝道："谷兄且慢！"

一条白衣人影，一掠而出，掠至"灵尸"身前，这一来情况大变，本是戚二气与谷鬼面面相对，此刻却变成柳鹤亭与这白衣人影面面相对了！

柳鹤亭定睛望去，只见这白衣人影，方巾朱履，清癯颀长，正是方才当先踱过桥来的那中年文士，只见他微微一笑，道："兄台年纪轻轻，身法惊人，在下虽非杜甫，却最怜才，依在下所见，兄台如与此事无关，还是站远些好！"

柳鹤亭微笑抱拳道："阁下好意，柳鹤亭心领，不知兄台高姓大名，可否见告？"

中年文士仰天一笑，朗声道："兄台想必初出江湖，是以不识在下，在下便是'五柳书生'陶如明，亦是'花溪四如，骚人雅集'之长，不知兄台可曾听过么？"

柳鹤亭微微一愣，暗道："此人名字起得好奇怪，想不到武林帮派竟会起一个如此风雅的名字！"

却听戚二气又在身后哈哈笑道："好酸呀好酸，好骚呀好骚！'五柳先生'陶渊明难道是你的祖宗么？"

陶如明面色一沉，柳鹤亭连忙含笑说道："在下虽非此间主人，却不知兄台可否将此番来意，告知在下？谁是谁非，自有公论，小弟不揣冒昧，却极愿为双方做调人！"

陶如明微微一笑，方待答话，他身后却突地响起一阵狂笑之声，两条黑影，闪电般掠将过来，一左一右，掠至柳鹤亭身前两侧。只见这两人，一人身躯矮胖，手臂却特长，双手垂下，虽未过膝，却已离膝不远；另一人却是身躯高大，满面虬髯，一眼望去，有如天神猛将，凛凛生威！

这两人身材容貌虽然迥异，但装束打扮却是一模一样：遍体玄衣劲装，头扎黑巾，巾上黄羽，腰畔斜挂鸟鳞箭壶，壶口微露黄翎黑箭，背后各各斜背一张巨弓，却又是一黄一黑，黄的色如黄金，黑的有如玄玉，影映日光之下，不住闪闪生光。

那虬髯大汉笑声有如洪钟巨震，说起话来，亦是字字锵然，朗声说道："朋友你这般说法，难道是想伸手架梁么？好极好极！我黑穿云倒要领教朋友你究竟有什么惊人手段，敢来管我'黄翎黑箭'的闲事！"

柳鹤亭剑眉微剔，冷冷道："兄台如此说话，不嫌太莽撞了么？"

虬髯大汉黑穿云哈哈笑道："黑穿云从来只知顺我者生，挡我者死，这般对你说话，已是客气得很了，你若以为但凭'柳鹤亭'三字，便可架梁多事，江湖之中，焉有我等的饭吃？哈哈，柳鹤亭，这名字我却从未听过！"

柳鹤亭面色一沉，正色道："在下声名大小，与此事丝毫无关，因为在下并不是要凭武力架梁，而是以道理解怨，你等来此为着什么，找的是谁？总得说清楚，若是这般不明不白地就莽撞动手，难道又能算得英雄好汉么？"

"五柳书生"陶如明双眉微皱，缓缓道："此话也有几分道理，兄台却——”

话声未了，黑穿云笑声突顿，侧首厉声道：“我等此来，是为的什么？岂有闲情与这般无知小子废话，陶兄还是少谈些道理的好！”

陶如明面容一变，冷冷道：“既是如此，我‘花溪四如’暂且退步！”

黑穿云道：“正是，正是，陶兄还是一旁将息将息的好，说不定一会儿诗兴涌发，做两首观什么大娘舞剑之类的名作出来，也好教兄弟们拜读！”

陶如明冷冷一笑，袍袖微拂，手掌轻轻向上一翻，本来一直在他头顶之上盘旋不去的那只碧羽鹦鹉“小翠”，突又一声尖鸣，冲天而起，四面山石之上的白衣汉子，立刻哄然一声，退后一步。陶如明缓缓走到另三个白衣文士身侧，四人低语几句，俱都负手而立，冷眼旁观，不再答话。

“灵尸”谷鬼却又跨前数步，与“黄翎黑箭”将柳鹤亭围在核心。

大敌临前，正是剑拔弩张，一触即发。柳鹤亭虽不知对方武功如何，但以一敌三，心中并无半分畏怯之意，只是听到戚氏兄弟在身后不住嘻嘻而笑，竟无半分上前相助心意，心中不禁奇怪，但转念一想，又自恍然。

“是了，我方才想看看他兄弟的武功，此刻他兄弟想必亦是想看看我的武功了。”转目一望，却见陶纯纯秋波凝注，却是随时有出手之意，心中不觉大为安慰，似乎她不用出手，就只这一分情意，便已给了他极大助力勇气。

心念方转，忽听弓弦微响，原来就在这眨眼之间，这“黄翎黑箭”两人，已自撤下背后长弓，一金一玄，耀眼生花。那矮胖汉子面如满月，始终面带笑容，哪知此刻突地一弓点来，堪堪点到柳鹤亭左“肩井”，方自喝道：“黄破月先来领教！”

不等他话声说完，黑穿云左手一拉弓弦，右手玄色长弓，突地弹出，“嗖”的一声，直点柳鹤亭右肩“肩井”大穴。

这两人长弓弓身极长，但此刻却用的“点穴镢”手法去点穴道。柳鹤亭知道这两人既敢用这等外门兵刃，招式必定有独到之处，剑眉微轩，胸腹一吸，肩头突地一侧，右掌自黄金弓影中穿去，前击黄破月胸下，左掌却自胁下后穿，五指箕张，急抓黑穿云玄铁长弓之弓弦。

这一招两式，连消带打，时间部位，俱都拿捏得妙到毫巅。

黄翎黑箭，心头俱都一惊，黑穿云撤招变式，长弓一带回旋，却又当作“虎尾长鞭”，横扫柳鹤亭背脊腰下。黄破月身形一拧，踏奇门，走偏锋，“唰”地亦是一招击来，柳鹤亭一招之下，已知这两人联手对敌，配合已久，实有过人之处。武林高手较技，本以单打独斗为主，未分胜负之下，旁人若来相助，当局人心中反而不乐，有的纵然胜负已分，负方若是气节傲岸之人，也不愿第三者出来。

但此种情性，却也有例外之处。武林群豪之中，有的同门至友，或是姐妹兄弟，专门练的联手对敌，对方一人，他们固然是两人齐上，但对方纵有多少人，他们却也只是两人对敌。

这“黄翎黑箭”二人，乍一出手，便是联手齐攻，而且黑穿云右手握弓，黄破月却用左手，刹那之间，只见一人左手弓，一人右手弓，施展起来，竟是暗合奇门八卦，生灭消长，亏损盈虚，互相配合得滴水不漏。忽地黑穿云厉叱一声，长弓一抖，闪电般向柳鹤亭当胸刺来，弓虽无刃，但这一弓点将下去，却也立刻便是穿胸之祸。

就在这同一刹那之间，黄破月嘻嘻一笑，长弓“呼”地一挥，弓头颤动中，左点右刺，虽仅一招，却有两式，封住柳鹤亭左右两路！

两人夹攻，竟将柳鹤亭前后左右，尽都包于弓影之中，这一招之犀利狠毒，配合佳妙，已远非他两人起初动手时那一招可比，竟教柳鹤亭避无可避，躲无可躲。他心中一惊，突地长啸一声，劈手一把抓住黑穿云掌中玄弓，奋起真力，向前一送，黑穿云那般巨大的身形，竟站立不稳，“噔、噔、噔”向后连退三步。柳鹤亭借势向前一蹿，黄破月一招便也落空。

柳鹤亭手掌向后一夺，哪知黑穿云身形虽已不稳，但掌中玄弓，却仍不脱手，脚步方定，突地马步一沉，吐气开声，运起满身劲力，欲夺回长弓。柳鹤亭剑眉一扬，手掌一沉，弓头上挑，黑穿云只觉一股大力，自弓身传来，掌中长弓，险险地把持不住，连忙运尽全力，往下压去。

柳鹤亭扬眉一笑，手掌突地一扬，亦将弓头下压。黑穿云一惊之下，连忙又沉力上挑，柳鹤亭冷笑喝道：“还不脱手！”手掌再次一沉。

只听“嘣”的一声声响，这柄玄铁长弓，竟禁不住两人翻来覆去的真力，中断为二，黑穿云手中的半截玄弓，被这大力一激，再也把持不住，脱手直冲天上。那碧羽鹦鹉“吱”地一叫：“小翠可怜……不要打我……”远远飞了开去。柳鹤亭手握半截长弓，忽听背后风声袭来，脚步微错，身躯半旋，一招“天星横曳”，以弓作剑，“唰”地向黄破月弓影之中点去。

黄破月本已被他这种神力所惊，呆了一呆，方自攻出一招。此刻柳鹤亭又是一招连消带打地反击而来，他长弓一沉，方待变招，哪知柳鹤亭突地手腕一振，“当”地在弓脊之上，点了一下。黄破月方觉手腕一震，哪知柳鹤亭掌中断弓，竟原式不动地削了下来，轻轻地在他左臂“曲池”穴上一点，黄破月只觉臂上一阵酸麻，长弓再也把持不住，“噗”的一声，掉落地上。

柳鹤亭只施出一招，而且原式不动，便将黄破月穴道点中，旁观群豪不觉相顾骇然。这原是眨眼间事，笔直冲天而上的半截断弓，此刻又直坠下来。柳鹤亭初次出手，便败劲敌，不觉豪气顿生，仰天朗声一笑，掌中半截长弓，突也脱手飞出，一道乌光，惊虹掣电般向空中落下的半截断弓迎去。

只听又是“铮”的一声响，两截断弓一齐远远飞去，横飞数丈，势道方自渐衰，“噗”的一声，落在那道山涧之中，溅起一片水珠，却几乎溅在负手旁观的“花溪四如”身上！

只听戚二气哈哈一阵大笑，拍掌道：“好极，好极，这一下叫花子没了蛇弄，做官的丢了官印，我看你们的‘黄翎黑箭’，以后大概只能用手丢着玩玩了！”

陶纯纯又自悄悄走到柳鹤亭身侧，轻轻一笑，低声说道：“想不到那一招简简单单的‘天星横曳’，到了你手上，竟有这么大的威力。”

柳鹤亭微微一笑，他不惯被人称赞，此刻竟然面颊微红，心中想说两句谦逊的话，却不知该如何出口！

哪知陶纯纯一笑又道：“可是刚刚我真替你捏一把汗，你知不知道你有多危险？”

柳鹤亭微微一愣，道：“还好嘛！”

陶纯纯秋波一转，轻声笑道：“方才若是那黑穿云劲力比你稍强，甚或和你一样，你虽然抓住他的长弓，却无法将他的身形冲退，那么你背后岂非被那黄破月点上两个大窟窿？”

柳鹤亭心头一凛，却听陶纯纯又道：“假如他两人使的不是长弓，而是利刃，你那一把抓上去，岂非连手指也要折断，唉！你武功虽好，只是……只是……”她一连说了两句“只是”，倏然住口。

柳鹤亭脱口问道：“只是什么？”

陶纯纯轻轻一笑道：“只是太大意了些！”

柳鹤亭也不知道她本来要说的是不是这句话，但细细体味她言中之意：“若黑穿云劲力和我一样……他们使的若是利剑……”愈想愈觉心惊，呆呆地站了半晌，却已出了一身冷汗。

他却不知道交手对敌，武功虽然重要，但临敌经验，却亦是制胜要素之一。他武功虽高，怎奈方出江湖，根本未曾与人动手，临敌变招之间，有许多可以制敌先机的机会，稍纵即逝，却不是他这般未曾与人交手之人所能把握的。

一时之间，他心中翻来覆去，尽是在想该如何破解那一招之法。

却听戚二气大声笑道："僵尸斗不过本大尊者，你们两个，又不是我小兄弟的敌手，你们还在这里干什么？"

柳鹤亭心念一动，突地走到前面，向那边呆呆伫立、面如死灰的"黄翎黑箭"两人，长身一揖，抱拳朗声说道："在下一时侥幸，胜了两位半招，两位一时失手，心里也用不着难受，在下直到此刻为止，心里实无半分恃强架梁之意，只要两位将此番来意说出，是非曲直一判，在下绝不插手！"

他一面说着，"花溪四如"一面不住点头，像是颇为赞佩。

哪知他话声一了，黑穿云突地冷冷道："我兄弟既已败在你的手下，而且败得的确口服心服，丝毫没有话说。若你我是在比武较技，我兄弟立刻一言不发，拍手就走。"语声一顿，突地厉声道，"但我兄弟此来却为的是要铲去你们这班伤天害理、惨无人道的万恶之徒，什么武林规矩，都用不着用在你们身上。"身形突地横掠丈余，扬臂大呼道，"兄弟们张弓搭箭！"

山石上的数百个汉子，哄然而应，声震山谷！

柳鹤亭变色喝道："且慢！你说谁是万恶狂徒？"

"灵尸"谷鬼阴森森一声冷笑道："我谷鬼虽然心狠手辣，但比起你们这些'乌衣神魔'来，还差得远，你们终日藏头露尾，今日被我们寻出巢穴，还有什么话说？"

柳鹤亭大奇喝道："谁是'乌衣神魔'？你在说些什么？"

心念突地一动，“入云龙”金四在那荒郊野店，向他发泄满腹牢骚时所说的话，突地又在他心中一闪而过：“……柳兄，你可知道那‘乌衣神魔’的名声？你当然不会知道，可是武林之中，却无一人听了这四字不全身发抖的，连名满天下的‘一剑震河朔’马俊超那种人物，都死在这班来无影去无踪的魔头手里……江湖中人，有谁知道这些‘乌衣神魔’的来历，又有谁不惧怕他们那身出神入化的武功，这些人就好像是突然从天上掉下来的，俱是杀人不眨眼，无恶不作的恶徒……”

柳鹤亭心头不禁一跳，暗道：“难道此地便是这些‘乌衣神魔’的巢穴？难道这戚氏兄弟四人，便是杀人不眨眼、无恶不作的‘乌衣神魔’？”

不禁回首向戚氏兄弟望去，却见这兄弟四人，仍在嘻皮笑脸地说道：“乌衣神魔？什么妖魔鬼怪的，在本尊者面前，统统不灵！”

黑穿云厉声喝道：“大爷们不远千里而来，为的是除奸去恶，谁来与你这残废说话！”大喝一声，“一！”

柳鹤亭抬头望处，只见四面山石以上，数百条汉子，此刻有的弯开铁弓，搭起长箭，有的手中捧着一方黑铁匣子，似是更难对付的“诸葛神弩”，知道就在这刹那之间，等到黑穿云发令完毕，便立刻万箭齐下，那时自己武功再高，却也不能将这些武家克星长程大箭一一避开。

转念之间，却听黑穿云又自大喝一声：“二！”

又拧腰错步，往山涧之旁“花溪四如”立身之处退去，嘴唇微动，方待说出“三”。

“三”字还未出口，柳鹤亭突地清啸一声，身形有如展翅神雕一般，飞掠而起，双臂带风，笔直向黑穿云扑去。

黑穿云惊弓之鸟，知道这少年一身武功，招式奇妙，深不可测，不知是何门何派门下，见他身形扑来，更是大惊，大喝道：“并肩子还不一齐动手！”

喝声未了，清啸声中，柳鹤亭已自有如苍鹰攫兔，飞扑而下，十指箕张，临头向黑穿云抓来。

黑穿云沉腰坐马，“呼呼”向上劈出两掌。黄破月大喝一声，如飞掠来。“灵尸”谷鬼阴恻恻冷笑一声，扬手击出三点碧光，山石之上那些汉子，箭在弦上，却不知该发还是不发！

只见柳鹤亭身躯凌空，竟能拧身变招，腕肘伸缩之间，黑穿云只觉肩头一麻，全身劲力顿消，大惊喝道：“三！”

但此刻柳鹤亭脚尖微一点地，竟又将他凌空提起，高举过顶，大喝一声：“谁敢发箭！”数百支弦上之箭，果然没有一支敢射下！

柳鹤亭喝道：“此事其中，必有误会，若不讲明，谁也不得妄动！”转向戚氏兄弟，“戚兄，此刻已非玩笑之时，还请四位说明，此间究竟是什么地方，你们是否与‘乌衣神魔’有关？”

戚大器哈哈一笑，道：“江湖中事，一团乌糟，老夫们从来就未曾过问这些事情，‘乌衣神魔’是什么东西，老夫们更是从来未曾听过！”

柳鹤亭心念动处，暗中忖道：“他们行事特异，武功亦高，但这些武林豪客，却无一人知道他们姓名来历，看来他们不问武林中事，确是真话！”

只听戚二气接口笑道：“这地方是被我们误打误撞地寻得来的，老实说，这里的主人是谁，我们也不知道！”

“灵尸”谷鬼冷笑一声道：“这些话你方才怎地不说清楚？”“五柳书生”陶如明接口道：“你这番话若早说出来，岂非少却许多事故！”戚三栖哈哈笑道：“少却了事故，老夫们不是没的玩了么？那怎么可以！”柳鹤亭心中，又觉好气，又觉好笑，只得忍着性子问道：“戚兄们至此谷中来的时候，此间可就是一无人迹了么？”

戚四奇点头笑道：“我们来的时候，这里已无人踪，但洞里灶上却炖着足够数十人吃的菜肴。我们吃了一点，也吃不完，后来我们遇着了你，又正好遇着那么多饿鬼，就将这些菜热了一热，拿来逗那小子。只是这些菜是谁做的，做给谁吃的，这些人为什么来不及吃，就都走得无影无踪，倒的确有点奇怪！”

柳鹤亭双眉微皱，沉吟半晌，朗声说道：“此间想必曾是‘乌衣神魔’巢穴，但却早已闻风走了，此中真相，各位此刻想必亦能了解，毋庸在下多口！”

语声微顿，将黑穿云放了下来，手掌微捏，解了他的穴道。黑穿云在地上一连两个翻身，挺身站起。柳鹤亭却已躬身抱拳道：“黑大侠请恕在下无礼，实非得已，若是黑大侠心中犹存不忿，但请黑大侠出手相惩，在下绝不还手。”

黑穿云双拳紧握，横眉怒目，大喝道：“真的？”一个箭步，蹿了过去，劈面一拳，向柳鹤亭打去，只见柳鹤亭含笑而立，动也不动。黑穿云突地长叹一声，半途收回拳势，叹道：“兄台当真是大仁大义，人所不及，只怪我兄弟鲁莽，未曾细查真相，唉……不知是谁走漏了风声，竟教那班恶贼跑了！”

“灵尸”谷鬼阴阴一笑，立在远处道：“黑兄也未免太过轻信人言了，就凭他们所说的话，谁知真假？”

柳鹤亭变色道：“要怎地阁下才能相信？”

“灵尸”谷鬼冷冷笑道：“要我相信，大非易事，宁可冤枉了一万个好人，却不能放走一个恶贼！”突地大喝一声，“幽灵诸鬼，还不发弩，更待何时！”

喝声方落，突地嗖嗖之声连珠而起，数百道乌光，各带一缕尖风，自四面岩石之上飞射而下，注向谷中戚氏兄弟、陶纯纯、柳鹤亭立身之处，黑穿云此刻身形也还立在柳鹤亭身前，见状大声惊呼道：“谷兄，你这是做什么？”

哪知突地一阵强劲绝伦、从来未有的劲风，带着一片乌云，凌空飞来，那数百道强弓硬弩，被这片劲风乌云一卷，俱都四散飞落。

戚大器哈哈笑道：“就凭你们这点破铜烂铁，又怎能奈得了我兄弟之何！”

柳鹤亭、陶纯纯原本俱在大奇，这片强风乌云怎地来得如此奇怪，定睛一看，方见原来是那巨人大宝，双手紧握帐篷，不住飞旋而舞。他神力惊人，这方厚重的帐篷，竟被他整面扬起，但见风声呼呼，群弩乱飞！

黑穿云惊愤交集，大骂道：“好个谷鬼，竟连我也一齐卖了！”目光动处，忽地瞥见自己足旁，便是黄破月方才跌落地上的黄金长弓，双目一张，俯身拾起，微伸舌尖在拇指上一舔唾沫，拔出一根“黄翎黑箭”，弯弓搭箭，大骂道：“你且尝尝，黑大太爷的手段！”

“灵尸”谷鬼冷冷一笑道：“欢迎，欢迎，你只管射来便是！”原来就在这刹那之间，“一鬼三神”同时动手，竟将黄破月亦自制住，挡在自己身前。

黑穿云一惊一愣，手腕一软，只听“灵尸”谷鬼怪笑道：“我这诸葛神弩取之不尽，用之不竭，看你这大蠢怪物，能将帐篷舞到几时！”黑穿云仰首大喝道：“黄翎黑箭兄弟，还不快将那班幽灵鬼物制死！”

“灵尸”谷鬼怪笑道：“谁敢动手，难道你们不要黄老二的命了么？”话声方了，只听“铮”的一声弦响，一道尖风，笔直自头顶落下。

原来黑穿云武功虽不甚高，但箭法却当真有百步穿杨、神鬼莫测之能，这一箭虽是射向天上，但转头落下之时，却仍不偏不倚地射向谷鬼头顶正中之处！

箭翎划风，箭势惊人！“灵尸”谷鬼大惊之下，拼命向左拧身，只觉尖风一缕，“唰”地自身侧掠过，“噗”地在身侧插入地下，箭杆竟已入土一半，不禁暗捏一把冷汗，哈哈狞笑道："难道你真的不怕黄老二死无葬身之地？"

黑穿云大喝道："他死了你还想活么？"

"灵尸"谷鬼阴恻恻一声冷笑，瞑目道："你不妨试上一试！"

黑穿云冷哼一声，又自伸出拇指，舌尖一舔唾沫，又自拔出一支长箭。柳鹤亭心中不禁暗叹："这般江湖中人，当真是只求达到目的，从来不计手段，'一鬼三神'与'黄翎黑箭'本是同心而来，此刻却竟已翻脸成仇，而这黑穿云此刻竟只求伤敌，连自己兄弟生死都可置之不顾，岂非更是可叹！"

只见黑穿云左手弯弓，右手搭箭，引满待发，"灵尸"谷鬼仍在怪笑！

笑声愈来愈见尖锐刺耳，黑穿云满引着的弓弦，却愈来愈弱。柳鹤亭侧目望去，只见他手掌渐渐颤抖，牙关渐渐咬紧，面颊之下，肌肉栗栗凸起，额角之上，汗珠涔涔而落，突地右手三指一松，弦上长箭，离弦而出！

柳鹤亭暗叹一声，悄然阖上眼帘，不忍见到即将发生的手足相残惨剧。他知道黑穿云这一箭射出，"灵尸"谷鬼必将黄破月用作箭盾，血肉之躯，怎挡得过这般足以开山裂石的强弓长箭？岂非立刻便是鲜血横飞之祸！

哪知黑穿云这一箭射出，不及三尺，便无力地落了下去，"灵尸"谷鬼的狞笑之声，越发得意。柳鹤亭张开眼来，只见黑穿云一声长叹，突地奋力抛去手中长弓，大喝着道："我和你拼了！"纵身向谷鬼扑去！

柳鹤亭心头一凛，闪电般拔出背后斜插的长箫，随手一抖，舞起一片光华，身形一闪，一把拉住黑穿云的衣襟，只听"当当"数声清响，由四面山巅射下的铁箭，遇着这片玉箫光影，齐地反激而上。柳鹤亭拧腰错步，一掠而回，沉声道：“留得青山在，不怕没柴烧。黑兄，你这是做什么？”

目光微转，却见黑穿云肩头、后背一片血红，在这刹那之间，他竟已身中两支长箭，赤红的鲜血，将他黑缎衣裳，浸染成一片丑恶的深紫之色。柳鹤亭剑眉一轩，闪电般伸出食中二指，连接两夹，夹出黑穿云肩头、后背的两支长箭。黑穿云面容一阵痉挛，目光却感激地向柳鹤亭投以一瞥，嘶声道：“些许微伤，不妨事的！”

柳鹤亭微微一笑，心中暗地赞叹，这黑穿云真无愧是条铁汉，要知道柳鹤亭虽然风流倜傥，不拘小节，但却极具至性，黑穿云那一箭若是真的不顾他兄弟生死，径而射出，他便是死了，柳鹤亭也不会为他惋惜。但此刻柳鹤亭见他极怒之下，虽不惜以自己性命相搏，却始终不肯射出那足以危害他兄弟性命的一箭，心中不禁大起相惜之心，手腕一反，掌中长箫，已自点他“肩灵”“玉曲”两处穴道，一面微笑道：“小弟此刻先为黑兄止血，再——”

突地一声大喝：“随我退后！”喝声有如九霄霹雳，旱地沉雷，凌空传下。

柳鹤亭毋庸回顾，便已知道是那巨人大宝所发，反手插回长箫，一抄黑穿云胁下，只听呼呼之声，帐幕带风，他缓缓向山壁洞窟那边退去。本已疏落的箭势，此时又有如狂风骤雨般射下。

“灵尸”谷鬼怪笑道：“就是你们躲进山洞，难道你们还能躲上一年么？”突地挥手大喝，“珍惜弓箭，静等瓮中捉鳖！”

柳鹤亭冷笑一声，本想反唇相讥，但又觉不值，脚步缓缓后退，突听戚氏兄弟大喊道：“小宝——驴子，我的小宝和驴子呢？”柳鹤亭心念动处，目光微转，只见方才饮酒的那片山石，酒菜仍在，帐幕扯起，亦自现出里面的一些泥炉锅盏。但除此外，不但那辆驴车及戚氏兄弟的爱犬小宝已在混乱之中走得不知去向，就连方才烂醉如泥，被巨人大宝抬走的项煌，此刻亦自踪影不见！

只听戚氏兄弟喊声过后，那翠羽鹦鹉又自吱吱叫道："小宝……驴子——小宝驴子！"

那鹦鹉"吱"的一声，自陶如明肩头飞起，见到疏疏落落射下的长箭，又"吱"的一声，飞了回去："小翠可怜……不要打我……"

柳鹤亭皱眉忖道："禽兽之智，虽然远远低于人类，但其趋吉避凶之能，却是与生俱来，何况那头驴子与小宝，俱非凡兽，必已早就避开。倒是那位'东宫太子'项煌，烂醉如泥，不省人事，极为可虑！"

只见戚氏兄弟大叫大嚷地退入山洞，柳鹤亭却仍在担心着项煌的安危，突地一只纤纤玉手，轻轻搭到他手腕上，一阵甜香，缥缥缈缈，随风而来，一个娇柔甜蜜的声音，依依说道："我们也进去吧！"

柳鹤亭茫然走入山洞，只觉腕间一阵温香，垂下头去，呆呆地望着自己的手腕。陶纯纯轻轻一笑，柔声道："你在担心项煌的安危，是么？"

柳鹤亭抬起头来，望着她温柔的眼波，良久，方自点了点头。

陶纯纯轻笑又道："刚刚他喝得烂醉的时候，就被那巨人抬到驴车上去了！"

柳鹤亭长长透了口气，低声问道："那辆驴车呢？"

陶纯纯扑哧一笑，轻轻一掠鬓间乱发，柔声又道："驴车早已跑进了山洞，人家才不用你担心呢！"

柳鹤亭面颊一红，一时之间，心里也不知是什么滋味。这少女看来如此天真，如此娇笑，但遇事却又如此镇静，她始终无言，却将身侧的一切看得清清楚楚，似乎世间的一切事，都逃不过她那一双明如秋水的眼波！

风声顿寂，巨人大宝也已弓身入洞，弓身站在柳鹤亭面前。柳鹤亭愣了半晌，方自歉然一笑，让开道路，原来他直到此刻，还站在洞口，连黑穿云何时走入洞后坐下的都不知道。

他转身走入，却见戚氏兄弟，一个挨着一个，贴壁而立，嘴里似乎还在喃喃地低声念着："小宝……"

柳鹤亭暗叹一声，至此方知这兄弟四人虽然滑稽突梯、玩世不恭，但却俱是深情之人。四个白发而又残废的老人，忧愁地站在黑暗的山洞里，惯有的嬉笑此刻已全都无影无踪，却只不过为了一只狗和驴子而已。多情的人，永远无法经常掩饰自己的情感，因为多情人隐藏情感，远远要比无情人隐藏冷酷困难得多。

一时之间，柳鹤亭心中又自百感丛生，缓缓走到戚氏兄弟身前，想说几句安慰的话，突听一阵清脆的铃声自洞内传出。

戚氏兄弟齐地一声欢呼，只见叮当声中，驴车缓缓走出，驴背之上，"汪"的一声，竟稳稳地蹲伏着那只雪白的小犬，就像是它在驾着这辆驴车一样，随又"汪"的一声，跳了下来，"嗖"地跳到戚大器怀里。

那忧郁的老人，立时又眉开眼笑地笑了起来，洞中也立时充满了他们欢乐的笑声。柳鹤亭眼帘微眨，转过头去。陶纯纯向他轻轻笑道："你担心的人，不是就在那辆车上么？"

柳鹤亭微微一笑，却见黑穿云瞑目盘膝坐在地上，这满洞笑声，似乎没有一丝一缕能传入他的耳鼓！

这山洞不但极为深邃，而且愈到后面，愈见宽阔，十数丈后，洞势一曲，渐渐隐入柳鹤亭目力之外，却听陶纯纯又自笑道："这里面像是别有洞天，你想不想进去看看？"

柳鹤亭垂目望了黑穿云一眼，目光再回到她身上，又转回洞外，在这满洞的欢笑声中，他越发不忍见到黑穿云的痛苦与忧郁。突然，他觉得很羡慕戚氏兄弟，因为他们的情感，竟是如此单纯、直率！

他愣了半晌，方自想起自己还未回答陶纯纯的话，突地"嗖嗖"

数声，自洞外袭来。他大惊转身，铁掌挥动，掌风虎虎，当头射入的两支弩箭，被他铁掌一挥，斜射而出，“铮”的一声，弹到两边山石上！

接着又是三箭并排射来，柳鹤亭铁掌再挥，反腕一抄，抄住一支弩箭，却将另两支弩箭挥退，手腕一抖，乌光点点，便又将第六、第七两支弩箭点落地上！

只听一阵沉重的脚步声，自后传来，巨人大宝腰身半曲，双手箕张，分持帐篷两角，大步走来，走到洞口，将帐篷往洞口一盖，“噗噗”几响，数支弩箭，都射到帐篷上。洞内顿时越发黝黯，巨人大宝回身一笑，缓缓走入洞后。

又是一连串“噗噗”之声，有如雨打芭蕉，柳鹤亭方自暗中赞叹这巨人心思的灵巧，却听陶纯纯幽幽一叹，沉声道：“这一下真的糟了！唉，来不及了——来不及了——”柳鹤亭不禁一愣，奇道：“什么事糟了？”

语声未了，又是“噗噗”数声，陶纯纯摇首轻叹道：“这洞中本无引火之物，这么一来——唉！”

柳鹤亭心头一凛，转目望去，就在这眨眼之间，洞口帐篷已是一片通红。只听“灵尸”谷鬼的怪笑之声自洞外传来：“烧呀，烧呀，看你们躲到几时！”

柳鹤亭剑眉一轩，却见戚大器跟着一条白犬，缓步而来，大笑道：“烧吧烧吧！看你们烧到几时！”柳鹤亭暗叹一声，只怪兄弟四人直到此时此刻，还有心情笑得出来，哪知陶纯纯亦自轻笑道：“这洞里是不是地方极大？”

戚大器哈哈笑道：“正是，正是，陶姑娘当真聪明得紧，这洞里地方之大，嘿嘿，就算他们烧上一年，也未必能烧得到底，反正他们也不敢冲进来，我们也就更犯不着冲出去。”

他虽然滑稽突梯，言语多不及义，此话却说得中肯已极。要知道方才柳鹤亭等人之所以未在巨人大宝的掩护之下，冲上前去，一来固是因为对方人多，自己人寡，交手之下，胜负难料；再者却因为自己与这班人本无仇怨，纠纷全出于误会，如果交手硬拼，岂非甚是不值。是以戚大器所用这“犯不着”三字，正是用得恰当已极！

柳鹤亭凝视着洞前火势，心道：“你兄弟若是早将事情说明，此刻哪有这般麻烦？”

目光闪电般向戚大器一转，但见他鹤发童颜，满脸纯真之色，不禁暗叹一声，将口边的话忍住。柳鹤亭生性本就宽豁平和，只觉任何责备他人之言，都难以出口，默然转身，走到黑穿云面前，躬身一揖，缓缓道：“黑兄伤势，可觉好些了么？唉！只可惜小弟身上未备刀创之药，再过半个时辰，等黑兄创口凝固，小弟便为兄台解开穴道，此刻还是先请到洞内静养为是。”缓缓俯下头去，查看黑穿云肩头伤势。

哪知黑穿云突地冷哼一声道：“在下伤势不妨事的，不劳阁下费心！”语意虽然客客气气，语气却是冰冰冷冷。柳鹤亭微微一愣，退后半步，只见黑穿云双脚一挺，长身而起，缓缓道：“在下既已被阁下所掳，一切行事，但凭阁下吩咐，阁下要叫我到洞内去，在下这就去了！”目光低垂，望也不望柳鹤亭一眼，缓步向洞内走去。

柳鹤亭面壁而立。只见山壁平滑如镜，洞前的火光，映出一个发愣的影子，久久都不知动弹一下。他真诚待人，此番善意被人当作恶意，心中但觉委屈难言，缓缓阖上眼帘，吐出一口长气，再次睁开眼来，山壁上却已多了一条纯白的影子！

他微微闻到那缥缈发香，他也依稀看得到那剪水双瞳，洞前的火势愈大，这一双眼波就更加明亮。他想转身，又想回头，但却只是默默垂下目光，只听陶纯纯轻轻说道：“你心里觉得难受么？”

他嘴唇掀动一下，嘴角微微一扬，算作微笑，缓缓回答：“还好……有一些！”

陶纯纯秋波一转，轻轻又道："你若是对别人坏些，是不是就不会时常生出这种难受了呢？"

柳鹤亭愣了一愣，抬起头来，思索良久，却不知该如何回答她的话，默默转身，只见她娇靥如花，眼波如水，秀发披肩，自然而然地带着一种纯洁娇美的神态，不自觉缓缓抬起手掌，但半途却又缓缓放下，长叹一声，说道："我们也该到洞里去了吧！"目光转处，才知道此刻洞中除了他们两人之外，已别无他人，急地回身，匆匆走了几步，但脚步愈走愈缓，只觉自己心里似乎有个声音在问着自己："你若是对别人坏些，是不是就不会时常生出这种难受呢？"

这问题问得次数愈多，他就越发不知如何回答，他无法了解怎地回答如此简单的一个问题，竟会这般困难？于是他顿住脚步，回首道："你问我的话，我不会回答！"

语声一顿，目光中突地闪过一丝光芒："也许以后我会知道它的答案，到那时我再告诉你吧！"

陶纯纯的一只纤纤玉手，始终停留在她鬓边如云的秀发上，似乎也在思索着什么，前行两步，秋波微转，嫣然笑道："其实我也不知道这问题的答案！"停下脚步，站到柳鹤亭身侧，柳眉轻颦，仰首缓缓道，"这世界上有许多善人，有许多恶人，有许多恶人向善，也有许多善人变恶，更有许多人善善恶恶，时善时恶，你说他们是不是就在寻找这个问题的答案呢？"

柳鹤亭脚步移动，垂首走了数步，嘴角突地泛起淡淡一丝笑容，回首道："有些问题的答案，并非一定要亲自做过才会知道的，看看别人的榜样，也就知道了，你说是么？"

陶纯纯嫣然一笑，垂下玉手。若是柳鹤亭能了解女子的心意，常会在无意之中从一双玉手的动作上表露，那么他就可以发觉，隐藏在她平静的面容后的心境是多么紊乱。

火势愈大，“灵尸”谷鬼的笑声，仍不时由洞外传来，洞口两侧的山壁，已被烟火熏得一片黝黑。

柳鹤亭缓步而行，不时回首，却不知是在察看洞口火势，抑或是在端详陶纯纯的娇靥。

陶纯纯莲步细碎，默默垂首，也不知是在想着心事，抑或是不敢接触柳鹤亭那一双满含深情的目光！

只见洞势向左一曲，光线越发黝黯，洞内隐隐有戚氏兄弟开心的笑声传来，与洞外“灵尸”阴森、冷酷的笑声相合。在这黝黯的古洞里，闪动的火花中，听到这般笑声，让人几不知自己的遭遇，究竟是真是幻。

第五章

是真是幻

陶纯纯垂首而行，突听柳鹤亭一声轻叱，身躯猛旋，“嗖”地一掠数丈，右足虚空一踢，身形平俯，探手抄起地上的两支弩箭，左足又是一踢，凌空一个翻身，“嗖嗖”两声，掌中弩箭，已自借势发出，带着两缕尖锐风声，投入火影之中。陶纯纯方自一愣，只听洞外两声惨呼，由近而远。柳鹤亭双足站定，大声喝道：“今日之事，本有误会，你等虽然不听解释，但柳鹤亭与你等无冤无仇，是以再三容忍。你等只要再往洞口前进一步，哼哼！方才那两个人便是榜样！”语声锵然，声如金石，但语声一落，四下却寂无回声，连“灵尸”谷鬼的怪笑，此刻都已停顿。

柳鹤亭侧耳静听半晌，拧腰掠到陶纯纯身侧，呆了一呆，长叹一声，大步而行。

陶纯纯轻笑道：“你心里在想什么？”

柳鹤亭闭口不言。

陶纯纯幽幽叹道：“你在想你方才不该伤人，是么？”

柳鹤亭双目一张，愕然止步，缓缓回过头来。只觉陶纯纯的一双秋波，仿佛已看到自己心底深处！

洞势向左一曲之后，洞内景物，突地大变，时有钟乳下垂，窈窕嵯岈，风致生动，有如琼宫瑶室，鬼斧神工，却无镵痕。入洞愈深，前面钟乳愈多，四下林列，璎珞下垂，五光十色，光怪陆离。尽头处石顶逐渐高起，一片钟乳结成的璎珞流苏，宛如天花宝幔，自洞顶笔直垂下，挡着去路！

钟乳致致生光，人面交相辉映。一时之间，柳鹤亭心中思潮虽乱，却也不禁被这种奇丽景象所醉，傍着陶纯纯转过那片璎珞流苏，眼前突地一亮。只见一面璎珞流苏，化作四面璎珞流苏，四面璎珞流苏之中，端坐四尊佛像，被四下璎珞流苏透出的珠光一映，几疑非是人间，而是天上！

柳鹤亭自一呆，突地四尊佛像一齐哈哈一笑，跳了起来，大笑道："你们在外面折腾什么！怎地直到此刻方自进来？"见到柳鹤亭发呆的神色，又道，"难道你还不敢进来么？"

柳鹤亭眼帘微眨，含笑说道："你们若是永远不动，只怕我也会永远待在这里。"微喟一声，回顾道，"若不是那班人说这里是'乌衣神魔'的密窟，我真要当此间是世外洞天、人间仙府，哪敢胡乱踏进一步！"

陶纯纯一双玉手，捧在心畔，却正好握住自己肩头垂下的秀发，娇躯轻轻在一片璎珞流苏旁一靠，幽幽叹道："有人说，'乌衣神魔'毒辣残酷，如今我看了他们住的地方，倒真不敢相信他们全是杀人不眨眼的魔头！"

戚四奇哈哈笑道："管他什么魔头不魔头，我戚老四今天当真是玩得开心已极，柳老弟，你先莫赞叹，且到里面看看！"身形一转，向迎面一片璎珞后闪了进去。只听"汪"的一声，那只白犬小宝却又跑了出来，跑到陶纯纯身前，舐了舐陶纯纯的脚尖，突又"汪"的一声，跑了开去。陶纯纯轻笑着弯下柳腰，伸手去捉，哪知小宝背脊一弓，竟"嗖"地蹿进柳鹤亭怀里。

戚大器白眉一扬，大笑道："小宝跟着我们这些老骨头跟得久了，居然也不喜欢女子！”大笑着转入璎珞之后，柳鹤亭心中暗笑，却见陶纯纯正自凝视着自己怀中的小宝，目光中竟似突有一丝奇异的神色，一闪而过，只可惜柳鹤亭入世未深，还不能了解这种奇异眼色的含义！

他只是轻抚着白犬头上的柔毛，方待随后转入璎珞，哪知陶纯纯却幽幽长叹一声，道："我从不知道我竟然这样惹人讨厌，连这只狗都不喜欢和我在一起！"

柳鹤亭呆了一呆，心中暗道："这只狗懂得什么，你怎会和它一般见识？"又忖道，"谁说你惹人讨厌，我就极喜欢和你在一起的！"这句话在嘴边转了两转，还未说出来，只觉一只纤纤玉手又自搭到自己肩上，一阵淡淡幽香，扑鼻而来，忍不住回转头去，只见四面钟乳反映的璇光之中，一张宜喜宜嗔的如花娇靥，正似愁似怨地面对着自己，两人鼻端相距，不及半尺，两人心房跳动，更似已混合在一起。柳鹤亭默然伫立，不但方才的流血、苦战、飞蝗、烈焰等情事早已离他远去，就连世上的一切荣辱、成败、纠争、利害——也似俱都不再在他心里，古洞之中，顿时静寂。

陶纯纯秋波凝注，突又幽幽一叹道："你这样看着我干什么？"

柳鹤亭又自呆了一呆，只见她秋波一闪，闪了开去，玉手悄悄滑到他肩下，秋波却又转回，轻轻说道："你……你……你……"目光一垂，"你心里有没有不愿意和我在一起？"

柳鹤亭缓缓摇了摇头，一丝温暖升自心底，一丝微笑注上嘴角。

只听陶纯纯轻叹又道："我若是喜欢一个人，我就希望他也不要讨厌我，若是别人讨厌我，我也会讨厌他！"秋波一转，忽地闪电般直视在柳鹤亭面上，"你要是……要是真的不讨厌我……"娇柔地吐出一口如兰如馨的长气。

柳鹤亭忍不住脱口道："自然是真的！"

陶纯纯纤指微微一动，道："那你就该把讨厌我的东西替我杀了！”

柳鹤亭心头一震，双手一松，“汪”的一声，小宝跳到地上。一时之间，他只觉又惊又惧，目定口呆地惊问：“你……你说什么？”

陶纯纯秋波一转，轻轻道：“我说以后假如有恶人要欺负我，你就应该保护我，将那恶人杀死——”忽地抬头嫣然一笑，“你吃惊什么？难道你以为我在说这只狗么？”

柳鹤亭一抹头上汗珠，吐出一口长气，摇首道：“我真以为……你真把我……唉！你有时说话，真会把人吓上一跳！”目光转处，却见那只白犬仍在仰首望着自己，两只晶亮的眼里，一闪一闪的，竟似有几分嘲笑之意！

这迎面一道璎珞，恰好将一间石室挡住，石室之中，玉几丹床，石凳青桌，应有尽有。石室之后，又有石室，一室连着一室，俱都广敞华丽，而且整洁异常，像是经常有人打扫。不但戚氏兄弟欣喜若狂，就连黑穿云骤然来到这般洞天福地，也不禁将一些烦恼忧苦，暂时忘却。

戚大器兴高采烈，眉开眼笑，走东走西，一会儿往石床上一躺，一会儿又跳到桌上，忽地跳了下来，轻轻笑道：“柳老弟好像已被那妞儿迷住了，还不进来，我们索性走到里面去，让他们找不着！”兄弟四人心意相通，他话未说完，另外三人早已扬眉咧嘴地大表赞成。

黑穿云倚墙而坐，不闻不见，哪知突地一双巨掌穿过肋下、膝下，将他平平稳稳地抬了起来，平平稳稳地放到那辆驴车之上。

黑穿云被人如此拨弄，只觉满胸闷气积郁心中，钢牙一咬，转过头去，却有一股酒气扑鼻而来，嗅之作呕，再见到一人满面通红，口角流涎，躺在自己身侧，不禁暗叹一声，目光闪闪，似要流下泪来。

第二间石室，却有两重门户，大宝手牵驴车，遇着这路狭窄之处，双臂一伸，口中微哼一声，便将驴车平平举起，抬了过去。第三间石室，竟有三重门户，再进一间，门户竟又多了一重。走入第五间时，戚大器望着五重分通五处的门户，笑声突地一顿，皱眉道：“看来这个石洞里面，还有一些奇奇怪怪的花样。”

语声未了，突地脚下一阵摇动……

柳鹤亭含笑道：“小宝，你主人到哪里去了，还不带我们去找他们！”

小宝前爪在地上抓了两抓，尾巴一摇，转身跑了进去。

陶纯纯轻轻叹道：“这只小狗真可爱，只可惜它不喜欢我！”

柳鹤亭含笑摇头，心中暗忖：“她真是小孩脾气。”跨入石室，目光一转，不禁惊叹道：“那班‘乌衣神魔’，当真神通不小，居然找到这般所在，作为落脚之处——”忽听戚氏兄弟的一声惊呼，巨人大宝的一声怒吼，以及山摇地震般一串隆隆声响，自石室深处传来！

柳鹤亭大惊之下，循声扑去，身形微一起落，便已掠入第二间室中，只听那两声惊呼怒吼，余音袅袅，仍在洞中，仿佛是由右传来！脚步微顿之间，便向右边一扇门中掠去！

但一入第三间石室，他身形却不禁又为之一顿，此刻回声渐散，他凝神静听良久，便又掠向迎面一扇门中！

等他掠入第四间石室之时，回声渐散渐消，古洞石室，便又归于寂静，柳鹤亭注视着这间石室中前、后、左、右四扇门户，却不知自己该向哪扇门户走去才好！

他只盼戚氏兄弟等人，会再有惊呼示警之声传来，但自从余音绝后，却只有他自己心跳的声音，与呼吸之声相闻。他深知若非遇着十分紧急之事，戚氏兄弟绝不会发出那惊呼之声，自己若是走错一扇门户，便不知要耽误多少时间，那时赶去，只怕已救援不及。但这四扇门户，分通四间不同石室。看来石室之内，还有石室，除非自己有鬼谷诸葛一般的未卜先知之能，否则又怎能选出那条正确的途径？

一时之间，他呆如木鸡地伫立在一张青玉石桌之旁，心里想到戚氏兄弟方才那一声惊呼中的焦急惊恐之情，额上汗珠，不禁涔涔而落。

虽只刹那之间，但在柳鹤亭眼中看来，却似已有永恒般长久。

陶纯纯一手微抚秀发，轻盈地掠入室中，只见他呆呆地站在桌旁，垂在双肩下的手掌，不住微微颤抖，为友焦急之情，竟似比为己焦急还胜三分，不禁柳眉微皱，轻轻说道："你看看这里地上，可有驴蹄车辙一类的痕迹留下么？"

语声虽轻，却已足够将呆立于迷惘焦急中的柳鹤亭一言惊醒，回头向陶纯纯投以感激的一瞥，立刻凝目地上！

只见打扫得极其洁净的石地之上，果有两道淡淡尘辙，自外而内蜿蜒而入，但到了石桌之旁，却蓦然中断。

柳鹤亭挥掌一抹额上汗珠，转手指向地上尘辙中断之处，手指微颤，嘴眸微张，却未曾说出半句话来。

陶纯纯明眸流波，四下一转，轻轻又道："石桌边空距太窄，驴车难以通过，到了这里，想必是被那巨人双手托了起来，你且到那边第三扇门口去看看，那扇门中有无车辙复现。他们那班人想必就是往那边去了！"

柳鹤亭长叹一声，暗中忖道："我只当自己是绝顶聪明人物，哪知还有人比我聪明百倍，推测物理，宛如目见。"他却不知道自己并非愚不及此，只是关心而乱！

思忖之间，他身形闪动，已在左、右以及迎面三扇门中地面看了一遍，哪知这三扇门中，竟再也没有车辙复现。他缓缓转过身来，摇首苦笑。陶纯纯柳眉一蹙，沉声问道："那三扇门里，难道都再也没有驴蹄车辙的痕迹留下么？"

柳鹤亭再次摇首苦笑，陶纯纯道："这倒奇怪了，除非他们那班人到了前面的石室里，就突然消失！”缓缓前行，在三扇门中，各各留意看了一遍，又道，“要不他们就是走到第四间石室中去了，但这里除了我们来时走过的一扇之外，只有三扇门户，哪里会有第四间石室哩？”瞑目半晌，“难道那巨人会一直托着驴车前行？但这看来似乎也是不可能的事呀！”

柳鹤亭虽有十分智慧，但到了这种有似神话传说般的古洞幽室中，却连一分也施展不出，直急得顿足摇首，连声长叹，不住问道：“他们到底遇着什么事呢？难道……”

陶纯纯轻轻一叹，道：“到了这种地方，你着急有什么用？他们不是遇着了藏匿于洞中的强仇大敌，便是误触这里面别人留下的消息机关，除此之外，还有一个可能，便是洞中突有极恶的蛇兽出现，我们在这里，又何尝不也随时会遇着危险。但究竟会遇着什么，却真的叫人难以猜测！”

柳鹤亭只觉心头一凛，目光不自觉地四下望去，突听“汪”一声，那白犬小宝竟从迎面一间石室中蹿了出来！

陶纯纯轻唤一声，道：“原来这里面的石室，竟是间间相通的。”语声突止，突地反腕自发间拔出一根金钗，纤腰微扭，玉掌轻抬，在石壁之上，划了一个“之”形标记，回眸一笑，道：“你跟着我来！”脚下轻轻一点，倏然向前面一间石室中掠去！

柳鹤亭微微一愣，随后跟去，只见她身形轻盈曼妙，脚上有如流水行云，玉掌微扬，又在这间石室壁上，划下一道“之”形标记，便毫不停留地向另一间石室掠去！

刹那之间，柳鹤亭恍然悟道：“这些石室间间相连，我们只要循着一个方向查去，便可将所有石室查一遍，金钗留痕，自是避免重复错乱！”

一念至此，柳鹤亭心中不禁大为叹服，他初见陶纯纯时，只当她天真纯洁，是个不知世故的孩子，但隔的时间久了，他就发现这“天真纯洁，不知世故”的孩子，虽然和他想象中一般纯真，但绝不是他想象中的“不知世故”，因为她无论分析事理，抑或是随机应变之能，都远在自己之上！

就在他心念一转间，陶纯纯已掠过十数间石室，留下十数处标记，但戚氏兄弟以及黑穿云、项煌等五人，却仍踪迹未见。那白犬小宝有时在他们身后急窜，有时却又在另一间石室中现出。柳鹤亭五内焦急，不禁大喝道：“戚兄，你们在哪里？”但有回声，不见应声。

陶纯纯突地驻足道：“难道他们已寻得出路，出去了么？”

柳鹤亭皱眉摇首道：“他们若是寻得出路而脱险，怎会有那等惊呼之声？”

陶纯纯秋波一转，道：“我若是遇到了出路，我也会情不自禁地惊呼起来的。”

柳鹤亭俯首微一沉吟，仍自皱眉道：“他们若是寻得出路，又怎会不等我们？”

陶纯纯幽幽一叹，轻轻道：“你未免也将人性看得太善良了些。”

柳鹤亭呆了一呆，目光再次一转，只见这些石室之中，实在一无惹眼之处，更不见人踪兽迹，俯首半晌，黯然叹道：“我是将人性看得太善良了么？”

陶纯纯突地嫣然一笑，笔直地走到他身前，轻轻说道：“你闭起眼睛，我带你去看一样东西！”

柳鹤亭不禁又自一呆，陶纯纯却已轻轻握住他的手腕，他只得阖上眼帘，只觉陶纯纯身形向前走了几步，又向左一转，忽地一丝冷风，拂面而来。柳鹤亭心中虽忍不住要睁开眼睛，但眼帘却还是阖得紧紧的。又走了数步，陶纯纯脚步突地变缓，柳鹤亭心奇难忍，方要悄悄张开一线眼睛，偷看一眼，哪知一只柔荑，却已经轻盖到他的眼帘上。只听陶纯纯半带娇嗔，半含微笑，轻轻说道：“你要是张开眼睛，我就不理你了。”玉掌移开，柳鹤亭果然再也不敢将眼睛睁开，此刻他自己亦难以自知，为什么她说的话，纵无道理，他也不敢不听，只得在心中暗笑自己！

“幸好她天真纯洁，不会叫我去做什么伤天害理之事，如若不然，我这么听她的话，若是做错事情，岂非终身抱恨？”

忽听陶纯纯笑道：“你摸摸这里！”

柳鹤亭伸出手掌，只觉触手之处，冰凉柔软，竟似死人尸体，不觉心中一震，脚下连退三步，剑眉连扬数扬，大骇问道：“这是什么？”

陶纯纯轻轻笑道：“你猜猜看！你若是猜不到，等会儿我再告诉你。你若是猜对了，我就算你有本事！”

柳鹤亭听她言语之中，满含喜悦，却无半分惊骇之意，心中不禁一定，知道此物若是死尸，陶纯纯焉有如此喜悦地说话之理。

心念至此，亦自含笑道：“我不用猜，等你告诉我好了。”

陶纯纯向前走了几步，轻笑道：“这才是聪明人，你就算猜上——”脚步突地一顿，语声亦突地一顿。

柳鹤亭突觉一股劲风，自身侧掠过，接着几声犬吠，心头不觉又为之一奇，忍不住又自脱口问道：“你在干什么？”良久不见回声，柳鹤亭方自剑眉微皱，突觉握在自己手腕上的一只柔荑，竟起了微微一阵颤抖。

柳鹤亭心中再次一惊，问道：“你这是在做什么？”

只听陶纯纯突地幽幽长叹了一声，道：“你那样相信别人，怎地却这般不相信我？”柳鹤亭一愣，却听陶纯纯接口又道：“我若是闭起眼睛，跟着你走十年八年，随便你带我到哪里，我也不会问你一句，但是——唉，我就只带你走了数十步，你却已问了我三句，难道我会带你到你不愿意去的地方？难道我会趁你闭着眼睛的时候，做你不愿意我做的事？”

柳鹤亭出神地愣了半晌，反复体味着她话中的真意，一时之间，只觉心中又是温暖，又是惭愧，终于长叹一声，无言地反手捉着她的柔荑，默然向前走去！

此时此刻，他但觉自己纵然眼睛立时瞎了，也是世上最最幸福之人，因为他已从她这几句话中，寻得了他从未敢企求的真情。

无言地走了两步，他忍不住轻轻说道：“纯纯，你就算将我带至刀山火海中去，只要你……我也甘心愿意。”

又是一阵沉寂，陶纯纯突地扑哧一笑道：“真的？你说的是真的？”

柳鹤亭幸福地吸进一口长气，缓缓吐出，缓缓说道：“我纵然会骗世上所有人，也不会骗你一句半句！”

他只觉两手相握，两心相投，说出的话当真句句俱是发自他心底，突觉陶纯纯手掌一松，移至他处，再握回他的手掌时，这只柔荑，似乎已有些潮润。

“难道这是她的泪珠？”

他暗问自己，然后又幸福地长叹一声，默默地感谢着这纯真的女孩子在为自己的真情流泪，但是——他若不自己张开眼睛，看上一看，那么这问题的答案，普天之下，又有谁能正确地知道呢？

无论如何，他此刻是幸福地，真心诚意地感激着这份幸福的由来，他知道世上有许多人，一生一世，都不会寻得这种幸福。

于是他便在这种难以描摹的幸福中，瞑目向前走去，只觉时有冷风缕缕，拂面而至，走了两步，忽地又有水声淙淙，入耳而来。

冷风渐清，水声渐明，陶纯纯一声轻笑道：“到了，张开眼来！”

柳鹤亭轻轻握了握她的柔荑，微笑着张开眼来——

刹那之间，他心情激动得几乎要高声欢呼起来，一眼望去，只见这一片清碧万里的苍穹横亘面前，几片浮云冉冉飘过，立足之处，却是一道危崖。奇岩怪石不可胜举，有如引臂，亦如垂幢，石间清泉缕缕，一如悬练，万泉争下，其下一道清涧，试一俯瞰，却如仙子凌空，飘飘欲舞。

陶纯纯轻抚云鬓，脉脉地凝视着他，轻轻笑道："你说我带你看的东西好不好？"

柳鹤亭屏息四顾，良久良久，方自长叹一声，侧目问道："我们已经走出了？"

陶纯纯扑哧笑道："难道我们还在山洞里么？"

柳鹤亭目光一阖即张，侧目又道："你如何能寻到出路，实在——"

陶纯纯秋波微转，含笑道："我说你太过信任别人，却总是不信任我。"柳鹤亭目光一垂，却听陶纯纯又说道，"刚才我叫你闭起眼睛的时候，其实又发现了地上的车辙和几个淡淡的足迹，就沿着这些痕迹寻来，果然就发觉了这个出口。"幽幽一叹，"唉！世人若都像你一样，那么'仇敌'这两个字，也许就不会存在了！"

柳鹤亭剑眉一扬道："如此说来，他们已真的寻到出路了？"默然半晌，摇头笑道，"如此说来，倒也不用我为他们担心。"目光动处，只见地面沙石间，果有一些车辙足迹向左而去，心中暗叹一声，亦自随之而行，只见道上乱石累累，蔓草丛枝，石路倾圮，角态甚锐，转折亦颇多，他心中不禁暗问自己："这等道路，驴车怎生通行？"但瞬即寻出答案，"若以常理忖度，自无可能，但那巨人大宝，实非常人，非常人所做之事，自亦不能以常理度之。"回首一望，陶纯纯随后跟来，柳眉轻颦，明眸流波，眼波中却满是委屈之意，显然是因为自己太过冷淡于她，心中大生自责之意，回首笑问："纯纯，你心里在想什么？"

陶纯纯明眸微眨，轻叹摇首，良久良久，方自叹道："你……你要到哪里去？"柳鹤亭微微一愣："我要到哪里去？我要到哪里去……"缓缓抬起头来，仰视白云悠悠，苍碧如洗，突地回首道："你要到哪里去？"

陶纯纯眼帘一垂，幽幽叹道："我在世上除了师姐之外，再无亲人，我出来本是来找师姐的，但是她——"悄然闭起眼睛，眼帘上泪光闪动，被天光一映，晶莹如珠，明亮如玉，缓缓顺腮而下，轻轻叹道，"我能不能……也闭起眼睛……"语声悠悠而断，言下之意，却如一股怒潮激浪，在柳鹤亭心头升起。

柳鹤亭缓缓回头，缓缓回到她身边，缓缓握起她的玉掌，缓缓说道："我但愿你一生一世闭着眼睛，好让我像你领着我似的领着你！"

陶纯纯抬起头来，张开眼帘，轻问："真的？"

柳鹤亭几乎不及待她将短短两字说完，便已抢着说道："自然是真的，我不是早就告诉过你，我永远不会骗你的。"

陶纯纯伸手一抹泪痕，破涕为笑，依依倚向柳鹤亭胸膛。山风如梦，流水如梦，青天如梦，白云如梦，柳鹤亭亦已坠入梦境，但觉天地万物，无一不是梦中景物，无一不是美妙绝伦。他不敢伸手去环抱她的香肩，但却又忍不住伸手去环抱她的香肩，他不敢俯下头去嗅她云鬓的发香，但却又忍不住俯下头去嗅她云鬓的发香！

良久，良久，良久——

陶纯纯"嘤咛"一声，轻轻挣开他的怀抱，后退一步，轻抚云鬓，但一双秋波，却仍脉脉欲语地凝注在他身上。

又是良久，良久——

柳鹤亭方自从梦中醒来，缓缓抬起手掌，掌中却已多了一枚玲珑小巧、在天光下不住闪着璇光的金钗。这支金钗，方才在古洞石室的石壁上划下了许多个有形的痕志，此刻，却将要划出更多痕志，划在柳鹤亭心里，石壁上的痕志虽深，却比不上在柳鹤亭心里的万一。

青天为证，白云为证，山石为证，水流为证，看着他将这枚金钗放入怀里，藏在心底。

他嘴角泛起一丝纵是丹青妙手也无法描摹万一的笑容，轻轻说道：“我真想不到——”

哪知他话犹未了，突有一声惨呼，自山岭那边传来。这凄凉、尖锐的呼声直上九霄，尚未衰竭，接着……

竟然又是一声惨呼！

柳鹤亭在这半日之间，不知已有多少惨呼曾经入耳，但却都没有这两声惨呼如此令人刺耳心悸。他心中虽充满柔情蜜意，但刹那之间，所有的柔情蜜意，却都已不见踪迹！

陶纯纯柳眉微颦，轻轻一拉柳鹤亭衣角，微伏身形，向这惊呼之声的来处掠去。她轻盈的身形，有如惊鸿，亦如飞燕，在这坎坷崎岖的危崖乱石中，接连几个纵身，突地一顿，隐身于一方怪石之后，探目而望。柳鹤亭随后掠至，见她回身微一招手，面目上却似满布惊奇之色！

柳鹤亭心头一跳，亦自探首下望，目光动处，剑眉立皱——

原来这片危岩之下，便是方才那片谷地，但谷地之中，情势却已大变，本自张弓搭箭，攀附在四面山头的汉子，竟已齐都下至谷地，而那“花溪四如”以及他们手下的一批白衣汉子，此刻却一个不见，想必已都不顾而去！洞口仍堆满柴木，但火势却已渐弱，百十个黑衫黄翎的汉子，俱都盘膝坐在洞侧山石之前，似在袖手旁观！

当中一片犹自满布方才自山头射下的弩箭的空地上，却是人头耸拥，层层密布。

最外一层，便是“幽灵帮”门下，身穿及膝碧绿长衫的大汉，有的手中虽仍拿着弩箭，但大多却已换作折铁快刀，有的却已横尸地上！

中间一层，竟是那“东宫太子”项煌手下的十六个银衫少女，以及分持刀、锏的“神刀将军”胜奎英与“铁锏将军”尉迟高！银衫少女手中，各各多了一条长达三尺、银光闪闪、宛如“亮银练子枪”却无枪尖的外门奇形长鞭，与那班“幽灵帮”帮众，对面而立，云鬓微乱，香汗淋漓，似乎方才已经过一番恶斗。

“灵尸”谷鬼，身形依然僵木如尸，面目却更凄厉如鬼，与另一乌簪椎发、瘦骨嶙峋、手中分持两柄“梅花卍字银光夺”的碧衫人并肩而立！两人身前不远处，却倒毙着两个碧衫人的尸身，仰天而卧，全身一无伤迹，只有一道刀痕自额角直划颔下，鲜血未干，刀痕入骨，竟将他两人的大好头颅，中分为二！

柳鹤亭居高临下，虽看不清他两人面上的形状，但从方才的那两声惨呼，亦可想见他两人临死前是如何惊恐，不禁心头一寒，目光一转，转向与“灵尸”谷鬼面面相对的一个白衣人身上！

只见此人双臂斜分。

长袖飘飘，手持长剑——

剑光沁碧，森寒如水——

剑尖垂地，傲然肃立——

全身上下，纹风不动——

身上一袭其白如云的长衫，左右双肩之上，却赫然有两串鲜红的血迹，衫白血红，望之惊心触目！

虽只轻轻一瞥，柳鹤亭却已觉得此人的神态之中，仿佛有一种不可描述的森寒之意，这种寒意虽与“灵尸”的森森鬼气不同，但却更加慑人心魂！

谷地之上这么多人，但此刻一个个却俱都有如木雕泥塑，没有一人发出半点声音，更无一人敢有丝毫动作！

突地！

白衣人缓缓向前踏出一步，双臂仍然斜分，剑尖仍然垂地！“灵尸”谷鬼与另一碧衫人却立即不由自主倒退一步。白衣人冷冷一笑，缓缓转过身来，缓缓向前走动，剑尖划地，嗞嗞作响。“灵尸”谷鬼手掌微一曲折，骨节缓缓作响，双目厉张，随之向前走出数步，似要作势扑上，白衣人突又回身，“灵尸”谷鬼竟又“噔、噔、噔”连退数步！

柳鹤亭只觉心头微颤，指尖发冷，他再也想不出这白衣人竟是何许人物，竟能使得“灵尸”谷鬼如此畏惧，突听谷鬼沉声一叱：“开！”

立在外围，手持弩箭的碧衫汉子双手一扬，数十支弩箭，闪电射出。银衫少女纤腰微扭，掌中银鞭，瞬即结起一道光墙！

只听一阵“叮当”微响，数十支弩箭一齐落地，另一些碧衫汉子，手挥快刀一齐扑上。银衫女子掌中长鞭一挥一展，银光闪闪，有如灵蛇飞舞，立即又有几声惨呼，几人丧命！

惨呼声中，乌簪椎发的碧衫人突地沉声一叱：“来！”

手中“梅花卍字银光夺”，舞起一道光幕，和身向白衣人扑去！

这一招看来虽似只有一招，但他却已将“追魂十七夺”中的煞手三招“香梅如雪”“雪地狂飘”“狂飘摧花”一齐施出，当真是密不透风、点水难入、攻强守密、招中套招的佳作！

白衣人双臂微分，剑尖垂地，却仍傲然卓立，动也不动，身侧的乱箭飞来，乱刀砍来，他连望都未去望它一眼，此刻碧衫人施煞手攻来，他不避不闪，竟也没有丝毫动作！

眼看这一团银光，已快将他身躯卷入，突地——

一声轻叱，一闪剑光，一声惨呼，一条碧衫人影连退三步，双臂大张，掌中“梅花卍字银光夺”不住颤抖，身形连摇两摇，扑在地上，全身一无伤迹，但——一道剑痕，自额角直到颔下，鲜血如泉涌出，剑痕深透入骨！

白衣人双臂微分，指尖垂地，仍然动也不动地傲然卓立，剑光也仍然碧如水，但他的雪白长衫上，却又多了一串鲜红血痕！

柳鹤亭轻轻吁出一口长气，心中不住怦然跳动，白衣人的这一剑伤敌，别人虽未看清，他却看得清清楚楚，只觉这一剑的稳、准、狠、辣、骇，足以惊世骇俗。

要知道天下各门各派的武功招式，绝无任何一种毫无破绽。纵是素以缜密严谨著称天下的武当“九宫连环”以及“两仪剑法”，剑招之中，也难免有破绽露出，只是破绽部位有异，多少不同：有些招式的破绽，是在对方难以觉察之处；有些招式的破绽，对方纵然觉察，却也无法攻入。是以巧者胜拙，强者胜弱！

碧衣人的那一团银光、三招煞手中，只有左下方微有一处破绽，此处破绽，不但极难看出，而且部位亦在对方难以发招之处，但白衣人剑光一抖，竟能闪电般自此破绽中挑起、穿出，此等眼力、神力，当真叫人无法不服！

三神已去，一鬼尚存，“灵尸”谷鬼呆望着地上的三具尸身，凄厉的笑声既不再闻，森冷的目光亦不再见，那些“幽灵帮”帮众，此刻早已丧失斗志，只不过在虚晃着兵刃而已。

“灵尸”谷鬼默然半晌，抬起头来，挥手长叹一声，低喝：“退！”身躯一转，缓缓走去。白衣人卓立如故，既不追击，亦不发言，只见那些“幽灵帮”帮众，有的手扶伤残，有的怀抱死尸，一个接着一个，向谷外走去，片刻之间，便已走得干干净净。

谷地之上，顿时又自寂无人声。“神刀将军”胜奎英右掌一横，左掌搭住刀尖，往刀鞘一凑，“锵啷”一声，长刀入鞘，大步走到一直默然静坐的那些黑衫黄巾汉子身前，沉声叱道：“快将那边洞口火势弄灭，入洞寻人！”

黑衫汉子们一个个却仍盘膝而坐，不言不动，竟似未曾听到这番言语一般，胜奎英浓眉一扬，厉叱：“听到没有？”

黑衫汉子们依然一无回应，尉迟高一步蹿来，双锏交击，“当”地一响，响声未绝，黑衫黄巾汉子群中，突地响起一个粗壮之声：“要杀我等头颅容易，要使我等听命于帮主以外之人，却是难如登天！”语句简短有力，字字截金断铁。柳鹤亭不禁暗中喝彩，这班人若论武林地位虽不足道，但若论江湖道义，岂非还要远在那班满口仁义、满腹奸诈、言行不符、反复无常的武林高手之上！

只见那白衣人目送幽灵群鬼走尽，长袖飘飘，转身走来。尉迟高、胜奎英齐地退步躬身，对此人的恭敬，竟似不在项煌之下。白衣人对此二人，却是漫不为礼，右掌微提，剑尖在地面轻轻一点，口中简短地吐出四个字来：“谁是帮主？”

黑衫黄巾汉子群中，又有人朗声说道：“大帮主已去谷外，留言我等，静候于此，二帮主入此洞中，不知凶吉——”

语声未了，白衣人突地冷哼一声，右掌一翻，掌中长剑，剑尖上挑，剑柄脱手，白衣人拇、食、中三指轻轻一夹，夹住剑尖，脚下连退三步，右臂倏然抡起，长剑竟然脱手飞出！

柳鹤亭见他倒转掌中长剑，方自愕然不明其意，突见一道青碧剑光，划空而过，竟闪电般向自己隐身的这片山石飞来！

剑身划过山石，“锵”的一声清吟，激起一片火花，竟又匹练向来路飞回。

柳鹤亭心头一跳，知道自己行藏，已被这静如山岳、冷如玄冰、剑法造诣已炉火纯青的白衣人发现。只见白衣人手掌微招，这道匹练般的剑光，竟神奇地飞回他手掌之中，轻轻一抖，剑花点点，漫天飞舞。

白衣人头也不抬，冷冷说道：“躲在石后的朋友，还不现身？”

陶纯纯轻叹一声，仰首道：“这人当真厉害得紧！”

柳鹤亭一面颔首作答，一面心中思忖，沉吟半晌，突地长身而起，轻轻掠到山石之上。山风吹动，吹得他衣袂飞扬，发丝飘舞。

尉迟高、胜奎英仰首而顾，齐地变色惊呼道："原来是你！"

白衣人剑尖又自缓缓垂落地上。依旧头也不抬，冷冷说道："朋友既然现身，还不下来？"

柳鹤亭朗声一笑，道："阁下剑法惊人，神态超俗，在下早已有心下去晋见，此刻既蒙宠召，敢不从命！"目光下掠，只见自己立足的这片山石，离地竟有数十丈左右，势必不能一掠而下，不禁剑眉微皱地沉吟半晌，一面回身俯首，轻轻问道，"纯纯，下去好么？"

陶纯纯秋波微转，含笑道："你既已对人说了，焉有不下去之理？"纤腰微拧，亦自掠上山石。白衣人剑尖在地面左右划动，既不出言相询，亦不仰首而顾。陶纯纯秋波再次一转，探首下望，突地低语道："这人头顶发丝已经灰白，年纪想必已不小，武功也似极高，但神情举止，却怎地如此奇怪，难道武功高强的人，举动都应特殊些么？"

柳鹤亭暗中一笑，心道："女子当真是奇怪的动物，此时此刻，还有心情来说这些言语。"一面却又不禁暗赞女子之心细，细如发丝，自己看了许久，毫未发觉，她却只瞧了一眼，便已瞧出人家头上的灰发！

白衣人虽仍平心静气，胜奎英、尉迟高却已心中不耐，两人同声大喝："陶姑娘——"尉迟高倏然住口，胜奎英却自接口喊道："你不是和我家公子在一起么？此刻他到哪里去了？"

陶纯纯轻瞟柳鹤亭一眼，并不回答山下的喝问，只是悄语道："如此纵身而下，落地之后，只怕身形难以站稳，别人若是乘隙偷袭，便极可虑，你可想出什么妥当的方法么？"

柳鹤亭微微一笑道："为人行事，当做即做，考虑得太多了，反而不好。我先下去，你在后面接应，除此之外，大约便只有爬下去了。"

陶纯纯嫣然一笑，意示赞许，只见柳鹤亭胸膛一挺，深深吸入一口长气，撩起衣袂，塞在腰畔丝绦之上，双臂一张，倏然向下掠去！

这一掠之势，有如大河长江，一泻千里，霎时之间，便已掠下十丈。柳鹤亭双掌一沉，脚尖找着一块山石突出之处，一点又落。

只听白衣人又自冷冷道：“你尽管跃下便是，我绝不会趁你身形不稳时，暗算于你！”

话声方落，柳鹤亭已自有如飞燕一般跃落地面，向前冲出数步，一沉真气，拿桩站稳，朗声一笑，回首说道：“小可若恐阁下暗算，只怕方才也就不会跃下了！”

白衣人“嗯”了一声，亦不知是喜是怒，是赞是贬，突地回转身来，面向柳鹤亭冷冷道：“朋友果是一条汉子！”

两人面面相对，柳鹤亭只觉两道闪电般的目光，已凝注自己，抬目一望，心头竟不由自主地为之一惊，方自站稳的身形，几乎又将摇晃起来。原来这白衣人的面目之上，竟戴着一副青铜面具，巨鼻狮口，闪出一片青光，与掌中剑光相映，更显得狰狞刺目！

这面青铜面具，将他眉、额、鼻、口，一齐掩住，只留下一双眼睛，炯然生光，上下向柳鹤亭一扫，冷冷又道：“项煌殿下，是否就是被朋友带来此间的？”

语声虽清朗，但隔着一重面具发出，听来却有如三春滴露、九夏沉雷，不无稍嫌沉闷之感，但这两道目光，却正又如露外闪光，雷中厉电。柳鹤亭只觉心头微颤，虽非畏惧，却不由一愣，半晌之后，方自回复潇洒，微微一笑，方待答话！

哪知他语声尚未发出，山腰间突地响起一阵脆如银铃的笑声，众人不觉一齐仰首望去，只见一片彩云霓裳，冉冉从天而降，笑声未绝，身形落地。柳鹤亭伸手一扶，陶纯纯却已笑道：“项殿下虽与我等同来，但……”秋波转处，瞥见白衣人面上的青铜面具，语声不禁一顿，娇笑微敛，方自缓缓接道，“但他若要走，我们又有什么办法呢？”

白衣人冷哼一声，目光凝注，半晌无语，只有剑尖，仍在地上不住左右划动，嗞嗞作响。响声虽微弱，但让人听来，却只觉似有一种难以描摹的刺耳之感，似乎有一柄无形之剑的剑尖，在自己耳鼓以内不住划动一般。

他面覆青铜，叫人根本无法从他面容变化中测知他的心意，谁也不知道他对陶纯纯这句听来和顺，其实却内藏机锋的言语，将是如何答复，将作如何处置。谷地之中，人人似乎俱都被他气度所慑，数百道目光屏声静气，再无一道望向别处！

此种沉默，最是难堪，也不知过了许久，白衣人掌中剑尖倏然顿住不动！

嗞嗞之声顿寂，众人耳中顿静，但这令人刺耳的“嗞嗞”之声，却似突地到了众人心中，人人俱知他将说话，他究竟要说什么，却再无一人知道。

要知愈是沉默寡言之人，其言语便愈可贵，其人若论武功、气度俱有慑人之处，其言之价，自就更高。柳鹤亭嘴角虽带笑容，但心情却亦有些紧张，这原因绝非因他对这白衣人有丝毫怯畏，却是因为他对寡言之人的言语，估价亦自不同！

只有陶纯纯手抚云鬓，嫣然含笑，一双秋波，时时流转，似乎将身外之事、身外之物，全都没有放在心中。

只见白衣人目光微抬，闪电般又向柳鹤亭一扫，缓缓说道：“阁下方才自山顶纵落，轻功至少已有十年以上造诣，而且定必得自真传，算得是当今武林中的一流人物！”

众人心中不禁既奇且佩，奇的是他沉默良久，突地说出一句话来，竟是赞扬柳鹤亭的言语；佩的是柳鹤亭方才自山顶纵下之时，他头也未抬，根本未看一眼，但此刻言语批评，却宛如目见。

就连柳鹤亭都不免暗自奇怪，哪知这白衣人却又接道：“是以便请阁下亮出兵刃——”语气似终未终，便又倏然而顿，身形卓立，目光凝注，再不动弹半分！

柳鹤亭不禁为之一愣，但觉此人说话，当真是句句简短，从不多说一字，却又是句句惊人，出人意料之外，赞赏别人一句之后，立刻又要与人一较生死！

他心意转处，还未答话，却听陶纯纯又自含笑说道："我们和你往日无冤，近日无仇，而且可说是素不相识，好生生的为何要和你动手？"

白衣人目光丝毫未动，竟连望也不望她一眼，冷冷道："本人从来不喜与女子言语——"语气竟又似终未终，但人人却尽知其言下之意。

陶纯纯秋波微转，含笑又道："你言下之意，是不是叫我不要多管闲事？"

白衣人冷哼一声，不再言语，目光如电，仍笔直地凝注在柳鹤亭身上，仿佛一眼就看穿柳鹤亭的头颅似的。

哪知他这种傲慢、轻蔑之态，陶纯纯却似毫不在意，竟又轻轻一笑道："这本是你们两人之间的事，与我本无关系，我不再说话就是！"

柳鹤亭微微一愣，他本只当陶纯纯虽非娇纵成性之女子，但却也绝无法忍受一个陌生男子对她如此无理，此刻见她如此说话，不禁大感惊奇。他与陶纯纯自相识以来，每多处一刻，便多发觉她一种性格。相识之初，他本以为她是个不知世故、不解人情、性格单纯的少女，但此刻却发觉她不仅胸中城府极深，而且性格变化极多，有时看来一如长于名门，自幼娇纵成性的大家闺秀，落落风范，却又惯于娇嗔！

有时看来却又有如涉世极深，凡事皆能宽谅容忍，饱经忧患的妇人，洞悉人情，遇事镇静！

一时之间，他但觉他俩虽已相爱颇深，却丝毫不能了解她的性情，不禁长叹一声，回转头去，却见那白衣人仍在凝视自己，剑尖垂地，剑光如水！

时已过午，阳光最盛之时已去，夏日既过，秋风已有寒意。

一阵风吹过，柳鹤亭心头但觉气闷难言，泰山华岳，祁连莽苍，无数大山，此刻都似乎横亘在他心里！

谷地之中，人人凝神注目，都在等待他如何回答这白衣人挑战之言。胜奎英、尉迟高，与他虽非素识，但却都知道他武功迥异流俗，绝非胆怯畏事之徒。此刻见他忽而流目他顾，忽而垂首沉思，只当他方才见了那白衣人的武功，此刻不敢与之相斗，心中不禁稍感惊奇，又觉稍感失望！

哪知就在二人的这一念头方自升起的刹那之间，柳鹤亭突地朗声说道："在下之意，正如陶姑娘方才所说之言相同，你我本无任何相斗之理，亦无任何相斗之因，只是——"

"只是"两字一出，众人但觉心神一震，知道此言必有下文，一时之间，谷中数百道目光，不约而同地又都屏息静气，瞬也不瞬地望到柳鹤亭身上。只听他语声顿处，缓缓又道："若阁下有与在下相斗之意，在下武功虽不敢与阁下相比，但亦不敢妄自菲薄，一切但凭尊意！"

白衣人直到此刻，除了衣袂曾随风微微飘舞之外，不但身躯未有丝毫动弹，甚至连目光都未曾眨动一下，再加以那狰狞丑恶的青铜面具，当真有如深山危岩，古刹泥塑，令人见之生畏，望之生寒！

柳鹤亭语声方了，众人目光，又如万流归海，葵花向日一般，不约而同地归向白衣人身上，只见他微一颔首，冷冷说道："好！"

柳鹤亭拧腰退步，反腕拔出背后青箫，哪知白衣人"好"字出口，突地一挥长袖，转身走开！

众人不觉齐地一愣，柳鹤亭更是大为奇怪，此人无端向己挑战，自己应战之后，他却又转身走开，这岂非令人莫名其妙！

只见他转身走了两步，左掌向前一招，口中轻叱说道："过来！"

右掌一沉，竟将掌中长剑，插入地面，剑尖入土五寸，剑柄不住颤动。柳鹤亭心中气愤，再也难忍，剑眉一轩，朗声道："阁下如此做法，是否有意戏弄于我，但请明言相告，否则——"语声未了，白衣人突又倏然转身，目中光芒一闪，冷冷接口道："在下不惯受人戏弄，亦不惯戏弄他人——"突地双臂一分，将身上纯白长衫甩落，露出里面一身纯白劲装！却将这件染有血迹的长衫，仔细叠好。

柳鹤亭恍然忖道："原来他是想将长衫甩落，免得动手时妨碍身手！"

一念至此，他心中不觉大为宽慰，只当他甚为看重自己，微一沉吟，亦将自己长衫脱下。陶纯纯伸手接过，轻轻道："此人武功甚高，你要小心才是！"语气之中，满含关切之情。

柳鹤亭嘴角泛起一丝笑意，心中泛起一丝温暖，含笑低语："我理会得！"目光转处，远远伫立的银衫少女群中，突地掠出一人，怀中抱着一个纯白包袱，如飞掠到白衣人身前。白衣人解开包袱，将叠好的长衫，放入包中，却又取出另一件白衫，随手抖开，穿到身上，反手拔起长剑，剑尖仍然垂在地面，前行三步，凝然卓立。

一时之间，柳鹤亭又自愣在当地，作声不得。这白衣人的一言一行，无一不是大大出乎他意料之外，他生平未曾见到此等人物，生平亦未曾遇到此等对手。此时此刻，他势必不能再穿回长衫，呆呆地愣了半晌，却听陶纯纯突地扑哧一笑，抿口笑道："我猜这世上有些人的脑筋，一定不太正常，鹤亭，你说是吗？"

柳鹤亭闻言，惊奇之外，又觉好笑，但大敌当前，他只得将这分笑意，紧压心底。

哪知白衣人突地冷哼一声，说道："在下既不惯无故多言，亦不惯无故多事。自幼及长，武林中能被我视为对手之人，除你之外，寥寥可数，你之鲜血，自不能与那班奴才相比，若与异血迹混在一处，岂不失了你的身份！”

从他言语听来，似乎对柳鹤亭的武功气度，极为赞赏，但其实却无异在说此次比斗，柳鹤亭已落必败之数。只听得柳鹤亭心里亦不知是怒是喜，本想反唇相讥，但却又非口舌刻薄之人，沉吟半晌，只得微一抱拳，暗中镇定心神，运行真气，横箫平胸！

他平日行动举止，虽极洒脱，但此刻凝神待敌之时，却当真静如泰山，定如北斗。白衣人目中又有光芒一闪，似乎也看出当前对手，乃是劲敌，不可轻视。

陶纯纯左臂微屈，臂弯处搭着柳鹤亭的一件长衫，星眸流转，先在他身上身下凝注几眼，然后移向白衣人，又自凝注几眼，柳眉似颦非颦，嘴角似笑非笑，纤腰微扭，后退三步。谁也无法从她的神情举止上，测知她的心事。

尉迟高、胜奎英对望一眼，两人各各眉峰深皱，隐现忧态，一齐远远退开。他们心中担心的事，却不知是为了他们“殿下”项煌的生死安危，抑或是为了此刻这两人比斗的胜负！

银衫少女们站得更远，斜阳余晖，映着她们的蓬乱秀发，残破衣衫，也映着她们的如水眼波，如花娇靥，相形之下，虽觉不类，但令人看来，却不禁生出一种怜惜之感！

柳鹤亭手横青箫！

白衣人长剑垂地！

两人面面相对，目光相对，神态相似，气度相似，但这般默然企立，几达盏茶时刻，却无一人出手相击。柳鹤亭看来虽然气定神闲，但心中却紊乱已极，他方才居高临下，将这白衣人与“一鬼三神”动手之情况，看得清清楚楚，此刻他自己与人动手，更是不敢有丝毫大意。

要知这高手比斗，所争往往只在一招之间。一招之失，被人制住先机，整场比斗，胜负之数，便完全扭转！

加以柳鹤亭方才见了这白衣人的武功，知道自己招式之中只要微有破绽，不但立时便得居于下风，而且可能遭到一剑杀身之祸。他胸中虽可谓包罗万有，天下各门各派武功中的精粹均有涉猎，但在这盏茶时间以内，他心中思潮连转，不知想过了多少变化精微、出手奇妙的武功招式，却未想出一招绝无破绽，更未想出一招能以先发制人！

众人屏息而观，见他两人自始至今始终不动，不觉奇怪，又觉不耐，只见柳鹤亭掌中青箫，突地斜斜举起，高举眉间，脚步细碎，似踩迷踪，向右横移五寸！

白衣人目光随之转去，脚下却有如巨磨转动，转了个半圈，剑尖微微离地而起，高抬七寸，左掌中指轻轻一抬，肩头、双膝却仍未见动弹。

柳鹤亭剑眉微皱，暗叹忖道："他如原式不动，我方才那一招出手用天山'三分剑'中的'飞莺戏蝶'，让他无法测知我箫势的去向，临身左掌变为少林'罗汉掌法'中的'九子万笏'，右箫再用武当'九宫神剑'中的'阳关走马'。左掌沉凝，可补右箫轻灵不足，右箫灵幻，却又可补左掌之拙笨，这两招一上一下，一正一辅，一刚一柔，一幻一直，他剑尖垂地，纵能找着我箫招中的破绽，但我那招'九子万笏'却已全力攻他要害，如此我纵不能占得先机，也不致落于下风，哪知——"

心念电闪而过，目光凝注对方，又自忖道："他此刻剑尖离地，左指蓄力，两面都是待发之势。我若以北派'谭腿'夹杂南派'无踪腿'，双足连环离地，左踢他右膝'阳关'，右踢他左膝'地机'，引得他剑掌一齐攻向我下路，然后箫掌齐地攻向他上路，一用判官笔中的最重手法'透骨穿胸'，一用传自塞外的'开山神掌'，不知是否可以占得上风？"

他心念数转之间，实已博及天下各家武术之精妙，尤其他掌中一支青箫，名虽是“箫”，其实却兼有青锋剑、判官笔、点穴镢、银花枪等内外各家兵刃的各种妙用！

此刻他一念至此，脚下突地行云流水般向右滑开一丈，掌中长箫，亦在身形流走间，手势一反，由齐眉变为凭空直指！

身形流走，为的是迷惑对方眼光，让他不知道自己要施展腿法，右箫直指，为的是想将对方注意力移至箫上！

哪知白衣人身形，又有如巨磨推动一般，缓缓随之转动，剑尖竟自离地更高，左手亦又变指为掌，肘间微屈，掌尖上扬，防胁护胸。柳鹤亭一番攻敌的心境，竟似乎又自落入他的计算之中！

他两人这番明争，实不啻暗斗，只看得众人目光，一时望向白衣人，一时望向柳鹤亭，有如身在其中一般，一个个心头微颤，面色凝重，知道这两人招式一发，便可立分胜负！

只见白衣人身形自转，本自面向东方，此刻却已面向夕阳，柳鹤亭身形有时如行云流水，有时却又脚步细碎，距离他身外丈余之处，划了一道圆弧！两人掌中箫、剑，亦自不停地上下移动，虽未发出一招，却已不啻交手数十回合！

时间愈久，众人看得心头越发沉重，真似置身浓云密布、沉闷无比的天候之中，恨不得一声雷响，让雨点击破沉郁！

陶纯纯嘴角的半分笑意，此刻已自消逸无踪，额眉间微聚的半分忧心，此刻也已变得十分浓重！夕阳将下，漫天红霞——

柳鹤亭突地大喝一声，身形又有如梅花火箭，冲天而起！

众人心头不觉为之一震，齐地仰首望去，只见他凌空三丈，突一转折，双臂箕张，竟以苍鹰下攫之势，当头扑下！

这一招虽似天山北麓“狄氏山庄”的不传绝技“七禽身法”，但仔细一看，却又夹杂着昔日武林一世之雄“银月双剑”传人熊个留下的“苍穹十三剑式”！

这两种身法，一以夭矫著称，一以空无见长，此刻被他融二为一，漫天夕阳，衬着他之身形，霍如日落，矫如龙翔。尉迟高、胜奎英，对望一眼，相顾失色，黑衫黄巾汉子群中，甚至有人不由自主地站起身来，但膝头却又不禁微微颤抖！

刹那之间，只见一团青光下击，一片剑气上腾！

青光与剑气！

剑气与青光！

相混、相杂、相击、相拼！

突听两人大喝一声。众人只觉眼前微花，两人又已站在方才未动时之原处，相隔丈余，互相凝视，对面而立。

白衣人的目光，瞬也不瞬，厉电般望向柳鹤亭的身上！

柳鹤亭的目光，瞬也不瞬，厉电般望向白衣人的身上！

一时之间，众人亦不知谁胜谁负，谁死谁生，站着的人，“噗”地坐到地上，坐着的人，倏然站了起来。陶纯纯娇唤一声，退后一步，突又掠前三丈，一掠而至柳鹤亭身侧，樱唇微启，秋波一转，瞟了白衣人一眼，于是默然无语！

尉迟高、胜奎英，齐都一愣，冲前三步，突又顿足而立，四道目光，齐都笔直地望在白衣人身上。

良久，良久！

静寂，静寂！

白衣人突地扭转身躯，双臂一分，推开尉迟高、胜奎英的身躯，笔直地走到那班银衫少女身前，身形一顿，霍然甩却身上白衫——一无血迹，霍然再次转身——剑光闪烁！

柳鹤亭木然卓立，目光但随白衣人而动，突地见他转身说道：“一剑不能伤得阁下，一年之后再见有期！”反腕一扬，白衫与长剑齐飞，剑光共晚霞一色！

白衫落在银衫少女扬起的皓腕之上！

长剑青光一闪，划空而过，“夺”的一声，剑光没入山石数寸。白衣人身形又自一呆，呆呆地愣了半晌，冷厉地吼了一声：“走！”

吼声宛如石破天惊，在众人耳畔一响，在众人心底一震，谁也不知他两人谁胜谁负，此刻听了他这一声叱声，心中但觉又惊、又奇、又诧、又愕。柳鹤亭胸横青箫，缓缓落下，左右四顾一眼，笑道：“胜负未分，阁下为何要走？”语声清朗，语气却极沉缓，似乎得意，又似可惜！

白衣人胸膛一挺，目光一凛，突又隐去，缓缓说道：“在下与阁下初次相识，在下性情，你可知道？”

柳鹤亭剑眉微皱，旁顾陶纯纯一眼，缓缓答道：“阁下与在下初次相识，阁下之性情，在下既无知道之可能，亦无知道之必要！”

白衣人突地仰天一望，青铜面具之内，竟自发出一阵冷冷的笑声，笑声一顿，缓缓说道：“自幼至今伤在我剑下之人，虽不知凡几，但懦弱无能之人，在下不杀！武功不高之人，在下不杀！籍籍无名之人，在下不杀！认败服输之人，在下不杀！妇人孺子，在下不杀！剑不能战胜之人，在下不杀！阁下武功惊人，对敌之时，头脑冷静，判事之分明，均非常人能以做到之事，在下一剑既不能伤及阁下，焉有再动手之理？”语罢，再也不望柳鹤亭一眼，大步向谷外走去。彩霞，夕阳，映着他刚健颀长的身影，缓缓踱过小桥，桥下流水潺潺，水声淙淙，暮风吹舞衣袂，却在小桥栏杆，轻舞起一片零乱人影！

人影零乱，人声细碎，夕阳影中，突地飞过一只孤雁，雁声一唳，却不知是高兴，抑或是叹息！

斜阳暮色中，柳鹤亭手垂青箫，目送他的身影远去，一时之间，对此人亦不知是相惜、钦佩，抑或是轻蔑、痛恨，只听身侧的陶纯纯突地轻轻一声长叹，低语道：“可惜呀可惜！”

柳鹤亭心不在焉，茫然问道："可惜什么？"

陶纯纯走前半步，将樱唇几乎凑到他的耳畔，轻轻说道："可惜你用的兵刃不是刀剑，否则方才面对灿烂的夕阳，刀闪寒光，剑花缭目，那白衣人只怕便再也看不到你右手那一招'泛渡银河'，和左手那一招'苍鹰落'中的破绽，左肩纵不中剑，右腕脉门，却要被你扣住——"

语声一顿，又道："不过，这白衣人的武功，倒真的令人佩服，你那一招'泛渡银河'本来可说是一无破绽，只有剑式还未完全落下的时候，右胁下微有半分空隙之处。但对方若身形不动，而用右手剑刺入左边的空隙中，简直不大可能，何况你左掌那一招'太山七禽掌'中的'神鹰一式'变化而来的'苍鹰落'，又正好封住他长剑的去势。但是他那一剑，却偏偏能刺向你那处空隙，更奇怪的是，他那一剑的剑法，虽和江湖常见的'举火燎天'，以及点苍绝学'楚凫乘烟'，有几分相似之处，但剑式变化得诡谲奇幻，却又不知高过这两招多少倍，我想来想去，竟想不出他这一招的来历！"

她语声极轻，又极快，柳鹤亭左掌轻抚右掌青箫，默然倾听。那班银衫少女们，此刻多已远远绕过他们，随着那白衣人走向谷外，只有尉迟高、胜奎英却自仍立在一边，窃窃私议，却又不时向柳、陶二人望上两眼。

陶纯纯语声未了，尉迟高、胜奎英倏然双双掠起，掠过那班银衫少女，走过小桥。柳鹤亭抬起头来，见到这般情况，剑眉微皱，似乎不胜惊异。

尉迟高、胜奎英以及银衫少女们，觅路来此谷中，当然为的就是要寻找他们的"殿下"项煌。但此刻项煌下落未明，白衣人说了句"走"，他们便一齐走了，显然这班人对白衣人的畏惧敬服，非但不在对项煌的畏惧之下，甚或犹有过之，否则怎会将项煌置之不顾?

直到此刻，柳鹤亭只知那白衣人武功奇绝，生性尤怪，而且亦是那"南荒大君"的门下人物。但此人的姓名来历、武功派别，柳鹤亭却丝毫不知！是以暗中奇怪，这班人怎会如此听命于他？

思忖之间，只见尉迟高身形突顿，立在桥头，和当先走出的两个银衫少女低语了几句，目光远远向自己投来，但见到了自己的目光亦在望他，立刻拧腰错步，纵身而去。那两个银衫少女亦自回头向这边看了两眼，纤腰袅袅，莲步姗姗，缓缓走去。柳鹤亭不禁又自一皱双眉，却听陶纯纯语声顿了半晌，又道："我知道你也在奇怪他的身份来历，但是他那一招武功，你可看得出究竟是何门派么？"

柳鹤亭怃然长叹一声，缓缓抬起掌中青箫。陶纯纯垂头一看，只见箫身之上，缺口斑斑，竟似被人斫了。仔细一看竟有七处，七剑一样，但白衣人明明只削出一剑，箫身上何来七道剑痕？

她不禁轻皱柳眉，骇然道："以你箫上剑痕看来，白衣人掌中所使，不但是口宝剑，而且所用剑法，又有几分与早已绝传的'乱披风'相似！"要知这"乱披风"剑法，此时虽仍在武林流传甚广，但武林流传的，却都是后人借名伪托，真正的"乱披风"剑法，早已绝传多年。昔年一代剑圣白无名，仗此剑法，纵横天下，直到此刻，他的一生事迹，虽仍为人津津乐道，但他的一手剑法，却及身而没！直到后来，武林中又出了个天纵奇才梅山民，不知由何处学得了这剑法中的几分精髓，并且将之精研变化成当时武林中最具威力的"虬枝神剑"。武林故老相传至今，都道"七妙神君"梅山民只要随手抖出一剑，剑尖便可弹出七点剑影，幻成七朵梅花！

梨花大枪、白蜡长竿这等兵器，只要稍有几分功力之人，便可抖出枪花、竿花，枪、竿长过七尺，是以并非难事！

但要以三尺青锋抖出剑花，却是大为不易。是以昔年"古三花"一剑三花，已足称雄武林，一剑能够抖出七朵剑花的剑法，自更是纵横天下。但此刻梅山民犹在襁褓，"虬枝剑法"尚未创出，白无名故去多年，“乱披风”失传已久，白衣人一剑竟能留下七道剑痕，岂非大是令人惊异！

陶纯纯秋波凝视着箫上的七道剑痕，心中正是惊异交集，只听柳鹤亭长叹一声，缓缓说道：“一剑七痕，虽似那失传已久的‘乱披风’剑法，但出手部位，却又和‘乱披风’绝不相似，此人剑法当真是怪到极处——”

语声至此，长叹而顿，意兴似乎颇为萧索。陶纯纯秋波一转，婉然笑道：“此人不但剑法怪到极处，我看他生性为人，只怕还要比剑法怪上三分，好好一个人偏偏要戴上青铜面具，好好一件衣衫，却偏偏要让它溅上血迹，然后又要再换，还有——”

柳鹤亭长叹一声，截口道：“此人生性虽怪，但却绝非全无令人敬佩之处，唉！我方才的确存有几分取巧之心，想借夕阳撩乱他的目光，而他的一剑，也的确因此受到一些影响……”语声再次一顿，缓缓抬起头来，望向西天彩霞，一面深思，一面说道，“方才我围着他的身形，由左至右，走了半圈，虽似一招未发，其实在心中却不知已想过多少招式，但这些招式，我自觉俱都破绽极多，而且算来算去，都不能逃过他的目光。有时我想以一些动作掩饰，但却也都被他识破，是以我心中虽有千百式招式想过，但自始至终，却未发出一招！”

陶纯纯眼帘半阖，长长的睫毛，轻轻地覆盖着明媚的眼波，只要他说的话，她都在全心全意地留心听着。

只听他接着又道：“到后来我转到一处，侧面突然发觉有夕阳射来，极为耀目。我知道那时正是夕阳最最灿烂的时候，心里转了几转，便故意让他面对着漫天夕阳，然后我再突然冲天掠起，他只要抬头看我，便无法不被夕阳扰乱眼神，他若是不抬头看我，又怎知道我用的是什么招式？他纵有听风辨位的耳力，可以听出我的招式是击向他身体何处，却又怎能用耳朵来听出我所用招式中的破绽！”

陶纯纯柳眉一展，颔首轻笑道：“所以你掠起时所用的身法，只是普通常见的轻功‘一鹤冲天’，但身躯凌空一振之后，双足用的便是‘苍穹十三式’，双臂却用的是‘天山’身法，让他根本无法从你的身形中看出你的招式。”

柳鹤亭微喟一声，道：“那时我正是此意，才会孤注一掷，骤然发难。否则也许直到此刻，我仍未发出一招。”垂下头来，俯视着自己掌中青箫，又道，“我只望我一招两式，纵不能战胜，亦不会落败，是以我身形上冲到三丈以后，才笔直掠下，也是因为又想借下冲之力，使我箫掌的攻敌之力，更为强大……”

陶纯纯眼波微横，似已露出赞赏之意，在赞赏他临敌的小心、谨慎。

只听柳鹤亭长叹又道：“当时我俯首下冲，只觉他的身躯愈来愈大，愈来愈近，但他却仍未动弹，只是果已抬起头来，我心中大喜，右手箫挽出一片银光，刺向他左肩，左掌再以‘鹰爪’去攫他持剑的手腕……”

陶纯纯秀目一张，“噢”了一声，问道：“我忘了问你，方才你左掌半伸半曲，固然是‘鹰爪’的手势，却不知你食指为什么要蜷在掌心，屈作一处？”

柳鹤亭微一沉吟，终于答道：“那亦是我预留的煞手，准备……”

陶纯纯柳眉轻颦，接口问道：“听你说来，那也是一种指功？但华山秘技‘弹指神通’，少林绝学‘一指禅功’，以及天下各门各派的指上功力，似乎从未听人练在左手，而且蜷在掌心，屈作一处！”

柳鹤亭又自微微一呆，四顾一眼，旁人都已走去，只有那班黑衫黄巾汉子，仍在盘膝而坐，似乎有所期待。

而陶纯纯却又道：“我这样问得实在不该，设若不愿告诉我，我半分都不会怪你。”缓缓垂下头去，抚弄着自己衣角。

她知道凡是武林中人，最最珍贵之物，便是自己的独得之秘、不传武功，纵然亲如父母兄妹，也未必泄露，是以陶纯纯才会暗怪自己不该问出此话。

柳鹤亭道："纯纯，我不只一次对你说，我什么话我愿意告诉你！难道你还不相信我么？"低叹一声，伸出手掌，似乎要握向陶纯纯的皓腕，但手掌伸出一半，却又垂下，接口道，"我方才屈在掌心那一指，既非'弹指神通'，亦非'一指禅功'，但却是家师昔年遍游天下，参研各门各派练习指力的方法，去芜存精，采其优点，集其精粹，苦练而成。这一指之中，包含有武当、长白、峨嵋、天山，这四个以'剑'为主的门派，左掌所捏剑诀中，指力的飞灵变幻，也包含有少林、昆仑，这两个以拳掌为主的门派中指力的雄浑凝重，再加以华山'弹指神通'的运力之巧，少林'一指禅功'运力之纯，正是家师平生功力之精粹。方才我那一招两式，主要威力，看来似乎在箫掌之中，其实却是在这一指以内，既可作箫掌之辅，又可作攻敌之主，随机而变，随心而定。但家师常言，此指多用，必遭天忌，是以不可多用。"

陶纯纯突地抬起头来，接口道："我师父还没有仙去的时候，曾经对我说过，普天之下，只有三种武功最最可怕。其中一种，便是昔年'伴柳先生'的生平绝技，是'伴柳先生'穷平生精力而成的一种指功，正是功已夺天地造化，力可惊日月鬼神，盈可曳丹虹、会蛟龙，昃可贯蚤心、穿鹭目，武林中人不知其名，便称之为'盘古斧'！但家师又说这'盘古斧'三字只能形容这种功夫的威力，而未形容出这种功夫的实际，还不如叫作'女娲指'来得恰当些。我当时心里就有些好笑，女人起的名字，总与'女'字有关……"话声微顿，嫣然笑问："你说的可就是此种功夫？"

柳鹤亭微一颔首，肃然道："伴柳先生，正是家师。"话声方落，人群之中，已起了一阵轻微骚动，要知道"伴柳先生"名倾天下，这班汉子虽然庸俗平凡，却也知道“伴柳先生”的声名武功，听到这少年便是“伴柳先生”的传人，自然难免惊异骚动！

但这阵骚动之声，却似根本未曾听入柳鹤亭耳里，他垂首望着掌中青箫上的斑斑剑痕，心境却又变得十分落寞萧索！

暮云四合，夕阳将落，大地上暮色更加浓重。青箫上的剑痕，也已有些看不甚清，但触手摸来，却仍斑斑可数。柳鹤亭微叹又道：“在那刹那之间，他目光似乎也为之一变，垂地长剑，骤然闪电般挑了起来，但却似因夕阳耀目，未能立即看出我招中破绽。长剑微一颤动，那时我左掌已抓向他右腕，右手箫业已将点向他右肩，只当他此番轻敌过甚，难逃劫数……”

他又自长叹一声，缓缓接口道：“哪知此人武功之惊人，令人匪夷所思，就在这一刹那中，他目光一瞬，右手长剑，突地转到左掌之内，剑尖一颤，笔直地刺向我箫招之中的破绽，那时我左掌左指纵能伤得了他的右掌右腕，但我右掌右臂，却势必要被他左掌长剑刺中。其间全无考虑选择的余地，我只得不求伤人，但求自保，左掌变抓为拍，与他右掌相交，我身形也就借着这两掌相拍之力，向后掠去，其中只听‘叮叮叮……’七声微响，直到我纵落地上，这七声微响，似乎还留在我耳中。”

陶纯纯幽幽叹道：“当时我生怕你已受伤、落败，心里的着急，我不说你也该知道，直到看清你身上一无伤痕，才算放下心事！”

柳鹤亭苦笑一声，长叹接口道：“我身形虽然站稳，心神却仍未稳，若不是夕阳耀目，他只怕不等我左掌掌至，便已刺穿我的右胁。若不是我左掌指力不发，变抓为拍，他那一剑，我也无法躲开，但他左掌使剑，仍有那般威力，在我箫上留下七道剑痕，右掌仓猝变招，仍能接我那全身下击的一拍之力，武功实在胜我多多，唉——我看似未落败，其实却早已败在他的剑下，而他明知我取巧侥幸，口中却无半句讥嘲言语，姑且不论其武功，就凭这份胸襟，何尝不又胜我多多！”

语声渐更低沉，面上神色，亦自渐更落寞，突地手腕一扬，掌中青箫，脱手飞出，只听“锵”的一声，笔直击在山石之上，山石片片碎落，青箫亦片片碎落。本自插在山石中的长剑，被这一震之势，震了下来，落在地上青箫与山石的碎片之上！

众人不禁俱都为之一惊，陶纯纯幽幽长叹一声，轻轻说道：“你说他胸襟磊落，我却说你的胸襟比他更加可人，世上的男子若都像你，当胜即胜，当败即败，武林中哪里还会有那么多纷争——”仰首望去，夕阳已完全没于这面山后，她忧郁的面容上，忽又绽开一丝笑容，微笑着道，“我只顾听你说话，竟忘了我们早该走了。”缓缓抬起玉掌，将搭在臂弯处的长衫，轻轻披在柳鹤亭肩上，嫣然又道，“秋夜晚风，最易伤人，你还是快些穿上衣服，我们该走了。”温柔的言语，使得柳鹤亭忧郁的面容不禁也绽开一丝感激的微笑，一面无言地穿起长衫，一面随着陶纯纯向谷外走去。

夜，终于来了。

盘膝坐在地上的黑衫黄巾汉子们，虽然俱都久经风尘，但今日所见，却仍令他们终生难忘。

他们亲眼看着“灵尸”谷鬼如何被戚氏兄弟戏弄嘲笑，亲眼看到巨人大宝手舞帐篷，挥退箭雨，亲眼看到他们的两位帮主一人被俘，一人受制，也亲眼看到白衣人突地从天而降，以一身武功震住谷中诸人，黄破月却乘隙逸去！

此刻，他们又亲眼看到一切惊心动魄的情事，俱已烟消云散。

直到柳鹤亭与陶纯纯两人的身形转出谷外，谷中顿时变得冷清无比。

于是他们各各都突然感到一阵难以描摹的寂寞、凄清的寒意，自他们心底升起，竟是他们自闯荡江湖以来，从来未曾经历！

于是他们心里都不禁有了去意，只是帮主黄破月临去之际，却又留下叫他们等候的言语，他们虽也不敢违命，一时之间，众人面面相觑，各人心头，都似压有一副千斤重担，压得他们几乎为之窒息。

就在这寂寞，冷清的刹那之间！

四面山头，突地闪过十数条黝黑的人影，双手连扬，抛下数十团黝黑的铁球，铁球落地，“噗”的一声巨响，那十数条黝黑的人影，却又有如鬼魅一般，一闪而没！

黑衫汉子见到铁球落地，不禁心中齐都一愕！

哪知——

转出谷外，柳鹤亭放眼四望，只见山色一片苍茫，眼界顿时为之一宽，心中积郁，也似乎消去不少。

陶纯纯素手轻轻搭在他臂弯之上，两人缓缓前行，虽然无言，但彼此心中，似乎都已领会到对方的千百句言语。

山风依依，大地静寂，初升的朦胧星光、朦胧暮色，映着他们一双人影，林间的宿鸟，似乎也忍不住要为他们发出“啁啾”的羡慕低语。

他们也不知走了多久，突地——

山深处传来一声惊天动地般的大震，震耳欲聋，两人齐地大惊，霍然转身，耳畔只听一片隆隆之声，夹杂着无数声惨呼，目中只见自己来路山后，突有一片红光闪起。

柳鹤亭面容骤变，喝叱道：“那边谷地之中，必生变故——”不等话说完，身形已向来路掠去，来时虽慢，去时却快，接连数个纵身，已到山谷入口之处，但这景物佳妙的世外洞天，却已全非方才景象。

惨呼之声渐少渐渺，隆隆之声却仍不绝于耳。

山石迷漫，烟火冲天，四面山岭，半已倒塌。柳鹤亭呆呆地望着这漫天飞舞的山石烟火，掌心不觉泛起一掌冷汗。

“我若是走迟一步，留在谷中，此刻哪里还有命在！”

一念至此，更是满头大汗涔涔而落，突又想起坐在谷中的数十个黄巾汉子，此刻只怕俱都肢断身残，心中不觉更是悲愤填膺，只听身后突地传来一声悠长的叹息，想必陶纯纯心中，比自己还要难受！

他不禁伸手握住她的香肩，只觉她的娇躯，在自己怀中不住颤抖，他不忍再让她见到这不可收拾的残局，伴着她又自缓缓转身走去！

身后的惨呼声响，终于归为寂静，但他的脚步，却变得无限沉重，他自己也不忍再回头去看一眼，只是在心中暗问自己：“这是谁下的毒手？这是谁下的毒手？”

再次转出谷外，山色虽仍和方才一样苍茫，大地虽仍和方才一样静寂，但这苍茫与静寂之中，却似乎添了无数凄凉之意。

他们没看方才走过的山路，缓缓前行，突地陶纯纯恨声说道：“乌衣神魔！一定就是那些乌衣神魔！”

柳鹤亭心意数转，思前想后，终于亦自长叹一声，低声说道：“不错，定是乌衣神魔！”

又是一段静寂的路途，他们身后的山林中，突地悄悄闪出两条白影，闪避着自己的身形，跟在他两人的身后！

陶纯纯柔顺如云，依在柳鹤亭坚实的肩头上，突地仰首悄语：“后面有人！”

柳鹤亭剑眉微挑，冷哼一声，装作不知，缓缓前行，眼看前面便是自己与戚氏兄弟相遇的那条山道。夜色朦胧中，山道上似乎还停留着数匹健马，他脚步愈来愈缓，其实却在留神分辨着自己身后的声息，突地大喝一声：“朋友留步！”掌心一穿，身形突地后掠数丈，眼角一扫，只见两条白影在林中一闪。柳鹤亭转身正待扑去，哪知林中却已缓缓走出两个披着长发的银衫少女来，缓缓向他拜倒。

这样一来，却是大出柳鹤亭意料之外，他不知这两个银衫少女为何单独留下跟踪自己，亦不知自己此刻该如何处置！

只觉一阵淡淡香气，随风飘来，陶纯纯又已掠至他身后，轻轻说道："跟踪我们的，就是她们么？"

柳鹤亭点了点头，干咳一声，低声道："山野之中你两个年轻少女，怎能独行，还不快些回去！"他想了半天，所说言语，不但没有半分恶意，而且还似颇为关切，陶纯纯扑哧一笑，柳鹤亭面颊微红，低声又道："你两人若再偷偷跟踪我，莫怪……莫怪我再不客气！"

语声一了，转身就走，他生性平和，极难对人动怒，对这两个弱质少女，更是难以说出凶恶的言语，只当自己这一番说话，已足够吓得她两人不敢跟踪。

哪知突听这银衫少女娇喊道："公子留步！"

柳鹤亭剑眉微皱，停步叱道："你两人跟踪于我，我一不追究，二不查问，对你等已是极为客气，难道你两人还有什么话说么？"

转过身去，只见这两个银衫少女跪在地上，对望一眼，突地以袖掩面，轻轻哭泣起来，香肩抽动，似是哭得十分伤心。

秋夜荒山，面对着两个云鬓蓬乱、衣衫不整、哀哀痛哭着的少女，柳鹤亭心中怒既不是，怜又不是，一时之间，竟作声不得。

陶纯纯秋波一转，轻轻瞟了他一眼，婀娜走到她两人身前，道："你们哭些什么，能不能告诉我？"语气之间，充满怜惜，竟似对这两个无故跟踪自己的少女颇为关怀。

只见她两人突地抬起头来，流泪满面，抽泣着道："姑娘救救我们……姑娘救救我们……"一齐伏到地上，又自痛哭起来。

啼声宛转，凄楚动人，朦胧夜色，看着她两人伶仃瘦弱的娇躯，柳鹤亭不禁长长叹息一声，低声又道："你两人若是有什么困难之事，只管对这位姑娘说出便是！"

陶纯纯娇靥之上，梨涡微现，瞟了柳鹤亭一眼，轻声道："对了，你两人若是有什么困难的事，只管对这位公子说出好了！"

柳鹤亭呆了一呆，还未完全领略出她言下之意，那两个银衫少女又已一齐仰首娇啼着道："真的么？"

柳鹤亭轩眉道："你两人若有——"干咳一声，倏然不语。

陶纯纯眼波一横，接口道："你两人若被人欺负了，或是遇着了很困难的事，说出来我和这位公子一定帮你们解决，绝对不会骗你们的。"

左面的银衫少女，伸袖一拭面上泪痕，俯首仍在轻泣，道："这件事只要姑娘和公子答应，就能救得枫儿和叶儿一命，否则……"语声未了，两行泪珠，又自涔涔而出，目光映影，山风拂发，仃伶弱女，弱质仃伶，凄楚动人。

陶纯纯星眸凝睇，柳鹤亭长叹一声，缓缓点了点头，陶纯纯轻轻道："这位公子已经答应了你……"

右面的银衫少女仍然不住哭泣，一面哀声道："姑娘若不答应，叶儿和枫儿一样还是没命，只望姑娘可怜可怜我们……"

陶纯纯轻轻一声叹息，缓缓说道："他既然已经答应了你们，难道我还会不答应么？快起来，不要哭了！"

左面少女哭泣虽止，泪痕却仍未干，也轻叩了个头，哀哀道："我只怕……"

柳鹤亭剑眉微皱，低声道："只要我等能力所及，自无话说，此事若非我等能力所及——"

左面少女接口道："叶儿早说过，只要姑娘和公子答应，一定可以做到的。"

右面少女直挺挺地跪在地上，早已不再哭了，目光一会儿乞怜地望向陶纯纯，一会儿乞怜地望向柳鹤亭，轻轻说道："只要姑娘和公子将枫儿、叶儿收为奴仆，让我们跟在身边，便是救了我们，否则——"眼眶一红，又似要哭了起来。

柳鹤亭不禁一愣，心中大奇，却见陶纯纯秋波一转，突地轻笑道："这件事容易得很，我们既然答应了你们，当然不会反悔！"

叶儿和枫儿破涕一笑，轻快地又一叩头，娇声道："婢子拜见公子、姑娘！"纤腰微扭，盈盈立起，又有泪痕，又有泥痕的面靥上，各各泛起一丝娇笑。

陶纯纯带笑看她们，半晌，又道："不过我要问问你们，你们是不是被那两个'将军'命来跟踪我们的？"

叶儿、枫儿齐都一愣，花容失色，眼波带惊，你望着我，我望着你，不知所措地对望了几眼，却听陶纯纯又道："可是你们明明知道绝对无法跟踪我们，却又不敢不听从两个'将军'的命令，想来想去，就想了个这样的绝招来对付我们，知道我们心软，不会不答应你们的，你说是不是？"

叶儿、枫儿，两膝一软，倏地又跪了下去，左面的叶儿颤声说道："姑娘兰心蕙质，什么事都迷不过姑娘眼里。"

枫儿接道："我们只请姑娘可怜可怜我们，枫儿和叶儿若不能跟着姑娘一月，无论走到哪里，都会被他们杀死，而且说不定还会慢慢地杀死……"语气未了，香肩抽动，又哭了起来。

柳鹤亭剑眉一轩，心中但觉义愤难当，低声说道："既是如此，你们跟着我们就是！"转向陶纯纯道，"我倒不信他们能做出什么手段！"

陶纯纯轻轻一笑，嫣然笑道："你不管说什么，我都听你的。"

柳鹤亭但觉心头一荡，忍不住脱口道："我不管说什么，你都听我的？”

陶纯纯缓缓垂下头，夜色朦胧中，似乎有两朵红云，自腮边升起，远处传来两声马嘶，她轻声道：“那两匹马，可是留给你们的？”

叶儿、枫儿一齐破涕为笑，拧腰立起，齐声应是。

柳鹤亭心中却还在反复咀嚼着那句温柔的言语：“你不管说什么，我都听你的。”

星光之下，两匹健马，驮着四条人影，向沂水绝尘飞驰而去！

沂水城中，万籁俱寂。向阳的一间客栈中，四面的一座跨院里，仍有一灯荧然。

深夜，经过长途奔驰，面对孤灯独坐的柳鹤亭，却仍无半分睡意。秋风吹动窗纸，簌簌作响，他心中的思潮，亦在反复不已。这两夜一日的种种遭遇，此刻想来，俱似已离他极远，却又似仍在他眼前，最令他心中难受的，便是谷中的数十个黄巾大汉的惨死。

突地，他又想到：“若是戚氏兄弟仍困于洞中，未曾逃出，岂非亦遭此祸？”一念至此，他心中更是悲愤难过，出神地望着灯花闪动，灯花中似乎又闪出戚氏兄弟们喜笑颜开的面容。

他想到那夜深山之中，被他们捉弄的种种情事，心中却丝毫不觉可怒可笑，只觉可伤可痛。他生具至性，凡是以真诚对他之人，他都永铭心中，难以忘怀，长叹一声，自怀中取出那本得自戚大器靴中的“秘籍”，望着这本“秘籍”微微起皱的封皮，想到当时的情景，他不觉又落入沉思中。

良久良久，他翻开第一页，只见上面写着八个歪歪斜斜的字迹：“天地奥秘，俱在此中！”

他嘴角不禁泛起一丝笑容——凄惨的笑容，再思及戚氏兄弟的一生行事，不知这本“秘籍”之中，究竟写的是什么，忍不住又翻开了第二页，却见上面写着的竟是一行行蝇头小字，字迹虽不整齐，却不知这四个无臂无手的老人，是如何写出来的。

只见上面写道："语不惊人，不如不说，鸡不香嫩，不如不吃，人不快活，死了算了！"

"香嫩鸡的做法，依法做来，香嫩无穷。"

"肥嫩的小母鸡一只，葱一把，姜一块，麻油一汤匙，酱油小半碗，盐巴一大匙……"

后面洋洋数百言，竟都是"香嫩鸡"的做法。柳鹤亭秉烛而观，心中实不知是悲痛，抑或是好笑，暗中叹息一声，再翻一页上写：

"甲乙两人，各有一马，苦于无法分别，极尽心智，苦思多日，得一良策，寻一皮尺，度其长短，才知白马较黑马高有七寸。"

柳鹤亭再也忍不住失声一笑，但笑声之后，却又不禁为之叹息。这兄弟四人，不求名利，与世无争，若然就此惨死，天道岂非大是不公。

又翻了数页，只见上面写的不是食经，便是笑话，只令柳鹤亭有时失笑，有时叹息，忽地翻开一页，上面竟自写道："快活八式，功参造化，见者披靡，神鬼难当。"柳鹤亭心中一动："难道这'快活八式'，便是他兄弟制敌伤人的武功？"不禁连忙翻过一页，只见上面写着：

快活八式第一式：眉飞色舞；第二式：龇牙咧嘴；第三式：乐不可支；第四式：花枝乱颤；第五式：手舞足蹈；第六式：前仰后合；第七式：雀跃三丈；第八式：喜极而泣。

柳鹤亭见了这"快活八式"的招式，心中当真是又奇又怪，又乐又叹。奇怪的是他再也想不透这些招式，如何能够伤人；乐的是，这兄弟四人，一生玩世，就连自创的武功，也用上这等奇怪名目；叹的却是如此乐天之人，如今生死不知，凶吉难料。

他黯然思忖半晌，便再翻阅看去，却见这“快活八式”，名目虽可笑，妙用却无方，愈看愈觉惊人，愈看愈觉可笑。这八式之中，全然不用手掌，却无一式不是伤人制敌，若非一代奇才，纵然苦思一生，也无法创出这八式中的任何一式来。

看到一半，柳鹤亭不禁拍案惊奇，暗中恍然忖道：“那时我伸手捉他肩头，他身形一颤，便自躲开，用的竟是这第四式‘花枝乱颤’，而他与‘灵尸’谷鬼动手时所用的招式，看来定必是第六式‘前仰后合’。原来他兄弟一笑一动，俱都暗含武功上乘心法，我先前却连做梦也未曾想到。”

东方微现曙色，柳鹤亭仍在伏案静读，忽而喜笑颜开地放声大笑，忽而剑眉深皱地掩卷长叹。此本“秘籍”之上，开头几页，写的虽是一些滑稽之事，但愈看到了后来，却都是些令人不禁拍案惊奇的武学奥秘，尤其怪的是这些武功秘技，俱都全然不用手掌，件件皆是柳鹤亭前所未闻未见。

最后数页，写的是气功之秘，其运气之妙，竟与天下武林各门各派的武功全然大不相同。柳鹤亭天资绝顶，虽只看了一遍，却已将其中精奥，俱都了然于胸。

第六章

绝代剑痴

鸡啼声起，此起彼落，柳鹤亭手掌微挥，扇灭烛火，缓缓将这本“秘籍”放入怀中，触手之处，突觉一片冰冷。他心念一动，才想起那翠衫少女交给他的黑色玉瓶，此刻仍在怀中。

刹那之间，翠衫少女的婀娜身影，便又自他心底泛起。

随着这身影泛起的，还有许多个他不能解释的疑问，而这些疑问之中，最令他每一思及，便觉迷惘的就是——“那翠衫少女是否真的就是那冷酷残忍的‘石观音’石琪？”

因为这问题的答案，牵涉着陶纯纯的真诚，他缓缓取出这黑色玉瓶，曙色迷惘之中，玉瓶微闪乌光，他暗叹一声，暗自低语：“江苏、虎丘、西门笑鸥？他是谁？是谁……”浓林密屋中的种种秘密，在他心中，仍是一个无法解开的死结。他缓缓长身而起，推开向阳的窗门，一阵晓风，扑面而来，他深深吸进一口新冷而潮湿的空气，但心中思潮，却仍有如夜色般黝黯。

突地，门外一阵叩门声响，陶纯纯闪身而入，嫣然一笑，道：“早！”眼波转处，瞥见床褥整齐的床铺，柳眉轻颦，又道，“你难道一夜都没有睡么？”

柳鹤亭叹息一声，点了点头。

陶纯纯转眼瞥了他手中玉瓶一眼，轻叹道：“你在想些什么？”

她婀娜地走到他身畔，伸出玉手，按住他肩头，道："快去歇息一会儿，唉——你难道不知道爱惜自己的身子么？"

朝阳之下，只见她云鬓未整，星眸微晕，面目越发娇艳如花。柳鹤亭但觉一阵震撼心怀的情潮，自心底深处升起，不能自禁地反手捉住她的一双皓腕，垂下头去，又见眼波荡漾，情深如海。

两人目光相对，彼此相望，柳鹤亭头垂得更低，更低……

突地，门外响起一阵咯咯的笑声，房门"砰"的一声，被撞了开来。柳鹤亭心头一惊，轩眉叱道："是谁？"

咯咯笑声之中，只见门外跌跌撞撞、拉拉扯扯地撞入两个人来，竟是那"南荒大君"门下的一双银衫少女！

柳鹤亭不禁惊奇交集，只见她两人又笑又闹，你扯住我的头发，我拉着你的衣襟，你打我一掌，我敲你一拳……发丝凌乱，衣襟零落，且从门外一直打入门内，竟连看也不看柳鹤亭与陶纯纯一眼，柳鹤亭的连声叱止，她两人也似没有听见。

两人愈闹愈凶，闹到桌旁，叶儿一把抓起桌上的油灯，劈面向枫儿掷来，枫儿一让，油灯竟笔直地击向柳鹤亭的面门。

柳鹤亭长袖一拂，油灯"砰"的一声，跌出窗外，灯油却点点滴滴，溅满了窗纸。枫儿一把抓起茶壶，却掷到了墙上，残茶四溅，碎片飞激，两人打得不够，竟一来一往地掷起东西来了。柳鹤亭既惊且怒，却又不便伸手去阻拦两个正值豆蔻年华的少女，连喝数声，顿足道："这算什么？她两人莫不是疯了！"转向陶纯纯又道，"纯纯，你且伸手将她两人制住，问个清楚，究竟——"

语声未了，突见两人一齐穿窗而出。一个肩上披着毛巾的店伙，手里提着一壶滚茶，方自外走向房中，突见两个银衫少女从窗中飞了出来，又笑又嚷，又打又闹，不禁惊得呆了，"砰"的一声，手中茶壶，跌到地上，壶中滚茶，溅得他一身一腿。

柳鹤亭剑眉一轩，忍不住轻喝一声，闪电般掠出窗外，软伸铁掌，一把拉着叶儿的肩头，沉声喝道：“你疯了么，还不快些停下……”

叶儿口中不住咯咯痴笑，肩头挣来挣去，枫儿突地扬手一拳，劈面向柳鹤亭打来。

柳鹤亭手腕一翻，闪电般扣住她的脉门。

枫儿用力甩了两甩，却怎会甩得开？笑声一顿，突地坐到地上，大嚷道：“救命，救命，强盗来了，打强盗！”

柳鹤亭心中当真是又惊、又奇、又怒，那店伙几曾见过这般奇事，不禁忘了腿上疼痛，呆立而望。柳鹤亭孤掌难鸣，虽已将这两个形如疯狂的少女一手一个捉在手中，却不知该如何是好！

突地又有一声苍老沉重的叱声，响自房外，沉声叱道：“光天化日之下，欺凌弱女，朋友你这等行径，还算得上是大丈夫么？”

柳鹤亭愣了一愣，只见一个皓首长髯、高冠锦袍的高大老人，自房外一掠而入。柳鹤亭方待解释，哪知这老人不由分说，“呼”的一拳，当胸打来，拳风虎虎，显见内力颇为深厚。

柳鹤亭无法闪避，只得放开两人，错步拧身，让开这一拳，方待解说，哪知叶儿、枫儿揉了揉肩头、腕际，突又大嚷着向门外奔去。柳鹤亭知道似此情况，她两人万无不出事情之理，方待跟踪追去。

哪知这老人又自大声怒叱道：“朋友你难道还不放过她两人么？”“呼呼”两拳，贯耳击来，柳鹤亭只能闪避，无法还手，这老人拳法不弱，一时之间，他竟脱身不开。

陶纯纯手扶窗门，秋波转动，直到此刻，方自掠出窗外娇喝道：“我到外面去追她们。”

柳鹤亭心神一定，身躯闪动，避开这老人急攻的数拳，口中说道：“老前辈已有误会，可否停手听在下解释。”

哪知这老人全不理会，反而怒叱道："似你这等轻薄子弟，武功愈高，愈易贻害江湖，老夫今日非要好好教训你一番不可。"长髯拂动时，"呼呼"又是数拳。

柳鹤亭心中不禁也微微有气，心想这老人偌大年纪，脾气怎地还是这等莽撞，但又知道此人此举全属正义，自己定然不能还手，轻轻闪过数拳。只见这老人拳风虽颇沉厚，但拳法却不甚高明，招式中尤其破绽甚多，在江湖中虽可称高手，但与自己对敌，却还相差颇远。

又打了数招，老人似乎越发激怒，须发皆张，暴跳如雷，口中连番怒骂，直将柳鹤亭骂成了一个世上最最轻薄无耻的登徒子，拳势亦更激烈，生像是恨不得一拳就将柳鹤亭伤在手下。

柳鹤亭心中又气又笑，这老人如此容易被人激怒，岂是与人交手之道？他年纪虽轻，但却深得武家对敌的个中三味，知道心浮气躁，最是犯了此中大忌。又过数招，他身形轻轻一闪，掠后一丈，便已脱开老人拳风之外，方待好言解说，哪知身后突地一缕尖风刺来！

一个娇甜清脆的口吻说道："爹爹，将这无耻狂徒，交给燕儿好了。"柳鹤亭脚下微一滑步，陡然翻身，让开一剑，只见一个青巾包头、青衣窄袖的绝色少女，掌中青锋一闪，又自攻来三剑。剑式锋利狠辣，招招俱刺向要害，竟似与自己有着深仇大恨一般。

那老人"呼呼"喘了两口气，双手叉腰，站到一旁，犹在怒喝："燕儿，这厮身法甚是滑溜，你只管放开身手招呼他便是。"

青衣少女娇应一声，玉腕一翻，剑锋飞抹，剑招悠然一变，眨眼之间，但见青光漫天，剑气千幻。柳鹤亭心头不禁又为之一愣，他见到那老人武功不高，只当他女儿剑术亦是泛泛，哪知她此刻展开身手，剑式之轻灵幻变，竟是江湖少见。

这念头在他心中一闪而过，而就在他心念转动间，青衣少女剑光霍霍，竟已向他攻来七剑！

这七剑剑式连绵，招中套招，一剑接着一剑，天如龙翔，矫如凤舞，连刺柳鹤亭双肩、前腕、双肘七处大穴。

柳鹤亭衣袂飘飘，长袖飞舞，虽将这七剑一一躲过，但已不似方才那般从容，再躲数招，只听阵阵痴笑由远而近，似乎在打着圈子。柳鹤亭暗中焦急，知道今日若不还手，当真不知何时该是了局，陶纯纯一去不返，又不知那两个少女是否已闯出祸来。

高冠老人怒目旁观，看了半晌，只见这“登徒子”虽然迄今尚未还手，但身法之轻灵曼妙，无与伦比，心中不觉又气又奇，面上也不觉现出惊异之色，目光一转，突地一声大喝：“你们看些什么！”

原来窗门外已聚集了数个早起的旅客，闻见声响，跑来旁观，听到这一声大喝，出门人不愿多惹是非，耸了耸肩膀，都转身走了。青衣少女刹那间一连刺出数十剑，却连对方的衣袂也没有碰到一点，柳鹤亭只当她也将沉不住气，那时自己便要出手将之惊走。

哪知这少女竟与她爹爹大不相同，数十招后，剑势突又一变，由轻灵巧快，变为沉厚雄浑，秋波凝睇，正心静气，目注剑尖，左掌屈指，无名指、小指连环相迭而成剑诀，与剑法相辅相生，竟像是一个有着数十年功力的内家剑手，哪里还像是一个年方破瓜的窈窕少女。

剑招一变，情势亦为之一变，柳鹤亭身形步法间，似已微有败象，青衣少女秋波一转，知道对方若再不还手，不出十招，便得败在自己剑下，嘴角不禁生出一丝笑意。哪知就在她心神微一旁骛的刹那之间，突见对方长袖一拂，宛如一朵云般向自己剑尖拂来，她脚下立一错步，玉掌疾伸，“唰唰”两剑，一左一右，刺向柳鹤亭的双肩，剑招方出，突觉手腕一麻，掌中长剑“锵”的一声清吟！

她大惊之下，拧腕后掠，秋波转处，却见自己掌中长剑，竟已齐腰折断！

老人本见他爱女已将得胜，突见这轻薄少年，长袖之中，弹出一指，爱女手中长剑，竟自应指一折两断，心念转处，大声喝道："盘古斧！"

柳鹤亭本自不愿与他父女两人交手，更不愿露出自己身份来历，是以长袖先拂，手指后弹，意在掩饰。哪知这老人一语便已喝破自己这一招的来历，心中亦不禁为之一怔，只见老人一步掠至身前，沉声道："伴柳先生是你何人？"

柳鹤亭微一沉吟，终于答道："家师。"

锦袍老人浓眉一扬，神情微变，突地连退三步，仰天一声长叹！柳鹤亭心中大奇，不知道这老人叹的什么，却听他已自沉声叹道："苍天啊苍天！你难道当真无眼？伴柳先生一生行事，正大光明，是何等胸怀坦荡的磊落君子，你为何要教他收下这等不肖子弟？"

柳鹤亭暗叹一声，知道这老人对自己误会已深，绝非三言两语可以解释得清，长袖垂处，躬身一揖，朗声说道："小可自知，愚鲁无才，但亦绝非老前辈想象中之登徒子弟，方才之事全出误会——"

锦袍老人浓眉一扬，大喝道："光天化日之下，欺凌弱女，老夫亲眼目睹，你岂还能狡辩！"

语声方了，突地一声娇笑，自远而近，一闪而来。

柳鹤亭大喜道："纯纯，她两人捉回来了么？"

陶纯纯一声娇笑，飘然落下，缓缓道："亲眼目睹的事，有时也未必正确哩！"

锦袍老人呆了一呆，突地仰天狂笑起来，一面狂笑着道："亲眼目睹之事，还不正确，哈哈——老夫闯荡江湖数十年，至今还没有听过如此言语。"

陶纯纯手抚云鬓，娇笑接道："曹操误踏青苗，彻法自判；王莽谦恭下士，天下皆钦。若以当时眼见情况，判其善恶，岂非失之千里。"

锦袍老人不禁又自一呆！

陶纯纯缓缓接道："三国关公还金赠袍，过五关、斩六将，老前辈当时若也在旁眼见，岂非要说他对曹操不义？吴越西施为家国施媚术，老前辈当时若也在旁眼见，岂非也要说她不忠？昔年滇中大侠疾恶如仇，遍杀江湖匪寇，鄱阳一役单剑纵横，诛尽两湖淫贼，据闻湖水为之变赤，老前辈若也亲见，难道要说他不仁？还有——还有的事太多了，我说也说不尽，一时眼见，未必属真，老前辈你说是么？"

锦袍老人瞠目结舌，木然而立，只觉她这番言语，说的虽非诡辩，但却教人无言可对，呆呆地愣了半晌，突地大喝道："这等情事，哪能与方才之事相比，纵然你舌灿莲花，也难使……"

陶纯纯轻轻一点，双掌一击，院门外走出四个店伙，将那两个银衫少女抬了进来，陶纯纯含笑又道："这少女两人，形已疯癫，所以我们才会制止她们，为的只是怕她们惹出祸事，伤人害己，难道这又有什么不对么？"

锦袍老人浓眉一扬，大步走到那两个似乎已被点中穴道的少女身前，俯首看了半晌，伸手翻了翻她两人的眼角，把了把她两人的脉息，挺胸立起，瞑目沉思半晌，突地又走到柳鹤亭身前，当头一揖，道："老夫错了！休怪休怪。"

柳鹤亭见了这老人的言语举止，知道此人定是个胸襟坦荡、直心热肠的性情中人。方待还礼谦谢，哪知这老人一揖之后，转身就走，竟笔直地走向自己所赁的厅堂，回首喝道："将她两人快些抬入，老夫还要仔细看看。"

柳鹤亭、陶纯纯对望一眼，互相一笑，并肩走入。

那青衫少女本自手持断剑，呆呆地发愣，此刻突地掠至柳鹤亭身侧，朝他肩头一拍，柳鹤亭愕然转身，心中大奇，却听她已说道："方才我那一剑，若不用'左右分花'，反而'倒踩七星'绕到你身右，然后再用'抽撤连环'刺你胁下三寸处的'天灵'大穴，你势必要先求自保，我掌中之剑，就不会被你折断了吧？”

柳鹤亭本在奇怪这女子为何要拍自己的肩膀，见她那番言语，方知她方才输得甚不心服，微微一笑，缓缓道：“我用的是左指！”

青衣少女倏然垂下手掌，目光中闪过一丝失望之色，但瞬又说道：“那么我就用‘缩尺成寸’的身法，一闪到你身左，剑身随势削你的右足，你若闪身掠开，我就反手刺你足心‘涌泉’，你若转身后避，我就抖手刺一招‘七月飞花’，剑尖三点，分点你左胁‘膺窗’‘乳根’‘期门’三处大穴。”

柳鹤亭微微皱眉，暗道一声：“这女子剑招怎地如此狠辣？”口中却毫不犹疑地说道，“我既不纵身，亦不后退，你脚下方动，我右手两指就先去点你右腕的脉门，左肘撞你脐上‘分水’。你纵能躲开这两指，但你手中之剑，就仍要被我折为两段！”

青衣少女呆了一呆，轻叹道：“你的右手呢？”

柳鹤亭微微一笑，道：“我还需用右手么？”转身走入大厅，走了两步，忍不住回首望去。

只见这少女木然呆立，俯首垂目，朝阳之下，只见她眼帘之中，竟已垂落两滴晶莹的泪水，心中突地大为不忍，停下脚步，正待安慰她两句，又听她幽幽一叹，像是自言自语般缓缓低声说道：“我什么都不学，什么都不想，一心一意地专练剑法，哪知我苦练了十年的剑法，到了人家面前，竟有如儿戏。”双手一垂，手中断剑，“当”地落下。

柳鹤亭恍然忖道：“难怪她剑法这般精纯，原来是此缘故。”转念又忖道，“她苦练多年的剑法，如此轻易地败在我手下，心里自然难受。”一念至此，忍不住悦声道：“姑娘不必伤心，若以剑法而论，以在下所见，姑娘在武林中已是极少敌手了。”

青衣少女垂首沉思半晌，突地抬起头来，嘴角微泛笑容，口中说道：“对了，你虽然胜了我，却不是用剑法胜的。”纤腰突地一扭，又自掠到柳鹤亭身侧，一把捉住柳鹤亭的手掌，娇声道，“你老实告诉我，在你眼中所见的人物中，有没有剑法高过我的？”

柳鹤亭手掌被她捉在手里，心中既觉不安，又觉好笑，暗中笑道：“原来这少女是个剑痴，除剑之外，丝毫不懂世事！”虽想安慰于她，却又不会对人说出欺骗的言语，沉吟许久，终于苦叹一声，缓缓道：“不瞒姑娘说，昨日小可便见到一人，一剑便将小可击败，若以剑法而论，此人实在胜过姑娘一筹。但姑娘年纪还轻，来日成就，不可限量——”

青衣绝色少女柳眉一扬，接口道：“他一剑就击败了你？真的？”

柳鹤亭长叹颔首道：“真的！”

青衣少女怔了一怔，眼帘一垂，轻轻放下柳鹤亭的手掌，缓缓走到她爹爹身侧，喊道：“爹爹……”语声未了，泪光闪动，又有两滴泪水，夺眶而出，顺腮流下。

锦袍老人半躬身躯，犹在俯身查看那两个已被人放在椅上的银衫少女，一会儿俯耳倾听她们心跳的声音，一会儿扳开她们的手掌，突又铁掌一托一捏，捏在她们的下巴，伸手从怀中取出一方小小银盒，将她们的唾沫刮在盒中，对她爱女所有的言语动作，竟全然不闻不见。

柳鹤亭凝视这父女两人，心道：“有其父必有其女，这父女两人的心性，当真是一模一样，怪得可爱。”心下不觉又是感叹，又是好笑。

侧目一望，陶纯纯一双秋波，正在瞬也不瞬地望着自己，不觉伸手指了指这父女两人的背影，失声笑道：“你看他们……”突又觉得不应在背后论人长短，倏然住口，缩回手掌，下意识地摸了摸自己唇边颔下，这才知道自己这两日未曾梳洗，颔下微髭，已有一分长了。

却见陶纯纯突地悄悄踱到他身侧，低语道：“香么？”

柳鹤亭怔了一怔，方自领悟到她言中之意，因爱生妒，无情不嫉，少女娇嗔，最是动心。他不觉忘情地捉住陶纯纯的柔荑，举到鼻端，笑道："香的！香的！"

哪知陶纯纯突地冷哼一声，反手甩开了他的手掌，转身走入厅侧套房，再也不望他一眼。

柳鹤亭不禁又自一怔，暗叹道："她心眼怎地如此窄小！"转念又忖道："她若是对我无情，想必便不会如此；她既然对我有情，我只应感激，怎能怪她？"

一时之间，他心里反反复复，都是这简简单单的两句话："无情便不如此，有情不该怪她……"长叹一声，亦欲跟她一同进去，哪知锦袍老人突地直起腰来，沉声一叹，摇头道："好厉害，好厉害！"

柳鹤亭脚步一顿，愕然道："厉害什么？什么厉害？"

锦袍老人伸手向椅上的银衫少女一指，沉声问道："这两女子你是在何处见着的？"

柳鹤亭皱眉道："她两人与在下由沂山一路同来，不知怎地突然癫狂起来——"

锦袍老人目光一凛，厉声接道："她两人与你一路同来，昨夜身中奇毒，你怎会不知？莫非她两人身中之毒，就是你施放的么？"

柳鹤亭剑眉一扬，变色道："身中奇毒？昨夜中毒？老前辈，此话怎讲？难道她两人之所以癫狂，非出自然，而是被别人以药物所迷？并且是在昨夜？"

锦袍老人目光如电，紧紧盯在柳鹤亭面上，像是要看出他言语真诚与否，凝目半晌，方自缓缓道："她两人不但身中奇毒，而且所中之毒，世罕其匹，竟能将人之本性，完全迷灭。所幸她两人发作之时，有人在侧制止，否则若是任她们在乱山乱野之间，狂奔狂走数日，或是将之闭于密室，苦苦折磨数日，待其药力消过，这两人便从此本性迷失，良知泯灭，还不知要做出什么事来！"

柳鹤亭变色倾听，只听得心头发颤，寒意顿生，木然良久，垂首低语道："昨夜中毒？在下怎地丝毫不知？丝毫不知……"突地抬头道，"老前辈既知药性，可有解方？"

锦袍老人苦叹一声道："老夫昔年浪游天下，对天下所有迷药、毒药均曾涉猎，自信对于解毒一方，尚有几分把握，但此种药物，却是老夫生平未见！"

柳鹤亭怔了半晌，"噗"地坐到椅上，心中惊骇交集，缓缓道："此毒虽然可怕，但下毒之人却更为可怕，这女子两人昨夜就住在我卧房之旁，我尚且一夜未眠，但她两人何时中毒，我竟然半点也不知道，难道……"目光四扫一眼，"难道这店家……"

锦袍老人接口道："此种毒药，天下罕睹，便是昔年'武天媚'所使迷魂之药，只怕也没有此药这般厉害，店家焉有此物……"语声一顿，突地瞥见他爱女面上的泪珠，似乎为之一怔，诧然道，"燕儿，你哭些什么？"

青衣少女伸手一拭泪痕，依依道："爹爹，我剑法……我剑法……"索性伏到桌上放声痛哭起来！

锦袍老人浓眉深皱，伸手轻抚他爱女秀发，黯然说道："燕儿，你是在伤心你剑法不如人么？"

青衣少女伏在桌上，抽泣着点了点头。锦袍老人苦叹一声，缓缓又道："要做到剑法无敌，谈何容易？古往今来，又有几人敢称剑法天下第一？你伤心什么，只要肯再下苦功，还怕不能胜过别人么？"

柳鹤亭心中虽然疑云重重，紊乱不堪，但见了这种情况，忍不住为之叹息一声，插口说道："方才在下亦曾以此言劝过令爱，但——"

锦袍老人苦叹接口道："老弟你有所不知，这孩子对剑法如此痴迷，实在要怪在老夫身上。"缓缓抬起头来，目光远远投向院外，长叹又道，"昔年老夫，自诩聪明绝顶，对世间任何新奇之事，都要去学它一学，看它一看，数十年来，老夫的确也学了不少，看了不少。但世间学问浩如沧海，无穷无尽，人之智力却有如沧海一粟，到底有限。老夫旁骛杂学太多，对武功一道，不免无暇顾及，与人动手，总是吃亏的多，江湖中人竟送我‘常败高手’四字，做我之号。”

语声微顿，目光之中，突地露出愤恨怨毒之色，切齿又道：“不说别人，便是家兄，也常冷言讥嘲于我，说我是：‘学比管乐——不如！誉满武林——常败！红杏才华——可笑！青云意气——嫌高！’我心中气愤难填，却又无法可想，纵想再下苦功，但年华老去，青春不再，我再下苦功，亦是徒然！”

柳鹤亭目光望处，只见他双拳紧握，切齿怒目，想到他一生所遇，心头不禁一凛，暗叹忖道：“听他言语，想必他幼年定必有神童之称，是以由骄矜不免生出浮躁，是以好高骛远，哪知到头来却是博而不精，一事无成，只是悔之已晚。如此说来，总是心比天高，若无恒毅之力，又有何用！”

一念及此，不禁对自己今后行事，生出警戒。

只见这锦袍老人忽又缓缓垂下目光，放松手掌，沉声叹道：“老夫晚来，追忆往昔自多感慨，见到小女幼时生性，竟也和老夫童稚时一样。老夫以己为鉴，自不愿她再蹈我之覆辙，是以自幼便令她摒弃杂学，专攻剑术，甚至连女红闺事，都不准她去学，哪知过犹不及，她沉迷剑术竟然一痴至此！”

柳鹤亭听到这里，暗叹忖道：“原来这少女之所以成为剑痴，竟是有这般原因。”抬目望处，只见这老人手捋长髯，垂首无语，方才的豪情胜慨，此刻俱已不见。青衫少女伏案轻泣，白发红颜，各自黯然，相映之下，更见清凄！

一时之间，柳鹤亭只觉自己似乎也随之感染，心中一团闷气，无法排遣……

哪知锦袍老人默然半晌，突又仰天长笑起来，朗声笑道：“西门鸥呀西门鸥！你一生自命，别无所长，只有‘豪’之一字，可称不败，怎地今日也学起这般儿女之态来了。”大步奔至厅前，朗声喊道，“店伙，酒来！”

“西门鸥”三字一经入耳，柳鹤亭心头不禁为之一震，突地长身而起，一步掠至厅门，脱口道：“‘西门鸥’三字，可就是老前辈的台甫？”

锦袍老人朗声笑道：“不错，‘常败高手’西门鸥便是老夫。”

柳鹤亭微一沉吟，道：“有一西门笑鸥，不知和老前辈有无渊源？”

西门鸥霍然转过身来，目中光彩闪动，凝注在柳鹤亭身上，缓缓说道：“‘西门笑鸥’四字，便是家兄替他儿子取的名字。”突又仰天笑道，“所谓‘笑鸥’者，自然就是‘笑西门鸥’也，他自己笑我尚嫌不够，更要叫他的儿子也一齐来笑我，西门鸥呀西门鸥！你当真如此可笑么？”话声渐弱，语气也渐渐沉痛，突地大喝一声，“酒来，酒来。”心中的万千积郁，似乎都想借酒扫出。

柳鹤亭茫然站在一旁，不知该如何安慰于他，口中讷讷连声，一字难吐，心中却在暗中思忖：“原来西门笑鸥便是此人之侄，看来这西门一姓，竟是个武林世家！”他初入江湖，竟未听过“虎丘双飞，姑苏双雄，东方西门，威镇关中”这四句流传江湖的俗谚，更不知道这句俗谚中所说的“西门”二字，便说的是“苏州，虎丘，飞鹤山庄”，也就说的是西门鸥之一族！

但柳鹤亭却已知道，这西门鸥与他兄长之间，定必甚是不睦，是以他也无法将查问“西门笑鸥”之事，问将出口。只见那青衫窄袖的绝色少女，盈盈站了起来，款款走到她爹爹身侧，手拭泪痕，轻轻说道：“爹爹，大伯对你表面看来虽然不好，但其实还是关心你的……”

西门鸥浓眉一扬，瞪目叱道：“你懂得什么？”长叹一声，敛眉垂目，轻轻一抚他爱女香肩，目光中突地满现慈祥疼爱之意，和声悦色，接口又道，“孩子，你懂得什么……”

这两句“懂得什么”言辞虽然完全一样，语气却是迥不相同，一时之间柳鹤亭但觉熙熙父爱，充满房中，想到自己的身世，不禁悲从中来，不能自已，暗叹一声，走到院外，朗声喝道：“酒来，酒来……”

此刻朝阳虽升，仍在东方，秋日晴空，一碧万里。

直至日影西移，暮霭夕阳，自碎花窗棂间投入一片散细花影。柳鹤亭、西门鸥，这一老一少满怀愁绪的武林豪客，还仍在这片细碎光影中，相对而斟，虽无吟诗之心，却有扫愁之意，哪知愁未扫去，却又将一番新愁兜上心头。

细花的窗棂下，默然凝坐着的青衫少女，柳眉微颦，香腮轻托，一双秋波，像是在凝注着自己的一对纤纤弓足，又似乎已落入无边无际的一片冥思。她目光是深邃而美丽的，但却远不如陶纯纯的灵幻而多姿，陶纯纯的眼波中，可以流露出一千种表情，却让你永远无法从她眼睛的表情中测知她的心事。而这青衫少女的秋波虽然不变，却又永远笼罩着一重似轻似浓、似幽似怨的薄雾，于是这层薄雾便也就将她心底的思潮一起掩住。

里面的厢房，门户紧闭，陶纯纯在里面做些什么，谁也不知道。柳鹤亭不止一次想推开这扇紧闭着的门户，他站起身，又坐下去，只是又加满了自己杯中的酒，仰首一饮而尽。

于是他开始发觉，“酒”，真是一种奇妙的东西，它在勾起你的万千愁思之后，却偏偏又能使你将这万千愁思一起忘去。

他不知自己是否醉了，只知自己心中，已升起了一种飘忽、多彩、轻柔而美妙的云雾，他的心便也在这层云雾中飘飘升起，世上的每一种事，在这刹那间，都变得离他十分遥远。所以他更尽一杯酒，他想要这层云雾更飘忽、更多彩、更美妙，他想要世上的每件事，离他更远。

西门鸥捋须把盏，纵谈着天下名山、武林胜事，英雄虽已老去，豪情却仍不减，但盛筵虽欢，终有尽时。店家送上酒来，倒退着退出厅门。昏黄的灯光，映在那两个已被点中穴道的银衫少女苍白的面靥上。西门鸥突地一皱浓眉，沉声道："数十年来，经过老夫眼底之事之物，尚无一件能令老夫束手无策，不知来历。柳老弟，你若放心得过，便将这少女二人，交与老夫，百日之后，老夫再至此间与你相晤，那时老夫定可将此二人身中何毒，该怎样解救，告诉于你。"

柳鹤亭皱眉沉吟半晌，忽地扬眉一笑道："但凭前辈之意。"

西门鸥捋须长笑道："老夫一生，敬的是光明磊落的丈夫，爱的是绝世聪明的奇才。愚蠢卑鄙之人，便是在老夫面前跪上三天三夜，老夫也不屑与他谈一言半语。但柳老弟，今日你我萍水相交，便已倾盖如故，老夫有一言相劝……"

青衫少女忽地站起身来，走到柳鹤亭身前，轻轻说道："方才你说的那个剑法极高的人，你可知道他现在何处？"

她说起话来，总是这般突兀，既不管别人在做什么，也不管别人在说什么，只要自己心里想说，便毫不考虑地说出。道德规范、人情世故，她一概不懂，亦似根本未放在她眼中。

柳鹤亭扬眉笑道："姑娘莫非是要找他么？"

青衫少女秋波凝注着柳鹤亭手中的一杯色泛青碧的烈酒，既不说"是"，亦不说"否"。

柳鹤亭哈哈一笑，道："那白衣人我虽不知他此刻身在何处，但似他这般人物，处于世上，当真有如锥藏囊中，纵想隐藏自己行迹，亦是大不可能，姑娘你若想寻找于他，只怕再也容易不过了。"

西门鸥哼了一声，推杯而起，瞪了他爱女两眼，忽地转身道："酒已尽欢，老夫该走了。"大步走去抱起银衫少女的娇躯，放到仍在呆呆冥想着的青衫少女手中，又转身抱起另一银衫少女，走出厅外，忽又驻足回身，朗声说道，“柳老弟，老夫生平唯有一自豪之处，你可知道是什么？”

柳鹤亭手扶桌沿，踉跄立起，捋手道：“酒未饮完，你怎地就要走了？”忽地朗声大笑，“我生平唯一不善之处，便是不会猜人家心事，你心里想什么，我是万万猜不着的。”

醉意酩酊，语气酩酊。

西门鸥轩眉笑道：“数十年来，西门世家高手辈出，我却是最低的低手，生而不能为第一高手，但能为第一低手，老夫亦算不虚此生了。”仰天长笑，转身而去。

柳鹤亭呆了一呆，脚下一个踉跄，冲出数步，忽地大笑道：“高极，高极，妙极，妙极，西门兄，西门前辈，就凭你这句话，小弟就要和你干一杯……西门兄，你到哪里去了？……西门前辈，你到哪里去了……”脚下一软，斜去数尺，“噗”地坐到椅上。

一阵风吹过，世上万物，在他眼中都变成一片混沌，又是一阵风吹过，就连这片混沌，也开始旋转起来。

他鼻端似早闻得一丝淡淡的香气，他耳畔似乎听到一声软微的娇嗔，他眼前也似乎见到一条窈窕的人影……

香气、娇嗔、人影——人影、娇嗔、香气——娇嗔、人影、香气——人香、影娇、气嗔——人嗔、娇香、气影——香影、人嗔、气娇……

混乱迷失！

混乱的迷失，迷失的混乱！

中夜。

万籁无声，月明星繁。远处一点闪烁的灯火，闪烁着发出微光，似乎在妄想与星月争明。近处，却传出一声叹息！轻微，但却悠长的叹息，瞬眼便在秋夜的晚风中消散无影。

于是万籁又复无声，日仍明，星仍繁，远处的灯光，也依然闪耀，只是谁也不知道这一声已经消散了的叹息，在世上究竟留下了多少余韵。

于是残月西沉，繁星渐落，大地上又开始有了声音。世人的变幻虽多，世事的变幻虽奇，但是大地上的晨昏交替，日升月落，却有着亘古不变的规律。

第二天，西跨院中几乎仍然没有任何声音，跨院的厅门，有如少女含羞的眼帘般深深紧闭，直到黄昏——

又是黄昏。

陶纯纯垂眉敛目，缓缓走出店门，缓缓坐上了店家早已为她配好了鞍辔的健马，玉手轻抬，丝鞭微扬，她竟在暮色苍茫中踏上征途。

柳鹤亭低头垂手，跟在身后，无言地挥动着掌中丝鞭，鞭梢划风，飒飒作响，但却划不开郁积在他心头的愧疚。

两匹马一前一后，缓跑而行，片刻之间，便已将沂水城郭抛在马后。新月再升，繁星又起，陶纯纯回转头来，轻唤：“喂——”

柳鹤亭抬起头来，扬鞭赶到她身侧，痴痴地望着她，却说不出话来。寂静的秋夜对他们说来，空气中仿佛有一种无声的音乐。

陶纯纯秋波一转，纤细柔美的手指，轻抚着鬓边云鬟，低语道：“你……”眼帘一垂，轻启檀唇，却竟又倏然住口。

这一声“喂”，这一声“你”，简简单单的两个字里，包含着的究竟有多少复杂的情意，除了柳鹤亭，谁也无法会意得到。

他茫然地把玩着自己腰间的丝绦，忽又伸出手去，抚弄马项间的柔鬃，垂首道：“我……我……今夜的月光，似乎比昨夜……”

“昨夜……”陶纯纯忽地一扬丝鞭，策马向前奔去。柳鹤亭呆呆地望着她纤弱窈窕的身影，目光中又是爱怜，又是难受。

寂静的道路边，明月清辉，投下一幢屋影，滴水的飞檐，在月光下有如一只振翼欲起的飞鹰。蔓草凄清，阴阶砌玉，秋虫相语，秋月自明，相语的虫声中，自明的秋月下，凄清的蔓草间，是一条曲折的石径，通向这荒祠的阴阶。

陶纯纯微拧纤腰，霍然下马，身形一顿，缓缓走入了这不知供奉着何方神祇的荒祠。秋月，拖长了她窈窕的身形，使得这绝色的红颜，与这凄清的景象，相映成一幅动人心弦的图画。

柳鹤亭呆望着她，踟蹰在这曲折的石径上，他的思潮，此刻正有如径畔的蔓草一样紊乱。终于，他也下了马，步上石阶。秋风，吹动着残破的窗纸，猎猎作响。阴暗的荒祠中，没有燃光，甚至连月光都没有映入，朦胧的夜色中，陶纯纯背向着他，跪在低垂着的神幔前。

她抬起手，解开发结，让如云的秀发披下双肩，然后虔诚地默祷着上天的神明，许久，许久，她甚至连发梢都未曾移动一下。

柳鹤亭木立呆望，直觉有一种难言的窒息，自心底升起。荒祠是残败的，低垂的神幔内，也不知供奉着的是什么神祇，但是他却觉得此时此刻，这残败的荒祠中，似乎有一种难言的圣洁。他开始领略到神话的力量，这种亘古以来便在人心中生了根的力量，几乎也要使他忍不住在积满灰尘的地上跪下来，为去日忏悔，为来日默祷。

心情激荡中，他突地觉得顶上微凉，仿佛梁上有积水落下。

他不经意地拭去了，只见陶纯纯双手合十，喃喃默祷：“但愿他一生平安，事事如意，逢凶化吉，遇难呈祥，小女子受苦受难，都无所谓。”

平凡的语声，庸俗的祷词，但出自陶纯纯口中，听在柳鹤亭耳里，一时之间，他只觉心情激荡，热血上涌。又有几滴积水滴在他身上，他也顾不得拭去，大步奔前，跪到陶纯纯身前，恭恭敬敬叩了三个头，大声祷道：“柳鹤亭刀斧加身，受苦受难，都无所谓，只要她一生如意，青春常驻，柳鹤亭纵然变为犬马，也是心甘情愿。”

陶纯纯缓缓回过头，轻轻说道：“你在对谁说话呀？”

柳鹤亭呆了一呆，期艾着道：“我在向神明默祷……”

陶纯纯幽幽轻叹一声，缓缓道：“那么你说话的声音又何必这么大，难道你怕神明听不见么？”

柳鹤亭又自呆了一呆，只见她回转头，默祷着低声又道：“小女子一心一意，全都为他，只要他过得快活，小女子什么都无所谓，纵然……纵然叫小女子立时离开他，也……也……”螓首一垂，玉手捧面，下面的话，竟是再也无法说出。

柳鹤亭只觉又是一股热血，自心底涌起，再也顾不得别的，大声又道：“柳鹤亭一生一世，再也不会和她分开，纵然刀斧加身，利刃当头，也不愿离开她一步半步，有违誓言，天诛地灭。”

话声方了，只听一个颤抖、轻微、激动、娇柔的声音，在耳畔轻轻说道：“你真的有这个心……唉，只要你有此心，我……我什么都不在乎了。”

柳鹤亭倏然转身，忘情地捉着她的手掌。黑暗之中，两人手掌相握，声息相闻，几不知是何时，更忘了此是何地。

一只蜘蛛，自梁间承丝落下，落在他们身侧。一阵秋风，卷起了地上的尘埃，蜘蛛缓缓升上，梁间却又落下几滴积水！

陶纯纯幽幽长叹一声，垂首道：“你师父……唉，你千万不要为我为难，只要你活得快活，我随便怎样都没有关系。”

柳鹤亭没有回答，黑暗中只有沉重的叹息，又是良久，他忽然长身而起，轻轻托住陶纯纯的纤腰，轻轻将她扶起，轻轻道：“无论如何，我总……”

陶纯纯接口叹道：“你心里的意思，不说我也知道——唉，现在是什么时候了？快要二更了吧？这里清静得很，我们为什么不多待一会儿？”

柳鹤亭一手环抱着她的香肩，俯首道：“我总觉得此间像是有种阴森之意，而且梁间又似积有雨水——”语声未了，又是一滴积水落下，滑过他耳畔，落在他肩上，他反手去拭，口中突地惊“咦”一声，只觉掌心又温又黏！

陶纯纯柳眉微扬，诧问：“什么事？”

柳鹤亭心中疑云大起，一步掠出祠外，伸开手掌，俯首一看——

月光之下，但见满掌俱是血迹！

秋风冷月，蔓草秋虫，这阴暗、凄清的荒祠中，梁间怎会有鲜血滴下？

微风拂衣，柳鹤亭但觉一阵寒意，自心底升起，伸手一摸，怀中火折子早已失去，停在道边的两匹健马，见到主人出来，仰首一阵长嘶！

嘶声未绝！

突有一道灯火，自远而近，划空而来，柳鹤亭拧腰错步，大喝一声：“是谁？”

灯光一闪而灭，四下荒林蔓草，飒飒因风作响，柳鹤亭倒退三步，沉声道：“纯纯，出来！”

语声方落，突地又有一道灯光，自荒林中冲天而起，划破黝黑的夜色，连闪两闪，倏然而灭。

刹那之间，但听四下人声突起，衣袂带风之声，自远而近，此起彼落，接连而来。柳鹤亭反手拉起陶纯纯的手腕，目光如电，四顾一眼，夜色之中，但见人影幢幢，有如鬼魅一般，四下扑来！

“唰”地，一条人影，掠上荒祠屋脊，“唰”地，又是一条人影，落入荒林树后。道旁的两匹健马，不住昂首长嘶，终于奔了出去，奔了不到几步，突地前蹄一扬，“唏律”又是一声使人心悸的嘶喊，后蹄连踢数下，“噗”的一声，双双倒在地上！

柳鹤亭剑眉一轩，朗声大喝：“朋友是谁？躲在暗处，暗算畜生，算得了什么好汉！”

四下荒林，寂然无声，祠堂屋脊，却突地响起一声低叱：“照！”

霎时间，数十道孔明灯光，自四下荒林中一齐射出，一齐射到柳鹤亭身上，陶纯纯附耳道：“小心他们暗算！”

柳鹤亭“哼”一声，昂然挺胸，双臂一张，朗声喝道：“阁下这般做法，是何居心，但请言明，否则——”屋脊上突地传下一阵朗声大笑，柳鹤亭剑眉一轩，转身望去，只见星月之下，屋脊之上，双手叉腰，站立着一个银发银须、精神矍铄、一身灰布劲装的威猛老人。他身材本极高大，自下望上，更觉身材魁梧，有如神人。

这一阵笑声有如铜杵击钟，巨槌敲鼓，直震得柳鹤亭耳畔嗡嗡作响。四下的孔明灯火，自远而近，向他围了过来，灯光之后，各有一条手持利刃的人影，骤眼望去，也不知究竟有多少人。

大笑声中，只听这老人朗声说道：“数十里奔波，这番看你再往哪里逃走！”一捋长须，笑声突顿，大喝道，“还不束手就缚，难道还要等老夫动手么？”

柳鹤亭暗叹一声，知道此刻又卷入一场是非之中，沉吟半晌，方待答话，只听祠堂中突地发出两声惊呼，有人惊呼道：“边老爷子，夏二姐、梅三弟、梅四弟，都……都……都……”

此人一连说了三个“都”字，还未说出下文，人丛中已大喝着奔出一个虬髯大汉，接连两个起落，奔入荒祠，接着一声惊天动地般的大喊，虬髯大汉又自翻身掠出，口中大骂：“直娘贼，俺跟你拼了！”劈面一拳，向柳鹤亭打来，拳风虎虎，声威颇为惊人。

威猛老者两道尽已变白的浓眉微微一剔，沉声叱道：“三思，不要莽撞，难道他今日还逃得了么？”语声未了，虬髯大汉拳势如风，已自连环击出七拳，却无一拳沾着柳鹤亭的衣袂。四下人影，发出数声惊呼，向前围得更近，数十道孔明灯光，将祠堂前的一方空地，映得亮如白昼，但灯光后的人影，却反而更看不清。

柳鹤亭虽然暗恼这班人的不分皂白，如此莽撞，却也不愿无故伤人，连避七拳，并不还手。那汉子见他身形并未如何闪避，自己全力击出的七招，却连人家衣袂都未沾着，拳势顿住，仿佛呆了一呆，突又大喝一声，和身扑上，果真是一副拼命模样。

威猛老人居高临下，看得清清楚楚，浓眉一皱，叱道："住手！"

虬髯大汉再击三拳，霍然住手，紧咬牙关，吸进一口长气，突地转身大喝道："师父，师父……蓉儿已经死了，被人害死了。"双手掩面，大哭起来，他满面虬髯，身材魁伟，这一哭将起来，却哭得有如婴儿，双肩抽动，伤心已极，显见得内心极是悲痛。

威猛老人手捋银须，猛一踩足，只听咯咯之声，屋上脊瓦竟被他踩得片片碎落。柳鹤亭剑眉深皱，抱拳说道："阁下——"他下面话还未出口，威猛老人已大喝一声，"唰"地落下。荒祠中垂首走出两个人来，目光狠狠望了柳鹤亭两眼，口音直直地道："夏二姐、梅三弟他们，身受七处刀伤，还被这厮缚在梁上——"

威猛老人大喝一声："知道了！"双臂微张，双拳紧握，一步一步走到柳鹤亭身前，从上到下，自下到上，狠狠看了柳鹤亭几眼，冷笑一声，道："看你乳臭未干，想不到竟是如此心狠手辣，这些人与你究竟有何冤仇，你倒说给老夫听听！"双掌一张，双手骨节，咯咯作响！

柳鹤亭暗叹一声，想到昨日清晨遇到西门鸥，与这老人当真俱是姜桂之性，老而弥辣，火气竟比年轻小子还旺几分，口口声声叫别人不要莽撞，自己却不分青红皂白，加人之罪。又想到自己数日以来，接二连三地被人误会，一时之间，心中亦不知是气？是笑？是怒？口中却只得平心静气地说道："在下无意行至此间，实不知此间究竟发生何事，与阁下更是素昧平生，阁下所说的话，我实在一句也听不懂！”

威猛老人目光一凛，突地仰天冷笑道：“好极好极，想不到你这黄口小儿，也敢在老夫面前乱耍花枪，你身上血迹未干，手上血腥仍在，岂是胡口乱语可以推挡得掉。临沂城连伤七命，再加上这里的三条冤魂，杀人偿命，欠债还钱，小子，你就与老夫拿命来吧！”

虬髯大汉一跃而起，紧握双拳，身躯前仰，生像是恨不得自己师父一拳就能将此人打得大喝一声，口喷鲜血而死。

周围数十道目光，亦自各各满含怨毒之色，注目在柳鹤亭身上。灯光虽仍明亮如昼，但却衬得圈外的荒林夜色，更加凄清寒冷。

陶纯纯突地扑哧一笑，秋波轻轻一转，娇笑着道：“边老爷子，你身体近来可好？”

威猛老人呆了一呆，只见面前这少女秋波似水，娇靥如花，笑容之中，满是纯真关切之意，心中虽不愿回答，口中却干咳一声道：“老夫身体素来硬朗得很。”

陶纯纯口中“噢”了一声，娇笑又道：“您府上的男男女女，大大小小，近来也还都好么？”

威猛老人不禁又自一呆，呆了半晌，不由自主地点头又道：“他们都还好，多谢——”他本想说“多谢你关心”，说了“多谢”两字，突又觉得甚是不妥，话声倏然而住。众人面面相觑，都不知这少女问话之意，就连柳鹤亭心中亦自大惑不解。

只听陶纯纯突地幽幽叹道：“那倒奇怪了！”

说了一句，半晌再无下文，威猛老人浓眉一皱，忍不住问道：“奇怪什么？”

陶纯纯轻轻抬起手掌，挡住自己的一双眼波，轻叹又道：“好亮的灯光，照得人难过死了。”

威猛老人环顾一眼，缓缓放开手掌，突地挥掌道：“要这么亮的灯光做什么？难道老夫是瞎子么，还不快熄去几盏。”

柳鹤亭心中暗笑，暗道：“这老者虽然满头白发，却仍童心未泯。”

只见老人喝声一落，四下灯光，立即熄去一半，这才看出月下人影，俱是一色劲装，人人如临大敌。过了一会儿，陶纯纯仍然手托香腮，默然无言。威猛老人干咳一声，继又问道：“你奇怪什么？”

陶纯纯缓缓走到他身前，缓缓瞧了他几眼，目光之中，满是关切之意，纵是心如铁石之人，见了这般纯真娇柔少女的如此之态，亦不禁要为之神移心动。何况这老人外貌看来威风凛凛，言语听来有如钢铁，其实心中却是柔软仁慈，若非如此，此时此刻怎会还有心情与一少女絮絮言语。

第七章

幔中傀儡

柳鹤亭心中甚感奇怪，这威猛老人子女被害，原对自己误会甚深，怎地此刻还有心情和陶纯纯絮絮不休呢？正思忖间，只听陶纯纯突又一声幽幽长叹，手抚云鬓，缓缓说道："我奇怪的是你老人家身体健朗，家宅平安，可称是福寿双全，头脑应该正常得很，怎地却偏偏会像那些深受刺激、专走偏锋的糊涂老人一样，专门冤枉好人，呀——的确奇怪得很。"

她言语轻柔，说得不疾不徐，说到一半，威猛老者须发皆动，面上已自露出愤怒之色，等她话一说完，老人大喝一声，几乎当场气晕。陶纯纯轻轻一笑，缓缓又道："我说话一向直爽得很，你老人家可不要怪我！"秋波四下一转，"我和他若是杀人的凶犯，方才最少也有十个机会可以逃走，哪里有呆站这里等你们来捉的道理，你老人家可说是么？"

虬髯大汉胸膛一挺，厉喝道："你且逃逃看！"

陶纯纯流波一笑，微拧纤腰，又自缓缓走到他身前，嫣然笑道："你以为我走不掉么？"突地皓腕一扬，两只纤纤玉指，却有如两柄利剑，笔直地刺向他的双睛。虬髯大汉见她笑语嫣然，万万想不到她会猝然动手，等到心中一惊，她两只玉指，已堪堪刺到自己的眼珠，直骇得心胆皆丧，缩颈低头，堪堪躲过。哪知头顶一凉，头上包巾，竟已被人取去，微一定神，抬头望去，却见这少女嫣然一笑，又自转身走去。

威猛老者目光一横，仿佛暗骂了句“不中用的东西”。

陶纯纯娇笑着道：“你老人家说说看，我们逃不逃得掉呢？”

威猛老人冷哼一声，陶纯纯却似没有听到，接口道：“这些我们但且都不说它，我只要问你老人家一句，你说我们杀人，到底有谁亲眼看见呢？没有看见的事，又怎能血口喷人呢？”

威猛老人转过头去，不再看她，冷冷说道：“老夫生平最不喜与巧口长舌的妇人女子多言啰唆。”

柳鹤亭听了陶纯纯的巧辩，心中忽地想起她昨日与那西门鸥所说的言语：“亲眼目睹之事，也未见全是真的。”不禁暗叹一声，又想到这威猛老人方才还在不嫌其烦地追问陶纯纯“奇怪什么？”，如今却又说“不喜与女子言语”。

一时之间，他思来想去，只觉世人的言语，总是前后矛盾，难以自圆，突见威猛老人双掌一拍，叱道：“刀来！”

虬髯大汉本来垂头丧气，此刻突地精神一振，挥掌大喝：“刀来！”

暗影中奔出一个彪形大汉，双手托着一口长刀，背厚刃薄，刀光雪亮。这彪形大汉身高体壮，步履矫健，但双手托着此刀，犹显十分吃力。威猛老人手指微一伸缩，骨节咯咯松响，手腕一反，握住刀柄，右手轻轻一抹血槽，拇指一转，长刀在掌中翻了个身。威猛老人闪电般的目光，自左而右，自右而左，自刀柄至刀尖，又自刀尖至刀柄，仔细端详了两眼，突地长叹一声，不胜唏嘘地摇头叹道：“好刀呀好刀，好刀呀好刀！”左手一捋长髯，回首道，“三思，老夫已有多久不曾动用此刀了，你可记得么？”

虬髯大汉浓眉一皱，松开手指，屈指数了两遍，抬头朗声道：“师父自从九年前刀劈‘金川五虎’，南府大会群豪后，便再未动过此刀，至今不多不少整整有九个年头了。”

陶纯纯扑哧一笑，轻语道：“幸好是九个年头。”

威猛老人怒喝道：“怎地？”

陶纯纯嫣然笑道：“双掌只有十指，若再多几个年头，只怕你这位高足就数不清了。”

柳鹤亭不禁暗中失笑，威猛老人冷哼一声：“巧口长舌的女子。”回转头来，又自仔细端详了掌中长刀几眼，目光闪烁，意颇自得，突地手臂一挥，刀光数闪，灯火照射下，耀目生花，刀刃劈风，虎虎作响。老人大步一踏，扬眉道：“此刀净重七十九斤，江湖人称万胜神刀，你只要能在老夫刀下走过三十招去，十条命案，便都放在一边怎样？”

柳鹤亭目光一扫，只见四周本已减去的孔明灯光，此刻又复亮起，灯光辉煌，人影幢幢，既不知人数多少，亦不知这班人武功深浅，知道今日之局，势成乱麻，不得快刀，纠缠必多。目光又一转，只见那威猛老人掌中的一柄快刀，刀光正自耀目射来，微微一笑，抱拳朗声说道：“三十招么？”突地劈面飘飘一掌击去！

威猛老人仰天一笑，直等他这一掌劈到，刀刃一翻，闪电般向他腕脉间割去。

这老人虽然心情浮躁，童心未失，但这劈出的一刀却是稳、准、狠、紧，兼而有之。柳鹤亭笑容未敛，缓缓伸出右掌……

只听“当”的一声大震，威猛老人稳如山岳般的身形，突地“噌、噌、噌”连退三步，手掌连紧数紧，长刀虽未脱手，但灯光耀射之中，却见有如一泓秋光般的刀光，竟已有了寸许长短的一个三角裂口！

灯光一阵摇动，人声一阵喧哗，灯光后众人的面容虽看不清楚，但从人声中亦可听出他们的惊异之情。陶纯纯嫣然一笑，虬髯大汉瞠目结舌，后退三步，柳鹤亭身躯站得笔挺抱拳道：“承让了！”

只见威猛老人双臂垂落，面容僵木，目光瞬也不瞬地望着柳鹤亭，呆呆地愣了半晌，又自缓缓举起手中长刀，定神凝目，左右端详，突地大喝一声，抛却长刀，和身向柳鹤亭扑了上来！

柳鹤亭心头微微一惊，只当他恼羞成怒，情急拼命，剑眉皱处，方待拧身闪避，目光一动，却见这老人满面俱是惊喜之色，并无半分怨毒之意，尤其是双臂大张，空门大露，身形浮动，全未使出真力，哪里是与人动手拼命的样子？心中不觉微微一愕，这老人身形已自扑来，一把抓住柳鹤亭的双臂……

陶纯纯惊呼一声，莲足轻点，出手如风，闪电般向这老人胁下三寸处的“天池”大穴点去，哪知这老人竟突地大喜呼道：“原来是你，可真想杀老夫了。”

陶纯纯不禁为之一愕，心中闪电般生出一个念头：“原来他们是认识的……”勒马悬崖，竟将出手生生顿住，纤纤指尖，虽已触及这老人的衣衫，但内力未吐，却丝毫未伤及他的穴道。

四周众人，却一齐为之大乱，只当这老人已遭她的煞手，虬髯大汉目如火赤，大喝扑上，“呼”地一拳“石破天惊”，夹背向陶纯纯击来，脚下如飞踢出一脚，踢向陶纯纯左腿膝弯。

陶纯纯柳腰微折，莲足轻抬，左手似分似合，有如兰花，扣向虬髯大汉左掌脉门！去势似缓实急，部位拿捏得更是妙到毫巅，但右手的食拇二指，却仍轻轻搭在威猛老人的胁下。

虬髯大汉屈肘收拳，“弯弓射雕”，方待再次击出一招，哪知脚底“涌泉”大穴突地微微一麻，已被陶纯纯莲足踢中！他身形无法再稳，连摇两摇，“噗”地坐到地上！

陶纯纯回首缓缓说道：“你们在干什么？”

众人目瞪口呆，有的虽已举起掌中兵刃，却再无一人敢踏前一步！

这一切的发生俱在刹那之间，威猛老人的手搭在柳鹤亭的肩头，双目凝视着柳鹤亭的面容，对这一切的发生，却都如不闻不见。

“原来是你，可真想杀老夫了！”

他将这句没头没脑的言语，再次重复了一遍。柳鹤亭心中只觉惊疑交集，他与这老人素昧平生，实在想不出这老人怎有想杀自己的理由。只见这老人面容兴奋，目光诚挚，两只炙热的大手，激动地搭在自己肩上，竟有如故友重逢、良朋叙阔，哪里还有一丝一毫方才的那种敌视仇恨之意?

这种微妙的情况，延续了直有半盏茶光景。柳鹤亭实在忍不住，问道：“老前辈请恕在下无礼，但在下实在记不起……”

威猛老人哈哈一阵大笑，大笑着道：“我知道你不认得老夫，但老夫却认得你。”双手一阵摇动，摇动着柳鹤亭的肩头，生像是满腔热情，无处宣泄，大笑着又道，“十余年不见，想不到你竟真的长成了，真的长成了……”

语音中突地泛起一阵悲怆苍凉之意，接口又道：“十余年不见，我那恩兄，却已该老了，唉！纵是绝顶英雄，却难逃得过岁月消磨，纵有绝顶武力，却也难斗得过自然之力……”

仰首向天，黯然一阵叹息，突又哈哈笑道：“但苍天毕竟待老夫不薄，让老夫竟能如此凑巧地遇着你，我再要这般长吁短叹，岂非真的要变成个不知好歹的老糊涂了么？”

他忽而激动，忽而感叹，忽而大笑，语声不绝，一连串说出这许多言语，却教柳鹤亭无法插口，又教柳鹤亭莫名所以。

“难道这老人本是恩师昔年的故友？”要知柳鹤亭自有知以来，虽曾听他师父谈起无数次江湖的珍闻、武林的轶事，但伴柳先生对自己少年时的遭遇，却始终一字不提。

方才这念头在柳鹤亭心中一闪而过，他心中不禁又是惊异，又是欣喜，这老人若真是自己恩师的故友，那么恩师的平生事迹，自己便或可在这老人口中探出端倪，一念至此，脱口喜道："难道老前辈与家师本是……"

语未说完，又被威猛老人抢口说道："正是，正是，我那恩兄近来身体可还健朗么？"

他竟一字未问柳鹤亭的师父究竟是谁，只是口口声声地自道"恩兄"。

陶纯纯嫣然一笑，轻轻垂下犹自搭在老人胁下的玉指，缓缓道："你可知道他的师父是谁么？"

威猛老人转过头来，瞪眼瞧了她两眼，像是在怪她多此一问。

陶纯纯有如未见，接口笑道："你的恩兄若不是他的恩师，那又该怎么办？"

威猛老人呆了一呆，缓缓转过头，凝视柳鹤亭两眼，突地哈哈笑道："问得好，问得好！但普天之下，武林之中，除了我那恩兄之外，还有谁习得力能开天、功能劈地的'盘古斧'绝技？除了我那恩兄的弟子，还有谁能传得这惊人绝技？小姑娘，你这一问，问得虽好，却嫌有些太多事了。"

柳鹤亭只觉心底一股热血上涌，再无疑惑之处，"噗"地反身拜倒，大喜道："老前辈您是恩师故友，请恕弟子不知之罪。"

威猛老人仰天一阵长笑，静夜碧空，风吹林木，他笑声却是愈笑愈响，愈响愈长，直似不能自止。柳鹤亭与陶纯纯对望一眼，转目望去，忽见他笑声虽仍不绝，面颊上却有两行泪珠滚滚落下，流入他满腮银白的长髯中。

于是他也开始听出，这高亢激昂的笑声中，竟是充满悲哀凄凉之意。四周众人虽看不到他面上的泪珠，但见了他此等失常之态，心中自是惊疑交集。

虬髯大汉大喝一声："师父！"挺腰站起，却忘了右腿已被人家点中穴道，身形离地半尺，"噗"地却又坐回地上，双目圆睁，牙关紧咬，双手在地上爬了几爬，爬到他师父膝下。

威猛老人的笑声犹未停顿，却已微弱，终于伸手一抹面上泪痕，仰天道："故友，故友……"一把抓住柳鹤亭的肩头，"我边万胜岂配做他的故友……"语声未了，泪珠却又滚滚落下。

柳鹤亭愕然呆立，心中虽有千言百语，却无一字说得出口，直到此刻为止，他既不知道这人的身份来历，更不知道他与师父间的关系。

只见那虬髯大汉抱住这老人的双膝，仰面不住问道："师父，你老人家怎地了……"

威猛老人笑声一顿，垂首看了他一眼，忽地俯身将他一把拉起。陶纯纯玉掌微拂，轻轻拍开了他的穴道，却听威猛老人夹胸拉着他的弟子，缓缓问道："我若遇着十分困难之事，教你立时为我去死，你可愿意么？"

虬髯大汉呆了一呆，挺胸道："师父莫说教我去死，便是要教我粉身碎骨，我也心甘情愿。"

老人长叹一声，又道："生命乃是世上最可贵之物，你却肯为我抛去生命，为的什么？"

虬髯大汉张口结舌，又自呆了半晌，终于期期艾艾地说道："师父待我，天高地厚，我为师父去死，本是天经地义之事，我……我……我总觉师父什么事都不教我做……我……我……反而难受得很……"伸出筋骨强健的大手，一抹眼帘，语意哽咽，竟再也说不下去了。

老人又自长叹一声，缓缓松开手掌，仰天又道："你虽然从我习武，我也待你不薄，但这不过只是师徒应有之义，怎能算得上是天高地厚之恩？你却已肯为我去死，有一人待我之恩情不知要比我待你深厚多少倍，但直到今日，我除了心存感激外，从未能替他做过一丝一毫的事，你说我心里是否也要比你难受千万倍呢？”他说到后来，竟然也是语气哽咽，不能继续。

柳鹤亭抬手一拭脸颊，手又落下，微抚衣襟，再抬起，又落下，当真是手足失措，举止难安。他此刻已从这老人的言语之中，听出他必对自己的师父深怀感激之心，详情虽不甚清，大略却已了然，但面对这般一个热情激动的老人，自己究竟该说些什么言语，他想来想去，却仍不知该如何是好。

只见这老人突地转过身来，缓缓说道：“四十年前，我年轻气盛，终日飞扬浮躁，自以不可一世，终于惹下杀身之祸，我那恩兄却为我……为我……唉，自此以后，我便终年追随在他身畔，希望能让我有机会报答他那一番恩情，哪知……唉，我非但不能报恩，却又不知为他惹出多少烦恼，他却始终待我有如手足家人，直到他临隐之际，还不断地为我担心。恩兄呀恩兄，你此刻已有传人，心愿已了，你可知道你这不成材的边二弟，却将要对你遗憾终生么？”

陶纯纯嘴角含笑，眼波一转，轻轻说道：“施恩者原不望报，望报者便非恩情。你和他数十年相交，若始终存着这分报恩之心，他若知道，说不定比你更要难受哩！”

老人神情一呆，凝思了半晌，目中光芒闪动，亦不知心中是喜是恼，木立良久，亦是举止不安。

柳鹤亭悄悄走到虬髯大汉身侧，悄语道：“令师的高姓大名，不知兄台可否见告？”

虬髯大汉浓眉一皱，似是十分诧异，皱眉道：“你连我师父的名字都不知道么？”

柳鹤亭见这大汉腰粗背阔，生像威猛，满面虬髯，目光灼灼，但言行举止，却有如垂髫幼童，忍笑低语道：“令师虽与家师相交已久，但小可却是初次见面……”

虬髯大汉接口道：“我师父方才还说与你十余年不见，想必是十余年前已经见到过你，你怎地却说是初次见面，难道你要骗我么？”

柳鹤亭暗中苦笑一声，说道：“十余年前，我年纪尚幼，纵曾拜见过令师，也记不清了。”

虬髯大汉上下打量了柳鹤亭数眼，口中“哦”了一声，似是恍然大悟，不住颔首，道：“是了，是了，十余年前，你不过只是个乳臭未干的小孩子罢了。”忽地觉得自己所说的话甚是幽默风趣，忍不住又重复一句，“你不过只是个乳臭未干的小孩子罢了。”终于情不自禁，大笑起来，附在柳鹤亭耳畔，轻轻说道，“我师父说起话来，虽然一板一眼，但我说话却是风趣得很，有一日开封中州镖局，几个镖头，不耻下问地来拜访我师父，我师父恰巧有俗务去游山玩水了。我当仁不让，自告奋勇地出去与他们应酬，和他们说了半天话，直把他们几个人都说得弯腰捧腹！几乎要笑出眼泪，还有一次……”他挺胸凸腹，侃侃而言，言下极是得意。

柳鹤亭听他将“不耻下问”与“拜访”连在一处，又将“俗务”与“游山玩水”并为一谈，已忍不住要笑出声来，听他说到“还有一次”，生怕他还要说出一些自己的得意之事，赶快接口道：“极是，极是，兄台的言语当真是风趣得紧。”

虬髯大汉哈哈一阵大笑，刹那之间，便已将方才的悲哀痛苦忘去。陶纯纯嫣然含笑，站在他身侧，这两人一拙一巧，一敏一呆，相去之远，当真不知要有多少倍。

虬髯大汉大笑数声，突又长叹道：“老弟，你可知道，世人常道，绝顶聪明之人，大多不能长寿，是以我也常在担心，只怕我会突然夭折而死！”

柳鹤亭见他说得一本正经，心中虽然好笑，却再也不忍笑出声来。只听陶纯纯在笑道：“阁下虽然满腹珠玑，才高八斗，而且说起话来妙语如珠，满座生风，但为人处世，却是厚道得很，你说是么？”

虬髯大汉抚掌笑道：“极是极是，半点不错——”突地愣然瞧了陶纯纯两眼，浓眉深皱，似乎又非常诧异，接口道，“我与姑娘素……素……”一连说了两个“素”字，终于想起了，接口道：“素昧平生，但姑娘说我的话，却是一句也不错，像是与我早已青梅竹马似的，这倒真是怪了！”

“青梅竹马”四字一说出口，柳鹤亭再也忍俊不住，终于笑出声来。

却见陶纯纯仍然十分正经地说道：“你行事这般厚道，非但不会短命，而且一定长命百岁。只有等到九十七岁那年，要特别小心一些，最好不要与女子接近，过了这年，我担保你能活到百岁以上！”

柳鹤亭剑眉微剔，方待说话，却听那虬髯大汉已自哈哈笑道：“九十七岁，哈哈，不要与女子接近，哈哈，九十七岁时我纵因女子而死，也死得心甘情愿得很，只怕……”

语声未了，柳鹤亭面寒如冰，微嘿一声，已忍不住截口说道：“纯纯，你可知道你方才说的是什么话？”

陶纯纯眼波一转，面上突地满现委屈之意，垂下头去，一言不发。

虬髯大汉浓眉一轩，还似要为陶纯纯辩驳几句，柳鹤亭又自正色接道：“纯纯，戚氏兄弟玩世不恭，专喜捉弄他人，那是因为他们身世特殊，遭遇离奇，你若也学他们一样，便是大大的不该了。”

陶纯纯粉颈垂得更低，长长的秀发有如云雾一般，从肩头垂落下来。柳鹤亭生具至性，听了那虬髯大汉的言语，虽觉哭笑不得，但又觉此人当哭则哭，当笑则笑，心中所思，口中言之，不知虚伪掩饰，端的是性情中人，不觉又对他颇生好感，是以见到陶纯纯如此戏弄捉狭于他，心中便觉不忍。

虬髯大汉上下瞧了柳鹤亭两眼，浓眉一扬，大声道：“我与这位姑娘谈得甚是有趣，你却在旁插的什么嘴，哼哼，那戚氏兄弟是谁？又怎能与这位姑娘相比？”

柳鹤亭转过头，只作未闻，目光转处，却见那威猛老人，不知何时已走到自己身后，此刻正自含笑望着自己，缓缓说道：“年轻人喜欢玩笑，本是常情，你又何苦太过认真？”

柳鹤亭苦笑数声，似乎要说什么，回首望了陶纯纯一眼，却又倏然住口。威猛老人左顾右盼，忽而望向柳鹤亭，忽而望向陶纯纯，面容上的笑容，也越发开朗，口中缓缓道：“这位姑娘是……”

柳鹤亭干咳一声，道：“这位姑娘是……”又自干咳一声。

威猛老人哈哈一笑，连声道：“好，好……”

柳鹤亭不禁也为之垂下头去，却有一阵难以描摹的温暖之意，悄悄自心底升起。

虬髯大汉突地也哈哈大笑起来，一手指着柳鹤亭，一手指着陶纯纯，哈哈笑道：“我明白了，我明白了，原来你们是……哈哈！”

一步走到柳鹤亭身侧，重重一拍他的肩膀，接口笑道：“方才我与那位姑娘说话，原来你在吃醋是不是？老弟，老实告诉你，其实我也有……也有……也有……”语声渐渐哽咽，突地双手掩面，大喊道：“蓉儿……蓉儿……”终于放声大哭起来。

柳鹤亭本自被他说得哭笑不得，此刻见了他的神态，又不禁为之黯然。只见他双手掩面，大步奔到方才自荒祠中抬出的尸身之前，“噗”地跪了下去，哀哀痛哭不止。

威猛老人长叹一声，道：“三思，你怎地还是这般冲动，难道你又忘了‘三思而行’这句话么？要哭也不要在此地……”突地背转身去，双肩起伏不止。

柳鹤亭、陶纯纯一起抬起头来，默然对望一眼，晚风甚寒，风声寂寂，大地之间，似乎已全被那虬髯大汉悲哀的哭声布满……

突地，荒祠中传出一阵大笑之声，笑声之中，微带颤抖，既似冷笑，又似干号。虬髯大汉哭声渐微，威猛老人霍然转过身来，祠外人人心房跳动，双目圆睁，祠内笑声愈见高亢，让人听来，却不知是哭是笑。

柳鹤亭剑眉微轩，一步掠上祠前石阶。虬髯大汉大喝一声，跳将起来，飞步跟去。威猛老人低叱一声："且慢！"挥手一圈，数十道孔明灯光，重又一齐亮起，射向荒祠。柳鹤亭暗调真气，横掌当胸，一步一步走了进去，只见祠内低垂着的神幔前面，盘膝坐着一条黑衣人影，断续着发出刺耳的狂笑之声。

灯光连连闪动，祠内更见明亮。威猛老人一步掠入，只见这狂笑之人，遍体黑衣，黑巾蒙面，心头不禁为之一凛，脱口道："乌衣神魔！"

狂笑之声，断续不止。威猛老人双臂一张，拦住柳鹤亭的身形，却听这黑衣人干笑着道："糊涂呀糊涂，'万胜神刀'边傲天呀，你当真糊涂得紧。"语声亦是断断续续含糊不清，生像是口中含了个核桃似的。

威猛老人浓眉剑轩，厉叱道："临沂城中的命案，是否全是朋友你一手所为……"

黑衣人却似根本未曾听见他的言语，自管干笑着大声道："你倾巢而出，来到此间，难道未曾想到你家中还有妇孺老小么？难道你不知'乌衣神魔'一向的行事，难道你不怕杀得你满门鸡犬不留，哈哈……哈哈……哈哈……"

三句"难道"，一句接着一句，三声"哈哈"，一声连着一声，威猛老人边傲天神情突地一呆，额上汗落如雨。

柳鹤亭轻轻推开威猛老人边傲天的臂膀，他也浑如不觉。只听这黑衣人的干笑之声，似乎已变作他老妻弱孙的临死哀哭，一时之间，他心头悲愤之气，不觉翻涌而起，满身血脉偾张，瞠目大喝一声，腾身扑了上去!

那黑衣人虽仍盘坐如故，笑声却已顿住，只剩下喉间一连串咯咯的干响。

边傲天一生闯荡江湖，虽在激怒之下，见到这黑衣人如此镇静，仍不禁出于本能地为之一愣。但是念头在心中只是一闪而过，他身形微顿一下，双掌已自闪电般击出，击向那黑衣人胸前“膺窗”“期门”两处穴道。

他只道这黑衣人身怀绝技，是以这两掌并未出尽全力，却留下一着极厉害的后着。但见他十指似屈似伸，掌心欲吐未吐，正是意在招先，含蓄不攻。哪知黑衣人不等他的双掌击到，突地抬头大呼道：“饶命!”

这一声“饶命”，直喊得柳鹤亭、边傲天俱都为之一呆。在这刹那之间，边傲天心中念头连转数转，终于闷哼一声，硬生生撤回掌上力道，“唰”地后掠五尺。他不愿妄杀无辜，是以收招退式，却又怕这黑衣人行使奸诈，将这一声“饶命”作为缓兵之计，然后再施煞手，是以后退五尺。

只见这黑衣人双手蒙头，浑身颤抖，当真是十分畏惧的模样，他心中不禁既惊且奇，沉声叱道：“朋友究竟是谁?在弄什么玄虚?”

却听黑衣人颤声道：“好汉爷饶命，小的……”突地全身一软，“扑通”自神台上跌了下来，接着“锵啷”一声，神幔后竟落下一柄雪亮钢刀。

柳鹤亭足尖轻点，一掠而前，微一俯身，将钢刀抄在手中。只见神幔后歪倒着一具泥塑神像，墙壁间却有两尺方圆一个破洞，冷风飕飕，自洞外吹入，洞口却交叉架着两枝枯木。

他目光一闪，转首望去，那黑衣人犹自伏在地上，不住颤抖，背后脊椎下数第六骨节内的“灵台穴”上，似有一点血迹，仍在不住渗出。边傲天浓眉微皱，一把将他自地上提起，“唰”地揭去他面上黑巾，厉声喝道：“你是什么人？”哪知这黑衣人颤抖两下，竟吓得晕死过去。

柳鹤亭、边傲天对望一眼，此刻两人心中俱已知道，其中必定别有蹊跷。柳鹤亭手掌动处，连拍他身上七处穴道，这种拍穴手法，乃是内家不传秘技，尤在推宫过穴之上，霎时之间，黑衣人缓缓吐出一口长气，睁开眼来，突又颤声大呼道：“好汉爷饶命，小的什么都不知道。”又挣扎着回过头去，向墙上破洞处看了几眼，目光中满布惊恐之色，生像是那破洞后潜伏着什么鬼魅一般。边傲天手掌一松，他便又“噗”地坐在地上，连声道：“那些话是一些黑衣爷们叫我说的，小的是个庄稼汉，什么都不知道。”

边傲天见他面如死灰，嘴唇发抖，已吓得语不成声，再一把抓起他的手掌，掌心满是厚茧，知道此人的确是个庄稼汉子，所说的话，亦非虚语。当下轻咳一声，和声道：“这到底是怎么回事，你且说来听听，只要与你无关，我们不会难为你的。”

这黑衣人见他语声极是和缓，稍稍放下些心，但目光中却仍有惊恐之色，声音中亦仍带颤抖，断断续续地说道：“小的是个庄稼汉，收过麦子，累了一天，今天晚上吃过晚饭，洗了脚，就和老婆……”

那虬髯大汉在他师父身边，似乎颇为老实，一直没有妄动，此刻忍不住大喝一声，道：“谁要听你这些废话！”

他说起话来声如洪钟，这一声大喝，直吓得那汉子几乎从地上跳了起来，边傲天皱眉道：“三思，让他慢慢说出就是，这般骇他作甚？”

虬髯大汉不敢言语，心中却大为不服，暗道：“他若把和老婆吃饭睡觉的事都说出来，难道我们也有工夫听么？”

那黑衣汉子偷偷瞧了他几眼，见他犹在怒目望向自己，激灵灵打了个冷战，口中赶紧说道：“小的和老……睡得正熟，突然觉得身上盖的被子被人掀了起来，俺大吃一惊，从炕上跳了起来，只看见好几个穿着黑衣裳黑巾蒙面的大爷站在俺炕头。俺老婆张口就想叫，哪知人家手一动，俺老婆就呆住了，动也不能动。”

他心中紧张，语声颤抖，说的又是山东土腔，柳鹤亭若不留意倾听，实难听出他所说的字句。

只听他伸手一抹鼻涕，接口又道：“这一下，俺可急了，张口就骂了出来，哪知还没有骂上一句，嘴上就挨了一个大耳刮子，当中一个人冷笑着对我说：‘你要是再说一句话，我就先割下你耳朵，再挖出你的眼睛。’他说话的声音又冰又冷，简直不像人说的，他话还没有说完，我已骇得软了，再给我五百吊钱，我也不敢开口说一个字了。”

说到这里，喘了两口气，摸了摸自己的耳朵，方自接着说道：“那些穿黑衣裳的大爷……咳咳，那些穿黑衣裳的小子就一下把俺扯了起来，我先还以为他们是强盗，可是俺想，俺又有什么东西给人家抢呢？这班贼小子难道穷疯了么，抢到俺这里来了？哪知他们反倒给俺穿上这套黑衣裳，又教了刚才那套话，把俺送到这里来，叫我假笑，等到有人进来，就将他们教的话一字不漏地说出来。”

他叹了口气又道：“俺记了老半天，才把那些话记住，他们就从那个洞里把俺塞进来，叫俺坐在那里。俺想逃，可是他们把刀抵在俺背后，说动一动，就给俺一刀，刀尖直扎进我肉里。俺又疼又怕，哪里笑得出，可是又非笑不可，不笑扎得更疼，没办法，只好笑啦，直娘贼，那滋味可真不好受。”

柳鹤亭暗道：“难怪方才笑声那般难听，原来如此。”又忖道，“那班‘乌衣神魔’，如此做法，却又为的是什么？”

却听这汉子骂了两句，又道："到了爷们进来，我不敢说那些话，又不敢不说，谁知道那班贼小子也是怯货，看见你们进来，他们就跑了。"

边傲天一直浓眉深皱，凝神倾听，此刻突地沉声问道："那班人是何面容，你可曾看清？"

那汉子道："那班贼小子头上也都蒙着黑巾，像是见不得人似的。"

边傲天皱眉又道："他们说话是何口音？"

那汉子想了半晌，道："他们有的南腔，有的北调，也不知怎么凑合在一起的。"

边傲天目光一转，诧声自语道："这倒怪了！"俯首沉吟半晌，亦在暗问自己："他们如此做法，却又为的什么？"心头突地一凛，"难道他们是想藉此调虎离山？或是想将我们诱到这庙里，然后……"心念及此，忙转身向门外扑去！

柳鹤亭目光转处，只见孔明灯光从门外笔直射入，那班汉子早已拥至祠堂门口，探首向内张望，然而却不见陶纯纯的行踪，心中不禁一惊："她到哪里去了？"一撩衫角，向祠外掠去。

两人同时动念，同时掠向祠外，柳鹤亭却快了半步，"唰"地腾身从门口人群头上掠出，只见星河耿耿，明月在天，乱草荒径，依然如故，然而风吹草动，月映林舞，月下却一无人影。

柳鹤亭心头一阵颤动，忍不住呼道："纯纯，你在哪里？"四下一无回应，但闻虫鸣不已。

他不禁心胆俱寒，拧身错步，"唰"地掠上荒祠屋脊，再次呼道："纯纯，你在哪里？"这一次他以内力呼出，呼声虽不高亢，但一个字一个字地传送出去，直震得林梢木叶簌簌而动。

呼声方落，突地一声娇笑，传自祠后，只听陶纯纯娇笑道："你喊些什么，我不是在这里么？”

柳鹤亭大喜道：“纯纯，你在哪里？”“唰”的一声，笔直掠下，他这一声“你在哪里”字句虽和方才所呼完全相同，但语气却迥然而异。

只见陶纯纯衣袂飘飘，一手抚发鬓，俏立在祠后一株白杨树下。杨花已落，木叶未枯，树叶掩住月色，朦胧之中，望去真如霓裳仙子！

柳鹤亭身形一折，飘飘落在她身侧，默然盯了她两眼，一言不发。

只听陶纯纯轻轻笑道：“你在怪我不该乱跑，是么？”

柳鹤亭道：“你若是替别人想想……”忍不住长叹一声，“你知道我多么担心呀！”

陶纯纯嫣然一笑，仰面道：“你真的在担心我？”

柳鹤亭深深盯住她，良久良久，却不答话。

陶纯纯秋波微转，垂首道：“方才你为什么当着别人面前骂我？”

柳鹤亭长叹一声，缓缓道：“日久天长，慢慢你就会知道我的心了。”

陶纯纯轻轻道：“难道你以为我现在不知道？”突地仰面笑道，“难道你以为我真的因为生你的气才躲到这里来的？”缓缓伸出手掌，指向荒祠殿角，接口又道，“你看，那边殿下堆的是些什么？”

月光之下，她指如春葱，纤细秀美，莹白如玉。柳鹤亭顺着她手指望去，只见荒祠殿角，四周堆着一些物事，远看看不甚清，也不知是些什么。他心中一动，掠前俯首一看，掌心不禁渗出一掌冷汗。

只听陶纯纯在身后说道：“你可知道这是什么？”

柳鹤亭缓缓点了点头，突地转身长叹道：“纯纯，这次若不是你，只怕我们都要丧生在这些硫黄火药之下了！”

只见远处一人大步奔来，口中喝道：“什么硫黄火药？”银髯飘飘，步履矫健，正是那“万胜神刀”边傲天，眨眼之间，便已掠至近前。

柳鹤亭道："那班'乌衣神魔'，好毒辣的手段，将我们诱至祠中，却在祠外布满火药。"

要知火药一物，虽然发明甚久，但俱多用于行军对阵，江湖间甚是少见，边傲天一听"火药"两字，心头不禁为之一凛，只听他微喟一声，接口又道："若不是她，只怕……"忽觉自己"她"之一字用的甚是不妥，倏然住口不言，却见陶纯纯一双明亮的眼波，正自含笑而睇。

愣了半晌，转身向陶纯纯当头一揖。陶纯纯连忙万福还礼，轻笑道："这可算得了什么？老前辈千万不要如此客气，只可惜我赶来时，那班'乌衣神魔'已逃走了，我担心这里，是以也没有追，不然将他们捉上一个，也可以看看这些能使得武林人闻之色变的'乌衣神魔'们，到底是什么样子！"

"万胜神刀"边傲天一揖到地，长身而起，仔细瞧了她几眼，突地长叹一声，道："老夫一生之中，除了这位柳老弟的恩师之外，从未受人恩惠，姑娘今夜的大恩大德，却令老夫没齿难忘，区区一揖，算得了什么？"

他一面说话，一面长吁短叹，心中似是十分忧闷。柳鹤亭道："老前辈可是在为府上担心？此间既已无事，晚辈们可随老前辈一起回去，或许还可助老前辈一臂之力。"

边傲天叹道："此事固然令我担心，却也算不得什么，那班'乌衣神魔'，身手想必也不会有这般迅快，你我只要早些赶回去，谅必无妨。"

陶纯纯含笑道："老前辈有什么心事，不妨说将出来，晚辈们或许能替老前辈分担一二。"

边傲天一手捋须，双眉深皱，又自沉重地叹息一声，道："老夫一生恩怨分明，有仇未报，固是寝食难安，有恩未报，更令我心里难受。”突又向陶纯纯当头一揖，道，“姑娘你若不愿我心里难受，千万请吩咐一事，让老夫能稍尽绵薄之力，不然的话……”连连不住叹息。

陶纯纯忙还礼道：“晚辈们能为老前辈分劳，心里已经高兴得很了，老前辈如此说法，岂非令晚辈们汗颜无地！”

边傲天愣了半晌，长叹几声，垂首不语。柳鹤亭见他神情黯然，两道浓眉，更已皱到一处，心中不禁又是佩服，又是奇怪，佩的是此人恩怨分明，端的是条没奢遮的好汉，奇的是武林中恩怨分明之人固多，但报恩岂在一时，又何须如此急躁？

他却不知道这老人一生快意恩仇，最是将“恩怨”二字看得严重，人若与他有仇，他便是追至天涯海角，也要复仇方快，而且死打缠斗，不胜不休。武林中纵是绝顶高手，也不愿结怨于他，人若于他有恩，他更是坐立不安，恨不能立时将恩报却，江湖中几乎人人俱知“万胜神刀”一句名言，那便是：“复仇易事，报恩却难。宁与我有仇，切莫施恩于我！”他一生也当真是极少受人恩惠。

一时之间，但见他忽而仰首长叹，忽而顿足搔头，忽又叹道：“姑娘若真的不愿让老夫效劳……”

柳鹤亭忍不住接口道：“纯纯，你就求边老前辈一事罢了。”他见这老人此刻毫无去意，想到庄稼汉子代“乌衣神魔”说出的言语，心里反而担心，是以便示意陶纯纯随意说出一事，也便罢了。

陶纯纯秋波一转，道：“那么，恭敬不如从命……”

边傲天大喜道：“姑娘答应了么？快请说出来。”

陶纯纯轻轻瞟了柳鹤亭一眼，突又垂下头去，道：“老前辈叫他说吧。”

边傲天愣了一愣，来回走了几步，顿下身形，思索半晌，突地抚掌大笑道：“我知道了，我知道了，总算老夫几十年还未白活，姑娘们的哑谜，也猜得中了！”大步走到柳鹤亭身前，大声道，“这位姑娘，你可喜欢么？”

柳鹤亭不禁一愕，讷讷说不出话来，却听边傲天又自笑道：“我知道你是喜欢她的，只可惜既无父母之命，又无媒妁之言，是以虽是两情相悦，却不能结为连理，是么？”

柳鹤亭、陶纯纯一起垂下头去，这莽撞老人的一番言语，却恰好误打误撞地说到他们心里。

边傲天自左至右，自右至左，仔细瞧了他们几眼，大笑又道：“那么就让老夫来做媒人好了。”

柳鹤亭心里一急，讷讷道：“但是……”

边傲天扬眉道：“但是什么，这位姑娘慧质兰心，美如天仙，难道还配不上你？难道你还有些不愿意么？”

柳鹤亭心里着急，讷讷又道：“不是……”

边傲天哈哈大笑道：“不是便好，一言为定，一切事都包在老夫身上，包管将这次喜事做得风风光光地，你们放心好了。”不等他两人再开口，转身飞步而去，只剩下柳鹤亭、陶纯纯你垂着头，我垂着头。突地两人一起抬起头来，你望着我，我望着你。

两人眼波相接，心意暗流，只觉今夜的秋风，分外温暖，今夜的秋月，分外明亮，直到那“万胜神刀”远远喝道：“柳老弟，该走了。”他一连喝了三声，柳鹤亭方自听见。

朝霞早升！

临沂城外的大道上，一行数十人，跟着一辆篷车，沿路而行。这其中有的银须银发，有的满面沉思，有的风姿朗爽，有的貌如春花，神情亦忧亦喜，有忧有喜，脚步似缓而急，似急而缓，装束非侠非盗，非官非商，语声时叹时笑，时高时低。早行的路人虽都侧目而视，却无一人敢报以轻蔑怀疑之色，因为人人俱都认得，为首的那一老人，便是城中大豪——“万胜神刀”边傲天。

柳鹤亭、陶纯纯一左一右，将边傲天夹在中间，并肩而行，这两人谁都不敢抬起头来，但偶一抬起，却都会发现对方的目光也正在望着自己。边傲天脚下不停，一捋长髯笑道：“数十年来，今日老夫当真是最最开心的日子。”忽地又不禁皱眉道，“那班‘乌衣神魔’手脚想必不会这般迅快，你我如今赶回，一定不会出事的。”

柳鹤亭、陶纯纯对望一眼，又自垂下头去，心里各各知道，这老人口中虽如此说，心里其实担心已极。

但此刻天色既明，路上又有了行人，他们势必不能施展轻功，那虬髯大汉跟在身后，忍不住道：“师父，我先跑回去看看……”

边傲天回首道：“你先回去，又有何用！”又道，“你我如今赶回，一定不会出事的。”又不住皱眉，又不住干咳，又不住叹息，却又不住大声笑道，“老夫今日，当真是开心已极！”

一入临沂城，向左一折，便是一条青石大街，街头是个小小的市集，但愈行人迹愈少，这一行人的脚步也就愈急。柳鹤亭初至此间，心中自不免有一分陌生的旅客踏上陌生的地方那种不可避免的新奇之感，只见街右街左鳞次栉比的屋宇，青瓦红墙，都建筑得十分朴实，来往的行人，也多是风尘仆仆的彪形大汉，与江南的绮丽风光，自是大异其趣。

渐至街底，忽见两座青石狮子，东西对蹲在一面紧闭着的黑漆大门之前，青兽铜环，被朝阳一照，闪闪生光。边傲天目光动处，浓眉立皱，“唰”地一步掠上前去，口中喃喃自语着道：“怎地还未起来！”伸出巨掌，连连拍门，只听一阵铜环相击之声，震耳而起，但门内却寂无回应。

柳鹤亭心头一凛，道：“那班‘乌衣神魔’已先我们而至？”

边傲天浓眉皱得更紧，面目之上，似已现出青色，忽地大喝：“开门！”

这一声巨喝，直比方才铜环相击之声，还要猛烈多倍。

但门内却仍是寂无应声，虬髯大汉双足一顿，喝然一声，掠入墙内，接着大门立开，边傲天抢步而入。只见一条青石甬道，直通一扇垂花廊门，入门便是两道回廊，正中方是穿堂，一面紫檀木架的青石屏风，当门而立。

边傲天一步掠入厅门，目光动处，不禁又大喝一声。

柳鹤亭随之望去，只见那青石屏风之上，竟赫然写着两行触目惊心的大字："若非教主传谕，此宅已成火窟！"字迹朱红，似是鲜血，又似朱砂，边傲天须发皆张，扬手一掌，向前劈去。

只听哗然一声大震，青石屏风片片碎落，露出里面的三间正厅……

在这刹那之间，柳鹤亭凝目望去，只见这三间厅房之中，数十张紫檀木椅之上，竟都坐着一人，有的是白发皓首的老妇，有的是青衣垂髫的少女，此刻俱都僵坐不动，一个个神情木然，有如泥塑。

日光虽盛，柳鹤亭一眼望去，仍不禁激灵灵打了个寒战，只觉一阵阴森恐怖之意，倏然自心底升起。

边傲天双目皆赤，大喝一声："芸娘，你怎地了？"但满厅之人，却俱都有如未闻。

边傲天三脚两步，向居中而坐的一个华服老妇面前扑了过去，这名满武林的高手，此刻身形动作，竟似已变得十分呆笨，这突来的刺激，刺伤了他遍身上下的每一处肌肉，每一根神经。柳鹤亭随后掠到，目光动处，突地长长吐出一口气，含笑说道："幸好……"

语声未了，突地一阵激烈的掌风，自身后袭来。柳鹤亭微微一惊，拧腰错步，避了开去，只见那虬髯大汉势如疯狂一般，刹那之间，便又向自己击出数拳，拳风虎虎，招招俱足致命。

柳鹤亭心中又惊又奇，身如游龙，连避五招，口中诧声叱道："兄台这是怎地了？”

虬髯大汉目眦尽裂，厉声叱道：“好你个小子，非打死你不可！”“呼呼”又是数拳，他招式虽不甚奇，但拳势极是刚猛，掌影之中，突又飞起一脚，踢向柳鹤亭“开元”穴下。

这“开元”穴在脐下三寸，为小腹之幕，乃是人身死穴之一，用足点重者，五日必死。

柳鹤亭剑眉微皱，不禁动怒，却听这大汉又道：“我师父一家满门都被人害了，你这小子还说幸好，非打死你不可！”

柳鹤亭不禁恍然大悟：“原来如此！”只见他当胸一拳，猛然打来，口中便含笑道，“兄台又误会了！”微一侧身，向击来的拳头迎了上去。“噗”的一声轻响，虬髯大汉这一招“黑虎偷心”，虽已着着实实击在柳鹤亭右肩之上，可是他拳上那足以毙狮伏虎的力道，却似一分一毫也未用上。

虬髯大汉微微一愣，看见对方犹在含笑望着自己，心中不禁一寒，大生惊服之意，发出的拳势竟未收将回来。

柳鹤亭微微一笑，道：“令师家人不过仅是被人点中穴道而已，绝不妨事，是以……”

虬髯大汉喝道：“真的么？”

柳鹤亭笑道：“在下自无欺瞒兄台之理。”转身行至那犹自伏在椅边痛哭的边傲天身侧，伸手轻轻一拍他肩头，和声道，“边老前辈……”话犹未说，那虬髯大汉却已大喝着代他说了出来：“师父，他们没有死，他们不过是被人点中了穴道而已。”

柳鹤亭心中既是好笑，又是感叹，暗中忖道：“这师徒两人，当真俱都鲁莽得紧，这虬髯大汉犹有可说，边老前辈一生闯荡江湖，未将事态分清，却已如此痛哭起来。”转念又忖道：“人道莽夫每多血性，此言绝非虚语，这师徒两人，当笑则笑，当哭则哭，端的俱是血性中人，犹自未失天真，虽然鲁莽，却鲁莽得极为可爱。武林中人若都能有如这师徒一般，尚存一点未泯的童心，岂非大是佳事？”

抬目望去，只见边傲天泪痕未干的面上，已自绽开一丝微笑。

垂髫幼童，破涕为笑时，其状已甚是可笑，这边傲天年已古稀，满头白发，满面皱纹，生像又极威猛，此刻竟亦如此。柳鹤亭见了，不觉哑然，微一侧首，忽见一双目光，直勾勾地望着自己，却是他身侧一张紫檀木椅上，被人点中穴道的一个垂髫幼女，满面俱是惊怖之色，竟连眼珠都不会动弹一下。

柳鹤亭心中不禁一动，忖道：“普天之下点穴手法，大多俱是制人血脉，使人身不能动，口不能言，但这少女却连眼珠俱都一起被人制住，此类手法除了昆仑的独门点穴之外，似乎没有别派的能够……”转念又忖道，“但昆仑一派，一向门规森严，从无败类，这班‘乌衣神魔’，怎地会投到昆仑门下呢？”

一念至此，他心中不禁大奇，仔细端详了半晌，他性情虽潇洒，行事却不逾规矩，这女孩年纪小，他却也不便出手为她解穴。陶纯纯斜倚门边，此刻一掠而前，玉手轻抬，在这女孩前胸、后背七处大穴之上，连拍七掌。柳鹤亭心中既是感激，又是得意，他心中所思之事，不必说出，陶纯纯却已替他做到。

这垂髫少女长叹一声，醒了过来，目光一转，“哇”的一声，大哭起来，哭喊着跑了过去，一头倒入那虬髯大汉的怀里。

虬髯大汉轻轻抚着她头发，柔声道：“沅儿，莫怕，大哥在这里！”他生像虽极吓人，但此刻神情言语，却是温柔已极，那女孩抬起头来，抽泣着道：“大哥……我……我姐姐回来了没有？”

虬髯大汉呆了一呆，突地强笑道：“蓉姐姐到你姑妈那里去了，要好几个月才会回来哩。”他嘴角虽有笑容，但目光中泪珠闪动，胸膛更是起伏不定，显见得心中哀痛已极。似他这般性情激烈之人，此刻竟能强忍着心中的悲痛，说些假话来免得这女孩伤心，这当真比让他做任何事都要困难十倍。

柳鹤亭心头一阵黯然，回转头去，不忍再看。只见陶纯纯已为第二个少女解开了穴道，拍的却是这少女双肩上的左右“肩井”两穴，以及耳下“藏血”大穴。柳鹤亭双眉一皱，奇道：“纯纯，你用‘双凤手’和‘龙抬头’的手法为她解穴，难道她中的是‘峨嵋派’圣因师太的不传秘技拂穴手法么？”

陶纯纯回首一笑，道：“你倒渊博得很！”

柳鹤亭心中大感奇异：“怎地峨嵋弟子也做了‘乌衣神魔’？”走到另一个青衣丫环身侧，俯身微一查看，双眉皱得更紧，道：“纯纯，你来看看，这少女是否被‘崆峒’点穴手法所制？”

陶纯纯轻伸玉手，在青衣丫环鼻下“人中”、脑后“玉枕”、左右“太阳穴”各各捏了一下，等到这丫环跑了开去，方自低语道：“不错，正是崆峒手法。”柳鹤亭呆了一呆，快步走到那边一排数个皂衣家丁之前，为他们解开了穴道，只见这些家丁有的是被普通武林常见的手法所点，有的却是某一门户的独门点穴。

回首望去，只见边傲天独自在为那华服老妇推血过宫，那老妇口中不住呻吟，穴道却仍未完全解开。要知道“解穴”本比“点穴”困难，要能解开别派独门手法，更是十分困难之事，柳鹤亭的授业恩师昔年遍游天下，武林中各门各派的武功均有涉猎，是以柳鹤亭此刻才能认出这些手法的来历，才能并不十分费事地为他们解开穴道。

纵是如此，过了数盏热茶时分，柳鹤亭、陶纯纯才将厅中数十人穴道一一解开，方自松了口气，却听边傲天突地又是一声大喝：“芸娘，你怎地了？”

柳鹤亭、陶纯纯不约而同，一齐掠到他的身侧，只见那华服老妇不但穴道未被解开，而且此刻双目又自紧闭起来！

柳鹤亭双眉一皱，道："纯纯……"

陶纯纯点头会意，将边傲天拦到一边，提起这老妇左手食、中两指瞧了半晌，又顺着她太阴太阳经、肝胆脉上一路推拿下去，然后在她左右两胁，梢骨下一分、气血相交之处的"血囊"上轻拍一下。

只见这老妇眼皮翻动一下，轻轻吐了口气，眼帘竟又垂落。

柳鹤亭面容一变，耸然道："纯纯，这可是'天山撞穴'？"

陶纯纯幽幽一叹，垂首道："天山撞穴的手法，中原武林中已有十余年未见，我也不知解法。"

边傲天一直凝注着她的一双手掌，此刻双目一张，颤声道："怎么办？"语声一顿，突又大喝，"怎么办？"

陶纯纯默然不语，柳鹤亭缓缓道："老前辈请恕晚辈放肆……"突地疾伸双掌，提起这老妇左右两掌的两根中指，手腕一抖，只听"咯……"地一阵轻响，柳鹤亭双掌又已闪电般在她耳尖上三分处的"龙跃窍"连拍十二掌，双手突地挽成剑诀，以掌心向下的阴手，双取她腮上牙关紧闭结合之处"颊车"大穴，轻轻一点，立即掌心向上，翻成阳手，一阴一阳，交互变换，连续轻点。

边傲天目定口张，如痴如呆地随着他双掌望去，喉间不住上下颤动，只见他手掌翻到第二次，那老妇眼帘一张，又自吐出一口长气。边傲天心神紧张，此刻情不自禁，"呀"地唤出声来。

只见柳鹤亭面色凝重，额上已现汗珠，苍白的脸色，变成血红，突又伸手疾地点了她肩头"缺盆""俞府"，尾骨"阳关""命门"四处大穴，然后长叹一声，回手一抹自己额上汗珠。

边傲天目光一定，手指却仍在不住颤动，嘴唇动了两动，方自吐出声来，颤声问道："不妨事了么？"

柳鹤亭微微一笑，缓缓道："幸好此人撞穴手法并不甚高，又是正宗心法，否则小可亦是无能为力。此刻让她静歇一下，然后再用丹皮、红花各一钱，加醋用文火煎，冲夺命丹三服，每日一服，谅必就不妨事了。”语声一顿，又道，“这夺命丹乃是武林常见的丹方，老前辈想必是知道的了。”

边傲天呆了一呆，讷讷道：“武林常见？老夫却不知道。”

柳鹤亭沉吟半晌，缓缓道：“精制地鳖五钱、自然铜二钱，煅之；乳香、没药一钱五分，去油；透明血竭二钱五分、古钱一钱五分，醋炙七次；红花二钱、碎补二钱，去毛童便炙；炒麻皮根二钱、归尾二钱，酒浸；蜜糖二两。共研细末，火酒送下。”

陶纯纯轻轻一笑，道：“你这样说，人家记得住么？”

柳鹤亭歉然一笑，道：“若有纸笔……”语声未了，那虬髯大汉突地朗声念道：“精制地鳖五钱，自然铜……”竟一字不漏地将“夺命丹方”全都背了出来。柳鹤亭不禁大奇，他再也想不到这鲁莽粗豪的汉子，竟有如此惊人的记忆力，不禁脱口赞道：“兄台的记忆力，当真惊人得很。”

虬髯大汉扬眉一笑，道：“这算不了什么。”口中虽如此说，却掩不住心中得意之情。要知大凡聪明绝顶之人，心中杂念必多，记忆之力，便不见会十分高明。直心之人心无旁骛，若要专心记住一事，反而往往会超人一等，这道理虽不能一概而论，却也十之不离八九。

边傲天此刻心怀大放，浓眉舒展，但却又不禁轻喟叹道：“柳老弟，老夫可……唉！又蒙你一次大恩了。”

柳鹤亭微微笑道：“这又算得了什么？”

虬髯大汉哈哈笑道：“他口中虽这么说，心里其实是得意得很。”

边傲天瞠目叱道：“你又在胡说，你怎地知道？”

虬髯大汉愕了一愕，讷讷道：“方才我在说这句话的时候，心里得意得很，是以我猜这位老弟大约也和我一样。”

柳鹤亭不禁哑然失笑。

陶纯纯娇笑着道："他人有心，予忖度之。这位兄台善于忖度他人之意，当真是……"

忽地见到柳鹤亭半带责备的目光，倏然住口不语。

虬髯大汉浓眉一扬，道："姑娘方才替我看的相，是否真的准确？"

陶纯纯眼波暗流，偷偷望了柳鹤亭一眼，却听虬髯大汉接口叹道："我一直在担心，只怕聪明人不得长寿……"话未说完，陶纯纯已忍不住扑哧一笑。方才这大厅中的阴森恐怖之意，此刻俱已化作一片笑声，只有那垂髫女孩，呆呆地望着他们，既不知他们笑的什么，也不知自己心里为何忧郁。

她只知道昨日她的姊姊随着大家一起走了，说是去捉拿强盗，但至今还没有回来，梅大哥虽然说姊姊到姑妈那里了，她却总有些不大相信，她幼小的心灵中，暗暗地问着自己："梅大哥对我说的话，一直都没有一句假的，为什么这一次我会不相信他呢？"她也不知道该怎样回答自己。

她想找她的梅三哥问问，可是梅三哥、梅四哥却都不在这里，她想了许久，终于悄悄走到她边大伯身侧，悄悄拉了他的衣角，轻轻问道："大伯，我大姊到哪里去了，你知不知道？"

边傲天怔了一怔，心中突地一阵创痛，强笑着轻声道："你大姊马上就会回来的，她到……她到……咳咳，她说到泰安去替你买包瓜去了。"

女孩子眼睛眨了一眨，轻轻道："梅大哥说她到大姑姑那里去了，大伯又说她到……"话未说完，泪珠簌簌而落，终于"哇"的一声，大哭起来，哭道，"我不要吃包瓜，我要姊姊……"转身向厅外奔了出去。

边傲天、柳鹤亭、陶纯纯，以及虬髯大汉梅三思，望着她的背影，再也笑不出来。

边傲天怔了许久，轻咳一声，道："三思，你去看看，沅儿她怎地了。"

梅三思木然而立，目光痴呆，却似根本没有听到他的话似的。

陶纯纯柳眉轻颦，附在柳鹤亭耳畔，轻轻说道："方才那小女孩的姐姐，可是在那荒祠中被害死的女子？"

柳鹤亭沉重地点了点头，道："大约如此。"

陶纯纯幽幽一叹，道："她真是可怜得很……我现在忽然发觉，活着的人，有时比死了的人还要可怜许多哩！"

柳鹤亭又自沉重地点了点头，心中仔细咀嚼着"活着的人，有时比死了的人还要可怜许多"这两句话，眼中望着这虬髯大汉痴呆凄凉的情况，只觉悲从中来，不能自已。

他知道这大汉梅三思与那死了的少女生前必是情侣，他也能体会到这大汉此刻心中的悲痛，因为他虽未遭受过别离的痛苦，却正享受着相聚的甜蜜，甜蜜既是这般浓烈，痛苦也必定十分深邃。

他黯然垂首，暗问自己："若是纯纯死了，我……"一阵热血，自心底冲激而起，倏然回过头去，凝注着陶纯纯的秋波，再也不愿移开半分。

边傲天倒退三步，倏地坐到椅上，沉重地长叹一声，喃喃道："蓉儿真是命苦……唉，红颜薄命，当真是红颜薄命！"突地瞧了陶纯纯一眼，瞬又垂下目光，只听梅三思突地大喝："蓉儿！蓉儿……"转身飞奔而出，悲哀凄凉的喊声，一声连接着一声，自厅外传来，一声比一声更远。边傲天低眉垂目，左掌紧握着颔下银须，似乎要将之根根拔落，不住长叹道："三思也可怜得紧，蓉儿方自答应了他，却想不到……唉！我若早知如此，先给他们成婚，也不至让三思终生遗憾，唉……天命！天命如此，我……我……"突又抬起头来，瞧了相对凝视着的柳鹤亭与陶纯纯一眼，目中突地闪过一丝明亮的光彩。

一阵烟尘扬起，远处奔来三匹枣红健马，这三匹马并辔而来，扬蹄举步，俱都浑如一辙。马上的骑士纵骑扬鞭，意气甚豪，望来一如方奏凯歌归来的百战名将。

当中一骑，白衫白巾白履，一身白色劲装的少年，顾盼之间，神采飞扬，侧首朗声笑道："大哥，你虽然急着回家探视娇妻爱子，但临沂城边老爷子那里，却也只怕不得不先跑上一趟吧？"

左侧的黄衣大汉含笑答道："这个自然，想不到你我兄弟这趟栖霞之行，为时方自不到半月，江湖中却已生出许多事，最奇怪的是那'浓林密屋'中，竟然并无人迹，若不是诸城的王三弟言之凿凿，倒真教我难以相信！"

白衫少年朗笑道："此事既已成过去，倒不知那位'入云龙'金四爷怎样了，早知那密屋中并无人踪，'石观音'不知去向，你我就陪他去走上一遭又有何妨！那样一来，'荆楚三鞭'四字，只怕在武林中叫得更响了。"此人正是"银鞭"白振。

"金鞭"屠良应声笑道："天下事的确非人所能预测，我本以为'栖霞三鞭'十分难斗，哪知却是那样的角色。二弟，不是大哥当面夸你，近来你的武功确实又精进了许多，那一招'天风狂飙'，眼力、腕力、时间、部位，拿捏得确是妙到毫巅，就算恩师他老人家壮年时，施出这一招来，只怕也不过如此，大哥我更是万万不及的了。"

"银鞭"白振鞭丝一扬，大笑不语。

"金鞭"屠良又道："边万胜一向眼高于顶，这次竟会为了两个名不见经传的少年男女，如此劳师动众地筹办婚事，也是大大出乎我意料的事。"

"银鞭"白振扬眉笑道："那两个少年男女，想必是武功还不错……三弟，你可记得他叫作什么？"

"荆楚三鞭"中的三侠"狂鞭"费真，面色蜡黄，不轻言笑，身形笔直地坐在马鞍上，双眉一直似皱非皱，闻言答道："柳鹤亭。"

"银鞭"白振朗声笑道："是了，柳鹤亭。"鞭丝再次一扬，"唰"地落下，"'柳鹤亭'这三字今日虽然籍籍无名，来日或会声震江湖亦未可知，大哥，你说是吗？"

"金鞭"屠良含笑道："武林中的人事变迁，正如长江之浪，本是以新易旧，但据我看来，江湖后起一辈的高手之中，若要找一个像二弟、三弟你们这样的人物，只怕也非常困难吧。"双眉轩处，长笑不止。

"狂鞭"费真突地冷冷接口道："只怕未必吧。"

屠良为之一愕，白振哈哈笑道："三弟，你休得长了他人志气，灭了自己威风。你我兄弟闯荡江湖以来，几曾遇过敌手？"

费真冷冷道："你我未遇敌手，只是因为遇着的没有高手而已。"

屠良、白振笑声齐地一顿，无可奈何地对望一眼，似乎颇不以此话为然。

费真又道："不说别的，你我若是遇见王老三口中所说的那白衣人，只怕就未必能讨得了好去。"

"银鞭"白振剑眉微剔，道："那日我在迎风宴上打了五次通关，喝得已有些醉了，王老三后来说的话，我也未曾听清，那白衣铜面人究竟是怎么回事，你且说来听听。"

"狂鞭"费真道："你请大哥说吧。"

"金鞭"屠良缓缓道："济南府'双枪镖局'里的'烈马金枪'董二爷，和'快枪'张七，保了一趟红货，自济南直到镇江，这趟红货竟使得'济南双枪'一齐出马，不问可知，自是贵重已极。哪知方到宿迁，便在阴沟里翻了船了。"

"银鞭"白振皱眉问道："'快枪'张七也还罢了，'烈马金枪'董正人一生谨慎，走镖大河东西、长江南北已有数十年，难道还会出什么差错不成？”

“金鞭”屠良微喟一声，道：“不但出了差错，而且差错极大，你可记得你我上次在宿迁城投宿的那家‘广仁’客栈？”

白振略一沉吟，道：“可是有个酒糟鼻子，说话不清的掌柜那家？”

屠良道：“不错。”

白振奇道：“那家客栈看来甚是本分，难道也会出错么？”

“金鞭”屠良微微一笑，道：“张七、董二那等精明的角色，若不是看准那家客栈老实本分，怎会投宿其中？而且‘烈马金枪’董正人律人律己，都极精严，押镖途中，自上而下，手不能碰赌具，口不能沾滴酒，按说绝无出错之可能，哪知到了夜半……”

他语声微顿，白振追问：“到了夜半怎样？”

屠良道：“到了夜半，董正人醒来之时，竟发觉自己押镖的一行人众，连镖师带趟子手共计一十七人，竟都被人以油浸粗索，缚在房中。四个蒙面大汉正在房中翻箱倒箧，搜寻那批红货，想是因为手忙脚乱，董正人收藏得又极是严密，是以未曾搜到。”

“银鞭”白振嘿嘿一笑，道：“‘烈马金枪’居然会被人下了蒙汗药，这倒的确是件奇事。”

“狂鞭”费真冷冷道：“终日打雁的人，迟早一日，总要被雁啄了眼睛，刚者易折，溺者善泳，这正是天经地义之事，有何奇怪？”

屠良只作未闻，接口道：“其中有个汉子，见到董正人醒来，便走来喝问。董正人怎肯说出？那大汉恐吓了几句，便举起蒲扇般的手掌，劈面向董正人拍下。‘烈马金枪’称雄一世，此番若被人打了个耳光，纵是不死，此后又将怎地做人，不禁长叹一声，方待阖上眼帘，准备事后一死了之。”

第八章

吉日良辰

白振干咳一声，道：“留得青山在，不怕没柴烧，董二爷想得也未免太迂了。”语声方顿，突又接口道，“不过，除此之外，又有何办法呢？”虽是如此说话，语声中却无半分同情之意，仿佛只要这一掌不是打在自己脸上，便与自己无关一样。

“金鞭”屠良道：“烈马金枪那时正是龙困浅滩，虎落平阳，毫无办法。哪知就在他眼帘将阖未阖时，房中突地多了一条白衣人影，以董金枪那等眼力，竟未看出此人是何时而来，自何处而来的。”

白振冷笑一声，道：“董金枪那时有没有看见，王老三却又怎会知道？看来他只怕也有些故意言过其实吧！”

“金鞭”屠良微微一笑，接道：“王老三也不是巧言令色之辈，想来也不会假吧！”

白振“嘿”地冷笑一声，意下甚是不服，屠良继道：“黑夜之中，房中一盏油灯，灯油将枯，火花甚是黝黯，只见那白衣人长衫飘飘，洁白如雪，神态极为潇洒，面上却戴着一具狰狞丑怪的青铜面具，望之真如鬼魅。那大汉见到地上的人影，手掌不禁一顿，倏然转过身去，大喝一声，方待拔刀，哪知刀未曾出鞘，只听一声龙吟，一声冷笑，接着一阵剑光闪动，四声惨呼。董正人只觉眼前一花，那四个蒙面大汉已俱都尸横就地，周身一无伤痕，只有一道致命剑创，自额角劈到颔下，四人竟是一模一样。”

“银鞭”白振心高气傲，听得别人夸奖那白衣人的武功，心下便大为不服，但屠良说到这里，他却也不禁为之悚然动容。

“金鞭”屠良语声稍歇，又自接道：“董正人那时心中，正是惊喜交集，惊的是这白衣人武功之高，行踪之诡，手段之辣，喜的自是自己一筹莫展之际，竟会突地来了救星。只见这白衣人剑尖垂地，一步一步向自己走了过来，他自然连忙开口称谢，哪知这白衣人却冷冷说道，‘你莫谢我，我杀此四人，只是为了他们行为卑劣，与你无关。他四人若不施用蒙汗药，便是将你们十七人一起杀了，我也不会伸手来管。’语声冰冰冷冷，只听得董正人自心底冒出一股冷气，半晌说不出话来。”

白振剑眉微轩，似是想说什么，“金鞭”屠良却已接口道：“这些话都是‘烈马金枪’事后自己说出来的。”

白振冷笑道：“真的么？”

屠良接着说道：“只听那白衣人又道，‘但是你们这班人既要替人保镖，却又如此大意，亦是该死已极。’听到‘该死’两字，董金枪不禁激灵灵打了个寒噤，只见那白衣人缓缓伸出左掌，向他胸前伸了过来，将他身子一翻，从他身后的床底下，将那箱红货拿了出来。”

本自奔行甚急的健马，已不知不觉地放缓了下来，“金鞭”屠良语声微顿，又道：“董金枪一生闯荡江湖，深知人性弱点，人们凡是搜寻一物，必是自最隐秘难寻之处入手，愈是显目之处，愈是不加注意。方才那四个蒙面大汉，遍寻不得，他心中方自以为得计，哪知这白衣人却宛如目见一般，轻轻一伸手，便将红货取出。董金枪又惊又怕，方自轻呼一声，那白衣人冷冷道，‘你舍不得么？’突地一道剑光，‘唰’地向他削来，董金枪既不能避，又不能挡，只见这一道剑光快如闪电，他又只得瞑目受死。”

白振“嘿”的一声冷笑，道：“手持利剑，却来对待一个不能反抗的人，也算不得什么好汉。”

屠良不答，却又接道：“只听‘嗖’的一缕锐风，自他身侧划过，那白衣人又自冷笑道，‘死罪可免，活罪难逃。’说到最后一字，似乎已远在数十丈外，董金枪才敢睁开眼来，却见自己仍是好生生的，只是身上所捆的粗索，被那白衣人长剑轻轻一挥，竟已断成十数段了！”

“银鞭”白振剑眉微剔，沉声问道：“十数段？”

屠良颔首不语，一时之间，但闻马蹄“嘚嘚”，直到健马又自缓缓驰出十数丈外，“银鞭”白振方自微喟一声，自语着道：“这是什么剑法？”

“狂鞭”费真冷冷道：“这是什么剑法，姑且不去说它，但此人行事之奇，武功之高，我却是佩服得紧。”眼角横瞟白振一眼，哪知白振只管俯首沉思，竟未答话，又是一阵沉寂。

白振突地抬头道：“白衣人能在刹那之间，将四人一齐伤在剑下，武功也算不错的了！”

费真道：“自然！”

白振轩眉朗声道：“但这四人是谁？武功如何？他们若只是四个只会使用蒙汗药的下五门小贼，哼哼！那也不算什么。”

费真冷笑一声，道：“若是江湖常见的普通蒙汗药物，那‘烈马金枪’又怎会着了他们的道儿？”

白振亦自冷笑一声，道：“不是普通蒙汗药物，难道是‘女娲五色天石散’不成？”

“狂鞭”费真面容一片冰冷，目光直注前方，冷冷道：“正是！”

“银鞭”白振心头一跳，失声道：“那四条大汉难道是‘诸神山庄’的门下？”

费真道：“不错。”

白振呆呆地怔了半晌，却听“金鞭”屠良接口道：“那‘烈马金枪’将自己一行人的捆索解开之后，用尽千方百计，竟仍然无法将他们救醒，他又急又怒，再转身在那四条大汉尸身之上去搜寻解药，这才发现他们四人身上，竟都藏有‘诸神山庄’的腰牌。此刻他遭此巨变，已变得心灰意冷，也不想去寻找那‘诸神山庄’理论，等到天明，那些镖师一起醒转，他便回到济南，折变家财，赔了客人的红货。幸好他一生谨慎，绝不浪费，这些年来，生意又做得十分兴隆，是以还有些许剩余，他便悄然洗手，准备安安分分地度此残生，再也不想在刀口下讨生活了。”

他一面说话，一面叹息，亦不知是为了对“烈马金枪”的同情，抑或是为了对自己的感慨。要知这班武林豪士，终日驰马江湖，快意恩仇，在别人眼中看来，虽是十分羡慕，但在他们自己心中，却又何尝不羡慕别人的安适家居？只是此身一入江湖，便已再难脱身，纵有些人厌倦了江湖生涯，洗手归隐，但他们恩怨未了，归隐亦是枉然。有恩的人，千方百计寻他报恩，有仇的人，千方百计寻他复仇，甚至到他身死之后，恩仇还不能休止。

这些武林豪士的甘苦，当真是“如人饮水，冷暖自知”，又岂是别人所能了解？

此刻“金鞭”屠良正是这种心境，但等到头脑不复冷静，胸中热血上涌之时，他便又会将此种感慨忘怀。

临沂城中，边府门前，车水马龙，冠盖云集，大江南北，黄河两岸，来自南七北六十三省成名立万的英雄豪客，不但早已将边府以内的正厅、偏厅，甚至花厅一齐坐满，就连厅前的回廊、庭院，亦都摆满酒筵，但见宅内宅外，悬红挂绿，张灯结彩，喜气洋溢。薄暮时分，数十串百子南鞭，一起点燃，更使这平日颇为清冷的大街，平添了不知几许繁华之意。

鞭竹之声响过，华灯如海，霎时齐明，“万胜神刀”边傲天华服高冠，端坐堂前，不时发出洪亮豪迈的朗笑之声，竟似比自己嫁女儿娶媳妇还要高兴三分。此刻交拜天地已过，新娘已入洞房，新郎柳鹤亭满身吉服，满面春风，满口诺诺，周旋在这些虽是专程而来为他道喜，但却俱都与他素不相识的宾客之间。那“妙语如珠”的梅三思，在旁为他一一引见，自然不时引起阵阵哄堂大笑。

“荆楚三鞭”兄弟三人，一齐坐在正厅东首的一席上，“银鞭”白振又已有了几分酒意，只是在这满堂武林成名豪客之间，举止仍不敢十分失态。

华堂明烛，酒筵半酣，柳鹤亭转回堂前正席，边傲天一手捋须，一手持杯，面向柳鹤亭朗声大笑道：“柳贤侄，你喜期良辰，老夫但有两句吉言相赠。”

梅三思哈哈笑道：“师父这两句话，不说我也知道。”

边傲天含笑道：“你且说来听听。”

梅三思目光得意地四顾一眼，大笑朗声道：“少打老婆，多生贵子。”

这八个字一说出来，当真是说得声震屋瓦，满堂贺客，再次哄堂大笑起来。

边傲天沉声叱道：“这是什么话！”自己却也忍俊不禁，失声而笑。

于是华堂明烛，人影幢幢之间，便洋溢起一片欢乐的笑声。柳鹤亭垂首而立，亦不知该笑抑或是不该笑。

哪知刹那之间，欢乐的笑声竟然渐沉、渐消、渐寂，四下一片静寂中，忽然回廊内，缓缓走进一个人来，缓缓走入正厅。“银鞭”白振举起酒杯，“嘿嘿”强笑两声，但一接触到此人两道冰冷森寒的目光，却再也笑不出来。

辉煌的灯光下，只见此人身量颀长，步履坚定，一身长衫，洁白如雪，面上却戴着一具狮鼻獠牙、狰狞丑恶的青铜假面。

一片静寂之中，他一步一步，缓缓走入正厅，冰冷的目光，闪电般四下扫动，似乎要看穿每一个人心中所想的事。

满堂群豪，虽然大多是初次见到此人之面，但有关此人的种种传说事迹，近日却早已传遍武林。此刻人人心中不禁俱都为之惴惴不安，不知他今日来到此间，究竟是何来意？有何打算？

“万胜神刀”边傲天突地朗声大笑起来，这笑声立时便有如利剪断布，快刀斩麻，将四下难堪的寂静，一齐划破。只听边傲天朗声笑道：“又有嘉客光临，更教蓬荜生辉。”离座而出，大步向这雪衣铜面人迎去！

哪知这雪衣人目光冰凉，缓缓而行，竟似根本没有听到他的笑语，也根本没有向他望一眼。

柳鹤亭剑眉微剔，足跟半旋，轻轻一个箭步，身形有如行云流水般抢在边傲天之前，缓步而行，目光抬处，只见雪衣人两道冰冷的目光，也正在瞬也不瞬地望着自己。

两人目光相对凝视，彼此的身形，却愈走愈近。边傲天笑声愈来愈低，终于连声音都笑不出来，只剩下面上一丝僵硬的笑容。

只见雪衣人脚步突地一顿，左手拿起桌上酒壶，右手拿起壶边酒盏，自斟自饮，仰首连干三杯，然后放下杯盏，缓缓道：“恭喜恭喜……”

这四字说得和缓低沉，与他平日说话的声音语气，俱都大不相同。柳鹤亭亦自料想不到他会说出这种话来，不禁为之一愕，他身后的边傲天忽又朗声说道：“阁下远道而来，快请坐下喝上三杯——”

雪衣人冷哼一声，掉首而行，将边傲天僵在那里，作声不得。柳鹤亭目光闪动，方待出言，哪知厅角突地又传来一阵狂笑之声，雪衣人听了狂笑之声，脚步便又一顿。

只见厅角脚步踉跄地走出一个身量颀长的白衣少年，由上至下，由下至上仔仔细细地瞧了雪衣人几眼，缓缓说道：“你是到此来贺喜的么？怎地一来就要走了，你怎地要在头上戴个假面，难道是见不得人么？”

雪衣人垂手木立，不言不动。边傲天干咳一声，强笑着道：“白二侠醉了！”转目向梅三思递了个眼色，道，“快将白二侠扶到里面歇歇。”

梅三思口中应了一声，但却笔直地走到雪衣人身前，大声道：“你头上戴着这玩意儿，不觉得难受么？”

雪衣人身形仍然不动，目光缓缓一扫，口中一字一字地说道：“出去！”

梅三思呆了一呆，道：“哪里去？”

雪衣人冷哼一声，逼人的目光，不住在梅三思及那白衣少年面上扫动，却再也不说一个字出来！

满厅宾客中，武功较高、酒意较浓的，见了这雪衣人这般神态，已忍不住勃然变色。边傲天高举双臂，朗声道：“今日吉期良辰，请各位千祈看在边某面上，多喝喜酒，少惹闲事。”

已有几分酒意的“银鞭”白振，借酒装疯，伸手指着雪衣人狂笑数声，还未答话，边傲天又已抢口说道：“阁下既是柳贤侄的朋友，又好意前来贺喜，也望阁下凡事——”

雪衣人再次冷哼一声，一字一字地缓缓说道：“你们若不愿出去，在这里死也是一样。”这两句话语声之森寒，语意之冷削，竟使这张灯结彩的华堂之上，凭空压下一层寒意。

梅三思呆了一呆，伸手一指自己鼻端，讷讷说道：“要我们死？”

侧目望了满身白衣的“银鞭”白振一眼，突地仰天长笑起来，“要我们死，喂，你倒说说看，为的是什么？”

雪衣人目中光芒一闪，他生性偏激，睚眦必报，伤在他剑下的人，已不知凡几，却从未有一人向他问出此话来！

坐在他身侧的一个锦袍佩剑大汉，浓眉一扬，似乎再也忍不住心中怒气，突地推杯而起，哪知他怒喝之声尚未出口，只听“锵啷”一声龙吟，他腰畔长剑，竟已被雪衣人反手抽出，这一手当真是快如闪电。锦衣佩剑大汉一惊之下，手足冰冷，呆立半晌，胸中的怒气再也发不出来。

雪衣人一剑在手，既未借挥剑显示武功，亦未借弹剑表露得意，只是目光凝注剑尖，就有如人们凝视着睽别已久的良友一般。

梅三思大笑之声渐渐沉寂，雪衣人掌中长剑渐渐垂落！

“银鞭”白振四顾一眼，心中突地升起一丝畏惧之意，伸手一抹面庞，亦不知是在借此掩饰自己面上的不安，抑或是拭抹额上的冷汗，嘿嘿干笑着道：“今日柳兄台吉期良辰，我犯不着与你一般见识，嘿嘿——”袍袖一拂，转身就走。“银鞭”白振居然如此虎头蛇尾，倒当真大出众人意料之外。边傲天浓眉一皱，他先前本待强劝白振走开，但此刻见白振如此泄气，却不禁又颇为不满。

梅三思呆了一呆，回首道：“你怎地走了？”

语声未了，眼前突地光华一闪，一阵森寒剑气，自鼻端一挥而过，雪衣人掌中的长剑，竟已轻轻抵住白振脊椎。屠良、费真对望一眼，齐地长身而起，“嗖”地掠了过来。

雪衣人冷笑一声，突地缓缓垂下掌中长剑，哂然说道：“如此鼠辈，杀之徒污此剑。”上下瞧了梅三思两眼，冷冷骂了一声，“蠢材。”

拂袖转身，再也不望他两人一眼，缓缓走到那犹自坐在那里发愣的锦袍佩剑大汉身畔，举起掌中长剑，自左而右，自剑柄而剑尖，轻轻抚摸了一遍，缓缓道：“此剑名‘不修’，剑史上溯秦汉，虽非剑中圣品，却也绝非凡物，你武功不高，能得此剑，亦是天缘。但望你好生珍惜，刻苦自励，再多磨炼，莫要辜负了此剑！”

左掌食、拇二指，轻轻夹住剑尖，右掌向内一弓，剑柄突地弹出。

锦袍佩剑大汉木然半晌，面上不觉泛起一阵羞愧之色，方自伸手接过剑柄！剑柄竟又脱手弹出，他惊愕之下，转目望向雪衣人，只见他全身纹丝不动，右腕突地一反，剑柄便自胁下向身后弹去，只听“叮叮”几声微响，弹出的剑柄，竟似生了眼睛，恰好将漫无声息射向他后背的五点乌光，一一弹落！

雪衣人目光一凛，头也不回，冷冷道：“背后伤人，岂能再饶！”缓缓转过身形，一步一步地向“银鞭”白振走去！

方才他还剑发招之际，众人俱都定睛而视，凝声而听，只有费真、屠良双双掠到白振身侧，屠良皱眉低声道：“二弟，你怎地如此莽撞，你纵然对那人不服，也不应在此时此刻出手！”

费真面色深沉，缓缓道：“何况你纵然出手，也讨不了好去！”

他两人这一讽一劝，非但未能将“银鞭”白振劝回位上，自己兄弟一来，反而使他自觉有了倚恃，一言不发地拧转身形，扬手五道乌光，向雪衣人背后脊椎之处击去！

哪知雪衣人头也不回，便将这在武林中亦称十分霸道的五点“鞭尾黑煞，无风乌针”一一击落，白振心头一跳，只见雪衣人一步一步向自己缓步行来，右掌两指，微捏剑尖，却将剑柄垂落地上。

“银鞭”白振目光转处，先瞧屠良一眼，再瞧费真一眼，突地嘿嘿大笑起来，一面大声道：“你如此发狂，难道我‘荆楚三鞭’兄弟三人，还怕了你不成，嘿嘿……”语声响亮，“‘荆楚三鞭’，兄弟三人”八字，说得更是音节锵然，但目光抬处，见到雪衣人一双冰冷的眼睛，却还是无法再笑得出来。

“万胜神刀”边傲天望着他们愈走愈近的身形，心中真是左右为难，他方才虽然已将梅三思强拉开去，但此刻却无法拉开“银鞭”白振。最难的是双方俱是宾客，那雪衣人虽然狂傲无礼，但“银鞭”白振却先向别人寻衅，再加以背后暗算于人，更是犯了武林大忌，满厅群豪，此刻人人袖手旁观，又何尝不是不齿白振的为人！

但这般光景，边傲天若也袖手不理，日后传说出去，必说他是怕了那雪衣人，一时之间，他心中思来想去，却也无法想出一个妥善解决之法。

“银鞭”白振干笑一声，脚下连退三步，掌中却已撤下围在腰畔的一条亮银长鞭，鞭长五尺，细如笔管，但白振随手一抖，鞭梢反卷而出，居然抖得笔直，生像一条白蜡长竿一般。要知“银鞭”白振人虽狂傲浮躁，但在这条银鞭上的功夫，却亦有十数年的苦练。

他银鞭方自撤出，费真、屠良对望一眼，两人身形一分，已和他立成鼎足之势，将那雪衣人围在中间。

雪衣人眼角微扬，目中杀机立现，脚步更沉重缓慢。“银鞭”白振再次干笑数声，手腕一送，方自垂下的鞭梢，又已挺得笔直。

在这刹那之间，双方俱是箭在弦上，突听“叮”的一声轻响，白振掌中银鞭，竟然笔直垂下。白振面容不禁为之大变，转目望去，只见一身吉冠吉服的新官人柳鹤亭，已自大步行出。满厅群豪俱都眼见柳鹤亭方才凭空一指，便已将白振掌中挺得笔直的银鞭击落，于是本来不知他武功深浅的人，对他的态度便全然为之改观。

雪衣人凝目一望，脚步立顿，冷冷道：“此事与你无关，你出来作甚？”

银鞭白振冷冷哼了一声，立刻接口道：“正是，正是，此事与你无关，兄台还是早些入洞房的好。”

柳鹤亭面色森寒，冷冷看了白振一眼，却向雪衣人当头一揖道：“阁下今日前来，实令在下喜出望外，然在下深知君之为人，是以也未曾以俗礼拘束阁下，既未迎君于户外，亦未送君于阶下。”

雪衣人目光木然，缓缓道：“你若不是如此为人，我也万万不会来的。”

柳鹤亭嘴角泛起一丝微笑，又自朗声道：“在下此刻出来，亦非为了——”

雪衣人冷冷接口道：“我知道你此刻出来，绝非为了那等狂傲浮浅之徒，只是不愿我在此出手！”

柳鹤亭嘴角笑容似更开朗，颔首道：“在下平生最恨浮薄狂傲之徒，何况今日之事，错不在君，在下焉有助人无理取闹之理？但此人到底乃在下之宾客。”语声微顿，笑容一敛，接口又道，“阁下行止高绝，胜我多多，但在下却有一言相劝，行事……”

雪衣人又自冷冷接口道：“行事不必太过狠辣，不必为了些许小事而妄动杀机，你要劝我的话，可就是这两句么？”

这两人言来语去，哪似日前还在舍生忘死而斗的强仇大敌，倒似多年老友在互相良言规过。满堂群豪，俱都不知他两人之间关系，此刻各各面面相觑，不觉惊奇交集。

只听柳鹤亭含笑缓缓说道：“在下正是此意。”

雪衣人目光一凛，道：“今日我若定要出手，又当怎的？”

柳鹤亭笑容一敛，缓缓道：“今日阁下若然定要在此动手——”突地转身过去，面对“银鞭”白振道，“或是阁下也有不服之意，便请两位一齐来寻我柳鹤亭好了。”

“万胜神刀”边傲天浓眉一扬，厉声接口道：“今日虽是柳贤侄的吉期良辰，但老夫却是此间主人，如果有人真要在这里闹事，这本账便全都算在老夫身上好了。”

梅三思自从被他师父拉在一边，便一直坐在椅上发闷，此刻突地一跃而起，大步奔来，伸出筋结满布的手掌，连连拍着自己胸膛，大声道：“谁要把账算在我师父身上，先得尝尝我姓梅的这一双铁掌。”双掌伸屈之间，骨节“咯咯”一阵山响，外门硬功，确已练到七成火候。

满厅群豪，多是边傲天知交好友，此刻见他挺身出面，俱都纷纷离座而起，本是静寂无比的大厅，立时变得一片混乱。

“银鞭”白振干笑数声，道：“今日我弟兄前来，一心是为了向边老爷子贺喜的，边老爷子既然出了头，我弟兄还有什么话说？”双手一圈，将银鞭围在腰畔，转身走回自己席位，举起酒杯，一干而尽，口中又自干笑着道：“在下阻了各位酒兴，理应先罚一杯。”

屠良、费真又自对望一眼，面上突然露出厌恶之色，显然对他们这位兄弟的如此作风极为不满。

柳鹤亭哂然一笑，目光缓缓转向雪衣人，虽未说出一言半语，但言下之意，却是不言而喻。

“万胜神刀”边傲天哈哈一笑，朗声道：“大事化小，小事化无，好极，好极，各位还请快些坐下，边傲天要好好敬各位一杯。”

语声方了，只见雪衣人竟又一步一步地向白振缓缓行去。白振面容也变得有如死灰，目光故意望着面前一盘鱼翅海参，一面伸出筷子去夹，心惊手颤，银筷相击，叮叮直响，夹来夹去，却连半块海参也没有夹起来。雪衣人却已站到他的身畔，突地出手如风，在他面上正反抽了七下耳光，只听“啪啪……”一连串七声脆响，听来直似在同一刹那间一齐发出。

这七下耳光，打得当真是快如闪电，“银鞭”白振直被打得呆呆地愣了半晌，方自大喝一声，一跃而起。雪衣人却连望也不再望他一眼，只管转身走了开去，仿佛方才那七记耳光，根本不是他出手打的一样。

屠良、费真双眉一轩，双双展动身形，挡在雪衣人面前，齐地厉声喝道："朋友，你这般——"

语声未了，只见雪衣人缓一举步，便已从他两人之间的空隙之中，从从容容地走了过去，竟连他们的衣袂亦未碰到半点，而大喝着奔来的"银鞭"白振，却几乎撞到他两人的身上。

这一步跨来，虽然轻描淡写，从容已极，但屠良、费真却不禁为之大吃一惊。屠良大叱一声："二弟，放镇静些！"费真却已倏然扭转身，只见那雪衣人步履从容，已将走出厅外。费真身形方动立顿，目光微转，冷笑一声，突向边傲天抱拳道："边老爷子，我们老二忍气回座，为的是什么——"语声突顿，冷笑两声，方自改口道，"此刻他被人如此侮辱，你老人家方才说的话，言犹在耳，我兄弟实在不知道该怎么办才好，还是请你老人家吩咐一声。"

白振推开屠良，一步掠来，大喝道："老三——"下面的话，还未说出口来，费真已自抢口说道："二哥，你先忍忍，反正今天我们都在边老爷子这里，当着天下宾朋，他老人家还会让我兄弟吃得了亏么？"

这一番说话，当真是言辞锋利，表里俱圆。

"万胜神刀"边傲天浓眉剑轩，面色亦已涨成紫红，突地大喝一声："站住！"

雪衣人缓步而行，已自走到厅外游廊，突地脚步一顿，头也不回，冷冷问道："什么人！什么事？"他说话言辞简短，从来不肯多说一字。边傲天一捋长髯，抢步而出，沉声喝道："此地虽非虎穴龙潭，但阁下要来便来，要走便走，难道真的没有将老夫看在眼里？"

雪衣人冷冷一笑，右掌轻抬，拈起了那柄犹自被他捏在掌中的长剑，缓缓转过头来，道："我若要走，焉有将别人之剑也带走之理？"目光一凛，"但我若真的要走，世上却再无一人能挡得住我。"话犹未了，已又自缓步向外行去，全然未将普天之下的任何人看在眼里，亦未将任何事放在心上！

边傲天一生闯荡，却未见到江湖中竟会有如此人物，只听一声大喝，梅三思飞步而出，大喝道："好大胆的狂徒，竟敢对我师父无礼！"连环三拳，击向雪衣人后背。

这三拳风声虎虎，声威颇为惊人，但雪衣人微一举足，这三拳便已拳拳落空，竟连他的衣袂都未沾上一点。

梅三思呆了一呆，又自大喝道："你这小子快些回过头来，让俺好好打上三拳，似这般逃走，算得了什么好汉？"突觉有人一拉他衣襟，使他身不由主地连退三步！

雪衣人目光一凛，缓缓转过身形，却见站在他面前的，竟是已换了那一身吉服吉冠的新人柳鹤亭！

两人面面相对，身形俱都站得笔直。两边梁上的灯光，映着柳鹤亭斜飞入鬓的一双剑眉，亮如点漆的一双俊目，映得他清俊开朗的面容上的轮廓和线条，显出无比的坚毅和沉静，却也映得雪衣人的目光更加森寒冷削，于是他面上的青铜假面，便也变得越发狰狞可怖！

两人目光相视，俱都动也不动，似乎双方都想看透对方的内心，寻出对方心里的弱点，因为如此才能使自己占得更多的优势。

四下再次归于静寂，突听"当"的一声，雪衣人掌中垂下的剑柄，在花园石地上轻轻一点！

这响声虽轻，但却使群豪为之一震。

只听雪衣人冷冷说道："我见你年少英俊，武功不俗，是以方自敬你三分，也让你三分，你难道不知道么？"

柳鹤亭沉声道："我又何尝没有敬你三分，让你三分？"

雪衣人目光一闪，道："我一生行事，犯我者必杀，你三番两次地阻拦于我，难道以为我不敢杀你么？"

柳鹤亭突地轩眉狂笑起来，一面朗笑道："不错，阁下武功，的确高明过我，要想杀我，并非难事，但以武凌人，不过只是匹夫之勇而已，又岂能算是大丈夫的行径？"笑声一顿，厉声又道，"人若犯你，你便要杀他，你若犯别人，难道也该被别人杀死么？"

雪衣人突地仰天长笑起来，一阵阵冰冷的笑，接连自他那狰狞丑恶的青铜面具中发出，让人听来，哪有半分笑意？

这笑声一发，便如长江大河之水，滔滔而来，不可断绝，初发时有如枭鸣猿啼，闻之不过令人心悸而已，到后来竟如洪钟大吕，声声震耳，一时之间，满厅群豪只觉心头阵阵跳动，耳中嗡嗡作响，恨不得立时掩上耳朵，再也不去听它。

柳鹤亭剑眉微剔，朗声道："此间人人俱知阁下武功高强，是以阁下大可不必如此笑法。"声音绵密平实，从这震耳的笑声中，一字一字地传送出去，仍是十分清朗。

雪衣人笑声不绝，狂笑着道："上智之人役人，下愚之人役于人，本是天经地义之事，弱肉强食，更是千古不变之真理。我武功高过尔等，只因我才智、勇气、恒心、毅力俱都强于尔等几分，自然有权叫人不得犯我，若是有人才智、勇气、恒心、毅力俱都高过于我，他一样也有权叫我不得犯他，这道理岂非明显简单之极！"

柳鹤亭呆了一呆，竟想不出该用什么话来加以反驳。

只听雪衣人又道："我生平恨的只是愚昧无知，偏又骄狂自大之徒，这种人犯在我手里——"

话犹未了，柳鹤亭心中突地一动，截口说道："世人虽有贤愚不肖之分，但聪明才智之士，却又可分为几种，有人长于技击，有人却长于文翰，又怎能一概而论？阁下如单以武功一道来衡量天下人的聪明才智，已是大为不当，至于勇气、恒心的上下之分，更不能以此来作衡量。"

雪衣人笑声已顿，冷冷接口道："凡有一技之长，高出群伦之人，我便敬他三分。"

柳鹤亭道："自始至此，伤在你剑下的人，难道从无一人有一项胜过阁下的么？"

雪衣人冷笑道："正是！莫说有一技胜过于我之人，我从未杀过，便是像你这样的人，也使我动了怜才之心。即便是个万恶之徒，我也替他留下一线生机，万万不会将之伤在剑下，这点你知道得已该十分清楚了吧？"

他言语之中，虽然满是偏激怪诞之论，但却又叫人极难辩驳。

哪知柳鹤亭突又纵声狂笑起来，一面笑道："阁下巧辩，的确是高明，在下佩服得很。"

雪衣人冷冷道："我生平从未有一字虚言，何况我也根本毋庸向你巧辩！"

柳鹤亭笑道："人们但有一言冲撞了你，你便要立刻置之死地，那么你又怎能知道他们是否有一技之长胜过于你？难道人们将自己有多少聪明才智、勇气恒心的标志俱都挂到了脸上不成？"

雪衣人隐藏在青铜假面后的面色，虽无法看出，但他此刻的神情，却显然呆了一呆，但却冷冷道："言谈举止，神情态度，处处俱可显示一人聪明才智，我剑光之下，也定然可以映出人们的勇气恒心。"

柳鹤亭沉声道："大智若愚、似拙实巧之人，世上比比皆是。"

雪衣人"哧"地冷笑一声，道："若是此等人物，我不犯他，他岂有犯我之理？他不犯我，我亦万无伤他之理，这道理岂非更加明显？"

此刻柳鹤亭却不禁为之呆了一呆，沉吟半晌，方又沉声道："武林之间，本以'武'为先，阁下武功既高，别的话不说也罢，又何必苦苦为——"

雪衣人冷冷接口道："你若真能以理服我，今日我便让那姓白的打回七下耳光，然后抖手一走，否则你若能以武服我，我也无话可说！”语声微顿，目光一扫，冷削的目光，有如两柄利刃，自立在柳鹤亭身后的梅三思，扫到被费真、屠良强拉住的“银鞭”白振身上，冷冷又道：“至于这两个人么，无论琴棋书画、文翰武功、丝竹弹唱、医卜星相，他两人之中，只要有一人能有一样胜过我的，我便——”

柳鹤亭目光一亮，忍不住接口道：“你便怎地？”

雪衣人目光凝注，冷哼一声，缓缓道：“我从此便是受尽万人辱骂，也不再动怒！”

柳鹤亭精神一振，回转身去，满怀期望地瞧了“银鞭”白振一眼，心中忖道：“此人虽然骄狂，但面貌不俗，又颇有名气，只怕总会有一两样成功之学，强过于这白衣怪客亦未可知。”要知他虽深知这雪衣人天纵奇才，胸中所学，定必浩瀚如海，但人之一生，精力毕竟有限，又怎能将世上的所有学问，俱都练到绝顶火候？一时之间，他不禁又想起了那“常败高手”西门鸥来，心中便又加了几分胜算。

哪知他目光呆呆地瞧了白振半晌，白振突地干咳一声，大声道：“我辈武林中人，讲究的是山头挥刀、平地扬鞭，硬碰硬的真功夫，哪个有心意去学那些见不得人的酸花样？来来来，你可敢硬接白二侠三鞭？”柳鹤亭目光一阖，心中暗叹，雪衣人却仅冷冷一笑！

这一声冷笑之中，当真不知含蕴多少讥嘲与轻蔑。柳鹤亭心中暗叹不已，却听雪衣人冷笑着缓缓说道：“我早已准备在门外领教领教他兄弟三人的武功，只怕你也可以看出他们纵然兄弟三人一起出手，又能占得了几分胜算？”语声过处，垂目望了自己掌中长剑一眼，冷冷又道，“我之所以想借这柄长剑，只是为了不愿被这般狂俗之徒的鲜血，污了我的宝剑而已。”转过身去，目光再也不望大厅中的任何人一眼，再次缓步走了出去。一阵风自廊间穿过，吹起他雪白长衫的衣袂，就像是被山风吹乱了的鹤羽似的，随着满山白云，冉冉飞去！

"银鞭"白振怒吼一声，挣脱屠良、费真的手掌，一步抢出！

柳鹤亭霍然旋身，冷冷道："阁下何必自取其辱。"

"银鞭"白振神情一呆，"万胜神刀"边傲天厉声喝道："难道就让此人来去自如？今日老夫好歹也得与他拼上一拼！"

柳鹤亭心中暗叹一声，面上却淡然一笑道："各位自管在此饮酒，容我出去与他动手。"语声一顿，剑眉微剔，朗声又道，"若是有人出去助我一拳一脚，便是对我不起。"转身昂然走出。

要知他方才转念之间，已知今日满座群豪，再无一人是那雪衣人的敌手，除非倚多为胜，以众凌寡，如此一做，不但定必伤亡极众，且亦犯了武家之忌。但边傲天如若出手，却势必要形成混战之局，是以他便再三拦阻众人。

此刻他目光凝注雪衣人的后影，走出廊外，他深知今日自己与雪衣人步出廊外之后，便是生死存亡之争，但心中却丝毫没有半分能胜得那雪衣人的把握。他脑海中不禁又泛起在洞房中一对龙凤花烛下垂首默坐的倩影，因为今日自己若是一出不返，陶纯纯便要枯坐一生。

一声长长的叹息，自他心底发出，却停留在他喉间，他心中虽然思潮翻涌，面上却是静如止水，只因此时此刻，他别无选择余地，纵然明知必死，也要出去一战。令他悲哀沉痛的，只是竟无法再见陶纯纯一面。他每跨一步，需要多大的勇气与信心，除了他自己以外，谁也无法明了。

洞房之中，锦帐春暖，一双龙凤花烛的烛光，也闪动着洋洋的喜气。陶纯纯霞帔凤冠，端坐在锦帐边，低目敛眉，心鼻相观，不但全身一无动弹，甚至连冠上垂下的珠罩，都没有晃动一下。

她只是安详地静坐着，眉梢眼角，虽仍不禁隐隐泛出喜意，但在这喜意中，却又似乎隐含着一些别的心事。

边宅庭园深沉，前厅宾客的喧笑动静，这里半分都听不到，她耳畔听到的，只是身畔两个喜娘的絮絮低语，还不住告诉她一些三从四德的妇道、相夫教子的道理，她也只是安详地倾听，丝毫没有厌倦之意！

于是这安详、静寂，而又充满喜气的后院洞房，便和喧闹、混乱、杀气四伏的前厅，截然划分成两个不同的世界。前厅中所发生的事，她们全不知道，她们只是耐心地等待着新官人自前厅敬完谢宾之酒，然后回到洞房来！

龙凤花烛的火焰更高，一个纤腰的喜娘，莲足姗姗，走了过去，拿起银筷剪下两段长长的烛花，然后忍不住，回首悄语："新官人怎地还不回到后面来？"

另一个年纪略长，神态却更俏的喜娘，掩口娇笑道："你瞧你，新娘子不急，你倒先急起来了！"纤腰喜娘莲足一顿，似待娇嗔，却似又突地想起了自己此时此刻的身份，于是只得恨恨地瞟了她一眼，轻轻道："我只是怕新官人被人灌醉了，你怎地却说起疯话来了？"

俏喜娘偷偷瞧了神色不动的新娘子一眼，转口道："说真的，新郎官入了洞房之后，本来是不应该再去前面敬酒的，只是他们这些大英雄、大豪杰，做出来的事，自然都是和别人不同的。你也不必怕新郎官喝醉，我听说，真正功夫高的人，不但喝酒不会醉，而且能够将喝下去的酒，从脚底下逼出来。"

这俏喜娘说到这里，神色之间，像是颇以自己的见多识广而得意，她却不知道此等情事，固非绝不可能，但亦是内功特高之人，在有所准备，与人较力的情况下才会发生，绝非常例。若是人人饮酒之前，先以内功防醉，那么喝酒还有什么情趣？

又不知过了许久，剪下几次烛花，龙凤花烛，已燃至一半，新郎官却仍未回来，陶纯纯表面上虽仍安坐如故，心里也不禁暗暗焦急。那两个喜娘你望着我，我望着你，心里还在暗问："新官人还不来，难道出了什么事？”

但是她们身为喜娘，自然不能将心里的话问出来。

洞房外，庭院中，佳木葱茏，繁星满天，一阵微风吹过，突有几条黑影翩然落下。

柳鹤亭心头虽沉重，脚步却轻盈，随着雪衣人走出廊外。“万胜神刀”边傲天满腹闷气，无处可出，瞪了梅三思一眼，低叱道：“都是你闯出来的祸事！”

梅三思呆了一呆，他心直思拙，竟体会不出边傲天这一句低叱，实是指桑骂槐，只觉心中甚是委屈。方待追踪出去，突地身后衣襟，被人轻轻扯了一下，回头望去，只见那善解人意的女孩子夏沅，不知何时走到他身后，轻轻道：“梅大哥，你过来，我有话告诉你。”

梅三思纵是怒火冲天，见了这女孩子却也发不出来，只有俯下身去。夏沅附在他耳畔，轻轻道：“方才那个穿白衣服的人欺负了你，你想不想把他赶跑？”

梅三思浓眉一扬，大声道：“当然，难道你有……”

夏沅轻轻“嘘”了一声，接口低语道：“轻些！我当然有办法。”

梅三思压低声音，连忙问道：“什么办法，快说给你梅大哥听！”

他声音虽已尽量压低，但仍然满厅皆闻，群豪俱都移动目光，望着他们。夏沅明亮的眼珠一转，低声又道：“等会儿你追出去，只要问他三两句话，包管那穿白衣服的人掉头就走。”

梅三思目光一亮，忍不住脱口又道：“什么话？”

夏沅眼珠又转了两转，悄悄将梅三思拉到一边，在他耳畔说了几句。梅三思的面目之上，果然不禁露出喜色！

走到宽阔的前院，雪衣人突地停下脚步，冷冷道：“今日是你的吉期，我不愿与你动手！”

柳鹤亭剑眉微轩，沉声道：“今日你好意而来，我也不愿与你动手，只要你将掌中之剑，交还原主——”

雪衣人霍然转身，目光如刃。柳鹤亭当作未见，缓缓道：“而且不再与我宾客为难，我必定以上宾之礼待你。”

雪衣人冷笑一声，接口道：“如果不然，你便一定要出手的了？”

柳鹤亭道：“正是！”这两字说得斩钉断铁，当真是掷地可作金石之声！

雪衣人眼帘突地一阖，瞬又睁开，目中精光四射，这一开一阖动作间的含义，竟似乎在对柳鹤亭的做法表示惋惜。柳鹤亭暗叹一声，面上不禁为之动容，要知世上绝无一人能够完全“无畏”，只是有些人将“生”之一字，远较“义”字看得轻些，他勉强抑止住心中翻涌的思潮，只是冷冷接口道：“但此间非你我动手之地，门外不远，便是城郊，虽无人迹，但秋月繁星，俱可为证，今日之事，全由我作一了断，无论谁胜谁负，你均不得再对他人妄下杀手。”

雪衣人道：“好极！”他这两字亦是说得截钉断铁，但忽又叹息一声，缓缓道，“你原可不必如此的！”

他行止、言语俱都冷削无情到了极处，但这一声叹息中，竟含蕴惋惜、怜悯、赞许、钦佩，许多种复杂而矛盾的情感。

等到这一声叹息传入柳鹤亭耳中时，他心里也不觉涌起了许多种复杂的情绪，他心中暗道：“你岂非亦是原可不必如此？”但他只是将这句话变作一声长叹，而未说出口来。于是二人一起举步，穿过木立四周的人群，向外走去。二人的步伐虽然一致，但处世的态度却迥然而异！

突听身后一声断喝：“慢走！”两人齐地止步，只见梅三思大步奔出，雪衣人斜目一望柳鹤亭，柳鹤亭愕然望向梅三思。

但梅三思却不等他发话，便已哈哈笑道："白衣兄，你自命武功高绝，学问渊博，此刻我且问你三两句话，你若能一一回答，那么你自狂自傲还能原谅，否则便请你快些出去，休得在此张牙舞爪！"

柳鹤亭心中却不禁为之一动，见梅三思笑声一顿，神色突地变得十分庄严肃穆，正容缓缓道："武学一道，浩瀚如海，自古以来只有儒、道、释三字差可比拟。尤其佛教自大唐西土取经归来后，更是盛极一时，繁衍演变，分为十宗，而有'大乘''小乘'之分。此等情况，正与我达摩祖师渡江南来后，武学之繁衍演变毫无二致。"

说到这里，他语声微顿，但四下群豪，却已一齐听得悚然动容，雪衣人目中的轻蔑之色，也不禁为之尽敛。

只听梅三思略为喘息一下，接口又道："而佛家有'大乘''小乘'之分，武学亦有'上乘''下乘'之别，所谓'内家''外家''南派''北派'，门派虽多，种类亦杂，却不过只是在'下乘'武功中大兜圈子而已，终其极也无法能窥'上乘'武家大秘之门径，但世人却已沾沾自喜，这正是雀鸟之志，不能望鹏程万里！"

他面色庄穆，语气沉重，滔滔不绝，字字皆是金石珠玉，句句俱合武家至理。满厅群豪，再无一人想到如此一个莽汉，竟能说出这番话来，不禁俱都为之改容相向，柳鹤亭暗叹一声，更是钦佩不已。

雪衣人木然未动，目中却已露出留神倾听之色，只听梅三思干咳一声，毫不思索地接口又道："武功上乘，以道为体，以法为用，体用兼备，性命为修。而下乘之武，未明真理，妄行其是，拔剑援拳，快意一时，徒有匹夫之勇，纵能名扬天下，技盖一时，亦不能上窥圣贤之堂奥。"

柳鹤亭叹息一声，只觉他这番说话，当真是字字珠玑，哪知他叹息之声方过，他身侧竟又有一声叹息响起，转目望去，却见那雪衣人竟已垂下头去。

雪衣人目中光彩尽敛，梅三思冷笑又道：“我且问你，武家‘上乘’‘下乘’之分，分别何在，你可知道么？”

雪衣人默然不语，梅三思沉声接道：“武功有‘上乘’‘下乘’之分，正如儒有君子小人之别，君子之儒，忠君爱国，守正恶邪，务使泽及当时，名留后世。若夫小人之儒，唯务雕虫，专攻翰墨，青春作赋，皓首穷经，笔下虽有千言，胸中实无一策，且如扬雄以文章名世，而屈身事莽，不免投阁而死，此所谓小人之儒也，虽日赋万言，亦何取哉！”

此刻他说起话来，神情、语气俱都沉穆已极，言论更是精辟透彻无比，与他平日的言语神态，简直判如两人。群豪一面惊奇交集，一面却俱都屏息静气地凝神静听，有的席位较远，不禁都长身而起，走到厅口。

梅三思顿了顿，又道：“武家大秘，共有八法，你能试举其一么？”

雪衣人霍然抬起头来，但瞬又垂下。梅三思冷笑一声，道：“所谓上乘武家大秘八法，即是以修神室，神室完全，大道成就，永无渗漏。八法者，‘刚’‘柔’‘诚’‘信’‘和’‘静’‘虚’‘灵’是也。尤其‘刚’之一法，乃神室之梁柱，此之为物，刚强不屈，无偏无倚，端正平直，不动不摇，其所任实重，其实尤大，神室斜正好歹，皆在于此。”

语声一顿，突地仰天大笑起来，大笑着道：“神室八法，你连其中之一都无法举出，还有脸在此逞强争胜，我真要替你觉得羞愧。”笑声一起，他神态便又恢复了平日的粗豪之气。

梅三思一挺胸膛，朗声又道：“上面两个问题，我已代你解答，如今我且问你第三个问题，你若再回答不出，哼哼——”他冷哼道，“你之武功剑法，可谓已至‘下乘’武功之极，但终你一生，只怕亦将止于此处，日后再望更进一步，实是难上加难。但你不知懊悔，反而以此为傲，狺狺狂声，目空一切，宁不教人可叹可笑！”

群豪目光，却已俱都转向雪衣人身上，只见他呆呆地木立半晌，缓缓俯下身去，将掌中之剑，轻轻放在地上，然后缓缓长身而起，突地闪电般地伸出手掌，取下面上青铜面罩。

刹那之间，只听又是一连串啪啪声响，他竟在自己脸上一连打了七下耳光，等到群豪定睛望去，他已将那青铜假面重又戴回脸上，在场数百道目光，竟没有一人看清他面容的生相。

四下立即响起一片惊叹之声，亦不知是在为他的如此做法而赞叹，抑或是为了他手法之快而惊异。

只见他目光有如惊虹掣电般四下一扫，最后停留在梅三思脸上。

良久，良久。

他目中光彩渐渐灰暗，然而他颀长的身形，却更挺得笔直。终于，他霍然转过身形，袍袖微拂，人形微花，一阵夜风吹过，他身形直如随风而逝，眨眼之间，便已踪迹不见。只有一声沉重的叹息，似乎还留在柳鹤亭身畔。

梅三思呆了半晌，突地纵声狂笑起来，回首笑道：“沅儿，他真的走了！”

柳鹤亭暗叹一声，忖道：“此人似拙实巧，大智若愚，我与他相处这些时日，竟未能看出他已参透了那等武家大秘。”

一念至此，缓步走到梅三思面前，躬身一揖。

哪知梅三思笑声却突地一顿，似是十分惊异地说道：“你谢我作甚？”

柳鹤亭叹息一声，正色说道：“今日若非梅兄，定是不了之局，区区一揖，实不足表露小弟对兄之感激钦佩于万一。小弟自与兄相交以来，竟不知兄乃非常之人，直到今日见了兄台做出这等非常之事，方知兄台之超于常人之处——"

他性情刚正豪爽，当直则直，当屈则屈，此刻他心中对梅三思的感激钦佩，半分不假，是以诚于中便形于外，言语神态，便也十分恭谨。哪知他话犹未了，梅三思却又纵声狂笑起来。

柳鹤亭剑眉轻皱，面上微现不豫之色，却听梅三思纵声狂笑着道："柳老弟，你切莫这样抬举我，方才我所说的那一番话，其实我自己一句也不懂的。"

柳鹤亭不禁为之一愣，心中惊愕又起，忍不住问道："你连自己也不懂的话，却怎能说得那般流利？"

梅三思笑声不绝，口中说道："这有什么稀罕？自小到大，我一直都是这样的。"

柳鹤亭呆呆地愣了半晌，突地想起他方才背诵药方之事，不禁恍然忖道："此人记忆力虽高，理解力却极低，是以他不但过目便能成诵，而且还记得许多成语。"

只听梅三思一面大笑，一面说道："方才那一番说话，有些是沅儿附耳教给我的，有些却是从一本书上啃出来的，说穿了……"

他言犹未了，柳鹤亭却已悚然动容，接口问道："什么书？"他方才心念转处，便已想到此点，是以早已将这三字，挂在口边，只是直到此刻方自说出口来。

梅三思哈哈一笑，大声道："《天武神经》！"

"《天武神经》"四字一说出口，四下立刻传出一阵惊叹之声，只是这阵叹息声中的失望之意，似乎还远比惊讶来得浓厚。

柳鹤亭心中一动，虽觉这叹息来得十分奇怪，却仍忍不住脱口问道："这本《天武神经》，此刻在哪里？"他生性爱武，听到世上竟有这种记载着武家无上大秘之学，心中早已为之怦然而动，直恨不得立时便能拜读一下。

哪知他话才出口，四下的惊喟叹息，却立刻变成了一阵低笑，竟似乎在笑他武功虽高，见识却如此孤陋似的。

柳鹤亭目光一扫，心中不禁为之一愣，目光询问地瞧了梅三思一眼，只见梅三思犹在大笑不绝，而那“万胜神刀”边傲天却已满面惶急地一步掠了过来，一把抓住梅三思肩头，厉声道：“三思，你可是已将那本书看过了么？”

语声严厉，神态惶急，望之竟似梅三思已铸下什么大错一般。

柳鹤亭此刻当真是满腹惊奇，满头雾水，梅三思得了这等武家大秘，他师父本应为他高兴才是，为何变成这般神态？自己方才问的那句话，更是人之常情，为何别人要对自己讪笑？

他想来想去，再也想不出其中答案。只听梅三思笑声一顿，亦似自知自己犯了大错似地低低说道：“我只不过看了一两遍……”

边傲天浓眉深皱，长叹一声，顿足道：“你怎地如此糊涂，你怎地如此糊涂！”

语声一顿，梅三思接口道：“徒儿虽记得那本书的字句，可是其中的含义，徒儿却丝毫不懂——”

边傲天浓眉一展，沉声道：“真的么？”

梅三思垂首道：“徒儿怎敢欺骗师父？”

边傲天长叹一声，缓缓道：“你既然不懂，看它作甚？”

柳鹤亭却是大惑不解，那等武林秘籍，常人若是有缘看上一遍，已是可喜可贺之事，如今梅三思将之背诵如流，边傲天神情却反而如此情急忧郁，直到梅三思说他一字不懂，边傲天情急的神态才为之稍减。一时之间，柳鹤亭想来想去，却也无法想出此中的答案，暗中忖道：“此书之中，记载的若是恶毒偏邪的武功，边傲天因不愿他弟子流入邪途，此事还可解释。但书中记载的，却又明明是堂堂正正的武家大秘！”

此刻散立四座的武林群豪，虽已多半回到席位上，但这喜气洋溢的喜筵被如此一扰之后，怎可能继续？

“荆楚三鞭”并肩站在游廊边的一根雕花廊柱前，此刻费真横目望了白振一眼，冷冷道：“老大，老二，该走了吧！”

屠良苦叹一声，道：“是该走了，老二——”

转目一望，只见“银鞭”白振面容虽仍装作满不在乎，但目光中却已露出羞愧之色，不禁又为之长叹一声，住口不语。三人一齐走出游廊，正待与主人招呼一声，哪知边傲天此刻正自满心情急，柳鹤亭却又满脸惊疑，竟全都没有看见，“荆楚三鞭”兄弟三人各各对望一眼，急步走出门去。

此三人一走，便有许多人随之而行。边傲天、柳鹤亭被人声一惊，他们身为主人，不得不至门口相送，于是柳鹤亭心中的疑念一时便又无法问出口来。

好花易折，盛筵易散，远处“铎铎”传来几声更鼓，夜风中寒意渐重，鲜红的灯笼，已有些被烟火熏黑。

一阵乌云，仿佛人们眼中的倦意，漫无声息，毫无先兆地缓缓飞来……

接着，有一阵狂风吹过，紫藤花架下的红灯，转瞬被吹灭了三个，也卷起棚上将枯的紫藤花，在狂风中有如醉汉般酩酊而舞。

终于，一阵骤雨落下，洗洁了棚架，染污了落花。

宾客已将散尽，未散的宾客，也被这阵暴雨而留下，大厅上换了酒筵，燃起新烛，但满厅的喜气呢？

难道也被这阵狂风吹走？难道也被这阵暴雨冲散？

柳鹤亭心中想问的问题，还是未能问得出口，终于，他寻了个机会，悄悄将梅三思拉到一边，一连问了他三个问题：“那《天武神经》，你是如何得到的？为何满厅群豪听了这本神经，竟会有那等奇异的表情？而边大叔知道你已看了这本神经，为何竟会那般忧郁惶急？”这三句话他一句接着一句，极快地问了出来，目光立刻瞬也不瞬地望到梅三思脸上，静待他的答案。

却听梅三思哈哈一笑，道：“这本《天武神经》的来历，已是江湖中最最不成秘密的秘密，难道你还不知道么？”

柳鹤亭呆了一呆，微微皱眉道：“‘最最不成秘密的秘密’？此话怎讲？”

梅三思伸手一捋颔下虬髯，笑道：“这故事说来话长，你若真的有意‘洗耳恭听’，我倒可以‘循循善诱’你一番，只是——哈哈，今日是你的洞房花烛夜，怎能让你的新娘子‘独守空帏’。我老梅可不答应，是以现在也不能告诉你，你还是快回房去，和新娘子‘鱼水重欢’一下吧！”

他滔滔不绝，说到这里，又已用了四句成语，而且句句俱都说得大错特错，最后一句“鱼水重欢”，更是说得柳鹤亭哭笑不得，口中一连“哦”了两声，只听那边果已传来一片哄笑！

倾盆大雨，沿着滴水飞檐，落在檐下的青石板上。

两个青衣小丫环，撑着一柄轻红罗伞，跟在柳鹤亭身后，从滴水飞檐下，穿到后园。洞房中灯火仍明，自薄纱窗棂中，依稀还可见到那对龙凤花烛上，火焰的跳动，以及跳动的火焰畔模糊的人影。

这模糊的人影，给立在冷雨下的柳鹤亭带来一丝温暖——一丝自心底升起的温暖。

因为，他深信今夜将是他今生此后一连串无数个幸福而甜蜜日子的开始，从现在到永恒，他和她将永远互相属于彼此。

他嘴角不禁也立刻泛起一丝温暖的微笑，他想起自己此番的遇合，竟是如此奇妙，谁能想到密道中无意的邂逅，竟是他一生生命的转变。

当他走到那两扇紧闭着的雕花门前，他嘴角的笑容便越发明显。

于是他伸出手掌，轻轻一敲房门。

他期待房门内温柔的应声，哪知——

门内却一无回应，于是他面上的笑容消失，心房的跳动加剧，伸出手掌，沉重而急遽地敲起房门。

但是，门内仍无回应，他忍不住猛地推开房门，一阵风随之吹入，吹乱了花烛上的火焰，也吹乱了低垂的罗帷。织锦的鸳鸯罗衾，在闪动的火焰下闪动着绮丽而炫目的光彩，但罗帷下，翠衾上，烛花中……

本该端坐着的新娘陶纯纯，此刻竟不见踪影！

柳鹤亭心头蓦地一跳，只觉四肢关节，都突地升起一阵难言的麻木，转目望去，那两个喜娘直挺挺地站在床边，面容僵木，目光呆滞，全身动也不动，她们竟不知在何时被人点中了穴道。

柳鹤亭具有的镇静与理智，在这刹那之间，已全都消失无影，立在床前，他不觉呆呆地愣了半晌，竟忘了替这两个被人点中穴道的喜娘解开穴道，只是不断地在心中暗问自己："她到哪里去了，到哪里去了……"

窗外冷雨飕飕，雨丝之中，突地又有几条黑影，如飞向墙外掠去。这几条黑影来得那般神秘，谁也不知他们为何而来，为何而去。那两个撑着轻红罗伞的青衣小丫环，立在雕花门外，不知洞房中发生了何事。

她们互相凝注，互相询问，只见洞房中静寂了，突地似有一条淡淡的人影，带着一阵深深的香气，自她们眼前掠过。但等到她们再用目光去捕捉，再用鼻端去搜寻时，人影与香气，却已都消失无踪！

而雕花门内，此刻却传出一句焦急的语声："纯纯，你方才到哪里去了？”

另一个温柔的声音立刻响起：“我等了你许久，忍不住悄悄去看——”语声突地一顿，语气变为惊讶，“呀！她们两人怎会被人点中穴道？”两个青衣小丫环听到新郎新娘对话的声音，不禁相对抿嘴一笑，不敢再在门口久留。陶纯纯言犹未了，她们便已携手走去，心里又是羡慕，又是妒忌，不知自己何时才能得到这般如意的郎君。

她们没有听到陶纯纯最后那句话，是以她们自然以为洞房中是平静的，但洞房中真的平静么？

柳鹤亭犹自立在流苏帐下，皱眉道：“她两人是被谁点中穴道的，难道你也不知道么？”

陶纯纯圆睁秀目，缓缓摇头，她凤冠霞帔上，此刻已沾了不少水珠。柳鹤亭轻轻为她拂去了，然后走到那两个喜娘的面前，仔细端详了半晌，沉声道：“这像是武林常见的点穴手法，奇怪的是，此等武林人物，怎敢到这里来闹事？为的又是什么？”

“替她们解开穴道后再问她们，不是什么都知道了么？”

两人一齐伸出手掌，在左右分立的两个喜娘背后各各击了一掌，这一掌恰巧击在她两人背后的第七节脊椎之下，正是专门解救此等点穴的手法，哪知他两人手掌方自拍下，风光绮丽的洞房中，立刻传出两声惨呼！

惨呼之声，尖锐凄厉，在这冷雨飕飕的静夜里，令人听来，备觉刺耳心悸。

柳鹤亭轻轻一掌拍下，自念这喜娘被人用普通手法点中的穴道，本该应手而解。哪知他这一掌方自拍下，这喜娘竟立刻发出一声惨呼，声音之凄厉悲惨，竟生像是比被人千刀万剐还要痛苦几倍！

柳鹤亭一惊之下，脚步微退，只见惨呼过后，这两个喜娘竟一齐“嗵”地倒到地上，再无一丝动弹，触手一探，周身冰冷僵木。她两人不但穴道未被解开，反而立刻尸横就地！

一时之间，柳鹤亭心中当真是惊恐交集，雪亮的目光，空洞地对着地上的两尸凝注半晌，方自长叹一声，黯然道："我又错了……唉，好厉害的手法，好毒辣的手法！"

陶纯纯目光低垂，面上惊怖之色，竟似比柳鹤亭还要浓厚。她缓缓侧过头，带着十分歉意，望了柳鹤亭一眼，轻轻说道："我也错了，我……我也没有看出这点穴的手法，竟是如此厉害，如此毒辣，唉，我……"

她叹息数声，垂首不语，于是谁也无法再从她目光中窥知她的心意，包括她新婚的夫婿！

柳鹤亭又自长叹一声，缓缓道："我再也没有想到，这点穴的手法，竟是传说中的'断血逆经，闭穴绝手'，据闻被此种手法点中的人，表面看来似乎一无异状，但只要稍有外力相加，眨眼之间便要惨死。以前我耳闻之下，还不相信，如今亲眼见了……唉，却已嫌太迟，已嫌太迟了……"

陶纯纯垂首道："她们既已被'断血逆经，闭穴绝手'的手法点了穴道，迟早都不免……不免要送命的，你又何苦太难受！"她起先几句话中，竟似含有一丝淡淡的喜悦之意，但瞬即收敛，别人自也无法听出。

柳鹤亭剑眉一轩，目射精光，凛然望了陶纯纯一眼，但瞬又重自低眉，长叹一声，黯然道："话虽可如此说，但我虽不杀伯仁，伯仁却因我而死，我又怎能木然无动于衷，我又怎能问心无愧？"

语声微顿，突又朗声说道："'断血逆经，闭穴绝手'，乃是武功中最阴、最柔，却也是最毒的手法，武林中擅此手法的人，近年来已绝无仅有，此人是谁？到底与谁结下怨仇？为什么要在这两个无辜的女子身上施展毒手？"

陶纯纯柳眉轻颦，沉吟着道：“这两个喜娘不是武林中人，绝不会和这样的内家高手结下冤仇，你出来闯荡江湖也没有多久……”

柳鹤亭接口叹道：“你更不和人结怨，我自思也没有，那么难道是边老爷子结下的仇家么？可是，无论如何，这两个可怜的女子，总是无辜的呀！”

这两个喜娘与他虽然素不相识，但他生具悲天悯人之性，此刻心中当真比伤了自己亲人还要难受几分。

他转身撤下床上的鸳鸯翠衾，轻轻盖在这两具尸身之上，缝制这床锦被的巧手妇人，只怕再也不会想到它竟会被人盖在死尸身上。

陶纯纯柳眉轻轻一皱，欲语还休，柳鹤亭长叹道：“方才那两声惨呼，原该已将前厅的人惊动，但怎地直到此刻，前院中还没有人进来？”

他却不知道方才那两声惨呼的声音虽然凄厉，但传到前院时已并不十分刺耳，这种声音在酒酣耳热的人们耳中听来，正好是明日凌晨取笑新娘的资料，又有谁会猜到风光绮丽的洞房中，竟会生出这样的无头惨案！

于是柳鹤亭便只得将这两具尸身独自抬出去，这自然立刻引起前厅中仍在畅饮的群豪们的惊慌和骚动！

这些终日在枪林剑雨中讨生活的武林朋友，立刻甩长衫，扎袖口，开始四下搜索，但他们连真凶是谁都不知道，搜寻的结果，自是一无所获，只不过徒自淋湿了他们的衣衫而已！

一夜飞雨，满院落花——

柳鹤亭的洞房花烛夜，便如此度过！

第九章

《神经》初现

清晨，雨歇。阳光满地的后院中，梅三思一把拉住正待回房歇息的柳鹤亭哈哈一笑，道：“柳兄弟，你洞房花烛夜已经度过，就算死了，也不冤枉了。”

柳鹤亭苦笑一下，真不知如何回答他的话才好！

只听梅三思含笑接口又道：“今天我已可将那《天武神经》的故事告诉你，你可要听么？”柳鹤亭不禁又暗中为之苦笑一下，只觉此人的确天真得紧。此时此刻，除了他之外，世上只怕再无一人会拉着一个在如此情况下度过洞房之夜的新郎说话！

但这童心未泯的大汉，却使柳鹤亭体会出人性的纯真和善良，于是他微一颔首，含笑应允。

初升的阳光，洒满昨夜饱受风雨的枝叶，也洒满了地上的落花。他们在一株梧桐树下的石凳上坐了下来，只听梅三思道：“这本《天武神经》，此刻虽然已是武林中最最不成秘密的秘密，但在数十年前——”语声突地一顿。

柳鹤亭一心等着他的下文，不禁转目望去，只见他竟呆呆地望着地上的落花出起神来，目光如痴如醉，也不知心里在想些什么，却显然想得极为出神。柳鹤亭不忍惊动一个平日不甚思索的人之思索，含笑而坐。

良久良久，只听梅三思长叹一声道："你看阳光多么公平，照着你，照着我，照着高大的树木，也照着地上的落花，既不分贵贱贫富，也不计较利害得失，若是人们也能和阳光一样公正，我想世上一定会太平得多了！"

柳鹤亭目光凝注着向阳群木，仔细体味着他这两句平平常常、简简单单的话中含义，含蕴着"平等""博爱"等至高至上的思想，若非他这样简单的人，谁也不会对这种简单的问题深思，因为大多数人不知道，许多至高至深的道理，却都是含蕴在一些极其简单的思想中的。

风吹木叶，叶动影移，梅三思唏嘘半晌，展颜笑道："方才我说到哪里了……噢，那《天武神经》今日虽已不成秘密，但在数十年前，却不知有多少人，为了这本劳什子丧却性命。"

他语声停顿了半晌，似乎在整顿脑海中的思绪，然后方自接口道："柳兄弟，你可知道，每隔若干年，便总会有一本'真经''神经'之类的武学秘籍出现，在这些秘籍出现之前，江湖中人一定将之说得活龙活现，以为谁要是得到了那本真经，便可以练成天下无敌的武功！"

他仰天大笑数声，接口又道："于是武林中人，便不惜拚却性命，舍生忘死地去抢夺这些'武学秘籍'，甚至有许多朋友、兄弟、夫妇，都会因此而翻脸成仇，但到最后得到那些'武学秘籍'的人，是否能练成天下无敌的武功，却只有天知道了！只是过了一些年，这些'武学秘籍'，又会不知去向，无影无踪。"

这鲁莽的大汉，此刻言语之中，虽带有极多讽世讥俗的意味，但其实他却绝非故意要对世人讥嘲，他只是在顺理成章，真真实实地叙说事情的真相，却往往会尖锐地刺入人类心中的弱点。

柳鹤亭微微一笑。

梅三思接着道："那本《天武神经》，出世之时，自然也引起了江湖中的一阵骚动，甚至连武当、少林、昆仑一些比较保守的门派中的掌门人，也为之惊动，一起赶到祁连山去，搜寻它的下落！”

柳鹤亭忍不住截口问道：“这本《神经》要在祁连山出世的消息，又是如何透露的呢？”

梅三思重重地叹了口气道：“先是有山东武林大豪，以腿法称雄于天下的李青云的三个儿子，在无意之中，得到一张《藏经图》，图上写着无论是谁，得到此图，再按图索骥，寻得那本《天武神经》，练成经上的武功，便可无敌于天下。兄弟三人得到这《藏经图》之后，自然是高兴已极，他们却不知道，这《藏经图》竟变成了他们的催命符！”语声微顿，又自长长叹息一声，道，“世上有许多太过精明的人，其实都是糊涂虫！”

柳鹤亭不禁暗叹一声，忖道：“他这句话实在又击中了人类的弱点。”口中却道：“常言道‘糊涂是福’，也正是兄台此刻说话的意思。”

梅三思抚掌大笑说道：“糊涂是福，哈哈，这句话当真说得妙极，想那兄弟三人，若不是太过精明，又怎会身遭那样的惨祸？”

说到“惨祸”两字，他笑声不禁为之一顿，目光一阵黯然，微喟说道：“那兄弟三人本不是一母所生，老大李会军与老二李异军，对继母所生的老三李胜军，平日就非常妒忌怀恨，得了那《藏经图》后，就将老三用大石头堵死在冰雪严寒的祁连山巅一个山窟里，他兄弟两人，竟想将他们的同父弟兄活活冻死！”

柳鹤亭剑眉微剔。

只听梅三思又道：“那老三李胜军在山窟里饿了几天，已经饿得有气无力，连石隙里结成的冰雪，都被他吃得干干净净。那时他心里对害他的哥哥，自然是痛恨到了万分，这一股愤恨之心，就变成了一种极其强烈的求生力量，使得他在那饥寒交迫的情况下，还能不死。”

柳鹤亭忍不住插口说道："后来他可曾从那里逃生？"

梅三思缓缓点了点头，道："那一年最是寒冷，满山冰雪的祁连山巅，竟发生了极为少见的雪崩。李胜军被困的那处山窟，被他用身畔所带的匕首掏去冰雪泥土，已变得十分松软，再加以恰巧遇着雪崩，山石间竟裂开一裂隙！"

柳鹤亭暗中透了口气，梅三思接道："于是李胜军就从裂隙爬了出来，因饥饿日久，体力自更不支，好在他年轻力壮，再怀着一股复仇的怒火，挣扎着滚下半山，半山间已有了山居的猎户，他饱餐了一顿，又舒舒服服睡了一觉，第二日起来，那猎户又整治了一些酒菜，来给他吃喝，那时他若赶紧下山，也可无事。哪知这小子饱暖思淫欲，见得那猎户的妻子年轻貌美，竟以点穴功夫将她制住，乘乱将她奸污了！"

柳鹤亭本来一直对这老三李胜军甚是同情，听到这里，胸中不禁义愤填膺，口中怒骂了一声："早知他是如此忘恩负义的卑鄙淫徒，还不如早些死了好些。"

梅三思频频以拳击掌，双目瞪得滚圆，显见心中亦是满怀怒火，咬牙切齿地接口又自说道："他奸了人家的妻子之后，竟还想将人家夫妻两人一齐杀死灭口，于是他便守在那猎户的家里，等那猎户打猎归来。"

柳鹤亭心中微微一动，回首望去，只见林木深处，一个红衫丽人，踏着昨夜风雨劫后的满地落花，轻盈而婀娜地走了过来。朝阳映着她嫣红的娇靥，翠木衬着她窈窕的体态，她，正是此后将永远陪伴他的陶纯纯。

她，初卸素服，乍着罗衫。

她，本似清丽绝俗的百合，此时却有如艳冠群芳的牡丹，又似一朵含苞欲放的玫瑰蓓蕾，此时终于盛开！

柳鹤亭心中，不由自主地起了一阵轻微的颤动。

因为此刻她对他说来，本该十分熟悉，偏又那么陌生，直到此刻为止，柳鹤亭才深深体会到，衣衫的不同，对于女孩子会有多么重大的改变。

只听她轻轻一声娇笑，徐徐道："只怕不用等到日后，他就会遭到恶报了！"

柳鹤亭问道："你怎么知道？"

梅三思诧声道："你怎么知道！"

这两句话不但字句一样，而且在同一刹那间发出，但语气的含意，却是大不相同，柳鹤亭是怀疑的询问，梅三思却是惊诧的答复。

陶纯纯面带微笑，伸出素手，轻轻搭在一干垂下的枝叶上，轻轻地道："你让他说下去，然后我再告诉你。"

她这句话，只是单独对柳鹤亭的答复。

她那一双明亮的秋波，也在深深对着柳鹤亭凝视。

梅三思左右看了两眼，突地笑道："我在对你们说话，你们的眼睛怎么不望着我？"

柳鹤亭、陶纯纯相对一笑，红生双颊。

梅三思哈哈笑道："那李老三等了许久，直到天黑，猎户还不回来，忍不住将那妇人的穴道解开，令她为自己整治食物，又令她坐在自己身上陪酒，那妇人不敢反抗，只得随他调笑，只是眼睛也不愿望着他罢了。"

柳鹤亭、陶纯纯一齐板着面孔，却又终于忍不住，绽开一丝欢颜的笑容。

哪知梅三思幽了人家一默之后，笑声竟突地一顿，伸手一捋虬髯，沉声道："哪知就在此刻，那猎户突然地回来了，李胜军虽然自恃身份，从未将这猎户放在心上，但到底做贼心虚，还是不免吃了一惊，一把将那妇人推开，那妇人满心羞愧悲苦，大哭着跑到她丈夫身侧。"

柳鹤亭伸出铁拳，在自己膝盖之上，重重击了一拳，恨声道：“我若是那猎户，便是丧却性命，也要和那淫贼拼上一拼！”

陶纯纯似笑非笑地瞧了他一眼，梅三思长叹道：“我若是那猎户，只怕当时就要过去在那淫贼的喉咙上咬两口，但——柳兄弟，你可知道当时那猎户是怎么做的？”

柳鹤亭摇了摇头，陶纯纯秋波一转。梅三思叹道：“他竟也将自己的妻子推开，而且怒骂道，‘叫你好生待客，你这般哭哭啼啼地干什么，还不赶快过去陪酒！’一面怒骂，一面还在他妻子面上，‘啪啪’打了两掌……”梅三思冷哼数声，愤然住口。

柳鹤亭剑眉微轩，心中为之暗叹一声，对那猎户既是怜悯，却又不禁恼怒于他的无耻。

陶纯纯鼻中“哧”的一声冷嘲，冷笑着道：“大丈夫生而不能保护妻子，真不如死了算了。”

柳鹤亭缓缓叹道：“我真不知道，为何有些人将生死之事，看得那般严重。”

梅三思目中一阵黯然，口中凄然低诵了两声：“蓉儿，蓉儿……”突地转口接道，“在当时那等情况之下，那猎户的妻子是又惊、又怒、又悲、又苦，就连本待立时下手的李胜军也不禁大为惊愕，那猎户反而若无其事地哈哈笑着解释自己迟归的原因，原来他是想在冰雪中寻捕几只耐寒的野兽，来为那恶客李胜军做新鲜的下酒之物！”

柳鹤亭长叹一声，缓缓道：“待客如此，那猎户倒可算个慷慨的男子，只是……只是……”他终究还是没有说出心中想说的话，而只是用一声半带怜悯半带轻蔑的叹息代替了结束。

只听陶纯纯、梅三思同时冷哼一声，梅三思道：“那李胜军若是稍有人性，见到这种情况，心里也该自知羞惭才对。哪知他生性本恶，在那山窟中的一段日子，更使他心理失了常态，他竟当着那猎户说出奸污那妇人的事，为的只是想激怒那猎户，再下手将之杀死！”

柳鹤亭手掌一阵紧握，陶纯纯一双清澈明亮的眸子里，却闪过一丝无法形容的光彩，她似乎对世事早已了解得太过，是以她此刻的目光之中，竟带着一些对生活的厌倦和对人类的厌恶之意，口中轻轻问道：“那猎户说了些什么？”

梅三思“嘿嘿”冷笑了两声，击掌道：“那猎户非但不怒，反而哈哈大笑着道，‘男子汉大丈夫何患无妻，像小的这样的粗人，能交到阁下这样的朋友才是难得已极。’说着又跑到后面去取了一樽酒，替李胜军满满斟了一杯，又大笑着道，‘阁下千祈不要在意，容小的再敬一杯。’”梅三思顿了一顿，接道，“那李胜军虽然心狠手辣，但遇着这种人却再无法下手，那猎户又叫他的妻子过来劝酒，那妇人果然擦干了泪，强颜欢笑地走了过来——”

陶纯纯一手轻轻抚着鬓边如云的青丝，缓缓道：“于是李胜军就将这杯酒喝了？”

梅三思点了点头，应声道：“不错，那李胜军便将这杯酒吃了。”

陶纯纯冷笑一声，道：“他喝了这杯酒下去，只怕便已离死期不远！”

梅三思浓眉一扬，从青石上跳了起来，十分惊诧地脱口喊道：“你又怎会知道？你怎地什么事都知道？”

陶纯纯轻轻一笑，道：“我不但知道这些，还知道那猎户本来是一个无恶不作的江洋大盗，被仇家逼得无处容身，是以才躲到祁连山来！”

梅三思面上的神色更是吃惊，接口道：“你难道早已知道了这个故事么？但是……但是《天武神经》江湖中人知道的虽多，这故事知道的人却少呀！”

柳鹤亭目光转处，不禁向陶纯纯投以询问的一瞥。

只听陶纯纯含笑说道："这故事我从未听人说过，但是我方才在那边听了你的那番话，却早已可以猜出来了！"

她语声微微一顿，又道："试想严冬之际的祁连山，满山冰封，哪里会有什么野兽？即使有些狼狐之类，但在那种险峻的山地中，又岂是普通猎户能够捕捉得到的？再退一步来说，即使有普通猎户住在那里，生活定必十分穷困，又怎会有酒菜来招待客人？又怎会放心让自己的妻子和个陌生客独处在荒山之中，而自己跑去打猎？又怎会见了自己的妻子受人污辱，而面不改色，无动于衷？"

她一面缓缓而言，柳鹤亭、梅三思一面不住颔首。

说到这里，她稍微歇了一下，便又接口道："我由这些可疑之点推测，便断定此人必定是个避仇的大盗，酒菜来源，自然不成问题。他那妻子也定必是他用不正当的手段得来，二人之间根本没有什么情感，再加以他自家亦是阴险奸狡之徒，见了这等情况，唯恐自己不是李胜军的敌手，是以再用言语将之稳住。若换了普通人，总有一些血性，在那种情况下，纵是卑鄙懦弱到了极点的懦夫，也是无法忍受的！"

柳鹤亭暗叹一声，只觉自己娇妻的智慧，的确有着过人之处，但她表面看来，却偏偏又是那么天真，那么单纯，就生像是个什么事都不懂的纯情少女。

他又想起她在无意之中流露出的对猫狗之类小动物的残忍，行事、言语之间的矛盾，和那一分可以将什么事都隐藏在心底的深沉……

刹那之间，他对他新婚的娇妻，竟突地生出一种畏惧之心，但是他却又那样深爱着她，是以他心念转处，立刻便又命令自己不要再想下去，又不禁暗中嘲笑自己！

"柳鹤亭呀柳鹤亭，你怎会生出如此可笑的想法？难道你对你自己新婚妻子的聪明才智，也会有嫉妒之心么？"

梅三思扬眉睁目，满面俱是惊奇钦服之色，伸出巨大的手掌，一指面上隐泛笑容的柳鹤亭道："柳兄弟，你当真是三生修来的福气，竟能娶到这样的新娘子，分析事理，竟比人家亲眼看见、亲耳听到的还要清楚。那猎户果然是个山居避仇的江洋大盗，叫作'双首狐'胡居，狐有双首，此人的凶狡奸猾，自然可想而知，那李胜军一杯酒喝将下肚，果然便大叫一声，当场晕倒！"

柳鹤亭叹息一声，缓缓说道："想不到江湖之中，竟有这般厉害的迷魂之药！"

陶纯纯秋波一转，含笑不语，梅三思接道："等到那李胜军醒来的时候，他已被人用巨索绑在地上，只觉一盆冷水当头淋下，然后他睁开眼睛，那猎户正满面狞笑地望着他，手里拿着一柄解腕屠刀，刀光一闪，自他肩头肉厚之处，剐下一片肉来。那妇人立刻拿碗盐水，泼了上去，只痛得李胜军有如受了伤的野狗一样大嚎起来！"

陶纯纯微微一笑，手掩樱唇，含笑说道："你当时可曾在当场亲眼看见么？"

梅三思愣了一愣，摇头道："没有！"语声一顿笑道，"那时我还不知在哪里呢！"

陶纯纯娇笑着道："我看你说得真比人家亲眼看见的还要详细！"

梅三思又自呆了一呆，半晌后方自会意过来，原来她是在报复自己方才说她的那句话，于是柳鹤亭便又发现了她性格中的一个弱点，那便是：睚眦必报！

只听梅三思大笑数声，突又叹息数声，方自接口道："一刀下去，还不怎的，三刀下去之后，李胜军不禁又晕了过去，那猎户却仍不肯放过他，再拿冷水将他泼醒。那李胜军纵是铁打的汉子，也忍不住要哀声求告起来，那猎户'双首狐'胡居却狞笑着道，'你放心，我绝不会杀死你的！'李胜军心里方自一定，胡居却又接着道，'我要等到剐你三百六十刀之后再杀你，每天十刀，你也至少可以再活几十天。'李胜军激灵灵打了个寒战，只觉这句话比方才那两盆冷水还要寒冷！”

柳鹤亭剑眉微皱，叹息一声，缓缓道：“那李胜军固是可杀，但这‘双首狐’胡居也未免做得太过火了些！”侧目一转，陶纯纯嘴角却仍满含微笑！

她微笑着缓缓说道：“在这种情况下，李胜军只怕要将那《天武神经》以及《藏经图》的秘密说出，来为自己赎罪。”

梅三思双掌一拍，脱口赞道：“又被你猜对了！”语声微微一顿，又道，“第四刀还未剐下去，那李胜军果然便哀声道，‘你若饶我一命，我便告诉你一个最大的秘密，让你成为天下武林中的第一把高手。’那猎户‘双首狐’听了，自然心动，便答应了。李胜军便叫他发个重誓，不杀自己，那‘双首狐’胡居便跪在门口，指天发誓道，‘李胜军将那秘密说出后，我若再杀了他，永堕九轮，万世不得超生。’李胜军见他发下了这般重誓，便将那《藏经图》的秘密说出来了！”

柳鹤亭剑眉微轩，不禁再为人类的贪生怕死叹息。

只见梅三思浓眉一扬，朗声接口道：“哪知他将这秘密说出后，那‘双首狐’胡居竟将他手足一齐捆住，嘴里塞上棉花，抛在满山冰雪的野地里，并在他耳畔冷笑道，‘我说不杀死你，就不杀死你！’但其实还不是和亲手杀死他一样！”

柳鹤亭望了陶纯纯一眼，两人相对默然，梅三思接口又道：“李胜军被抛在山地上，只听得‘双首狐’胡居得意的笑声愈去愈远，放眼一望，四下俱是冰雪，连个鸟兽的影子都没有，哪里还会有人烟？他自知必死，只求速死，但是在那种情况下，他即使想快些死都不能够。”

柳鹤亭目光一垂，暗暗忖道：“求生不得，求死不能，这当真是世上最凄惨之事。”

只听梅三思长叹又道：“就那样躺在雪地上，他一躺又躺了一天，那时他已被冻得全身麻木，几乎连知觉都没有了，距离死亡，实在相去仅有一线。哪知就在这个时候，他竟遇上了救星，将他抬下山去，救转过来，送了回家。只是他一连经过这些日子折磨，身上又有刀伤，他纵是铁打的汉子，也经受不住，回到家后，便自一病不起。而他两个哥哥，却早已在他没有回家之前，便按着《藏经图》上的记载，出去寻经去了！”

他稍微歇息半晌，方自接口说道：“他躺在病榻上，想到他的两个哥哥不久便会得经，练成武功，扬名天下，而他自己却不久便要死去，他愈想愈觉气恼，便愈想愈觉不是滋味，在病榻上偷偷写了数十封内容一样的密札，派了个心腹家人，一一快马送出。这些密札的内容，自然是《藏经图》的秘密，而他却将这些密札，发到每一个他所记得的武林高人手里！”

此刻日色渐升渐高，映得梅三思颔下的虬髯，闪闪发着玄铁般的光彩，他停也不停地接口道：“他命令那心腹家丁将这些信全都发出去后，自己只觉心事已了，没有过两天，就一命呜呼了……”

说至此处，不由长叹一声，一脚将地上的一粒石子，踢得远远飞了开去，“噗”地落入昨夜秋雨的一片积水中，溅起四下水珠！

梅三思望着这些在日光下变幻着彩光的细小水珠，呆呆地出了半天神，又自长叹一声，缓缓说道：“他固是安安稳稳地死在家里，但是他的那一批书信，却在武林中掀起了轩然大波。接到这批书信的，除了少林、武当、昆仑、点苍、峨嵋、华山、长白，这武林中的七大门派外，其余也都是当时江湖上顶尖的一流高手，接到这些书信的人，心里自然不免半信半疑，但练武之人只要听得武林中有这种至高至上的秘籍出现，即使半信半疑却仍要去试上一试！”

“噗”地，又是一粒石子入水，又是一阵水珠溅起，梅三思双掌一拍，浓眉微轩，朗声接道：“于是不出十天，那祁连山中已聚满了来自四面八方的武林高手。这些武林高手彼此见到面后，暗中都对所谓的真经加强了信心，但表面上，却谁也不肯说出来，就仿佛大家全是到此地来游山玩水似的！”

他说到这里，已将近说了半个时辰，陶纯纯柳眉轻颦，看了看天色，微微一笑，缓缓道：“于是这些武林高手，便为了这本《天武神经》，勾心斗角，舍生忘死地争夺起来，那李会军与李异军兄弟，自然是最先丧生的两人，于是少林派或是武当派的掌门人，就出来镇压这个局面，是不是？”

梅三思本来还有一大篇话要说，听到她竟以三言两句便全部代替了，不觉呆了一呆，赶紧接口道：“李家兄弟死后，那本《神经》经过几次凶杀，方辗转落到点苍派两个后起高手掌中，却又被昆仑派的几个剑手看见。等到昆仑派的剑手们下手去夺这本真经时，少林寺的监寺大师无相和尚，以及武当派当时的掌门人离情道长，才一齐出面，将那本方自出土，装在一方碧玉匣中的《天武神经》，取到手中，而且协议一年之后，在少室嵩山，办一个夺经之会。到那时，谁的武功真能出人头地，谁便是这本神经的得主，这样一做，自然可以免去了一些无谓的争杀。”

柳鹤亭暗赞一声，忙道：“看来少林、武当两派，当真有过人之处，与众不同。”

只见梅三思拇指一挑，接口又道：“那离情道长与无相大师俱是当时武林一流人物，再加以少林、武当两派声威壮大，门人弟子遍布天下，是以他们所说的话，自然无人敢加异议，只是这其中却还有一个问题……”

陶纯纯仰首望天，含笑缓缓道：“这一年之内，《天武神经》究竟该由谁保管呢？”

她此话说将出来，既似在接梅三思的口，又似在询问于他，却又有几分像是在询问自己。

梅三思目光一亮，陶纯纯却又接口道："离情道长……"

梅三思以拳击膝，朗声说道："不错，当时在场的武林高手，一致公议，将此本秘籍交付给他，让他保管一年。那时众人中无论声威、名望，都数他最高，别人纵然心里不服，可也不敢提出异议。"

他语气、神情之中，竟是隐隐露出了一些得意之态。陶纯纯轻笑一下，方自含笑接道："'万胜神刀'边老爷子，大约只怕也是武当的俗家弟子吧！"

梅三思呆了一呆，陶纯纯娇笑着道："你猜我这次怎会知道的，因为我看出你说话的言语神情，似乎在为你们武当派而得意。"

梅三思浓眉一扬，手捋虬髯，哈哈笑道："这一次你却猜错了！"话声一顿，又自大笑道，"原来像你这样的聪明人，也有将事情看错的时候。"

柳鹤亭心中一动，陶纯纯笑容一敛，梅三思接道："那时众人若是将此本真经，交付给无相大师，那么武林中必定会少了许多枉死冤魂。只可惜当时我少林派掌门人的法驾未曾亲至，否则也轮不到那老道头上——"

柳鹤亭轻"哦"一声，陶纯纯轻笑一声，梅三思轻嘘一声，道："到了一年之后，武林中人闻风而至少室嵩山的，不知凡几，有些固是志在真经，有的却只想看看热闹，还未到正日，便已满坑满谷地挤上了人。"

他突又微微一笑，变了语声，轻松地笑道："据说仅仅在那短短的几天之内，这些武林豪客之中，有的结交了许多朋友，有的化解了许多深仇。最妙的是，有些单身而去，或是跟随着父母的少男少女，还结成了不少的大好姻缘。"

柳鹤亭却在心中暗自思忖："凡事如有其利，必有其弊，这期间男女混杂，固然成就了不少美满姻缘，又焉知没有发生一些伤风败俗之事？”但口中却问道：“此次较技夺经之会，必定精彩热闹已极，只可惜吾生也晚，未能目睹。”不禁又叹息一声，似觉十分懊恼。

哪知梅三思却“嘿嘿”地冷笑起来，一面道：“那次较技夺经盛会，虽然热闹，却半分也不精彩。到了会期那日，武林中有名有姓的人物，差不多全都来齐，却只单单少了一人！”语声微顿，再次冷笑一声，“此人便是那位保管神经的武当掌门，离情道长。”

柳鹤亭愣了一愣，梅三思冷笑着又道：“那时众人心里虽然着急，但还以为凭离情道长的声名地位，绝不会做出不仁不义的事来。又过了一日，众人才真的惊怒起来，只是在那武术发源的圣地少室嵩山，还不敢太过喧嚷。”

“第三日晚间，少室嵩山掌教座下的四大尊者，飞骑自武当赶回，众人这才知道，那离情道长为了这本真经，竟不惜犯下众怒，潜逃无踪。听到这个讯息后，就连一向修养功深的无相大师，也不禁为之大怒，召集武林中各门各派的掌门、名手，一齐出动，去搜寻离情道长之下落，于是在武林中一直享有盛誉的武当剑派，从此声名也一落千丈。”

柳鹤亭暗叹一声，意下十分惋惜，陶纯纯却含笑道：“天下之大，秘境之多，纵然出动所有武林高手，只怕也未能寻出那离情道长的下落！”

梅三思拍掌道：“一点不错，而且过了三五个月后，众人已觉不耐，有的还另有要事，于是搜寻的工作，便由火火炽炽而变得平平淡淡。冬去春来，春残夏至，转瞬间便是天高气爽、露白风清的秋天，武当山真武岭、武当上院突地遍撒武林帖，邀集天下英雄，于八月中秋，到武当山去参与黄菊盛会，而柬中具名的，赫然竟是离情道长！”

柳鹤亭不禁又为之一愣，要知武林中事，波谲云诡，此事一变至此，不但又大大出乎了柳鹤亭意料之外，就连当时的武林群豪，闻此讯息，亦是群相失色，再无一人能猜得到这离情道长此举的真正用意。

只听梅三思又道："这帖子一发了出来，武林群豪，无论是谁，无论手边正有多么重要的事，无不立刻摒弃一切，赶到武当山去。据闻一时之间，由四面通往武当山的道路，竟俱都为之堵塞，沿途车马所带起的尘土，便连八月的秋风，都吹之不散，数百年来，江湖之中，竟再无一事有此轰动！"

他说得音节锵然，柳鹤亭也听得悚然动容，只听他接着又自说道："八月中秋月色分外明亮，映得'解剑岩'上，飞激奔放，流入'解剑池'中的泉水，都闪闪的发着银光。秋风明月之中，岩下池畔的山地上，三五成群，或坐或站地聚满了腰畔无佩剑的武林群豪，于是一向静寂的道教名山，自然也布满了未曾爆发的轻轻笑声，和已抑止住的窃窃私语。"

语声微顿，浓眉一扬，立刻接着又道："山巅处突地传下一声清澈的钟声，钟声余韵犹未断绝，四下的人声笑语，却已一齐停顿，'解剑岩'头，一方青碧的山石上，蓦然多了一个乌簪高髻、羽衣羽履的长髯道人，山风吹起他飘飘的衣袂，众人自下而上，一眼望来直觉他仿佛立时便要羽化登仙而去！"

柳鹤亭干咳一声，接口道："此人大约便是那武当掌教，离情道长了！"

梅三思冷笑道："不错，此人便是那声名狼藉、武林中人人欲诛之而甘心的离情道长。但不知怎地，岩下群豪，心中虽然俱都对他十分愤恨不齿，此刻却又偏偏被他的神态所慑。良久良久，四下较远的角落里，自有人稀落地发出几声表示轻蔑和不满的嘘声。哪知离情道长却直如未闻，反而神态极其从容地朗声一笑，并且一面朗声说道：'去岁嵩山之会，贫道因事远行，致令满座不欢，此实乃贫道一人之罪也，歉甚歉甚。'一面四下一揖，口中朗笑犹自未绝！"

梅三思说到这里，突又冷笑一声，这种阴森的冷笑，发自平日如此豪迈的大汉口中，实在有些不甚相称。尤其他冷笑次数一多，令人听来，更觉刺耳，但是他却仍然一面冷笑，一面说道："他以这三言两语，几声朗笑，便想解开群雄对他的愤恨不齿，自然绝不可能。他话声方了，岩下群豪轻蔑的嘘声，便立刻比方才加多了数倍，哪知他仍然行所无事，朗笑着道：'贫道自知罪孽深重，今日请各位到此间来，便是亟欲向各位……'这时台下便有一些人大声喝道：'如何恕罪？'这离情道长朗笑着又道：'贫道在这数月之中，已将那《天武神经》，亲笔抄录，一共抄了六六三十六份，乘此中秋佳节，贫道想将这六六三十六份《天武神经》，赠给三十六位德高望重，武功高明的武林同道！"

柳鹤亭不禁为之一愣，事情一变再变，竟然到这种地步，自然更加出乎他意料之外，而此事的结果究竟如何，他自然更加无法推测。于是他开始了解，自己的江湖阅历，实在太浅！于是他自今而后，对许多他原本未曾注意的事，也开始增加了几分警惕！

只听梅三思又道："他此话一出，岩下群雄立刻便又生出一阵骚动，这阵骚动之下，不知包含了多少惊异和猜疑，有些人甚至大声问出：'真的么？'那离情道长朗笑道：'贫道不打诳语！'他宽大的衣袖，向上一挥，解剑岩后，便一行走出七十二个紫衣道人来。两人一排，一人手中，拿着的是柄精光耀目离鞘长剑，一人手中，却托着一方玉匣，此刻众人心里自然知道，玉匣之中，盛的便是《天武神经》！"

陶纯纯秋波一转，缓缓道："这些紫衣道人可就是武当剑派中最负盛名的'紫衣弟子'么？"

梅三思颔首道："不错，这些紫衣道人，便是武当山真武庙中的护法道人'紫衣弟子'，那时武林群豪中纵然有些人要对这些玉匣中所盛的《天武神经》生出抢夺之心，但见了这些在武当派中素称武功最高的紫衣弟子，也俱都不敢再下手了。离情道长便又朗声道，'上面三十六个方匣之中，除了贫道手录的三十五本‘神经’外，还有一本，乃是真迹，诸位如果不相信，互相对照一下，便知真假！’于是岩下群雄这才敛去疑惑之心，但却又不禁在心中猜测，不知这三十六本《天武神经》，究竟是如何分配！”

陶纯纯徐徐道：“七大剑派的掌门，一人一本，其余二十九本，由当时在场的武林群豪，互相较技后，武功最高的二十九人所得……”

梅三思又不禁满面惊讶地点了点头，还未答话，柳鹤亭已长长叹息一声，缓缓接口道：“这种人人垂涎的武家秘籍，仅仅一本，已经在武林中掀起风波，如今有了三十六本，岂非更要弄得天下大乱？”

梅三思“嘿嘿”地冷笑一声，道：“他正如陶姑娘所说，将那三十六本《天武神经》如此分配了之后，余下的二十九本《天武神经》，立刻便引起了当时在场的千百个武林豪士的一场舍生忘死的大战！”

柳鹤亭虽不想问，却又忍不住脱口问道：“结果如何？”

梅三思仰天长叹一声，缓缓接着说道：“这一场残杀之后，自然有二十九人脱颖而出，取得了那二十九本离情道长手录的《天武神经》，至于这二十九个人的姓名，对我说这故事的人未曾告诉我，我也无法告诉你。总之这二十九人俱是武林中的一流高手，然而他们的成功，却是建筑在他人的鲜血与尸骨上！”

风动树影，日升更高，梅三思滔滔不绝，一直说了一个时辰，才将那《天武神经》的来历说出。

柳鹤亭一直凝神静听，但直到此刻为止，这“天武神经”中究竟有何秘密，为何武林中人虽知这本神经所载武学妙到毫巅，却无一人敢练？这些疑团，柳鹤亭犹自无法释然！

他目光一转，见到陶纯纯、梅三思两人，似乎都要说话，便自连忙抢先说道：“梅兄，你说了半天，我却仍然丝毫不懂！”

梅三思浓眉一扬，手捋虬髯，张目问道：“你不懂什么？难道说得还不够清楚？我几乎将人家告诉我的一切，每一字每一句都说了出来！”

柳鹤亭却微微一笑，含笑说道：“梅兄你所说的故事，的确极其精彩动听，但这本《天武神经》内所载的练功心法那般高妙，武林中却无人敢练，这其中的原因，我想来想去也无法明了。莫非是那离情道长早已将真的神经毁了去，而在练功心法的要紧之处，随意删改了多少地方，是以那三十六人，人人都着了他的道儿，而后人见了他们的前车之鉴，便也无人敢去一试了？”

梅三思哈哈一笑，道：“你的话说得有些对，也有些不对。那三十五本手抄的《天武神经》，字字句句，的确俱都和真本上的一模一样，但拿到这《天武神经》的三十六人，不到数年时光，有的突然失踪，有的不知下落，有的却死在武功比其为弱的仇人手上，这原因为的什么，起先自然无人知道。但后来大家终于知道，练了这本武学秘籍中所载武功的人，为何俱都有如此悲惨的结果。”

柳鹤亭双目一张，诧声问道：“为什么？”

梅三思叹息着摇了摇头，缓缓道：“这原因说来几乎令人难以置信——”突地一声惊呼，“陶姑娘，你怎地了？你怎地了？”

柳鹤亭心中一惊，转目望去，只见一直巧笑嫣然的陶纯纯，此刻玉容惨变，柳眉深皱，满面苍白，目光中更充满了无法描摹的痛苦之色！一双玉掌，捧在心畔，嘴唇动了两动，似乎想说什么却没有说出来，纤柔而窈窕的身形，已虚弱地倒在地上！

强烈的日光，映得她身上的罗衫，鲜红如血，也映得她清丽的面容，苍白如纸。柳鹤亭乍睹此变，被惊得呆了一呆，方自大喝一声，扑上前去，口中不断惶急而惊惧地轻轻呼道：“纯纯醒来，纯纯，你看我一眼……纯纯，你怎么样了……你……难道……难道……”

他一声接着一声呼喊着，平日那般镇静而理智的柳鹤亭，此刻却全然没有了主意。他抱着她的身躯，推拿着她的穴道，但他用尽了所有急救的方法，也无法使她苍白的面容透出一丝血色。

他只觉她平日坚实、细致、美丽、光滑，触之有如莹玉，望之亦如莹玉般的肌肤，此刻竟变得异样地柔软而松弛。她所有的青春活力，内功修为，在这刹那之间，竟像已一齐自她身上神奇地消失了！

一阵不可形容的悚栗与震惊，有如一道闪电般，重重击在柳鹤亭身上。他再也想不出她为何会突地这样，只好轻轻抱起了她的娇躯，急遽地向他们洞房走去，谨慎地将她放在那柔软华丽的牙床之上，只见陶纯纯紧闭着的眼睛，虚弱地睁开了一线！

柳鹤亭大喜之下，连忙问道："纯纯，你好些了么？告诉我……"

却见她方自睁开的眼睛，又沉重地阖了起来，玲珑而苍白的嘴唇，仅动了两动，模糊地吐出几个字音："不……要……离……开……我……"

柳鹤亭连连点头，连连拭汗，连连说道："是是，我不会离开你的……"

话声未了，双目之中，已有一片惶急的泪光，自眼中泛起！

胸无城府，无所顾忌的梅三思，笔直地闯入洞房中来，站在柳鹤亭身后，望着翠榻上的陶纯纯，呆呆地出了半天神，喃喃自语道："这是怎么回事？难道她也练过《天武神经》上的武功么？……"

柳鹤亭霍然转过身来，一把捉住他的肩头，沉声问道："你说什么？"

梅三思浓眉深皱，长叹着缓缓道："凡是练过《天武神经》上武功的人，一年之中，总会有三四次，会突地散去全身武功，那情况正和陶纯纯此刻一样……"

柳鹤亭双目一张，还未答话，梅三思接着又道："那些练过《天武神经》的武林豪士，之所以会突然失踪，突然不知下落，或者被武功原本不如他们的人杀死，便是因为这三四次散功的日子，俱是突然而来，不但事先没有一丝先兆，而且散功时间的长短也没有一定。最可怕的是，散功之际，稍一不慎，便要走火入魔，更可怕的是，凡是练了《天武神经》的人，终生不得停顿，非得一辈子练下去不可！”

他语声微顿，歇了口气，立刻接着又说道：“后来武林中人才知道，那些突然失踪的人，定是练了《天武神经》后，发觉了这种可怕的变化，便不得不觅一深山古洞，苦苦修练。那些会被原本武功不如他们的仇家杀死的人，也必定是因为他们动手之际，突然散了功，这种情况要一直延续四十年之久，才能将《天武神经》练成，武林群豪，虽然羡慕《天武神经》上精妙的武功秘技，却无一人再敢冒这个险来练它！除了一些非常非常奇特的人！”

柳鹤亭呆滞地转动了一下目光，望了望犹自昏迷着的陶纯纯，他心里此刻在想着什么？

梅三思皱眉又道：“那离情道长练了《天武神经》，发觉了这种可怕的变化后，他自己寻不出解释，是以便将《神经》抄了三十五份，分给三十五个武功最高的武林高手，让他们一同来练，看看他们练过《天武神经》后，是不是也会生出这种可怕的变化，看看这些人中，有没有人能对这种变化，寻出解救之法。他用心虽然奸恶，但是他还是失望了，武林中直到此刻为止，还没有人能对此事加以补救，只有一直苦练四十年，但是——唉！人生共有多少岁月，又有谁能熬过这四十年的惊吓与痛苦？”

梅三思浓眉微微一扬，望了望陶纯纯苍白的面容，接口又道：“是以当时武林七大门派的掌门人，临终之际，留给弟子的遗言，竟不约而同地俱是：切切不可去练那《天武神经》。而此后许多年轻武士也常常会在一些名山大泽的幽窟古洞里，发现一些已经腐烂了的尸身或枯骨，死状都十分丑恶，显见是临死时十分痛苦。而在那些尸身或枯骨旁的地上或石壁上，也有着一些他们留下的遗言字句，却竟也是，‘切切不可再练《天武神经》！’”

他长长地叹息一声，缓缓接着说道：“那些尸身和枯骨，自然也就是在武当山解剑岩下，以武功夺得手抄的《天武神经》后，便突然失踪的武林前辈。但饶是这样，武林中人对这《天武神经》，却犹未死心，为了那些手抄的《神经》，仍有不少人在舍生忘死地争夺，直到二十年后，少林寺藏经阁的首座大师‘天喜上人’，将《天武神经》木刻墨印，印了数千本之多，随缘分赠给天下武林中人，这本在武林中引起了无数争端凶杀的《天武神经》，才变成世间一件不成秘密的‘秘密’，而后起的武林中人，有了这些前车之鉴，数十年来，也再无人敢去练它！”

他语音微顿，又自补充道：“不但无人敢再去练它，甚至连看都没有人敢再去看它，武林中师徒相传，都在警诫着自己的下一代，‘切切不可去练《天武神经》！’是以我刚才能凭着这本《神经》上的字句，将那白衣铜面的怪人惊退，其实说穿之后，不过如此而已！”

柳鹤亭目光关心而焦急地望着陶纯纯，耳中却在留意倾听着梅三思的言语，此刻他心分数用，实是紊乱已极。

他与陶纯纯相处的时日愈久，对她的疑惑也就愈多，直到此刻，他对她的身世来历，仍然是一无所知，他对她的性格心情，也更不了解。但是，这一切却都不能减弱他对她的怜爱，他想到自己今后一生，都要和一个自己毫不了解的人长相厮守，在他心底深处，不禁泛起一阵轻轻的颤抖，和一声长长的叹息：“如此神经！”

“万胜神刀”边傲天和久留未散的武林众豪，闻得柳鹤亭的新夫人突发重病，自都匆匆地赶到后园中的洞房里来，这其中自然有着一些精通医理的内家好手，但却再无一人能看得出陶纯纯的病因。而另一些久历江湖，阅历丰富，腹中存有不少武林掌故的老江湖们，见到她的病状，心中虽有疑惑，却也无一人能将心中的疑惑加以证实，只是互相交换一个会心的眼色而已。

日薄西山，归鸦聒噪，黄昏后的洞房里，终于又只剩下了柳鹤亭一人。

洞房中的陈设，虽然仍如昨夜一般绮丽，但洞房中的情调，却已不再绮丽。柳鹤亭遣走了最后两个青衣小环，将罗帷边的铜灯，拨成最低暗的光线，然后焦急、惶恐，而又满腹疑团地坐在陶纯纯身畔。

昏黄的灯光，映着陶纯纯苍白的面容。夜更深，人更静，柳鹤亭心房的跳动却更急遽，因为此刻，陶纯纯仍未醒来！

她娇躯轻微转动了一下，面上突地起了一阵痛苦的痉挛。柳鹤亭心头一阵刺痛，轻轻握住她的皓腕。只见她面上的痛苦，更加强烈，口中也发出了一阵低微、断续而模糊不清的痛苦的呓语："师父……你好……好狠……纯纯……我……我对不起你……杀……杀……"

柳鹤亭心头一颤，手掌握得更紧，柔声道："纯纯，你好些了么？你心里有什么痛苦，都可以告诉我……"

但陶纯纯眼帘仍然紧闭，口中仍然在痛苦地呓语："杀……杀……纯纯，我对不起你……"突又低低地狂笑着道，"天下第一……哈哈……武林独尊……哈哈……"

柳鹤亭惊惧地握着她的手腕，渐渐觉得自己的手掌，竟也和她一样冰冷，他竟开始在心里暗问自己："她是谁？她到底是谁？她到底有多少件事是瞒着我的？她心中到底有多少秘密？她……她难道不是陶纯纯么？"

他心情痛苦，思潮紊乱，以手捧面，垂首沉思。一阵凉风吹过，窗外似乎又落下阵阵夜雨，夜色深沉中，窗外突地飘入一方纯白的字笺，却像是有着灵性一般，冉冉飘到柳鹤亭眼前！

柳鹤亭目光抬处，心中大惊，顺手抄过这方字笺，身形霍然而起，一掠而至窗口，沉声地道："是谁？"

窗外果已落下秋雨，点点的雨珠，挟着夜来更寒的秋风，"嗖嗖"地打在新糊的轻红窗纸上。秋风夜雨，窗外哪有人影？柳鹤亭叱声方了，方待穿窗而出，但回首望了陶纯纯一眼，却又倏然止步，在窗口呆呆地愣了半晌，茫然展开了掌中纸笺，俯首而观，他坚定的双掌不禁起了一阵轻微的颤抖。

只见那纯白的纸笺上，写着的挺秀字迹是：

你可要知道你新夫人的秘密？

你可要挽救江苏虎丘西门世家一家的性命？

你可想使自己脱离苦海？

那么，你立刻便该赶到江苏虎丘西门世家的家中去。后园西隅墙外，停着一匹鞍辔俱全的长程健马，你只要由此往南，顺着官道而行，一路上自然有人会来替换你的马匹！假如你能在一日之间赶到江苏虎丘，你便可发现你所难以置信的秘密，你便可救得西门一家的性命，你也可使自己脱离苦海，否则……凶吉祸福，由君自择，动手且快，时不我与！

下面既无具名，亦无花押。柳鹤亭惊惧地看完了它，手掌的颤动，且更强烈，他茫然回到他方才坐的地方。陶纯纯的面容，仍然是苍白而痛苦！

"这封信是谁写的，信中的话，是真的么？"这些问题他虽不能回答，但犹在其次，最重要的问题是："我该不该按照信中的话，立刻赶到江苏虎丘去？"

刹那之间，这一段日子来的往事，齐地在他心中闪过：她多变的性情……她诡异的身世……密道中的突然出现……清晨时的急病……在密道中突然失踪的翠衫少女……满凝鲜血毛发的黑色玉瓶……以及她方才在晕迷中可怕的呓语……

柳鹤亭忍不住霍然长身而起，因为这一切都使他恨不得立时赶到江苏虎丘去，但是，他回首再次望了陶纯纯一眼，那娇美而痛苦的面容，却不禁在他心底引起了一阵强烈的怜爱，他喃喃地说道："我不该去的！我该保护她！无论如何，她已是我的妻子！"

他不禁反复地暗中低语："无论如何，她终究已是我的妻子！她终究已是我的妻子！"在那客栈中酒醉的温馨与迷乱，再次使得他心里泛起一阵混合着甜蜜的羞愧，昨夜花烛下，他还曾偷偷地揭开她覆面红巾的一角，偷看到她含羞的眼波和嫣红的娇靥。

就是那温馨而迷乱的一夜，就只这甜蜜而匆匆的一瞥，已足够在他心底，留下一个永生都难磨灭的印象，已足够使得他此刻又自沉重坐下来。但是，陶纯纯方才呓语中那几个"杀"字，却突地又在他耳畔响起。

"杀！杀！"这是多么可怕而残酷的字句，从第一次听到这个字直到此刻，柳鹤亭心里仍存留着一分难言的惊悸。"天下第一，武林独尊！"他不禁开始隐隐了解到她心底深处的野心与残酷。

这分野心与残酷，虽也曾在她目光中不经意地流露出来，却又都被她嘴角那分温柔的笑容所遮掩，直到此刻……

柳鹤亭剑眉微轩，又自霍然长身而立，紧了紧腰间的丝绦。

"无论是真是假，我都要到江苏虎丘去看上一看！她在这里必定不会遭受到什么意外的！"

他在心中为自己下了个决心，因为他深知自己此刻心中对她已开始生出一种不可抗拒的疑惑，他也深知自己若让这分疑惑留在心里，那么自己今后一生的幸福，都将会被这分疑惑摧毁。因为疑惑和猜疑，本就是婚姻和幸福的最大敌人！

他一步掠到窗口，却又忍不住回首瞧她一眼。

只听她突又梦呓着道："鹤亭……不要离开我……你……你要是不保护我……我……何必嫁给你，我……要独尊武林……"

柳鹤亭呆了一呆，剑眉微轩，钢牙暗咬，身形动处，闪电般掠出窗外，却又不禁停下身来，为她轻轻关起窗子，然后轻轻掠到左侧一间小屋的窗外，沉重地敲了敲窗框，等到屋内有了惊诧的应声，他便沉声道："好好看顾着陶姑娘，一有变化，赶紧去通知边大爷！"

屋内第二次应声还未响起，柳鹤亭身形已飘落在数丈开外，一阵风雨，劈面打到他脸上。他望了望那灯光昏黄的新糊窗纸，心底不禁泛起一阵难言的寒意，使得他更快地掠出墙外，目光闪处，只见一匹乌黑的健马，配着乌黑的辔鞍，正不安地伫立在乌黑的夜色与袭人的风雨中。

他毫不迟疑地飘身落在马鞍上，缰绳微带，健马一声轻嘶，冲出数十丈，眨眼之间便已奔出城外。

官道上一无人踪，他放马狂奔，只觉秋风冷雨，扑面而来，两旁的田野林木，如飞向后退去，耳畔风声呼呼作响。也不知奔行了多久，他胯下之马，虽然神骏，却也禁不住如此狂奔，渐行渐缓。他心中焦急，顾不得怜惜马匹，丝鞭后扬，重重击在马股上，只打得马股上现出条条血痕。那马惊痛之下，虽然怒嘶扬蹄，加急奔行了一段路途，但终究已是强弩之末，眼看就要不支倒下！

雨丝渐稀，秋风却更烈。静寂之中，急遽的马蹄声，顺风而去传得更远。柳鹤亭振了振已被雨浸透的衣衫，纵目望去，只听深沉的夜色中，无人的官道边，黝黑的林木里，突地传出一声轻呼："换马！"

接着，道边便奔出一匹乌黑健马，马上人口中轻轻呼哨一声，自柳鹤亭身侧掠过，然后放缓缰绳。柳鹤亭侧目望去，只见此人一身劲装，青巾包头，身形显得十分瘦削，却看不清面目，不禁沉声喝问道："朋友是谁？高姓大名，可否见告？"

哪知他喝声未了，那匹马上的骑士，已自翻身甩镫，自飞奔的马背上"唰"地掠下，反手一拍马股，口中再次低呼一声："换马！"

柳鹤亭左掌轻轻一按鞍辔，身形凭空拔起，凌空一个转折，飘然落到另一匹马上，只听身后的人沉声喝道："时间无多，路途仍远，望君速行，不可耽误！"

新换的奔马，眨眼之间便将这语声抛开很远。雨势已止，浓云亦稀，渐渐露出星光，但柳鹤亭心中的疑云却更浓重。他再也想不出暗中传书给自己的人，究竟是谁，此人不但行迹诡异，行事更加神秘，而且显得在江湖中颇有势力，门人弟子定必极多，否则又怎能为自己安排下如此精确而严密的换马方法！他遍思故人，心中仍然一片茫然，不禁为之暗叹一声，宽慰着自己："管他是谁，反正看来此人对我并无恶意！"

他一路思潮反复，只要到了他胯下的健马脚力渐衰之际，便必定有着同样装束打扮的骑士，自林木阴暗处突地奔出，为他换马，而且一色俱是毛泽乌黑、极其神骏的长程快马。而马上的骑士，亦总是不等他看清面目，便隐身而去！

这样一夜飞奔下来，他竟已换了四匹健马，黑暗中不知掠过多少乡村城镇，也不知赶过了多少路途，只觉东方渐露鱼青，身上晨寒渐重。又过了一会儿，万道金光，破云而出，田野间也开始有了高歌的牧子与荷锄的农夫。

柳鹤亭转目而望，四野秋色，一片黄金，他暗中忖道："这匹马又已渐露疲态，推算时间，换马的人该来了，却不知他在光天化日下，怎生隐饰自己的行藏？"念头方转，忽听后面蹄声大起，他心中一动，缓缓一勒缰绳，方待转首回望，却见两匹健马，已直奔到他身畔。一匹马上空鞍无人，另一匹马上，坐着一个黑衣汉子，右手带着缰绳，却用左手的遮阳大笠，将面目一齐掩住。柳鹤亭冷笑一声，不等他开口喝问，身形已自“唰”地掠到那一匹空鞍马上，右掌疾伸，闪电般向那黑衣汉子手上的遮阳大笠抓去。

那黑衣汉子口中“换马”两字方才出口，只觉手腕一紧，遮阳大笠已到了柳鹤亭掌中。他一惊之下，轻呼一声，急忙以手遮面，拨转马头，向右边的一条岔道奔去，但柳鹤亭却已依稀望见了他的面容，竟似是个女子！

这景况不禁使得柳鹤亭一惊一愕，又自恍然忖道：“难怪这些人都不愿让我看到她们的面目，原来她们竟然都是女子，否则我根本与她们素不相识，她们根本没有掩饰自己面目的必要！”

在那岔路口上，柳鹤亭微一迟疑，方才他骑来的那匹健马，已虚乏地倒在道旁。

田畔的牧子农夫不禁向他投以惊诧的目光，终于，他还是扬鞭纵骑笔直向南方奔去。遇到稍大的城镇，他便越城而过，根本不敢有丝毫停留，下一次换马时，他也不再去查看那人的形貌，只见这匹乌黑健马的马鞍上，已多了一皮袋肉脯、一葫芦温酒。

烈日之下奔行，加以还要顾虑着道上的行人，速度自不及夜行之快，但换马的次数，却丝毫不减。又换了三匹后，时已日暮，只听前面水声滚滚，七彩晚霞，将奔腾东来的大江，映得多彩而辉煌。柳鹤亭马到江边，方待寻船摆渡，忽听身后一人朗声笑道：“马到长江，苏州已经不远，兄台一路上，必定辛苦了！”

柳鹤亭霍然转身，只见一个面白无须，身躯略嫌肥胖，但神情却仍十分潇洒的中年锦衣文士，立在自己身后，含笑说道：“江面辽阔，难以飞渡，兄台但请弃马换船！”

柳鹤亭露齿一笑，霍然下马，心中却无半分笑意。这一路奔行下来，他虽然武功绝世，但身上雨水方干的衣衫，却不禁又为汗水浸透，此刻脚踏实地，双脚竟觉得飘飘的，有些发软。

那锦衣中年文士一笑说道："兄台真是超人，如果换了小弟，这一路奔行下来，只怕早已要倒在道畔了！"一面谈笑，一面将柳鹤亭拱手让上了一艘陈设甚是洁净的江船。

柳鹤亭索性不闻不问，只是淡淡含笑谦谢，坐到靠窗的一张藤椅上，放松了四肢，让自己紧张的肌肉得以稍微松懈。他只当这锦衣中年文士立刻便要离船上岸。

哪知此人竟也在自己对面的一张藤椅上坐了下来，目光灼灼地望着自己。这两道目光虽坚定，却又有许多变化，虽冷削，却又满含笑意。

柳鹤亭端起刚刚送来的热茶，浅浅啜了一口，转首窗外，望着江心万里金波，再也不愿瞧他一眼。

片刻间江船便放棹而行，柳鹤亭霍然转过身来，沉声道："阁下一路与我同船，又承阁下好意以柬示警，但在下直到此刻，却连阁下的高姓大名都不知道，当真叫在下好生惭愧！"

锦衣中年文士微微一笑，道："小弟贱名，何足挂齿。至于那示警之柬，更非小弟所发，小弟只不过听人之命行事而已！"

柳鹤亭剑眉微轩，深深端详了他几眼，暗中忖道："此人目光奸狡，言语圆滑，显见心计甚多，而举止却又十分沉稳，神态亦复十分潇洒，目光有神，肤如莹玉，显见内家功夫甚高。似这般人才，若亦是受命于人的下手，那主脑之人又会是谁？"

他想到这一路上的种种安排，以及那些掩饰行藏的黑衣女子，不禁对自己此次所遭遇的对手，生出警惕之心。

只听那锦衣中年文士含笑又道："阁下心里此刻可是在暗中猜测，不知道谁是小弟所听命的人？"

柳鹤亭目光不瞬，颔首说道："正是。在下此刻正是暗中奇怪，似阁下这般人才，不知道谁能令阁下听命于他！"

那锦衣中年文士面上笑容突敛，正色说道："此人有泰山之高，似东海之博，如日月之明，小弟听令于他，实是心悦诚服，五体投地，丝毫没有奇怪之处。"

他面上的神色，突地变得十分庄穆，语声亦是字字诚恳，显见他这番言语，俱是出于至诚。

柳鹤亭心中一动，愣了半晌，长叹道："能令阁下如此钦服之人，必是武林中的绝世高手，不知在下日后能否有缘见他一面？"

锦衣中年文士面上又露出笑容，道："兄台只要能及时赶到江苏虎丘，不但定能见到此人之面，而且还可以发现一些兄台梦想不到的秘密……"

柳鹤亭剑眉微皱，望了望西方的天色，缓缓道："在下若是万一不能赶上，又将怎地？"

锦衣中年文士面容一整，良久良久，方自长叹一声，缓缓道："兄台若是不能及时赶上么……唉！"又自重重叹息一声，倏然住口不语。

这一声沉重的叹息中，所含蕴的惋惜与悲痛，使柳鹤亭不禁下意识地又望了望船窗外的天色，他生性奇特，绝不会浪费一丝一毫力气在绝无可能做到，而又无必要去做的事上。他此刻已明知自己绝不可能从这锦衣中年文士的口中，套出半句话来，是以便绝口不提此事！

但是他心中的思绪，却在围绕着此事旋转……

船过江心，渐渐将近至对岸，许久未曾言笑的锦衣中年文士，突地缓步走到俯首沉思的柳鹤亭身旁椅上坐下，长叹着道："为了兄台，我已不知花却了多少心血。不说别的，就指让兄台能以世间最快速度赶到江苏一事而言，已是难上加难，若是稍一疏忽，误了时间，或是地点安排得不对，致有脱漏，那么兄台又岂能在短短十个时辰之中，由鲁地直赶到长江？”

他语声稍顿，微微一笑，又道：“小弟之所以要说这些话，绝非是故意夸功，更不是诉苦抱怨，只是希望兄台能排除万难，及时赶到虎丘。那么小弟们所有的苦心努力，便全都不会白费了。”

他此番话说得更是诚恳，柳鹤亭徐徐抬起头来，口中虽不言，心中却不禁暗地思忖：“听他说来，似乎从此而往虎丘，路上还可能生出许多变故，还可能遇着一些危险！”

他只是淡淡一笑，望向窗外。夕阳将逝，水流如故，他不禁开始想到，世上有许多事，正都是人们无法避免的，一如夕阳虽好，却已将逝，水流虽长，亘古不息，又有谁能留住将逝的夕阳和奔流的河水？一时之间，他心中不禁涌起一阵微带苦涩的安慰，因为他心中已十分平静，有些悲哀与痛苦，既是无法避免之事，他便准备好去承受它。

船到彼岸，那锦衣中年文士殷勤相送，暮色苍茫中，只见岸边早已备好一匹毛色光亮的乌黑健马。

秋风振衣，秋水呜咽，使得这秀绝人间的江南风物，也为之平添许多苍凉之意。锦衣中年文士仔细地指点了路途，再三叮咛。

“切莫因任何事而误了时间，若是误了时间，便是误了兄台一生！”

柳鹤亭一面颔首，霍然上马，马行数步，他突地转身说道：“今日一见，总算有缘，只可惜小弟至今还不知道兄台姓名，但望日后还有相见之期，亦望到了那时，兄台能将高姓大名告于在下！”他生具至性，言语俱是发自肺腑，丝毫没有做作！

话声未了，他已纵骑扬鞭而去，留下一阵袅袅的余音和一片滚滚的烟尘。

那锦衣中年文士望着他的背影，突地长叹一声，喃喃自语着道：“造化弄人……造化弄人，如此英发的一个少年，却想不到也会坠入脂粉陷阱中，看来那女魔头的手段，当真是令人不可思议！”

他负手而立，喃喃自语，远远伫立在一丈开外，似乎是守望着船只，又似乎是在守望着马匹。一个低戴范阳大笠、身穿紫缎劲装的彪形大汉，此刻突地大步走了过来，朗声一笑，道：“金二爷，你看这小子此番前去，可能保得住性命么？”他举手一推，将顶上的范阳大笠推到脑后，露出两道浓眉、一双环目，赫然竟是那别来已久的“神刀将军”胜奎英。

被他称为“金二爷”的锦衣中年文士微微一笑，沉吟着道：“他此番前去，虽然必有凶险，但谅可无碍，只是他若与那女子终日厮守的话——哼哼，那却随时会有性命之虑！”他冷哼两声之后，语气已变得十分凝重。

“神刀将军”胜奎英倒抽一口凉气，道：“那女子我也见过，可是……可是我真看不出她会是个这样的人物。金二爷，我虽然一直都参与此事，可是此事其中的究竟，我到现在还是不知道，譬如说……‘西门世家’近年来人才虽不如往日之多，可是一直正正派派，也素来不与别人结怨，又怎会和此事有了关连？而那女子既是这么样一个人物，又为何要嫁给柳鹤亭？还有……这女子再强，也不过是个女子，却又有什么魔力，能控制住那么多凶恶到了极处的‘乌衣神魔’？这……真教人难以相信！”

他说说停停，说了许久方自说完，显见得心中思潮颇为紊乱！

“金二爷”剑眉微皱，沉声说道：“这件事的确是头绪零落，紊乱已极。有许多事看来毫无关系，其实却俱有着关连，你只要漏掉一事，就无法看破此中的真相！”他微微一笑，接口又道，“若非有老爷子那样的智慧，若非有老爷子那样的力量，出来管这件事，我就不信还有谁能窥破那女子的阴谋！”

胜奎英微一颔首，“金二爷”接口又道：“你可记得多年前盛传于武林的一事，‘西门世家’的长公子西门笑鸥，神秘地结了婚，又神秘地失了踪……”

胜奎英忍不住接口道：“难道这也与此事有着关系么？”

“金二爷”颔首道：“据我推测，那西门笑鸥结婚的对象，亦是这神秘的女子。他渐渐看出了她的一些真相后，是以便又被她害死，至于……这女子为何总要引诱一些出身武林世家，武功都不弱的少年豪杰与她成婚？我想来想去，似乎只有一点理由，那便是她想借这些人的身份，来掩饰自己的行藏，可是这点理由却又不甚充分！”他微喟一声，顿住语声。

胜奎英皱眉道：“难道此事其中的真相，金二爷你还不甚清楚么？”

“金二爷”长叹道：“莫说我不甚清楚，便是老爷子只怕也不尽了然，我到此刻对那女子的一切，大半还是出于猜测，而没有什么确切的证据！”他又自长叹一声，“说不定事实的真相，并非一如我们的猜测也说不定！”

“神刀将军”胜奎英皱眉沉吟道：“若是猜错了……唉！”

“金二爷”接口微笑道：“若是猜错了，只怕此后世间便再无一人能知道那‘浓林密屋’与‘石观音’石琪的真相了！”

他语声微顿，面色一整，又自接道：“要知我等之行动，虽是大半出于猜测，但亦有许多事，我等已有八分把握，在那山城客栈中，突地发狂的‘叶儿’与‘枫儿’，便的的确确是被那女子暗中使下剧毒之药所迷。此等药力之强，不但能使人暂时迷失理智，若是药力用得得当，还能使人永久迷失本性，而且至今天下无人能解。”

胜奎英心头一凛，只听他一笑又道：“此事其中最难解释的便是那班‘乌衣神魔’的来历。这些人武功都不弱，行事却有如疯狂，几乎一夜之间，便同时在江湖出现，他们绝不可能俱是新手，更不可能是自平地涌出，那么他们是从哪里来的呢？这件事本令我百思不得其解，但自从‘叶儿’与‘枫儿’被药所迷后，我也猜出了些头绪！”

胜奎英双目一张，脱口说道：“什么头绪？”

“金二爷”微一拂袖，转身走到江畔，微一驻足，道：“这些线索，我虽猜出一些头绪，但还未十分明朗，此刻说来，还嫌太早。”他边说边又从容地走上江船。

“神刀将军”胜奎英木立半晌，口中喃喃自语：“此刻说来，还嫌太早……唉！要到什么时候才能说呢！”他与此事虽无甚大关连，但此刻满心疑虑，满腹好奇，却恨不得此事早些水落石出，此时他竟似已有些等得不耐烦了。

江船又自放棹启行，来时虽急，返时却缓，船尾的艄公，燃起一袋板烟，让江船任意而行。“金二爷”坐在舱中，沉思不已，并不焦急，因为一些能够安排的事他均已安排好了，一些无法安排的事，他焦急也没有用！

船到江心，夜色已临，万里苍空，秋星渐升，突地一艘快艇，自对岸如飞驶来，船舷两侧，水花高激，船舱内灯光昏黄，不见人影。“金二爷”目光动处，口中轻轻“咦”了一声，回首问道：“你可知道这是哪里的船只？为何这般匆忙？”

“神刀将军”胜奎英探首望了一眼，微一沉吟，道：“这艘船锐首高桅，正是长江‘铁鱼帮’的船只，他们这些在水上讨生活的人，生涯自是匆忙得很！”

“金二爷”口中不经意地“哦”了一声，却听胜奎英长叹一声，又道：“长江‘铁鱼帮’，自从帮主‘铁鱼’俞胜鱼前几年突地无故失踪后，盛况已大不如前，江湖风涛，诡谲险恶，在江湖中讨生活，当真是愈来愈不容易了！”

他语声之中，甚多感慨，要知他本亦是武林中成名立万的人物，近来命运潦倒，居于人下，心中自有甚多牢骚。

“金二爷”微微一笑，住口不答。两船交错，瞬息之间，便已离开甚远，立在那艘快艇船首的两个赤着上身的大汉，遥视着“金二爷”所坐的江船，一人手中卷着一团粗索，一人口中说道：“喂，你瞧立在那艘江船窗口的汉子，可是前些年和前帮主一起到舵里去过一次的胜家门里的胜奎英？”

另一个汉子头也不抬，皱眉道：“管他是谁！反正现在我也瞧不见了！”

先前那汉子无可奈何地耸耸肩膀，无意望了门窗紧闭的船舱一眼，突又压低了声音，道：“你可瞧得出，船舱中的这个女子，是什么来路？她脸色蜡黄，面容憔悴，像是病了许久的人，可是她来的时候……”他说至此处，顿了一顿，继道，“骑着的一匹脚力十分够劲的健马，都已跑得吃不消了，一到江边，就口吐白沫，倒在地上，她反而一点事都没有，轻轻一掠，就下了马！”

另一个汉子突地抬起头来，面上已自微现惊容，口中道：“这事说来真有些奇怪，我在江湖中混了这么久，谁也不能在我眼里揉进半粒沙子，可是……可是我就是看不准这女子的来路。”他语声微微一顿，回首望了舱门一眼，又道：“最怪的是，我们‘铁鱼帮’的船，已有好多年没有借给外人，可是她一上船，三言两语，立刻就把我们那位‘诸葛先生’说服了，我看……”

先前那汉子口中突地“嘘”了一声，低声道：“捻短！”

只见船舱之门轻轻开了一线，闪出一条枯瘦的身影，黑暗中只见他目光一扫，瞪了这两条汉子一眼，道：“快先和岸上联络一下，让第四卡上的兄弟准备马匹！”

两条大汉垂首称是，那枯瘦人影便又闪入船舱，闭好舱门，只听舱中轻轻一声咳嗽，一个娇柔清脆的语声，微微说道：“人道‘长江铁鱼'，船行如飞，今日看来，也不过如此！唉！武林中真能名实相符的人，毕竟是太少太少了！"

两条大汉嘴角一撇，对望一眼，凝神去听，只听方才那枯瘦人影的语声不住称是，竟似对这女子十分恭敬。

灯光虽昏黄，但却已足够洒满了这简陋的船舱，照遍了这简陋的设备。粗制的器皿，斜斜挂在简陋的桌椅上，随着江船的摇晃而摇晃。

昏灯下，木椅上，坐着的是一个云鬓散乱、一袭轻红罗衫、面上稍觉憔悴，但目光却澄如秋水的绝色少女。她神情似乎有些焦急和不安，但偏偏却又显得那样安详和自然，她随意坐在那张粗制的木椅上，但看来却似个坐在深宫里、珠帘下、锦榻上的绝代妃子。

坐在她对面的枯瘦汉子，双手垂下，目光炯炯，却在瞬也不瞬地凝注着那绝色少女掌中反复拨弄着的一只黑铁所制的青鱼！

他嘴唇不安地启开了数次，似是想说些什么，却又不敢启口。

那绝色少女微微一笑，轻抬手掌，将掌中的"铁鱼"一直送到那枯瘦汉子的面前，含笑道："长江铁鱼，统率长江，谁要是得到这只铁鱼，便可做长江水道的盟主，你知道么？"

枯瘦汉子面色一变，目中光芒闪动，满是艳羡之色，口中喃喃说道："长江铁鱼，号令长江……"语声一顿，突地大声道，"陶姑娘，俞总舵主至今已失踪将近三年，这三年来，他老人家的下落，江湖中从未有一人知道，是以小可想斗胆请问陶姑娘一句，这'铁鱼令'究竟是何处得来的？"

坐在他对面的绝色少女，不问可知，便是那突然晕过去，突然清醒，又突然赶至此间的陶纯纯了。她秋波转处，轻轻一笑，缓缓道："俞总舵主不知下落，对你说来，不是更好么？"

枯瘦汉子神色一愣，面容突变，却听陶纯纯含笑又道："你大可放心，俞胜鱼此后永远也不会回到这里来了，他临死之前，我曾帮了他一个大忙，是以他才会将这‘铁鱼令’交付给我，让我来做长江上下游，五十二寨的总舵主。”

枯瘦汉子本已铁青的面容，此刻又自一变，身下的木椅吱吱作响，陶纯纯淡淡一笑，又道：“但我终究是个女子，怎敢有此野心？何况你‘诸葛先生’近日将长江水帮，治理得如此有声有色，更非我所能及，我又何忍让长江水帮偌大的基业毁在我的手上，你说是么？”

枯瘦汉子“诸葛先生”展颜一笑，暗中松了口气，道：“陶姑娘的夸奖，在下愧不敢当，想长江水帮的弟兄，大都是粗暴的莽汉，怎能委屈姑娘这般金枝玉叶，来……”

陶纯纯扑哧一笑，截口说道：“其实我最喜欢的便是粗鲁的莽汉……”

“诸葛先生”方自松懈了的面色，立刻又为之紧张起来。

陶纯纯秋波凝注，望着他面上这种患得患失的神色，面上的微笑更有如春水中的涟漪，深深在她娇靥上荡漾开展。她一手缓缓整理着鬓边紊乱的发丝，一手把弄着那黝黑的“长江铁鱼”，缓缓说道：“我虽喜欢粗鲁的莽汉，但有志气、有心计、有胆略、有武功的汉子，我却更加喜欢。”

“诸葛先生”倏地长身而起，又倏地坐了下去，口中期艾着道：“当今之世，有志气、有心计、有胆略、有武功的汉子，的确难得找到，小可几乎没有见过一个。”

陶纯纯再次嫣然一笑，更有如春日百花齐放，这一笑不但笑去了她面上的憔悴，也笑去了她目中的焦急不安。

她目光温柔地投向“诸葛先生”，然后含笑说道：“这种人虽然不多，但此刻在我面前就有一个……”

“诸葛先生”双眉一扬，心中虽极力想掩饰面上的笑容，却又偏偏掩饰不住，本自垂在椅背的双手，此刻竟不知放在哪里才好。

只听陶纯纯微笑着接口道："我本来还拿不定主意，不知将这'铁鱼令'如何处理，直至见到你后，才觉得长江五十二寨，由你来统率，正是驾轻就熟，再好也没有了，希望你不要太过谦让才好！"

"诸葛先生"精神一振，口中讷讷说道："不……我绝不会虚伪谦谢的，姑娘放心好了。"

陶纯纯含笑说道："那是最好……"她面上的笑容，突地一敛，"可是这'铁鱼令'我得来太不容易……"她语声一顿，倏然住口。

"诸葛先生"微微一体会，便已体会出她言下之意，连忙接口说道："姑娘有什么吩咐，小可只要能力所及，愿效犬马之劳。"

陶纯纯满意地点了点头。她面上笑容一敛，便立刻变得令人想去亲近，却又不敢亲近，不敢亲近，却又想去亲近。

她目光凝注着面前的枯瘦汉子，就正如庙中女佛在俯视着面前上香敬火的虔诚弟子一般。

她轻轻伸出三只春葱般的玉指，缓缓道："我此番要赶到江苏虎丘去，办一件极为重要的事，希望你此刻以信号与岸上的弟兄联络，叫他们替我准备好脚力最快的长程健马，而且每隔百里，你还要替我准备好一个换马的人，和一匹可换的马！"

"诸葛先生"沉吟半晌，面上微微现出难色。

陶纯纯柳眉微颦，道："这第一件事你就无法答应么？"

"诸葛先生"连忙赔笑道："在岸上准备更容易，而且小可已经吩咐过了，每隔百里，便准备一个换马的人……"

言犹未了，陶纯纯已自冷笑一声，接口说道："我凭着小小一枚'如意青钱'，便得到江北'骡马帮'之助，由河南一直换马奔来，难道你这号称统辖长江沿岸数百里的'长江铁鱼帮'，还及不上那小小的江北'骡马帮'么？"

“诸葛先生”双眉紧皱，长叹一声，垂首道：“非是能力不逮，只是时间来不及了！”

陶纯纯双目一张，笑容尽敛，倏地长身而起，冷冷道：“你难道不想要这‘铁鱼令’了么？”

“诸葛先生”头也不敢抬起，双眉皱得更紧，抬起头来缓缓道：“此事小可实在是无能为力，因为‘铁鱼帮’的暗卡，只到江岸边五十里外为止，而时间如此匆迫，小可也无法先令人赶到百里之外去，如果姑娘能暂缓一日，小可便必定能办好此事！”

陶纯纯目光一凛，面上尽失温柔之色，大怒道：“暂缓一日？”

“诸葛先生”垂下头去。

陶纯纯长叹一声：“你可知道，莫说再缓一日，便是再缓一个时辰，也来不及了！”

“诸葛先生”面色已变，视线似乎再也不敢触及她那冷若冰霜般的面容，仍自垂着头，期艾着道：“那么小可只有抱歉得很了。”

陶纯纯面如青铁，木立半晌，突又娇笑一声，嫣然笑道：“既然如此，你也不必抱歉了！”

嫣然的笑语声中，她身形突地一动，缓缓举起手掌，似乎又要去抚弄鬓边的乱发。“诸葛先生”见到她面上又已露出春花般的笑容，心中方自一宽，哪知她手掌方抬，掌势突地一变，立掌横切，闪电般切在那犹自茫然不知所措的“诸葛先生”的咽喉之上。

“诸葛先生”双睛一突，直直地望了她一眼，身形摇了两摇，连声音都未及发出，便“噗”的一声，倒在舱板上，气绝而死。

他这最后一眼中，不知道含了多少惊诧、怀疑与怨毒之意，但陶纯纯却连看也不再向他看上一眼，只是呆呆地望着自己掌中的“铁鱼令”，嘴角犹自残留着一丝令人见了不禁销魂的娇笑。

她缓缓走到窗前，玉手轻抬，竟“扑通”一声，将那“铁鱼令”投入江中，然后沉重地叹息一声，自语着道：“怎么办……怎么办呢……”轻抬莲步，跨过“诸葛先生”尸身，走到舱门口。她脚步是那么谨慎而小心，就像是慈爱的母亲，唯恐自己的脚步会踩到伏在地上嬉戏的孩子似的。然后她打开舱门，面向门外已被惊得呆了的两个彪形大汉，温柔地笑道：“你们听得够了么？看得够了么？”

两条大汉的四道目光，一齐呆呆地望着她的一双玉手，一双曾经在嫣然的笑语中，便致人死命的玉手。他们的面色正有如晚霞落去后的穹苍般灰暗，他们已在烈日狂风中磨炼成钢一般的强壮肌肉，也在她那温柔的笑声中，起了一阵阵悚栗的颤抖。

陶纯纯笑容未敛，缓缓向这两个大汉走了过去。江船渐渐已离岸不远，她身形也离这两条大汉更近，岸边烟水迷蒙，夜色苍茫，依稀可以看见一条黑衣大汉子，牵着一匹长程健马，鹄立在江畔。

两条大汉垂手木立，甚至连动弹也不敢动弹一下。

陶纯纯秋波转处，轻轻一笑。

两条大汉见到她的笑容，都不禁自心底泛起一阵寒意，齐地颤声道：“姑娘……马……已准备好了。”

陶纯纯笑道：“马已准备好了么？”她笑声更温柔。

那两个大汉却吓得一齐跪了下去，颤声道：“小的并没有得罪姑娘，但望姑娘饶小的一命！”

陶纯纯扑哧一笑，缓缓道：“长江铁鱼帮，都是像你们这样的蠢材，难怪会误了我的大事……”语声一顿，突又嫣然笑道，“你看你们吓成这副样子，死了不是更痛快么？”

两条大汉心头一震，还未敢抬起头来，陶纯纯窈窕的身躯，已轻盈地掠到他们身前，轻盈地伸出双掌，向他们头顶拍了过去。

她手势是那么温柔，笑容亦是那么温柔，亦如慈爱的母亲，要去抚摸她孩子们头上被风吹乱了的头发。

左侧的大汉口中惊呼半声，只觉一只纤柔的手掌，已抚到自己的头顶，于是他连剩下的半声惊呼都来不及发出，周身一震，百脉俱断，直挺挺跪在地上的身躯，便又直挺挺向前倒去！

第十章

西门世家

那右侧的大汉见到陶纯纯脚步一动，便已和身扑到舱板上，腰、腿、肘，一齐用力，连滚两滚，滚开五尺。饶是这样，他额角仍不免被那纤纤的指尖拂到，只觉一阵火辣辣的刺痛，宛如被一条烧得通红的铁链烫了一下，又像是被一条奇毒的蛇吻咬了一口。

陶纯纯娇躯轻轻一扭，让开了左侧那大汉倒下去的尸身，口中“呀”地娇笑一声，轻轻道：“你倒躲得快得很！”

未死的大汉口颤舌冷，手足冰凉，方待跃入江中逃命！

他身躯已近船舷，只要滚一滚，便可跃入江中，哪知他身躯还未动弹，鼻端已嗅到一阵淡淡的幽香，眼前已瞥见一方轻红的衣袂，耳畔已听得陶纯纯温柔的笑语，一字一字地说道：“你躲得虽快，可是究竟还是躲不开我的……”

这彪形大汉侧身卧在舱板上，左肘压在身下，右臂向左前伸，双腿一曲一直，正是一副“动”的神态。但是他此刻四肢却似已全部麻木，哪里还敢动弹一下，这“动”的神态，竟变成了一副“死”的形象。他眼角偷偷瞟了她的莲足一眼，口中颤声道：“姑娘，小的但求姑娘饶我一命……”

陶纯纯接口道：“饶你一命——”她嘴角温柔的笑容，突地变得残酷而冰冷：“你们误了我那等重要之事，我便是将你帮中之人，刀刀斩尽，个个诛绝，也不能泄尽我心头之恨！”

伏在地上的大汉，身躯仍自不敢动弹，甚至连抬起的手臂，都不敢垂落，因为他生怕自己稍一动弹，便会引起这貌美如花，却是毒如蛇蝎般少女的杀机。他倒抽一口凉气，颤声说道：“长江‘铁鱼帮’是在水道上讨生活的，动用马匹，自然比不上江北‘骡马帮’那么方便……”

陶纯纯冷笑一声，缓缓抬起手掌，道：“真的么？”

她衣袂微微一动，这大汉便又不禁激灵灵打了个寒噤，连忙接口道：“但小人却有一个方法，能够帮助姑娘在一夜之间赶到苏州！”

陶纯纯掌势一顿，沉声道：“快说出来……”

直到此刻，这大汉才敢从船板上翻身爬了起来，却仍然是直挺挺地跪着，口中说道：“小人将这方法说出来后，但望能饶小人一命！”

陶纯纯秋波转处，突又轻轻一笑，满面春风地柔声说道：“只要你的方法可用，我不但饶你一命，而且……”柔声一笑，秋波凝睇，倏然住口。

彪形大汉精神一振，目光痴痴地望着陶纯纯，他此刻方离死亡，竟然便已立刻生出欲念。

陶纯纯目光一寒，面上仍满带笑容，柔声道：“快说呀！”

彪形大汉胸膛一挺，朗声道：“小人虽然愚鲁，但少年时走南闯北，也到过不少地方，最南的去过苗山，最北的一直出了玉门关，到过蒙古大沙漠，那时小人年轻力壮，一路上也曾干过不少轰轰烈烈的事……”在陶纯纯温柔的目光下，他竟又自吹自擂起来。

陶纯纯柳眉微颦，已觉不耐，彪形大汉目光抬处，心头一凛，赶紧改口道：“姑娘您想必也知道，普天之下，唯有蒙人最善驭马……”

陶纯纯目光一亮，轻笑一声，这一声轻笑，当真是发自她的心底，若是有人能使她能在今夜赶到虎丘，她甚至不惜牺牲自己的一切。

那大汉目光动处，狡猾地捕捉住她这一丝真心的笑容，语声一顿，故意沉吟半晌，突然改口道："有许多在人们眼中几乎无法做到的事，一经说出方法诀窍之后，做起来便容易得很，但如何去学到'做'的方法，却是极为困难，出卖劳力的人总比读书人卑微得多，但在每种不同的生活环境里，却可以得到不同的体验。"

他又自故意长叹一声，接口道："譬如我在蒙古大沙漠中的那一段日子，当真是艰苦已极，可是在这一连串困苦的日子里，我所学到的，不过仅仅是这一个巧妙的方法而已。"

陶纯纯秋波一转，立刻收敛起她那一丝已将她真心泄露的微笑，眼帘微垂，轻蔑地瞧了这仍跪在地上的大汉两眼。她光亮的银牙，咬了咬她妖美的樱唇，然后如花的娇靥上，便又恢复了她销魂的美容，轻轻道："你还跪在地上干什么？"玉手轻抬，将这大汉从舱板上扶了起来，又自轻笑道，"我也知道要学到一件许多人都不懂得的知识，该是件多么困难的事，呀……我多么羡慕你，你胸中能有这种学问，直比身怀绝顶武功，家有百万珍宝的人还值得骄傲……"

轻轻娇笑声中，她缓缓挥动着罗袖，为这虽然愚昧但却狡猾的大汉，拂拭着衣上的尘土。

于是这本自愚昧如猪，但却又被多年来的辛苦岁月，磨炼得狡猾如狐的大汉粗糙而丑陋的面容上，便无法自禁地泛出一丝得意的笑容，口中却连连道："小人怎敢劳动姑娘玉手，罪过罪过……"

陶纯纯笑容更媚，纤细的指尖，轻轻滑过了他粗糙的面颊，温柔地笑道："快不要说这些话，我生平最……最喜欢的就是有知识的人。方才我若知道你是这样的人，我……我就不会对你那样了……"

她羞涩地微笑一下，全身都散发出一种不可抗拒的女性温柔，而这份女性温柔，便又很容易地使这大汉忘却了她方才手段的毒辣。

他厚颜地干笑了一声，乘机捉住她的手掌，涎着脸笑道："姑……

姑娘……的手……好……好白。”他语声又开始颤抖起来，却已不再是为了惊吓与恐惧，而是为了心中有如猪油般厚腻的欲望，已堵塞到他的咽喉。

而陶纯纯竟然是顺从的……

半晌，陶纯纯突地惊“呀”了一声，挣脱了他，低声道：“你看，船已到岸了，岸上还有人……”

本自满面陶醉的大汉，立刻神色一变，瞧了岸上牵马而立的汉子一眼，变色惶声说道：“他看到了么？不好，若是被他看到……此人绝不可留……”

原来在他的性格之中，除了猪的愚蠢与狐的狡猾之外，竟还有着豺狼的残酷与鼠的胆小。

陶纯纯轻轻一皱她那新月般的双眉，沉声道：“你要杀死他么？”

这大汉不住颔首，连声道：“非杀死不可，非杀死不可……他若看到了船上的尸首，又看到了你和我……那怎么得了，那怎么得了！”

陶纯纯幽幽一叹，道：“好吧，既然你要杀他，我也只好让你杀了！”

她似乎又变得十分仁慈，要杀人不过是他的意思而已，而这愚昧的大汉似乎也认为她方才所杀死的人都是自己的意思，又自不住说道：“是，听我的话，快将他杀死……”

言犹未了，陶纯纯窈窕的身躯，有如飞燕般掠过一丈远近的河面，掠到岸上。夜色之中，只见她玉手轻抬，只听一声低呼，她已将那牵马的大汉，夹了回来，“砰”的一声，掷到舱板上。

她神态仍是那么从容，就像她方才制服的，不过只是一只温柔的白兔而已。

大汉展颜一笑，陶纯纯道：“我已点了他的穴道，你要杀他，还是你自己动手好了。”

有着豺狼般性格的大汉，立刻显露出他凶暴的一面，直眉瞪目，“唰”地自腰间拔出一柄解腕尖刀，指着地上动也无法动弹的汉子，厉声道：“你看！你看！我叫你看！”“唰”地两刀剐下，“你听！你听！我叫你听！”“唰”地又是两刀割下。

静静的江岸边，立刻发出几声惨绝人寰的惨叫，躺在舱板上的那无辜的汉子，便已失去了他的一双眼睛与一双耳朵。

陶纯纯眼帘一阖，似乎再也不愿见到这种残酷的景象，轻轻道：“算了吧，我……心里难受得很！”

于是残酷的豺狼，立刻又变成愚昧的猪，他挥舞着掌中血淋淋的尖刀，口中大声喝道：“这种奴才，非要教训教训他们不可。”

他语声高亢，胸膛大挺，神态之间，仿佛是自己做了一件十分值得夸耀的英雄事迹，然后瞟了陶纯纯一眼，面上凶暴的狞笑，便又变成了贪婪的痴笑，垂下掌中尖刀，痴痴笑道：“但你既然说算了，自然就算了，我总是听你的！”

忽地一步走到陶纯纯身侧，附在她耳畔，低低地说了两句话。陶纯纯红生双靥，垂首娇笑一声，轻轻摇了摇头。那大汉又附在她耳畔说了两句话。

陶纯纯一手轻抚云鬓，吃吃娇笑着道：“你坏死了……我问你，你对我究竟……究竟好不好？”

那大汉双目一张，故意将身上的肌肉，夸张地展露了一下，表示他身材的彪壮，然后挺胸扬眉道：“我自然对你好，极好，好得说也说不出！”

陶纯纯瞟他一眼，笑道：“但我此刻却不能陪你了。”

那大汉干咳了两声，缓缓道：“你要到虎丘去，有什么事这般严重？”

陶纯纯抬目望了望天色，面上又自忍不住露出焦急之色，口中却依然笑道："这事说来话长，以后我会详详细细告诉你的！"

那大汉浓眉一扬，脱口道："以后……"

陶纯纯轻轻笑道："以后……总有一天！"

大汉涨红了脖子，目中尽是狂喜之色，讷讷道："以后我们还能相见？"

陶纯纯巧笑倩然，道："自然。"

那大汉欢呼一声，几乎从船舱上跳了起来。

陶纯纯突地笑容一敛，冷冷道："你对我好，为什么不早些告诉我，难道你想以此来要挟我吗？"

那大汉呆了一呆，陶纯纯忽又轻轻笑道："其实你根本不必要用任何事来要挟我，我……我……"轻咳一声，垂首不语。

那大汉站在她身畔，似乎才被那一声轻咳自梦中惊醒，口中不断地说："我告诉你……我告诉你！"语声突地变得十分响亮，"除了沿途换马之外，你要想在半日之间赶到虎丘，你只有用……用……"

陶纯纯柳眉一扬，脱口道："用什么方法？"

那大汉道："放血！"

陶纯纯柳眉轻颦，诧声道："放血？……"

那大汉挺一挺胸膛，朗声道："不错，放血！马行百里之后，体力已渐不支，速度必然锐减，这时纵然是大罗神仙，也无法再教它恢复体力，但……"

他得意地大笑数声，一字一字地缓缓接口说道："唯有放血，蒙人追逐猎物，或是追踪敌人，遇着马匹不够时，便是靠着这'放血'之法，达到目的！"

陶纯纯又自忍不住接口道："什么叫'放血'？怎么样放血？"

那大汉嘿嘿大笑了数声，走过去一把揽住陶纯纯的肩头，大笑着道："马行过急过久，体内血液已热，这时你若将它后股刺破，使它体内过热的血液，流出一些，马行便又可恢复到原来的速度。这方法听来虽似神奇，其实却最实用不过，只是——哈哈，对马说来，未免太残忍了一些！”

陶纯纯轻轻点了点头，幽幽叹道：“的确是太残忍了一些，但也无可奈何了……”

长叹声中，她突地缓缓伸出手掌，在这大汉额上轻拭了一下。这大汉嘴角不禁又自绽开一丝温馨与得意的微笑。

陶纯纯娇笑道：“你高兴么？”手掌顺势轻轻拂下，五根春葱般的纤指，微微一曲。

这大汉痴笑着道：“有你在一起，”手掌圈过陶纯纯的香肩，“我自然是高——”语声未了，陶纯纯的纤纤玉指，已在他鼻端“迎香”、嘴角“四白”、唇底“下仓”三处大穴上，各各点了一下。

这大汉双目一张，目光中倏地现出恐怖之色。

陶纯纯笑容转冷，冷冷笑道：“你现在还高兴么？”

这大汉身形一软，仆倒地下，他那肌肉已全僵木的面容上，却还残留着一丝贪婪的痴笑！

陶纯纯并没有杀他，只是将他放在那犹自不断呻吟、双耳双目已失的汉子身侧，口中轻轻道：“我已将你的仇人放到你身畔了，他方才怎样对待你，你此刻不妨再加十倍还给他！”

满面浴血、晕厥数次方自醒来的汉子呻吟顿止，突地发出几声凄厉阴森的长笑！

笑声划破夜空的静寂，陶纯纯娇躯微展，已轻盈地掠到岸上，只留下那猪般愚昧、鼠般畏怯、狐般狡猾、豺狼般凶暴的大汉，恐怖而失望地在凄厉的笑声中颤抖。

为了他的愚昧、畏怯、狡猾和凶暴，他虽然比他的同伴死得晚些，甚至还享受过一段短暂的温馨时光，但此刻却毫无疑问地将要死得更惨，只听一阵马蹄声，如飞奔去。

于是凄厉的笑声，便渐被蹄声所掩，而急遽的蹄声，也渐渐消寂，无边夜幕，垂得更深。

江岸树林边，突地走出一条颀长的白衣人影，缓缓踱到那已流满了鲜血的江岸边，看了两眼，口中竟发出一声森寒的冷笑。

江风，吹舞起他白衫的衣袂，也吹舞起岸边的木叶。他瘦削颀长的身躯，却丝毫未曾动弹一下，亦正如那株木叶如盖的巨树一样，似乎多年前便已屹立在这里。风声之中，阴暗的林中似乎突地又发出一声响动。

白衣人霍然转过身来，星光映着他的面孔，闪烁出一片青碧色的光芒。他，竟是那武功离奇、来历诡秘、行事亦叫人难测的雪衣人！他露在那狰狞的青铜面具外的一双眼睛，有如两道雪亮的剑光，笔直地望向那片阴暗的林木！

只听木叶一阵响动，阴影中果然又自走出一个人来，青衫窄袖，云鬓蓬松，神色间似乎十分憔悴，但行止间却又似十分兴奋。月光之下，她一双眼波正如痴如醉地望向这神秘的雪衣人，对他那冰冷森寒的目光，竟似一无畏惧。

她痴痴地望着他，她痴痴地走向他，口中却痴笑一声，缓缓道：“我终于找到你了！”

语意中充满欣喜安慰之意，既像是慈母寻得败子，又像是旅人拾回巨金。

雪衣人亦不禁为之愕了一愕，冷冷道：“你是谁？”

青衣少女脚步虽细碎，此刻亦已走到他面前，口中仍在喃喃说道：“我终于找到你了……”突地右掌前伸，并指如剑，闪电般向雪衣人前胸“乳泉”大穴点去。

雪衣人目光一转，就在这刹那之间，他目光中已换了许多表情，直到这青衣少女的一双玉指已堪堪触着他的新衣衫。

他手腕方自一反，便已轻轻地将她那来势急如闪电般的手掌，托在手里，就像是她自己将自己的手掌送进去似的。

哪知这青衣少女面上既不惊惧，亦不畏怯，反而满现欣喜之色。只听雪衣人冷冷道："你是谁？与我有何仇恨？"

青衣少女痴痴一笑，口中仍在如痴如醉地喃喃说道："果然是你！你的武功真好，你竟能将那平平淡淡的一招'齐眉举案'，用得这样神妙，难怪他会那样夸奖你！"

雪衣人不禁又为之愣了一愣，冷冷喝道："谁？"

青衣少女秋波一转，任凭自己的玉手，留在这雪衣人冰冷的掌上，竟似毫不在意似的，反而轻轻一笑，答非所问地说道："你手指又细又长，但拇指和食指上，却生满了厚茧，想必你练剑时，也下过一番苦功，可是……你身上怎会没有佩剑？"

那时男女之防，最是严重，青衣少女如此的神态，使得雪衣人一双冰冷的目光，也不禁露出诧异之色，反而放下了她的玉手，却听这青衣少女微微一笑，回答了他方才的问话："夸奖你的人你或许不认得，但他却和你交过一次手……"

话犹未了，雪衣人已自诧声说道："柳鹤亭……他真的会夸奖我……"

青衣少女轻轻笑道："你真聪明，怎地一猜就猜中了……"

雪衣人目光一凛，一字一字地缓缓说道："真正与我交过手的人，只怕也只有他一人还能留在世上夸我……"

这两句话，语气森严，自他口中说出，更显得冰冰冷冷，静夜秋风之中，无论是谁听得如此冷酷的言语，也会不自觉地生出寒意。

但这青衣少女却仍然面带娇笑，轻叹一声。这一声轻叹中，并无责怪惋惜之意，而充满赞美、羡慕之情。

雪衣人呆呆地瞧了她半晌，突地沉声说道：“你难道不认为我的手段太狠、太毒？”

青衣少女微微一笑道：“武功一道，强者生、弱者死，本是天经地义的事。那些武功远不如你的人，偏偏要来与你动手，本就该死。你武功若是不如他们，不是也一样早被他人杀死了么？我认为两人交手，只要比武时不用卑鄙的方法，打得公公平平，强者杀死弱者，便一点也不算狠毒，你说是么？”

雪衣人双目一阵闪动，突地发出一阵奇异的光彩。这种目光像是一个离乡的游子，在异地遇着亲人，又像是一个孤高的隐士，在无意间遇着知音。

而雪衣人此时却以这种目光，凝注在那青衣少女面上，口中沉声道：“我打得是否公平，柳鹤亭想必会告诉你的！”

青衣少女含笑说道：“你若打得不公平，他又怎会夸奖你？”

两人目光相对，竟彼此凝视了半晌，雪衣人冰冷的目光中，突又闪烁出一阵温暖的笑意。要知他生性孤僻，一生之中，从未对人有过好感，而这青衣少女方才的一番说话，却正说入了他的心里。

江风南吹，青衣少女伸出手掌，轻轻理了理鬓边云雾般的乱发。

雪衣人目光随着她手掌移动，口中却缓缓说道：“你神情甚是坚定，左掌时时刻刻都像是在捏着剑诀，看来你对剑法一道，也下过不少苦功，是么？”他此刻的言辞语意，已说得十分平和，与他平日说话时的冰冷森严，大不相同。

青衣少女愣了半晌，突地幽幽长叹一声，道：“下过不少苦功……唉！老实对你说，我一生之中，除了练剑之外，什么事都没有做过，什么事都不去想它，可是我的剑法……”

雪衣人沉声道：“你的武功，我一招便可胜你！”他语声中既无示威之意，也没有威胁或骄傲的意味，而说得诚诚恳恳，正如师长训诲自己的子弟。

而这青衣少女也丝毫不觉得他这句话有什么刺耳之处，只是轻轻叹道："我知道……方才我向你突然使出的一招，本留有三招极厉害的后着，可是你轻轻一抬手，便将它破去了。"

雪衣人缓缓点了点头，道："如此说来，你要找我，并非是要来寻我交手比武的了？"

青衣少女亦自缓缓点了点头，道："我来找你，第一是要试试你的武功，是否真的和别人口中所说的一样；第二我……我……"垂下头去，倏然住口不语。

雪衣人轻抬手掌，似乎也要为她理一理鬓边的乱发，但掌到中途，口中缓缓道："什么事，你只管说出来便是！"

青衣少女目光一抬，笔直地望着他，缓缓地道："我想要拜你为师，不知你可愿收我这个徒弟？"

雪衣人呆了一呆，显见这句话是大出他意料之外，半晌，他方自诧声沉吟着道："拜我为师？"

青衣少女胸膛一挺，道："不错，拜你为师。柳鹤亭对我说，你是他眼中的天下第一剑手。我一直学剑，但直到今日，剑法还是平庸得很，若不能拜你为师，我只有去寻个幽僻的所在——一死了之……"这几句话她说得截钉断铁，丝毫没有犹疑之处，显见她实已下了决心。

雪衣人虽是生性孤僻，纵然愤世嫉俗，但却也想不到世上竟会还有如此奇特的少女，一时之间，竟然说不出话来。

青衣少女秋波瞬也不瞬，凝注了他许久，方自幽幽叹道："你若是不愿答应我……"再次长叹一声，霍然转身过去，放足狂奔。雪衣人目光一闪，身形微展，口中叱道："慢走……"

叱声方落，他已挡在她身前，青衣少女展颜一笑，道："你答应我了么？"

雪衣人突地也苦叹一声，道："你错了，天下之大，世人之奇，剑法高过于我的人不知凡几。你若从我学剑，纵然能尽传我之剑法，也不过如此，日后你终必会后悔的。何况我的剑法，虽狠辣而不堂正，虽快捷而不醇厚，我之所以能胜人，只不过是因为我深得'等'字三昧，敌不动，我不动，敌不发，我不发而已。若单论剑法，我实在比不上柳鹤亭所习的正大，你也深知剑法，想必知道我没有骗你。"

这冷酷而寡言的武林异客，此刻竟会发出一声衷心的长叹，竟会说出这一番肺腑之言，当真是令人惊诧之事。

青衣少女目中光彩流转，满面俱是欣喜之色，柔声道："只要你答应我，我以后绝对不会后悔的……"

雪衣人神情之间，似乎呆了一呆，徐徐接道："我孤身一人，四海为家，有时宿于荒村野店，有时甚至餐风宿露，你年纪轻轻，又是个女孩子，怎可……"

青衣少女柳眉微扬，截口说道："一个人能得到你这样的师父，吃些苦又有什么关系？何况……"她眼帘微阖，接口又道，"我自从听了柳鹤亭的话，偷偷离开爹爹出来寻找你以后，什么苦没有吃过？"她幽幽长叹一声，缓缓垂下头去，星光洒满她如云的秀发。

雪衣人忍不住轻伸手掌，在她秀发上抚摸一下。

青衣少女倏然抬起头来，目中似有泪珠晶莹，但口中却带着无比的欢喜，大声说道："你答应了我！是不是？"

雪衣人目光一转，凝注着自己纤长但却稳定的手掌，手掌缓缓垂下，目光也缓缓垂下，沉声道："我可以将我会的武功，全部教给你。"这两句话他说得沉重无比，生像是不知费了多大的力气似的。

青衣少女目光一亮，几乎自地跃起，欢呼着道："真的？"

雪衣人默然半晌，青衣少女忍不住再问一声："真的？"

却见雪衣人温柔的目光中，突又露出一丝讥嘲的笑意，缓缓道：

"你可知道，若是别人问我这句话，我绝不会容他再问第二句的。因为，我绝不允许任何人怀疑我口中所说的话是否真实。"

青衣少女垂下头去，面上却又露出钦服之色，垂首轻轻说道："我从来没有怀疑过你……师父。"她语声微顿，却又轻轻加了"师父"两字。

雪衣人沉声道："我虽可教你武功，却不可收你为徒！"

青衣少女目光一抬，诧声道："为什么？"

雪衣人又自默然半晌，青衣少女樱唇启动，似乎忍不住要再问一句，却终于忍住。雪衣人方自沉声道："有些事是没有理由的，即使有理由，也不必解释出来。你若愿意从我练剑，我便教你练剑，那么你我便是以朋友相称，又有何妨？若有了师徒之名，束缚便多，你我均极不便，又是何苦！"

青衣少女愣了一愣，终于欣然抚掌道："好，朋友，一言为定……"她似乎突地想起了什么，连忙又自接口道，"可是你我既然已是朋友，我却连你的真实面目都不知道……"

雪衣人目光突地一寒，沉声道："你可是要看我的真实面目么？"

青衣少女秋波转了两转，轻声说道："你放心好了，即使你长得很老、很丑，甚至是缺嘴、麻脸，都没有关系，你一样是我最好的朋友。因为，我喜欢的是你的人格和武功，别的事，我都不会放在心上。"只有她这样坦白与率真的人，才会对一个初次谋面的男子说出如此坦白和率真的言语。

雪衣人冰冷的目光，又转为温柔，无言地凝注着那青衣少女，良久良久……突地纵声狂笑起来。

青衣少女心中一惊，倒退半步。她吃惊的倒不是他笑得清朗和高亢，而是她再也想不到生性如此孤僻，行事如此冷酷，甚至连话也不愿多说一句的绝顶剑手，此刻竟会发出如此任性的狂笑。

狂笑声中，他缓缓抬起手掌……

手掌与青铜面具之间的距离相隔愈近，他笑声也就愈响。

青衣少女深深吸了口气，走上一步，轻轻拉住他的手掌，柔声道：“你若是不愿让我看到你的真面目，我不看也没有关系，你又何必这样地笑呢？”

雪衣人笑声渐渐微弱，却仍含笑说道：“你看到我笑，觉得很吃惊，也很害怕，是不是？”

青衣少女温柔地点了点头。

雪衣人含笑又道：“但你却不知道，我的笑，是真正开心的笑，有什么值得吃惊、值得害怕的？你要知道，我若不是真的高兴，就绝对不会笑的。”

青衣少女动也不动地握着他的手掌，呆呆地愣了半晌，眼帘微阖，突地落下两滴晶莹的泪珠。

雪衣人笑声一顿，沉声道：“你哭些什么？”

青衣少女俯下头，用衣袖擦了擦面上的泪珠，断续地道：“我……我也太高兴了，你知道么？自我出生以来，从来没有一个人对我这么好过。”

雪衣人目光一阵黯然，良久方自长叹一声，于是两人默默相对，俱都无语。

要知这两人身世遭遇，俱都奇特已极，生性行事，更是偏激到了极点。他们反叛世上所有的人类，世人自也不会对他们有何好感，于是他们的性格与行事，自然就更偏激，这本是相互为因、相互为果的道理。世上生性相同的人虽多，以世界之大，却很难遇到一起，但他们若是偶然地遇到一起，便必定会生出光亮的火花。因为他们彼此都会感觉到彼此心灵的契合，与灵魂的接近，青衣少女与雪衣人也正是如此。

静寂，长长的静寂，然后，又是一声沉重的叹息。

雪衣人移动了一下他始终未曾移动的身躯，缓缓叹息着道："你可知道？我也和你一样，有生以来，除了练剑，便几乎没有做过别的事，只不过我比你运气好些，能够有一个虽不爱我，但武功却极高的师父……"

青衣少女仰望着他的脸色，幽幽叹道："难道你有生以来，也没有一个人真正地对你好，真正地爱过你？"

雪衣人轻轻颔首，目光便恰巧投落在她面上，两人目光相对。

青衣少女突地"哦"了一声，道："我知道了，你之所以不愿将真实面目示人，就是因为你觉得世人都对你不好，是不是？"

雪衣人动也不动地凝视着她……突地，手腕一扬，将面上的青铜面具霍然扯了下来……

青衣少女一声惊呼，雪衣人缓缓道："你可是想不到？"

青衣少女呆呆地瞧了他半晌，突又轻轻一笑道："我真是想不到，想不到……太想不到了！"

朦胧的夜色、朦胧的星光，只见雪衣人的面容，竟是无比俊秀，无比苍白，若不是他眉眼间的轮廓那么分明，若不是他鼻梁有如玉石雕刻那般挺秀，那么，这张面容便甚至有几分娟好如女子。

又是一段沉默，青衣少女仍在凝视着他，雪衣人微微一笑，抬起手掌，戴回面具。青衣少女突地娇唤一声："求求你，不要再戴它，好么？"

雪衣人目光一垂，道："为什么？"

青衣少女垂首轻笑道："你若是丑陋而残废，那么你戴上这种面具，我绝对不会怪你，也绝不会奇怪，可是你……"她含羞一笑，又道，"你现在为什么还要戴它？实在让人猜测不透。"

雪衣人薄削而坚毅的嘴唇边，轻蔑地泛起了一阵讥嘲的笑意，缓缓道："你想不透么？……我不妨告诉你，我不愿以我的真实面目示人，便是因为我希望人人都怕我，我戴上面具后，无论和谁动手，人家都要对我畏惧三分，否则以我这种生像，还有谁会对我生出畏惧之心！”

他哂然一笑，接口又道：“你可知道昔日大将军狄青的故事？这便叫作与敌争锋，先寒敌胆。你懂了么？”

青衣少女似悟非悟地点了点头，口中低语：“与敌争锋，先寒敌胆……”霍然回过头来，大声说道，“这固然是很聪明的办法，可是，你是不是觉得有些不公平呢？”

雪衣人微皱双眉，沉吟着道：“不公平，有什么不公平？”

青衣少女缓缓道：“武林人物交手过招，应该全凭武功的强弱来决定胜负，否则用别的方法取胜，就都可以说是不正当的手段，你说是么？”

雪衣人目光一垂，愣了半晌，却听青衣少女接口又道：“我不知道你有没有听到过‘毋骄毋馁，莫欺莫诈，公平堂正，虽败犹荣’这四句话，但我从小到大，却不知已听了多少遍，爹爹常对我说，无论在任何情况下，也不要忘了这四句话，莫要堕了西门世家的家风！”

雪衣人面色突地一变，沉声道：“江苏虎丘，‘飞鹤山庄’庄主西门鹤是你什么人？”

青衣少女微微一笑，道：“无怪爹爹常说我大伯父的声名，天下英雄皆闻，原来你也知道他老人家的名字……”

雪衣人挺秀的双眉深皱，明锐的目光突暗，缓缓垂下头去，喃喃道：“想不到，想不到，你竟然亦是西门世家中人……”语声一变，凛然道，“你可知道？‘飞鹤山庄’，此刻已遇到滔天大祸，说不定自今夜之后，‘飞鹤山庄’四字，便要在武林中除名！”

青衣少女面色亦自大变，但瞬即展颜笑道：“西门世家近年来虽然人才衰微，但就凭我大伯父掌中的一柄长剑，以及他老人家亲手训练出的一班门人弟子，无论遇着什么强仇大敌，也不会吃多大亏的，你说得也未免太严重了吧！”

雪衣人冷笑一声，道：“太严重？”语声微顿，又自长叹一声，道，“你可知道？‘飞鹤山庄’半月以前，便已在‘乌衣神魔’严密的控制下，并且那班‘乌衣神魔’亦已接到他们首领的密令，要在今夜将‘飞鹤山庄’中的人杀得一个不留。这件事本来做得隐秘已极，但却被另一个暗中窥伺着‘乌衣神魔’的厉害人物发现了他们传递消息的方法，知道了他们的毒计，你或许出来得早，未被他们发现，否则西门世家中出来的人，无论是谁，只要一落了单，立刻便要遭到他们的毒手。”他自不知道“常败高手”西门鸥父女，已有多年未返虎丘了！

青衣少女本已苍白的娇靥，此刻更变得铁青可怖。她一把抓紧了雪衣人的手掌，惶声道：“真的么？那么怎么办呢？”

雪衣人愣了半晌，缓缓叹道：“怎么办？丝毫办法都没有。我们此刻纵然胁生双翅，都不能及时赶到‘飞鹤山庄’了！”

他虽然生性冷酷，但此刻却已在不知不觉之中，对这痴心学剑的少女生出好感，是以他此刻亦不禁对她生出同情怜悯之心。

哪知青衣少女此刻激动的面容，反而逐渐平静，垂首呆了半晌，突地抬起头来，幽幽长叹着道：“既然无法可想，只有我日后练好武功再为他们复仇了。”

雪衣人不禁一愣，皱眉问道：“对于这件事，你只有这句话可说么？”

青衣少女面上亦自露出惊讶之色道：“我还有什么话可说？”

雪衣人奇怪地瞧了她几眼，缓缓道：“你难道不想问问此事的前因后果？你难道不想知道‘乌衣神魔’如此对西门世家中的人赶尽杀绝，为的是什么？你难道不想知道是谁在暗中侦破了‘乌衣神魔’的诡计，此人又与‘乌衣神魔’有何冤仇？”

青衣少女眨了眨眼睛，道："这些事难道你都知道？"

雪衣人冷冷道："不错，这些事我都知道一些，既然你不问我，我也就不必告诉你了。"抬手又自戴上面具，转身走了开去。

青衣少女动也不动，呆呆地望着他飘舞着的衣袂。他脚步走得极慢，似乎在等待着她的拦阻……

他脚步虽然走得极慢，但在同一刹那间，另一个地方，陶纯纯胯下的健马，却在有如凌空飞掠般地奔跑。马股后一片鲜红，血迹仍未全干，显然已经过了"放血"的手术，是以这匹本应已脱力的健马，脚力仍未稍衰，而陶纯纯有如玉石雕成的前额，却已有了花瓣上晨露般的汗珠。

但是，她的精神却更振奋，目光也更锐利，这表情就正如那大漠上的雕鹰，已将要攫住它的目的之物。

道旁的林木并不甚高，云破处，星月之光洒满了树梢，于是树影长长地映到地上，闪电般在陶纯纯眼前交替、飞掠！

林木丛中，突地露出一角庙宇飞檐，夜色之中似乎有一只金黄色的铜铃，在屋檐上闪烁着黄金色的光芒。

陶纯纯目光动处，眼波一亮，竟突地缓缓勒住缰绳，"唰"地飞身而下，随手将马牵在道旁，笔直地掠入这座荒凉的祠堂中。

一灯如豆，莹莹地发着微光，照得这荒祠冷殿，更显得寂寞凄凉。神案没有佛像，就正如十数日前，她在为柳鹤亭默念祈祷，檐上滴血、边傲天率众围凶、幔中傀儡……那座祠堂的格调一样。

她轻盈而曼妙地掠了进去，目光一扫，证实了祠堂中的确一无人迹，于是她便笔直地扑到神案前破旧的蒲团上，纤美而细长的手指，在破旧的蒲团中微一摸索，便抽出一条暗灰色的柔绢来。

柔绢上看来似乎没有字，但陶纯纯长身而起，在神案上，香炉里的残水中浸了一浸之后，柔绢上便立刻现出密密麻麻的字迹来。

就着那孤灯的微光，她将绢上的字迹飞快地看了一遍，然后她焦急的面容上，便又泛起一阵真诚、愉快的笑容，口中喃喃说道：“想不到竟还是这‘关外五龙’有些心机，如此一来，我纵然不能赶上，想必也没有什么关系了！”

于是她便从容地走出祠堂，这次没有柳鹤亭在她身侧，她也不必再伪作真情地祈祷，祠堂外的夜色仍然如故！

繁星满天，夜寒如水。

这小小的祠堂距离江苏虎丘虽已不甚远，却仍有一段距离。

也不过离此地三五里路，也就在此刻前三两个时辰，柳鹤亭亦正在驰马狂奔，他虽有绝顶深厚的内功，但婚前本已紧张，婚后又屡遭巨变，连日未得安息，一路奔波至此的柳鹤亭，体力亦已有些不支。

那时方过子正，月映清辉，星光亦明，他任凭胯下的健马，放蹄在这笔直的官道上狂奔，自己却端坐在马背上，闭目暗暗运功调息。但一时之间，注意力却又无法集中，时时刻刻地在暗问着自己：“虎丘还有多远？只怕快到了吧？”目光一抬，突地瞥见前面道旁林木之中，似有雪亮的刀光剑影闪动！

他定了定神，果然便听得有兵刃相击、诟骂怒叱之声随风传来，接着，又有一声让人心悸的惨呼！就在这刹那之间，他心中已闪电般转过几个念头，首先忖道：“前面究竟是什么事？是贼人夜半拦路劫财，抑或是江湖中人为寻私仇，在此恶斗？”心念一转，又自忖道：“我此刻有急事在身，岂能在此搁误？反正这些人与事俱与我无关，我自顾尚且不暇，哪有时间来管别人的闲事？”

他心中正在翻来覆去，难以自决，但第三声尖锐凄惨的呼声传来后，他剑眉微轩，立刻断然忖道：“此等劫财伤人之事，显然在我眼前发生，我若是袖手旁观，置之不理，我还能算是人么？路见不平不能拔刀相助，我游侠天下，又是为了什么？我纵然要耽误天大的事，此刻也要先将此事管上一管，反正这又费不了多少时候！”

这些念头在他心中虽是电闪而过，但健马狂奔，就在这霎时之间，便已将冲过那片刀剑争杀的林中，只听林中大喝一声，厉声道：“外面路过的朋友，‘江南七恶鬼’在此，劝你少管闲事！”

柳鹤亭目光一凛，血气上涌，他一听“江南七恶鬼”这名字，便知绝对不是好人，是以心中再无迟疑，当下冷哼一声，左手倏然带住缰绳，他左手虽无千钧之力，但左手微带处，狂奔的健马，昂首一声长嘶，便戛然停下脚步。林中人再次厉喝一声道：“你若要多管闲事，我‘江南七恶鬼’，立时便要你流血五步！”喝声未了，柳鹤亭矫健的身躯，已有如一只健羽灰鹤般，横空而起，凌空一个转折，“唰”地投入林中！

满林飞闪的刀光，突地一齐敛去，柳鹤亭身形才自入林，林中手持利刃的数条黑衣人影，突地吆喝一声：“好轻功！风紧扯乎！”

接着竟分向如飞逃去，有的往东，有的往西，有的往左，有的往右，瞬息之间，便俱都没在黝黯的夜色中。

柳鹤亭身形一顿，目光四扫，口中不禁冷笑一声，暗骂道：“想不到听来名字甚是惊人的‘江南七恶鬼’，竟是如此的脓包！”

他虽可追赶，此刻却已不愿追赶，一来自是因为自家身有要事，再者却也是觉得这些人根本没有追赶的必要，目光再次一扫，只见地上有残断的兵刃与凌乱的暗器，可能还有一些血渍，只是在夜色中看不甚清。

“谁是被害人呢，难道也一齐逃了？”他心中方自疑问，突地一声微弱痛苦的呻吟，发自林木间的草丛，他横身一掠，拨开草丛。

星月光下，只见一个衣衫残破、紫巾包头、满是刀伤、浑身浴血的汉子，双手掩面蜷伏在草丛中，仍有鲜血汩汩自他十指的指缝中流出，显见得此人除了身上的伤痕之外，面目也受了重伤。

鲜血、刀伤，与一阵阵痛苦的呻吟，使得柳鹤亭心中既是惊惶，又是怜悯，轻轻将之横抱而起，定睛望去，只见此人虽是满身鲜血，但身上的伤势，却并不严重，只不过是些皮肉之伤而已！

他心中不禁略为放心，知道此人不致丧命，于是沉声道："朋友但请放心，你所受之伤，并无大碍……"

哪知他话犹未了，此人却已哀声痛哭起来。

柳鹤亭愕了一愕，微微一皱双眉，却仍悦声道："男子汉大丈夫，行走江湖，受些轻伤，算不了什么！"

要知柳鹤亭正是宁折毋屈的刚强个性，是以见到此人如此怯懦，自然便有些不满，只见那人双手仍自掩住面目，便又接口道："你且将双手放下，让我看看你面上的伤势……"

一面说话，一面已自怀中取出江湖中人身边常备的金创之药，口中干咳两声，又道："你若再哭，便不是男子汉大丈夫……一些轻伤……"

哪知这满身浴血，紫巾包头的汉子哭声戛然顿住，双肩扭动了两下，竟然突地放声狂笑了起来！

柳鹤亭诧异之下，顿住话声，只听他狂笑着道："一些轻伤……一些轻伤……"突地松开双掌，"你看看这可是一些轻伤？"

柳鹤亭目光动处，突地再也不能转动，一阵寒意，无比迅速地自他心底升起……

黑暗之中，只见此人面目，竟是一团血肉模糊，除了依稀还可辨出两个眼眶之外，五官竟已都分辨不清，鲜血犹自不住流落。

这一段多变的时日里，他虽已经历过许多人的生死，他眼中也曾见过许多凄惨的事，但却无一事令他心头如此激动。

因为这血肉模糊的人，此刻犹自活生生地活在他眼前。

一阵阵带着痛苦的呻吟，与悲哀愤怒的狂笑，此刻也犹自留在他耳畔，他纵然强自抑止着心中的悸栗与激动，却仍然良久都说不出一句话来！

只听这遭遇悲惨的大汉，狂笑着道："如今你可满意了么？"

柳鹤亭干咳两声，讷讷道："朋友……兄台……你……唉！"他长叹一声，勉强违背着自己的良心，接道，"不妨事的，不妨事的……"

他一面说话，一面缓缓打开掌中金创之药，但手掌颤抖，金创药粉竟"簌簌"地落满一地。

这浴血大汉那一双令人栗悚的眼眶中，似乎蓦地闪过一阵异光，口中的狂笑，渐渐衰弱，突又惨号一声，挣扎着道："我……我不行……"双目一翻，喉头一哽，从此再无声息！

柳鹤亭心头一颤，道："你……你怎地了？"掌中药粉，全都落到地上，只见那人不言不动，甚至连胸膛都没有起伏一下，柳鹤亭暗叹一声："罢了！"

他心想此人既然已死，自己责任便已了，方待长身而起，直奔虎丘，但转念一想，此人虽与自己素不相识，但他既然死在自己面前，自己好歹也得将他葬了。

于是他缓缓俯下身去……

"你不能及时赶到江苏虎丘，不但永远无法知道其中的秘密，还要将一生的幸福葬送……"

他俯下身，又站起来，因为那张自洞房窗外飘入的纸笺上的字迹，又闪电般自他脑海升起！

"无论如何，我也得将这具尸身放在一个隐秘的所在，不能让他露于风雨日光之中，让他被鸟兽践踏！"他毅然俯下身去，目光动处，突地瞥见此人的胸膛，似乎发生了些微动弹，他心中不禁为之一动，"我真糊涂，怎不先探探他的脉息，也许他还没有死呢？"

焦急、疲倦、内忧、外患，交相煎迫之下的柳鹤亭，思想及行事，都不禁有了些慌乱。

他伸出手掌，轻轻搭上这伤者的脉门，哪知——

这奄奄一息，看来仿佛已死的伤者，僵直的手突地像闪电般一反，扣住了柳鹤亭的脉门。

他纵是武林中的绝世顶尖高手，本也不能在一招之中，将柳鹤亭制住，只是他这一手实是大出柳鹤亭意料之外。

柳鹤亭做梦也不会想到，自己宁可作出牺牲来救助的重伤垂危之人，会突地反噬自己一口，心中惊怒之下，脉门一阵麻木，已被人家扣住。

他方待使出自己全身真力，拼命挣开，只见这卑鄙的伤者突地狂笑一声，自地上站起，口中喝道："并肩子，正点子已被制住，还不快上！"

喝声之中，他右掌仍自紧扣柳鹤亭的脉门，左掌并指如戟，已闪电般点住了柳鹤亭前胸、胁下的"将台""藏血""乳泉""期门"四处大穴！

夜浓如墨，夜风呼啸，天候似变，四下更见阴暗！

黑沉沉的夜色中，只见那本已奄奄一息的伤者，一跃而起，望着已倒在地上的柳鹤亭，双手一抹鲜血淋漓的面目，怪笑了起来！

他手臂动处，满面的鲜血，又随着他指缝流下，然而他已全无痛楚之色，只是怪笑着道："姓柳的小子，这番你可着了大爷们的道儿了吧！"

他抹干了面上的血迹，便赫然露出了他可怖的面容——他面上一层皮肤，竟早已被整个揭去，骤眼望来，只如一团粉色而丑恶的肉球，唯一稍具人形的，只是一双闪闪发光的眼睛而已！

他的怪笑，伴着呼啸的晚风，使这静寂的黑夜，更加添了几分阴森恐怖。柳鹤亭扭曲着躺在地上，没有一丝动弹，丑恶的“伤者”俯下身去，扳正了柳鹤亭的头颅，望着他的面目，怪笑着又道：“你又怎知道大爷的脸，原本就是这样的，这点你可连做梦也不会想到吧……哈哈，直到此刻……武林中除了你之外，真还没有人能看到大爷们的脸哩，只可惜你也活不长久了！”

柳鹤亭目光直勾勾地望着这张丑恶而恐怖的面容，瞬也不瞬，因为他此刻纵要转动一下目光，也极为困难！

他只能在心中暗暗忖道：“此人是谁？与我有何冤仇？为何要这般暗算害我？”

他心中突又一动，一阵悚栗立刻泛起：“难道他便是‘乌衣神魔’？”

夜风呼啸之中，四下突地同时响起了一阵阵的怪笑声，由远而近，划空而来。

接着，那些方才四下逃去的黑衣人影，便随着这一阵阵怪笑，自四面阴暗的林木中，急掠而出！

那丑恶的伤者目光一转，指着地上的柳鹤亭怪笑着道：“你几次三番，破坏大爷们的好事，若不是看在头儿的面子，那天在沂山边，一木谷中，已让你和那些‘黄翎黑箭’手下的汉子同归于尽了，嘿嘿！你能活到今日，可真是你的造化！”他一面说话，双掌一放，将柳鹤亭的头颅，“砰”地在地上一撞，四面的“乌衣神魔”，立刻又响起一阵哄笑，一齐围了过来，十数道目光，闪闪地望着柳鹤亭。夜风呼啸，林影飞舞，一身黑衣，笑声丑恶的他们，看来直如一群食人的妖魔，随着飞舞的林影乱舞！

柳鹤亭僵木地蜷曲在地上，他极力使自己的心绪和外貌一样安定，因为只有如此，他才能冷静地分析许多问题！

四面群魔轻蔑的讥笑与诟骂，他俱都充耳不闻，最后，只听一个嘶哑如破锣的声音大声道："这小子一身细皮白肉，看起来一定好吃得很……"

另一个声音狂笑着道："小子，你不要自以为自己漂亮，大爷我没有受'血洗礼'之前，可真比你还要漂亮几分……"

于是又有人接着道："我们究竟该将这小子如何处理？头儿可曾吩咐下来？"有人接口应道："这件事头儿根本不知道，还是'三十七号'看见他孤身地狂奔，一路换马，'头儿'又不在，不禁觉得奇怪，是以才想出这个法子，将他拦下来，哈哈！这小子虽然聪明，可是也上了当了！"

"三十七号"，似乎就是方才那满身浴血的丑恶汉子的名字，此刻他大笑三声接道："依我之见，不如将他一刀两段，宰了算了。反正他背了头儿来管西门一家的闲事，将他宰了，绝对没有关系！"

只听四周一阵哄然叫好声，柳鹤亭不禁心头一冷！

他虽然早已将生死置之度外，但此时此刻，在一切疑团俱未释破之前，死在这班无名无姓，只以数字作为名字的人的手里，他却实在心有不甘。但他此刻穴道被制，无法动弹，除了束手就死之外，又有什么办法呢？

四面喝彩声中，"三十七号"的笑声更大，只听他大笑着道："七号，你怎地不开腔，难道不赞成我的意见吗？"

柳鹤亭屏息静气，只听"七号"一字一字地缓缓说道："你们胡乱做事，若是头儿怪罪下来，谁担当得起？"

于是所有的哄笑嘈乱声，便在刹那间一齐平息。柳鹤亭心头一寒，暗道："这些'乌衣神魔'的头儿，究竟是谁？此刻竟有如此权威与力量，能将这些杀人不眨眼的'乌衣神魔'控制得如此服帖！"

静寂中，只听"七号"又自缓缓说道："依我的意思，先将此人带去一个静僻的所在，然后再去通知头儿……”

那嘶哑的口音立即截口说道：“但头儿此刻只怕还在江北！”

“七号”冷哼一声道：“此人既已来了，头儿还会离得远么？前面不远，就有一间‘秘讯祠’，只要头儿到了，立刻便可看到消息，反正此人已在我等掌握之中，插翅也赶不到‘飞鹤山庄’去了，早些迟些处理他，还不都是一样么？”

“三十七号”嘻嘻一笑，嗄声道：“不错，早些迟些都是一样，反正这厮已是笼中之鸟、网中之鱼，迟早都是要与那西门笑鸥同一命运，只不过这厮还没有享到几天福，便要做花下鬼，实在……哼哼，嘻嘻，有些冤枉！”

“七号”沉声接口道：“你这些日子怎地了，如再要如此胡言乱语，传到头儿耳中，哼哼！”他冷哼两声，住口不语。

那“三十七号”一双冷削而奇异的目光中，果自泛出一片恐怖之色，缓缓垂下头去，再也说不出一个字来。

他们这些言语，虽未传入头儿耳中，却被柳鹤亭听得清清楚楚，他心中既是惊诧又是悚栗，却又有些难受：“难道他们的‘头儿’便是纯纯！”心念一转，“……便要与西门笑鸥同一命运……西门笑鸥究竟与此事有何关系？与纯纯有何关系？”

这些疑团和思绪，都使得柳鹤亭极为痛苦，因为他从一些往事与这些“乌衣神魔”的对话中，隐隐猜到他们的头儿便是自己的爱妻。但是，却又有着更多的疑团使他无法明了！

陶纯纯与“石观音”石琪有何关系？这两个名字是否同是一人？

这看来如此温柔的女子，究竟有何能力能控制这班“乌衣神魔”？

那“浓林密屋”中的秘密是否与“乌衣神魔”也有关系？

这些“乌衣神魔”武功俱都不弱，行事如此奇诡，心性如此毒辣，却又无名无姓，他们究竟是些什么人？他们与自己无冤无仇，却为何要暗害自己？

那西门笑鸥一家，与此事又有何关系？

在暗中窥破他们秘密的那人，究竟是谁？

还有一个最令他痛苦的问题，他甚至不敢思索：“纯纯如此待我，为的是什么？”

在他心底深处，还隐隐存有一分怀疑与希望，希望陶纯纯与此事无关，希望自己的猜测错了。

但是，那声音嘶哑的人已自大喝道：“看来只有我到‘秘讯祠’去跑上一趟了！”说话声中，他一掠而去。

柳鹤亭心头却又不禁为之一动！

“秘讯祠”……他突地想到那个冷月之夜，在那荒祠中所发生的一切：“难道那夜纯纯并非为我祈祷，只是借此传递秘讯而已？”

这一切迹象，都在显示这些事彼此之间有着密切的关连。柳鹤亭动念之间，已决定要查出此中真相，纵然这真相要伤害到他的情感亦在所不惜。

于是他暗中调度体内未被封闭，尚可运行的一丝残余真气，借以自行冲开被点的穴，只听那“七号”尖锐地呼啸一声，接着便有一阵奔腾的马蹄之声，自林外远远传来。

“三十七号”一声狞笑，俯首横抄起柳鹤亭的身躯，狞笑着道：“小子你安分些，好让大爷好生服侍服侍你！”纵身掠出林外，“唰”地掠上健马，又道，“你不是赶着要到虎丘去么？大爷们现在就送你到虎丘去……”他一口浓重的关东口音，再加声声狞笑，柳鹤亭若不留意，便难听出他言语中的字句，又是一声呼啸，健马一齐飞奔。

柳鹤亭俯卧在马鞍前，头颅与双足俱都垂了下去，“三十七号”一手控马，一手轻敲着他的背脊，不住仰天狂笑，一面说道：“小子，舒服么？哈哈！舒服么？”他骑术竟极其精妙，一手控着缰绳，故意将胯下健马，带得忽而昂首高嘶，忽而左右弯曲奔驰，他虽安坐马鞍，稳如磐石，俯卧在马鞍前的柳鹤亭，却被颠簸得有如风中柳絮！

而安坐马鞍上的他，却以此为乐，柳鹤亭颠簸愈苦，他笑声也就愈显得意，越发狂笑着道：“小子，舒服么……”越发将座下的马，带得有如疯狂，于是柳鹤亭便也越发颠簸，几乎要跌下马去！

哪知柳鹤亭对他非但没有丝毫怨恨和恼怒，反而在心中暗暗感激，暗暗得意，这健马的颠簸，竟帮助了他真气的运行。

一次又一次地震动，他真气便也随着一次又一次地撞着被封闭的穴道，一个穴道冲开，在体内的真力增强了一倍，于是他撞开下一个穴道时，便更轻易，直到他所有被封闭的穴道一齐撞开后，那“三十七号”还在得意地狂笑：“舒服么？小子，舒服么？”

柳鹤亭暗中不禁好笑，几乎忍不住要出口回答他——

“舒服，真舒服！”

但是他仍然动也不动，响也不响，他要暗中探出这班“乌衣神魔”的巢穴，探出他们的头儿究竟是谁。

那“三十七号”若是知道他此刻的情况，只怕再也笑不出来了！

星沉月落，天色将近破晓，而破晓前的天色，定然是一日中最最黑暗的，黑暗得甚至连他们飞奔的马蹄带起的尘土都看不清楚。

道旁几株枝叶颇为浓密的大树后，此刻正停着两匹毛泽乌黑的健马。一匹马上空鞍无人，一匹马上的骑士，神态似乎十分焦急，不住向来路引颈企望。这一群“乌衣神魔”的马蹄声随风而来，他惊觉地跃下马背，“唰”地跃上树梢。

眨眼间马群奔至，他伏在黝黯的林梢，动也不动，响也不响，直到这一群健马将近去远，他口中才自忍不住惊“咦”一声。

因为他发觉这一马群中，竟有着他们帮中苦心搜罗的“黑神马”，除了帮中的急事，这种“黑神马”是很难出厩一次的。

而此次“黑神马”却已空厩而出，为的便是柳鹤亭——但此刻这匹“黑神马”却又怎会落入了这批黑衣骑士的手中？

他满心惊诧，轻轻跃下树梢，微微迟疑半晌，终于又自跃上马背，跟在这批健马之后飞奔而去！

柳鹤亭伏身马上，虽然辨不出地形，但他暗中计算路途和方向，却已知道这些“乌衣神魔”，已将他带到苏州城外。

他们毫不停留地穿入一片桑林，“三十七号”方自勒住马缰，突地一把抓住柳鹤亭的头发，狂笑着道：“你看，这是什么？”

他举起本自挂在鞍畔的一条丝鞭，得意地指向南方。柳鹤亭暗提真气，使得自己丝毫看不出穴道已然解开的样子，也极力控制着自己心中的愤怒，随着他的丝鞭望去，只见被夜色笼罩着的大地上，他丝鞭所指的地方，却腾耀着一片红光！

他一面摇撼着柳鹤亭的头颅，一面狂笑着又道：“告诉你，那里便是虎丘山，那里便是名震武林的‘飞鹤山庄’，可是此刻……哈哈，‘飞鹤山庄’只怕已变成了一片瓦砾，那位鼎鼎大名的西门庄主，只怕也变成一段焦炭了！”

他笑声是那么狂妄而得意，就生像是他所有的快乐，都只有建筑在别人的痛苦和死亡之上似的。

柳鹤亭心头一凛，紧咬牙关，他不知费了多少力气，才能勉强控制着心中的激动和愤怒，否则他早已便要将这冷血的凶手毙于自己的掌下！

狂笑中，“三十七号”一手将柳鹤亭拖下马鞍，而柳鹤亭只得重重地跌到地上。桑林之中，一片人工辟成的空地上，简陋地搭着三间茅屋。他一跃下马，拖着柳鹤亭的头发大步向茅屋走去。

柳鹤亭就像是一具死尸似的被他在地上拖着，没有丝毫反抗。冷而潮湿的泥土沾满了他的衣裳，他只是在暗中一遍又一遍地告诉自己：“忍耐，忍耐……”他虽然年轻，却学会了如何自忍耐中获取胜利。

茅屋的外观虽然简陋，但入了简陋的门，穿过简陋的厅堂，移开一方简陋的木桌，下面竟有一条黝黯的地道。然后，柳鹤亭便看到了一个截然不同的境界——在地道中的暗室，陈设竟是十分精致而华美。

“三十七号”重重地将他推到墙角，柳鹤亭抬目望去，在墙上四盏精美铜灯的明亮照耀下，他面容当真比一切神话故事中的恶魔还要可怖，目光中更是充满了仇恨与恶毒，他生像对世上所有的人与事都充满仇恨，怨毒！

其余的六个“乌衣神魔”，面上都被一方黑巾巧妙地掩住，是以看不到他们的面容，但他们的目光，却也俱都和“三十七号”一样。

柳鹤亭再也难以了解，这一群只有仇恨与怨毒，而没有爱心与宽恕的人们，是如何生活的。因为他心知人们心中若是没有爱和宽恕，他们的生活便将变得多么空虚、灰暗、失望和痛苦。

只见这“三十七号”吁出一口长气，松懈地坐到一张紫檀椅上，从另一个“乌衣神魔”的手中，接着一瓶烈酒，仰首痛饮了两口，突地张口一喷，将口中的烈酒全都喷到柳鹤亭脸上，狂笑着道：“小子，味道怎样？告诉你，这就是窖藏百年的茅台酒，你若还能伸出舌头，赶紧舐它两下，保管过瘾得很……”

话声未了，已引起一阵邪恶的狂笑，他又自痛饮两口，反手一抹嘴唇，突地将头上的包巾拉了下来——

柳鹤亭目光动处，突然瞥见他满头头发，竟是赤红如火，心中不禁又为之一动……

凄冷的晚风，凄冷的树木……一声声惊骇而短促，微弱而凄惨的哀呼……林梢漏下一滴滴细碎的光影……树上鲜血淋漓，四肢残废的“入云龙”金四……断续的语声：“想不到……他们……我的……”紧握成拳，至死不松的左掌，掌中的黑色碎布、赤色须发……

"'入云龙'金四，就是被赤发大汉'三十七号'残杀至死的！"

柳鹤亭目光一凛，怒火填膺，但这一次的激动与愤怒，却都冲不破他理智与忍耐的防线。

突地，门外轻轻一声咳嗽，满屋的喧笑，一齐停顿。"三十七号"霍然长身而起，闪电般自怀中掏出一方黑丝面罩，飞快地套在头上，"七号"一个箭步掠出门外。

柳鹤亭心头一凛："莫非是他们的头儿已经来了？"

只觉自己心房怦怦跳动，胸口热血上涌，这积郁在他心中已久的疑团，在这刹那之间就要揭开，而且他深知这谜底不但将震惊他自己，也将震惊天下武林。于是他纵然镇静，却也不禁紧张得透不过气来！

喧闹的房屋，在这刹那之间，突地变得有如坟墓般静寂。房中的"乌衣神魔"，也尽敛他们的飞扬跋扈之态，笔直地垂手而立，笔直地望着房门，甚至连呼吸都不敢尽情呼吸……

房门，仅只开了一线，房门外的动静，房中人谁也看不见。灯火微微摇动，柳鹤亭只觉自己满身的肌肉，似乎也起了一阵轻微的颤抖。

呼吸，越发急促，心房的跳动，也越发剧烈……突地，房门大开……

一条人影，轻轻闪入。柳鹤亭双拳一紧，指甲都已嵌入肉里！

哪知这人影却不过仅仅是方才自屋内掠出的"七号"而已。屋中的人，齐地松了口气，柳鹤亭绷紧了的心弦，也霍然松弛。

他自己都不能了解自己此刻的心情，究竟是轻松还是失望。因为当一件残酷的事实将要来临时，人们总会有不敢面对事实的意识，于是当那决定性的一刻延迟来临时，当事人的心情，便会有着和柳鹤亭此刻一样奇怪的矛盾。

灯火飘摇中，突听“七号”双掌一击，缓缓地前伸，一步一步地走向柳鹤亭。

“三十七号”目光一闪，问道：“头儿不来了么？”

“七号”脚步不停，口中道：“头儿生怕‘飞鹤山庄’的事情有变，是以直接赶去了。”

“三十七号”突地怪笑一声，道：“那么姓柳的这厮，是否交给你处置了？”

“七号”冷冷道：“正是！”

“三十七号”怪笑着道：“好极，好极，我倒要看看他怎么死法！”

只见这被称“七号”的瘦长汉子，双目瞳仁突地由黑转紫，由紫转红，笔直前伸的一双手掌，更是变得赤红如火。他每跨一步，手指便似粗了一分。柳鹤亭目光动处，只见他赤红的手掌，食、中、无名，以及小指四指，竟是一般粗短，此刻他五指并拢，他手掌四四方方，望之竟如一块烧红了的铁块！

这一瞥之下，柳鹤亭心头一动，凛然忖道：“这岂非河北张家口太阳庄一脉相传，从来不传外姓的武林绝技‘太阳朱砂神掌’？”

心念方转，突听“七号”沉声低叱一声，双臂骨节，“咯咯”一阵响，一双火红的铁掌，便已当头向柳鹤亭拍下！

掌势未到，已有一阵热意袭来！

“三十七号”得意地怪笑着道：“这张雪白粉嫩的脸孔，被老七的手掌烙上一烙，必定好看得很……”

语声之中，“七号”的手掌已堪堪触及柳鹤亭的面颊了。屋中的“乌衣神魔”一个个目光闪动，怪声狂笑，竟似比过年时将要看到迎神赛会的童子还要高兴几分。“七号”的手掌距离柳鹤亭的面颊愈近，他们的笑声也就越发兴奋。谁也无法明了，为何流血的惨剧在这些人眼中竟是如此动人！

哪知就在这狂笑声中，柳鹤亭突地清啸一声，贴壁掠起。“七号”身形一挫，双掌上翻——

屋中“神魔”的狂笑，一齐变作惊呼，刹那之间，只见满屋火光乱舞，人影闪动，一齐向柳鹤亭扑去！

第十一章

罂粟之秘

柳鹤亭见那些神魔向自己扑来，暗提一口真气，身形突地凌空停留在屋顶之下。

他居高临下，目光一转，“七号”却已腾身扑上，狞笑着道：“姓柳的，你还想逃得掉么！”双掌微分，一掌平拍，一掌横切，一取胸膛，一切下腹。

柳鹤亭双肩一缩，本自平贴在墙壁上的身躯，突地游鱼般滑上屋顶，“七号”一击不中，突听柳鹤亭大喝一声，身躯平平跌了下来。

他原本有如壁虎一般地平贴在屋顶上，此刻落将下来，四肢分张，却又有如一片落叶，全身上下，无一处不是空门，处处俱都犯了武家大忌。四下的“乌衣神魔”只当他真力不继，是以落下，暴喝声中，一拥而上。“七号”脚步微错，反手一掌，划向他胸腹之间的两处大穴，“三十七号”一步掠至他身躯左侧，“呼呼”两拳，击向他左背之下，左股之上！

刹那之间，只见满屋掌影缤纷，只听满屋掌风虎虎，数十条缤纷的掌影，数十道强劲的掌风，一齐向柳鹤亭袭来。要知这些“乌衣神魔”此刻所击出的每一掌，俱是生平功力所聚，每一招俱是自身武功精华，因为他们深知，今日若是让柳鹤亭活着走出此屋，自己便是死路一条！

哪知柳鹤亭突地双臂一抡，身躯借势凌空转了两个圈子，竟然愈转愈急，愈转愈高。四下的“乌衣神魔”只觉一阵强风，回旋而来，竟自站不稳脚步，齐地向后退了一步，怔怔地望着有如风车般急转而上的柳鹤亭，似乎都被他这种惊世骇俗的轻功吓得呆了！

就在这一转之间，柳鹤亭目光扫动，已将这些“乌衣神魔”击出的招式瞧得清清楚楚！

这其中除了“七号”使的乃是武林不传秘技“太阳朱砂神掌”外，其余众人所使的武功，竟是五花八门，形形色色。

有的是少林拳法，有的是自武林中流传已久的刀法“五虎断门刀”中蜕变而成的拳式，有的却是中原武林罕见的关东拳术，以及流行于白山黑水间的“劈挂铁掌”！

这一瞥之下，柳鹤亭已将众人所用的掌法招式了然于胸。

当下他闷哼一声，双掌立沉，闪电般向站得最近的两个“乌衣神魔”的左肩切下，但等到他们身形闪避时，他双掌已自变了方向，点中了他们右肩的“肩井”大穴，回肘一撞，撞中了身后攻来一人的“将台”大穴，双腿连环踢出，以攻为守，挡住了另两人攻来的拳法！

只听“砰、砰、砰”三声大震，接连三声惊呼，人影分花处，已有三人倒在地上！

他一招之间，竟分向攻出五式，在敌众我寡的情况下，击倒了三个武功不弱的敌手，分厘不差地点中了他们的穴道，武功之高，招式之奇，认穴之准，在在俱是骇人听闻！

赤发大汉“三十七号”大喝一声，退后三步，伸手入怀。

“七号”双臂飞舞，口中大喝道：“点点凝集，化雀为雁。”

此时此刻，他忽然喝出这种字句奇特、含义不明的八个字来，柳鹤亭心中一动，暗暗忖道：“莫非这些‘乌衣神魔’也练就什么联手攻敌的阵式？”

他此刻身形已落在地上，目光动处，只见本来散处四方的“乌衣神魔”，果然俱都随着他这一声大喝，往中间聚拢。

此刻，屋中除了那赤发大汉“三十七号”，以及倒在地上的三人之外，“乌衣神魔”不过已只剩下四人而已，竟俱都不再向柳鹤亭出手，各各双掌当胸，目光凝注，脚下踩着碎步，渐渐向“七号”身侧移动，身形地位的变化之间，果然仿佛阵式中的变化。

柳鹤亭目光一转，突地斜步一掠，抢先掠到“七号”身侧，右掌一花，掌影缤纷，疾地攻出一招伴柳门下的绝招“百花伴柳”，左掌却斜斜划了个半圈，缓缓自斜角推出！

这一招两式，右掌是变化奇奥，掌影缤纷，掌风虎虎，看来十分惊人，左掌却是去势缓慢，掌招平凡，看来毫不起眼。

其余三个“乌衣神魔”的身形尚未赶到，柳鹤亭凌厉飞扬的左掌已向“七号”当头罩下。

“七号”目光一凛，左掌一翻，划出一道红光，封住了柳鹤亭左掌一招“百花伴柳”，右手却化掌为指，并指如剑，闪电般向柳鹤亭右眼点去！

高手过招，一招之较，便知深浅。这“七号”武功究竟不是俗手，居然看出了柳鹤亭右掌攻势虽凌厉，但主力却在缓缓攻来的左掌之中，是以他亦将全身功力凝聚在左手，先袭柳鹤亭缓缓攻来的左腕脉间，正是以攻为守，以快打慢，想借此一招抢得先机，迫使柳鹤亭将那一招自行收回，无法发挥威势！

他思路虽然正确，目光虽然犀利，出手武功，亦复不弱，却不知柳鹤亭左手这一招，正是昔年震动江湖的武林绝学“盘古斧”。

这一招绝技，摒弃了天下武功的糟粕，凝聚了天下武功的精华，威力是何等惊人，变化是何等奇奥，又岂是“七号”可以化解！

只听柳鹤亭蓦地又自发出一声清啸，右掌掌影顿收，一缕锐风随着左掌的去势，笔直自“七号”掌风中穿出，接着“噗”的一声轻响。“七号”连惊呼之声都不及发出，只觉胸膛一热，全身经脉俱麻，双臂一张，仰天倒在地上，赤红如火的手掌，刹那间已变得没有一丝血色！

要知柳鹤亭方才揣忖情势，已知这“七号”是当前敌人中的最最高手，是以便以全力将之击倒，正是擒贼先擒王之意。

这“七号”武功虽高，果然也挡不住他这惊天动地的一招绝学，甫经交手，便自跌倒。

这本是眨眼间事，柳鹤亭一招攻出，目光便再也不看“七号”一眼，霍然扭动身躯，另三个“乌衣神魔”，果然已有如疯虎般扑来！

这三人武功虽不是特高，但三人情急之下，拼尽全力，联手合击，声威却也十分惊人！

柳鹤亭脚步微错，退后三步，避开了这一招的锐锋。

哪知他身形才退，突地又有几缕尖锐的风声，闪电般袭向他胁下，他虽前后受敌，心神仍自不乱，突地反手一抄，他已将赤发大汉向他击来的暗器抄在手中。

当下他剑眉微皱，掌势突变，双掌一穿，穿入这三个“乌衣神魔”的身形掌风之中，看来他仿佛是在自投罗网，其实却是妙招，使得他们投鼠忌器，不敢再发射暗器！

此刻这三人都一齐出手，威力虽猛，却无法互相配合，犯了这等联手阵式的大忌。柳鹤亭暗笑一声，知道自己胜算已然在握。

赤发大汉双掌之中，各各捏着数粒弹丸，目光灼灼地凝注着柳鹤亭的身形，他暗器虽然不能出手，但却绝不放过可以发出暗器的机会。此刻见到自己同伴们向柳鹤亭一阵猛攻，精神不觉一振，口中大喝道：“先把这小子废了，再让他和那西门笑鸥尝尝一样的滋味！”

话声未了，柳鹤亭突地长笑一声，身形一缩，双掌斜出，托起左面那人的右腿，踢向迎面那人的小腹，抓起迎面那人的右拳，击向右面那人的面门，身躯轻轻一转，转向那人身后，双掌轻轻一推，便再也不看这三人一眼，“倒踩七星”，身形如电，一步掠到那赤发大汉身前，“三十七号”虎吼一声，双掌中十数粒钢丸，一齐迎面击出。

哪知柳鹤亭身躯又自一转，却已到了他的身后。“三十七号”还未来得及转过身形，只觉右胁下微微一麻，“啪”的一声倒在柳鹤亭面前，竟被柳鹤亭在转身之间，以袍袖拂中了他胁下的“血海”大穴。

同一刹那间，那边三人，左面之人的一腿，踢中了迎面一人小腹下的“鼠蹊穴”；迎面一人的右拳，击中了右面那人的鼻梁，左拳击中了左面那人胸膛。

而迎面那人被柳鹤亭在身后一推，身形前扑，自胁下兜出的左拳，便恰巧击中了左面那人的咽喉，右面那人的右掌五指，捏碎了迎面那人击碎了他鼻梁的右掌，胸膛上却又着了人家一掌！

互殴之下，三人齐地大叫一声，身形欲倒。

而那赤发大汉劈面向柳鹤亭击去的十数粒钢珠，便又恰巧在此刻击到了他们身上！

于是又是三声惨呼，三个人一齐倒下，恰巧与发出钢珠的赤发大汉“三十七号”倒在一起！

柳鹤亭目光一转，方才耀武扬威的“乌衣神魔”，此刻已一齐全都倒在地上，再也笑不出了！

他目中光芒一闪，微微迟疑半晌，然后一步迈到“七号”身前，俯下身去，左手一把抓起了他的衣衫，右手一把扯落了蒙住他面目的黑巾。目光望处，柳鹤亭心中不禁为之一凛，几乎又忍不住惊呼出声。

这“七号”的面目，竟然也和方才的赤发大汉“三十七号”一模一样，没有眉毛，没有鼻子，没有嘴唇，什么都没有，只有一团粉红色的肉团，以及肉团上的三个黑洞——这就算是眼睛，和略具规模的嘴了。

柳鹤亭反手一抹额上沁出的冷汗，放下“七号”的身躯，四下一转，将屋中所有“乌衣神魔”的蒙面巾全部扯下。

屋中所有的“乌衣神魔”的面目，竟然全都只剩了一团丑陋可怕的肉团。一眼望去，满地的“乌衣神魔”，竟然全部一模一样，就像是一个人化出来的影子，又像是一群自地狱中逃出来的恶魔！

灯火飘摇，这阴森的地窟中，这吓人的景象，使得倚墙而立的柳鹤亭，只觉自己似乎也已不复存在人间，而是置身于地狱。若不是他方才也曾听到他们的言语和狂笑，便再也不会相信这些倒在地上的“乌衣神魔”，真的是有血有肉，出自娘胎的人类！

寒风阵阵，自门外吹来，这等地底阴风，吹在人身上，比地面秋风尤觉寒冷。突地，随风隐隐传来一声大喝：“柳鹤亭，柳老弟……柳鹤亭，柳老弟……”

第一声呼喝声音还很微弱，第二声呼喊却已极为响亮，显见这发出呼声之人，是以极快的速度奔驰而来。

柳鹤亭心头一震，暗暗奇怪！

“此人是谁，怎地如此大声呼喊我？”

要知，此人无论是友是敌，此时此刻，都不该大声呼喊于他，是以他心中奇怪，此人若是敌非友，自应偷偷掩来暗算。此人若是友非敌，在这敌人的巢穴中，如此大声呼唤，岂非打草惊蛇？

他一步掠到门畔，门外是一条黝黑的地道，方才的门户，此刻已然关闭，他微微迟疑半晌，不知该不该回应此人，突听“咔嗒”一声轻响，一道灰白的光线，自上而下，笔直地照射进来！

柳鹤亭暗提一口真气，闪入门后，只留下半边面庞向外观望，只见地道上的入口门户，此刻突地缓缓开了一线。

接着，一阵中气极为充沛的喝声，自上传来：“下面的人无论是友是敌，都快些出来见我一面！”语气威严，颐指气使，仿佛是个君临四方的帝王对臣子所发出的命令，哪里像是个深入敌穴的武林人，在未明敌情之前所作的召唤！

此等语气，一入柳鹤亭耳中，他心中一动，突地想起一个人来：“一定是他，除他之外，再也无人有此豪气！”

只听“砰”的一声，入口门户被人一脚踢开，由下望去，只见一双穿着锦缎扎脚长裤、粉底挖云快靴的长腿，两腿微分，站在地道入口边缘，上面虽看不见，却已可想此人的高大。

柳鹤亭目光动处，才待出口呼唤，哪知此人又已喝道：“我那柳鹤亭老弟若是被你等以奸计困于此间，你等快些将他放出，否则的话，哼哼——”

柳鹤亭此刻已听出此人究竟是谁来，心中不禁又是好笑，又是感激。好笑的是，此间若有敌人，就凭此人的武功，有败而无胜，但此人语气之间，却仿佛举手之间便可将敌人全部制服。

但他与此人不过仅是一面之交，此人却肯冒着生命之险，前来相救于他，这份古道热肠，尤足令人感动。

一念至此，柳鹤亭心头一阵热血上涌，口中大喝一声：“西门老丈……西门前辈……”身形闪电般扑出门外，而地道入口上，亦同时掠下一个人来。

两人目光相遇，各自欢呼一声，各各搭在对方的肩头，半晌说不出话来，其间激动之情，竟似比多年故交异乡相遇还胜三分！要知此人性情寡合，与柳鹤亭却是倾谈之下，便成知己，柳鹤亭亦是热血男儿，又怎会不被这份热情感动？

一别多日的“常败高手”西门鸥，豪情虽仍如昔，但面容却似憔悴了许多，柳鹤亭一瞥，脱口道：“西门前辈，你怎会知道我在这里？”

西门鸥搭在柳鹤亭肩上的一双巨掌，兴奋地摇动了两下，突地放声大笑了起来，大笑着道："这其间曲折甚多，待我……"笑声突地一顿，悄悄道，"你不是被困在此间的么？敌人呢？"

柳鹤亭心头暗笑，此间如有敌踪，被你如此喧笑，岂非早已惊动，此刻再悄声说话，也没有用，但愈是如此，才越发显得这豪爽老人率真可爱，当下，微笑道："解决了。"

西门鸥哈哈一笑，道："好极好极，老夫想来，他们也困不住你！"

他说得轻描淡写，仿佛理所当然，却不知道柳鹤亭已不知经历了多少危险与屈辱，方能脱出"乌衣神魔"的魔掌！

他大笑未了，突又长叹一声，道："柳老弟，你我分别为时虽不长，但我在此时日之中，经历却的确是不少，我那恋剑成痴的女儿，自从与你别后，便悄悄溜走了，留下一柬，说是要去寻找武林中最高的剑手，一个白衣铜面的怪客……"

他黯然一笑，又道："我老来无子，只此一女，她不告而别，我心里自然难受得很，但却也怪不得她，只怪我……唉，我武功不高，既不能传授她剑术，却又要妄想她成为武林中的绝代剑手！"

柳鹤亭暗叹一声，道："这也怪我，不该告诉她……"

西门鸥微微摆手，打断了他的话，接着道："她年纪虽已不轻，但处世接物，却宛如幼童，如今孤身漂泊江湖，我自然放心不下。本想先去寻找，只是心里却又念着对你的应允，以及那两个中药昏迷的少女，我左右为难，衡量之下，只有带着那两个少女，转向江南一带，一来去觅讨这迷药的来历，再来也可寻找小女的下落。"

他侃侃而言，却不知柳鹤亭此刻正是焦急万分，屋中的"乌衣神魔"犹未打发，"飞鹤山庄"的事情更不知下落，忍不住干咳两声，随口道："那迷药的来历，前辈可曾找着了么？"

西门鸥仰天长笑道："世上焉有我无法寻出答案之事？"突地双掌

一拍，大呼道，“西门叶、西门枫，你们也下来吧，柳公子果然在这里！”

柳鹤亭双眉微皱，暗中奇怪：“这西门叶与西门枫却又是谁？难道也认得我么？”

心念方转，只听上面一个娇嫩清脆的口音应道：“爹爹，我来了。”

柳鹤亭恍然忖道：“原来他已找到了他的爱女……”

突见人影一花，跃下两个白衫长发的少女来，一齐向柳鹤亭盈盈拜下去。

西门鸥哈哈大笑道：“我这两个女儿，你还认得么？”

柳鹤亭一面还礼，一面仔细端详了两眼，不觉失笑道：“原来是你们。”转目望向西门鸥，又赞叹道，“前辈果然将解药寻得了，恭喜前辈又收了两个女儿！”

原来这两个白衫女子，便是被迷药所乱的那两个南荒公子的丫环。

西门鸥捋须笑道：“为了寻这解药，我一路上试了七百多种药草，方知此药乃是来自西土天竺的一种异果‘罂粟’为主，再加上金钱草、仙人铃、无子花等七种异草配和而成，少服有提神、兴奋之功用，但却易成瘾。”

柳鹤亭已听得极有兴趣，不禁脱口问道：“成瘾后又当怎地？”

西门鸥长叹一声，道：“服食此物成瘾后，瘾来时若无此物服用，其痛苦实是骇人听闻，那时你便是要叫他割掉自己的鼻子，来换一粒‘药’吃，他也心甘情愿。”

他语声微微一顿，却见柳鹤亭正在俯首沉思，双眉深皱，目光凝注地面，似是在思索一个极为重要的问题！

半晌之后，柳鹤亭突地抬起头来，缓缓道：“若是有人先将这种迷药供人服用，待人成瘾之后，便以此药来作要挟，被要挟的人，岂非根本没有反抗的余地？”

西门鸥颔首道：“正是如此。”

柳鹤亭长叹一声，道：“如此说来，有些事便已渐渐露出曙光，只要再稍加讨究，便不难查出此中真相——”心念一动，突地又想起一件事来，改口向那西门叶、西门枫两人问道，“那夜在你俩房间下毒之人，你们可曾看到了么？”

西门叶摇摇头，垂首道：“根本没有看见！”

西门枫沉思了一下，说道：“当时迷迷糊糊的只见一个人影，疾蹿出去，由于光线暗淡，看不真切，但身形可还依稀认得，是一个个子并不很大的人！”

柳鹤亭听罢，频频颔首。

西门叶柳眉微扬，面上立刻浮起了一阵奇异的神色，似乎有语欲言，又似乎欲言又止。

柳鹤亭沉声一叹，道：“姑娘有什么话都只管说出便是。”

西门叶秋波转处，瞧了爹爹一眼，西门鸥亦自叹道：“只管说出便是！”

西门叶垂下头去，缓缓道：“那夜我们实在疲倦得很，一早就睡了，约摸三更的时候，跟随公子在一起的那位姑娘，突地从窗口掠了进来……”

她语声微顿，补充着又道：“那时我刚刚蒙眬醒来，只见她手里端着两只盖碗，从窗子里掠进来，却是一丝声音也没有发出，就连碗盖都没有响一响。那时书房里虽没有点灯，但我借着窗外的夜色，仍可以看到她脸上温柔的笑容，她唤起了我们，说怕我们饿了，所以她特地替我们送来一些点心。”

说到这里，她不禁轻叹一声，道：“那时我们心里，真是感激得不知说什么才好，就立刻起来将那两碗莲子汤都喝下了。”

柳鹤亭剑眉深皱，面容青白，道：“喝下去后，是否就……”他心中既是惊怒，又觉痛苦，此刻说话的语声，便不禁起了颤抖。

西门鸥长叹一声，道：“这种药喝下去后，不一定立刻会发作……”

柳鹤亭面色越发难看，西门鸥又自叹道：“事实虽然如此，但她两人那夜还吃了别的东西……唉！和你在一起的那位姑娘似乎人甚温柔，不知道她是什么来历。她若和你一样，也是名门正派的弟子，那么此事也许就另有蹊跷。”

柳鹤亭垂首怔了半晌，徐徐道：“她此刻已是我的妻子……”

西门鸥一捋长须，面色突变，脱口道：“真的么？”

柳鹤亭沉声道：“但我们相逢甚是偶然，直到今日……唉！”头也不抬，缓缓将这一段离奇的邂逅，痛苦地说了出来。

西门鸥面色也变得凝重异常，凝神倾听，只听柳鹤亭说道：“……有一天我们经过一间荒祠，我见到她突地跑了进去，跪在神幔前，为我祈祷，我心里实在感动得很……”

听到这里，西门鸥本已十分沉重的面色，突又一变，竟忍不住脱口惊呼了一声，截口道：“荒祠……荒祠……”

柳鹤亭诧异地望着他，他却沉重地望着柳鹤亭。

两人目光相对，呆望了半晌，只见西门鸥的面容上既是惊怒，又是怜悯，缓缓道：“有一次你似乎向我问起过‘西门笑鸥’，是否他和此事也有着关系，你能说出来么？”

柳鹤亭点了点头，伸手入怀，指尖方自触着了那只冰凉的黑色玉瓶……他突地又想起了将这玉瓶交给他的那翠衫少女——陶纯纯口中的“石观音”，这其间他脑海中似乎有灵光一闪。

于是他便又呆呆地沉思起来，西门鸥焦急地等待他的答复。西门叶、西门枫垂手侍立，不敢发出一丝声音。

静寂之中，只听房门后竟似有一阵阵微弱而痛苦的呻吟，一声连着一声，声音愈来愈响。

西门鸥浓眉一扬，道：“这房里可是还有人在么？”

柳鹤亭此刻也听到了这阵呻吟声，他深知自己的“点穴手法”绝对不会引起别人的痛苦，为何这些人竟会发出如此痛苦的呻吟？

一念及此，他心中亦是大为奇怪，转身推开房门，快步走了进去……

灯光一阵飘摇，西门鸥随之跨入，明锐的眼神四下一转，脱口惊道：“果然是‘乌衣神魔’！”

飘摇暗淡的灯火下，凄惨痛苦的呻吟中，这阴森的地窟中的阴森之意，使得西门鸥不禁为之激灵灵打了个寒噤。

柳鹤亭大步赶到那“七号”身畔，只见他身躯虽然不能动弹，但满身的肌肉，却在那层柔软而华贵的黑绸下剧烈地颤动着，看来竟像是有着无数条毒蛇在他这层衣衫下蠕动。他粉红而丑陋的面容，此刻更起了一层痛苦的痉挛，双目半阖半张，目中本有的光彩，此刻俱已消失不见。

柳鹤亭目光凝注着，不禁呆了一呆，缓缓俯下身去，手掌疾伸，刹那间在这“七号”身上连拍三掌，解开了他的穴道，沉声道：“你们所为何——”他话犹未了，只见这“七号”穴道方开，立刻尖叫一声，颤抖着的身躯，立刻像一只落入油锅的河虾一般蜷曲了起来。

一阵剧烈而痛苦的痉挛之后，他挣扎着伸出颤抖的手掌，伸手入怀，取出一方小小的黑色玉盒，他暗淡的目光，便又立刻亮了起来，左掌托盒，右掌便颤抖着要将盒盖揭开。

柳鹤亭目光四扫，望了四下俱在痛苦呻吟着的“乌衣神魔”一眼，心中实是惊疑交集。他再也猜不出，这黑色玉盒中贮放的究竟是什么东西，为何竟会像是神奇的符咒一样，能令这“七号”的神情发出如此剧变。

只见“七号”盒盖还未掀开，一直在门口凝目注视的西门鸥，突地一步掠来，劈手夺了这方玉盒。

“七号”又自惨吼一声，陡地自地上跳起，和身向西门鸥扑去，目光中的焦急与愤怒，仿佛西门鸥夺去的是他的生命。

柳鹤亭手肘微屈，轻轻点中了他胁下的“血海”穴，“七号”又自“砰”地倒了下去。

柳鹤亭心中仍是一片茫然，目光垂处，只见这“七号”眼神中的焦急与愤怒，已突地变为渴望与企求，乞怜地望向柳鹤亭。他身躯虽不能动，口中却乞怜地说道：“求求……你……只要……一粒……一粒……”

竟仿佛是沙漠中焦渴的旅人，在企求生命中最可贵的饮水。

柳鹤亭剑眉微皱，诧声道：“这究竟是怎么回事？”

话犹未了，西门鸥宽大的手掌，已托着这方黑色玉盒，自他肩后伸来，微带兴奋地截口说道：“你知道这是什么？”

柳鹤亭凝目望去，只见这黑色玉盒的盒盖已揭开，里面贮放的是六七粒光泽乌黑的药丸，散发着一阵阵难以描摹的诱人香气。

香气随风传入那“七号”的鼻端，他目光又开始闪烁，面容又开始抽搐，他身躯若能动弹，他便定必会不顾生命地向这方玉盒扑去。但是，他此刻仍然只能乞怜地颤声说道：“求……求……你，只要……一粒……一粒……”

柳鹤亭心中突然一动，回首道：“难道这些丸药，便是前辈方才所说的‘罂粟’么？”

西门鸥颔首道：“正是——”他长长叹息一声，又道，“方才我一入此屋，见到这般情况，便猜到这些人都是嗜好‘罂粟’成瘾的人，此刻瘾发之后，禁不住那种剐肉散骨般的痛苦，是以放声呻吟起来。”

他语声微顿，柳鹤亭心头骇异，忍不住截口道：“这小小一粒药丸，竟会有这么大的魔力么？”

西门鸥颔首叹道：“药丸虽小，但此刻这满屋中的人，却都不惜以他们的荣誉、声名、地位、前途，甚至以他们的性命来换取——”

柳鹤亭呆呆地凝望着西门鸥掌中的黑色药丸，心中不禁又是感慨，又是悲哀，心念数转，突地一动，自西门鸥掌中接过玉盒，一直送到“七号”眼前，沉声道：“你可是河北‘太阳掌’的传人么？”

“七号”眼神中一阵惊慌与恐惧，像是毒蛇被人捏着七寸似的，神情突地萎缩了起来，但柳鹤亭的手掌一阵晃动，立刻便又引起了他眼神中的贪婪、焦急、渴求与乞怜之色。他此刻什么都似已忘了，甚至连惊慌与恐惧也包括在内。

他只是瞬也不瞬地望着柳鹤亭掌中的玉盒，颤声道：“是的……小人……便是张七……”

西门鸥心头一跳，脱口道：“此人竟会是‘震天铁掌’张七！”

要知“震天铁掌”张七，本来在江湖上名头颇响，是以西门鸥再也想不到，他此刻会落到这般惨况。

柳鹤亭恍然回首道：“这‘震天铁掌’张七，可是也因往探‘浓林密屋’而失踪的么？”

西门鸥点头道：“正是！”

柳鹤亭俯首沉吟半晌，突地掠到那赤发大汉“三十七号”身前，俯下腰去。“三十七号”眼帘张开一线——

他的目光，也是灰暗、企求而焦渴的，他乞怜地望着柳鹤亭，乞怜地缓缓哀求着道：“求求你……只要一粒……”

柳鹤亭虽然暗叹一声，但面色却仍泰然，沉声道：“‘关外五龙’中‘入云龙’金四，可是死在你的手下？”

赤发大汉目光一凛，但终于亦自颔首叹道："不……错……"

他语声是颤抖着的，柳鹤亭突地大喝一声："你是谁？你究竟是谁？"

赤发大汉"三十七号"的目光间亦是一阵惊慌与恐惧，但转眼便以颤抖而渴求的语声，轻轻说道："我……也是……'关外五龙'之一……'烈火龙'管二……便是小人。"

柳鹤亭心头一跳，那"入云龙"金四临死前的言语，刹那间又在他耳畔响起："想不到……他们竟是……我的……"原来这可怜的人临死前想说的话，本是："想不到杀我的人竟是我的兄弟！"只是他话未说完，便已死去。

柳鹤亭剑眉轩处，却又不禁暗叹一声，此人为了这小盒中的"毒药"，竟不惜杀死自己的兄弟，他心里不知是该愤慨，抑或是该悲哀，于是他再也不愿见到这赤发大汉可耻乞怜的目光。

转过身，西门鸥见到他沮丧的眼神，苍白的面容，想到仅在数十日前见到这少年时那种轩昂英挺的神态，心中不禁又是怜悯，又是叹息。他实在不愿见到如此英俊有为的少年被此事毁去！

他轻轻一拍柳鹤亭肩头，叹道："此事至今，似已将近水落石出，但我……唉！实在不愿让此事的真相伤害到你……"

柳鹤亭黯然一笑，轻轻道："可是事情的真相却是谁也无法掩藏的。"

西门鸥心头一阵伤痛，沉声道："你可知道我是如何寻到你的么？"

柳鹤亭缓缓摇了摇头。西门鸥道："我寻出这种'毒药'来历后，便想找你与我那恋剑成痴的女儿，一路来到江南。就在那长江岸边，看到一艘'长江铁鱼帮'夜泊在那里的江船，船上似乎仍有灯火，我与'铁鱼帮'有旧，便想到船上打听打听你们的下落。"

他语声微顿，眼神中突地闪过一丝淡淡的惊恐，接口又道："哪知我到了船上一看，舱板上竟是满地鲜血，还倒卧着一具尸身，夜风凛凛，这景象本已足以令人心悸。我方待转身离去，却突地有一阵尖锐而凄厉的笑声，自微微闪着昏黄灯光的船舱中传出，接着便有一个听来几乎不似自人类口中发出的声音惨笑着道，'一双眼睛……一双耳朵……还给我……还有利息。'我那时虽然不愿多惹闲事，但深夜之中，突地听到这种声音，却又令我无法袖手不理！"

柳鹤亭抬起头来，他此刻虽有满怀心事，但也不禁为西门鸥此番的言语吸引，只听西门鸥长叹又道："我一步掠了过去，推开舱门一看，舱中的景象，的确令我永生难忘……"

西门鸥目光一阖，透了口长气，方自接道："在那灯光昏暗的船舱里，竟有一个双目已盲、双耳被割、满面浴血的汉子蹲在地上，手里横持着一柄雪亮的屠牛尖刀，在一刀一刀地割着面前一具尸身上的血肉。每割一刀，他便凄厉地惨笑一声，到后来，他竟将割下来的肉血淋淋地放到口中大嚼起来……"

柳鹤亭心头一震，只觉一阵寒意自脚底升起，忍不住噤声道："那死者生前不知与他有何血海深仇，竟使他……"

西门鸥长叹一声，截口说道："此人若是死的，此事还未见得多么残忍……"

柳鹤亭心头一震，道："难道……难道……"他实在不相信世上竟有这般残酷之人，这般残酷之事，是以语声颤抖，竟问不下去。

西门鸥一手捋须，又自叹道："我见那人，身受切肤剐肉之痛，非但毫不动弹，甚至连呻吟都未发出一声，自然以为他已死了，但仔细一看，那盲汉子每割一刀下去，他身上肌肉便随之颤抖一下……唉！不瞒你说，那时我才发现他是被人以极厉害的手法点了身上的穴道，僵化了他身上的经脉，是以他连呻吟都无法呻吟出来！"

柳鹤亭心头一凛，诧声脱口道："当今武林之中，能以点穴手法僵化人之经脉的人已不甚多，有此武功的人，是谁会用如此毒辣的手段，更令我想象不出。"

西门鸥微微颔首道："那时我心里亦是这般想法，见了这般情况，心中又觉得十分不忍，只觉得这两人不管谁是谁非，但无论是谁，以这种残酷的手段来对付别人，都令我无法忍受。于是我一步掠上前去，劈手夺了那人掌中的尖刀，哪知那人大惊之下，竟尖叫一声晕了过去！"

他微喟一声，接着道："我费了许多气力，才使他苏醒过来，神志安定后，他方自将此事的始末说出。原来此事的起因，全是为了一个身穿轻红罗衫的绝色女子，她要寻船渡江，又要在一夜之间赶到虎丘，'铁鱼帮'中的人稍拂其意，她便将船上的人全都杀死！"

他简略地述出这件事实，却已使得柳鹤亭心头一震，变色道："穿轻罗红衫的绝色女子……纯纯难道真的赶到这里来了么？但是……她是晕迷着的呀！"

西门鸥暗叹一声，知道这少年直到此刻，心里犹自存着一分侥幸，希望此事与他旧日的同伴、今日的爱侣无关，因为直到此刻，他犹未能忘情于她。人们以真挚的情感对人，换来的却是虚伪的欺骗，这的确是件令人同情、令人悲哀的事。

西门鸥不禁长叹一声，接道："哪知就在我盘问这两人真相时，因为不忍再见这种惨况而避到舱外的叶儿与枫儿，突地发出了一声惊唤，我不知究竟发生了什么事，大惊之下，立刻赶了过去，夜色之中，只见一个满身白衣，神态潇洒，但面上却戴着一具被星月映得闪闪生光的青铜假面的颀长汉子，竟不知在何时掠上了这艘江船，此刻动也不动地立在舷上，瞬也不瞬地凝视着我……"

柳鹤亭惊唤一声，脱口道："雪衣人！他怎地也来到了江南？"

西门鸥颔首道："我只见他两道眼神中，像是藏着两柄利剑，直似要看到别人的心里，再见他这种装束打扮，便已知道此人必定就是近日江湖盛传剑术第一的神秘剑客‘雪衣人’了，才待问他此来何为，哪知他却已冷冷地对我说道，‘阁下就是江南虎丘‘西门世家’中的西门前辈么？’”

柳鹤亭剑眉微皱，心中大奇，他深知“雪衣人”孤高偏傲的生性，此刻听他竟然称人为“阁下”“前辈”，这当真是前所未有的奇事，忍不住轻轻道：“这倒怪了！”

西门鸥接口道：“这真是一件奇怪的事，我心里也是吃惊，不知道他怎会知道我的姓名来历，哪知他根本不等我答复便又接口道，‘阁下但请放心，令爱安然无恙！’他语气冰冷，语句简单，然而这简短的言语，却已足够使我更是吃惊，连忙问他怎会知道小女的下落？”

柳鹤亭双眉深皱，心中亦是大惑不解，只听西门鸥接道：“他微微迟疑半晌，方自说道，‘令爱已从我学剑，唯恐练剑分心，是以不愿来见阁下。’我一听这孩子为了练剑，竟连父亲都不愿再见，心里实在气得说不出话来，等到我心神平复，再想多问他两句时，他却已一拂袍袖，转身走了！”

柳鹤亭暗叹一声，忖道：“此人行事，还是这般令人难测——”又忖道，“他之所以肯称人为‘前辈’，想必是为了那少女的缘故。”一念至此，他心里不禁生出一丝微笑，但微笑过后，他又不禁感到一阵惆怅的悲哀，因为他忍不住又想起陶纯纯了。

西门鸥歇了口气，接口说道：“我一见他要走了，忍不住大喝一声，‘朋友留步！’便纵身追了过去，他头也不回，突地反手击出一物，夜色中只见一条白线，向我胸前‘将台’大穴之处击来，力道似乎十分强劲，我脚步只得微微一顿，伸手接过了它，哪知他却已在我身形微微一顿之间，凌空掠过十数丈开外了……”

他微喟一声，似乎在暗叹这白衣人身法的高强，又似乎在埋怨自己轻功的低劣，方自接着道："我眼看那白色人影投入远处黝黯的林木中，知道追也追不上了，立在船舷，不觉甚是难受。无意间将掌中的暗器看了一眼，心头不觉又是一惊，方才他在夜色中头也不回，击出暗器，认穴竟如此之准，我心里已是十分惊佩，如今一看，这'暗器'竟是一张团在一起的白纸……"

柳鹤亭微微颔首，截口叹道："论起武功，这雪衣人的确称得上是人中之龙，若论行事，此人亦有如天际神龙，见其首而不见其尾。"

惺惺相惜，自古皆然。

西门鸥颔首叹道："我自然立刻将这团白纸展开一看，上面竟赫然是小女的字迹，她这封信虽是写给我的，信里的内容却大都与你有关，只是，你见了这封信后，心里千万不可太过难受！"

柳鹤亭心头一跳，急急问道："上面写的是什么？"

西门鸥微一沉吟，伸手入怀，取出一方折得整整齐齐的白纸。他深深凝注了一眼，面上神色一阵黯然，长叹道："这孩子……这就是她留下来的唯一纪念了。"

柳鹤亭双手接过，轻轻展开，只见这条白纸极长，上面的字迹却写得极密，写的是：

爹爹，女儿走了，女儿不孝，若不能学得无敌的剑法，实在无颜再来见爹爹的面，但女儿自信一定会练成剑法。那时女儿就可以为爹爹出气，也可以为西门世家及大伯父复仇……

柳鹤亭呆了一呆，暗暗忖道："西门山庄的事，她怎会知道的？"接着往下看去：

大伯父一家，此刻只怕已都遭了“乌衣神魔”们的毒手，柳鹤亭已赶去了，还有他的新婚夫人也赶去了，但他们两人却不是为了一个目的。他那新婚夫人的来历，似乎十分神秘，行事却十分毒辣，不像是个正派的女子，但武功却极高，而且还不知从哪里学会了几种武林中早已绝传的功夫，这些功夫就连她师父“无恨大师”也是不会的。有人猜测，她武功竟像是从那本《天武神经》上学来的，但是练了《天武神经》的人，每隔一段时日，就会突然晕厥一阵，是以她便定要找个武功高强的人，随时随地保护着她……

柳鹤亭心头一凛，阖起眼睛，默然思忖了半晌，只觉心底泛起了一阵颤抖。

他想起在他的新婚次日，陶纯纯在花园中突然晕厥的情况，既没有一个人看得出她的病因，也没有一个人能治得好她的病，不禁更是心寒！

“难道她真的是因练过《天武神经》而会突发此病？难道她竟是为了这原因才嫁给我……”

他沉重地叹息一声，竭力使自己不要倒下去，接着看下去：

又因为她行为有些不正，所以她选择那保护自己的人，必定还要是个出身名门、生性正直的少年，一来保护她，再来还可掩饰她的恶行。譬如说，武林中人，自然不会想到“伴柳先生”之徒柳鹤亭的妻子会是个坏人，她即使做了坏事，别人也不会怀疑到她头上……

这封信字迹写得极小极密，然而这些字迹此刻在柳鹤亭眼里，却有泰山那么沉重，一个接着一个，沉重地投落在他的心房上。

但下面的字迹却更令他痛苦，伤心：

她自然不愿意失去他，因为再找一个这样的人十分困难，是以她闪电般和他结了婚，但是她心里还有一块心病，爹爹，你想不到的，她的心病就是我西门堂哥西门笑鸥……

柳鹤亭耳旁嗡然一响，身躯摇了两摇，接着又看：

爹爹，你记得吗？好几年前，西门笑鸥突然失踪了，又突然结了婚，他行事神秘得很，江湖中几乎没有人见过他新婚夫人的面貌，只听说是位绝美的妇人。但西门笑鸥与她婚后不久，又失踪了，从此便没有人再见过他……

柳鹤亭心头一颤，不自觉地探手一触怀中的黑色玉瓶。目光却仍未移开，接着往下又看：

这件事看来便是与柳鹤亭今日所遇同出一辙。因为我那大堂兄与她相处日久，终于发现了她的秘密，是以才会惨遭横祸，而今日“乌衣神魔”围剿“飞鹤山庄”，亦与此事大有关系，因为当今江湖中，只有大伯一人知道她与堂兄之间的事，只有大伯一人知道此刻柳鹤亭的新妇，便是昔日我堂兄的爱妻。想必她已知道柳鹤亭决心要到“飞鹤山庄”一行，是以心中起了杀机，便暗中部署她的手下，要将在武林中已有百年基业的西门世家毁于一旦……

看到这里，柳鹤亭只觉心头一片冰凉，手掌也不禁颤抖起来，震得他掌中的纸片，不住簌簌发响。

他咬紧牙关，接着往下看：

此中秘密，普天之下，并无一人知道，但天网恢恢，毕竟是疏而不漏。她虽然聪明绝顶，却忘了当今之世，还有一个绝顶奇人，决心要探测她的秘密，公布于世。因为这位奇人昔日曾与她师父“无恨大师”有着刻骨的深仇，这位奇人的名字，爹爹你想必也一定知道，他便是数十年来，始终称霸南方的武林宗主“南荒大君”项天尊……

柳鹤亭悲哀地叹息一声，心中疑团大都恍然，暗暗忖道：“我怎会想不出来？当今世上，除了‘南荒大君’项天尊之外，还有谁有那般惊人的武功，能够在我不知不觉中掷入那张使我生命完全改观的密柬？还有谁有那般神奇的力量，能探测这许多使我生命完全改观的秘密？还有谁能设下那种巧妙的部署，使我一日之间赶到这里……”

一念至此，他心中突又一动：“纯纯之所以会赶到江南来，只怕亦是因为我大意之间，将那密柬留在房里，她醒来后便看到了。”

西门鸥一直浓眉深皱，凝注着柳鹤亭。此刻，见他忽然俯首出起神来，便干咳一声，道：“柳老弟，你可看完了么？”

柳鹤亭惨然一笑，接着看下去：

这些事都是此刻与我在一起的人告诉我的，他就是近日武林盛传的大剑客“雪衣人”。当今世上，恐怕只有他一人会对此事知道得如此详细，因为他便是那“南荒大君”与大君座下“神剑宰相”戚五溪的武功传人……

柳鹤亭心头又自一动!

“戚五溪……难道此人便是那戚氏兄弟四人的五弟么……难怪他们仿佛曾经说过，‘我们的五弟已经做了官了’。原来他做的却是‘南荒大君’殿前的‘神剑宰相’！”

想到那戚氏兄弟四人的言行，他不禁有些好笑，但此时此刻，甚至连他心中的笑意都是苍凉而悲哀的。纸笺已将尽，最后一段是——

爹爹，从今以后，我便要随着“雪衣人”去探究天下武功的奥秘，因为他和我一样是个恋剑成痴的人，但愿我武功有成，那时我便可再见爹爹，为爹爹扬眉吐气，莺儿永远会想着爹爹的。

柳鹤亭看完了，无言地将纸笺交还西门鸥，在这刹那之间，他心境仿佛苍老了十年。

抬目一望，只见西门鸥已是老泪盈眶，惨笑道：“柳老弟，不瞒你说，她若能武功大成，我心里自然高兴，但是——唉，此刻我宁愿她永远伴在我身边，做一个平凡而幸福的女子。”两人目光相对，心中俱是沉重不堪!

西门鸥接过纸笺，突又交回柳鹤亭手上，道：“后面还有一段，这一段是专门写给你的。”

柳鹤亭接过一看，后面写的竟是：

柳先生，没有你，我再也不会找到他，你对我很好，所以我要告诉你一个秘密的消息——你心里若是还有一些不能解释的事，最好赶快到沂山中的“浓林密屋”中去，你就会知道所有的事，还会看到你愿意见到的人，祝你好。

下面的具名，是简简单单的“西门莺”三个字。

柳鹤亭呆呆地愣了半晌，抬头仰视屋顶一片灰白，他不禁黯然地喃喃自语：“浓林密屋……浓林密屋……”

“飞鹤山庄”夜半遭人突袭的消息，已由长江以南，传到大河西岸。西门世家与“乌衣神魔”力拼的结果，是“乌衣神魔”未败，却也未胜。因为虽然西门世家疏于防范，人手又较寡，但在危急关头，却有一群奇异的剑士突地出现，而也就在那同一刹那之间，“飞鹤山庄”外突地响起了一阵奇异而尖锐的呼哨声，“乌衣神魔”听到这阵呼哨，竟全都走得干干净净。

这消息竟与兼程赶来的柳鹤亭同时传到鲁东。

秋风肃杀，夜色已临。

沂山山麓边，一片浓密的丛林外，一匹健马绝尘而来，方自驰到林外，马匹便已不支倒在地上！

但马上的柳鹤亭，身形却未有丝毫停顿，只手一按马鞍，身形笔直掠起，眨眼间便没入林中。

黄昏前后，夕阳将残，黝黯的浓林中，竟有一丝丝、一缕缕，若断若续的箫声，袅娜地飘荡在沙沙的叶落声里。

这箫声在柳鹤亭听来竟是那般熟悉，听来就仿佛有一个美丽的少妇，寂寞地伫立在寂寞的秋窗下，望着满园的残花与落叶，思念着远方的征人，所吹奏的凄婉而哀怨的曲子——这也正是柳鹤亭在心情落寞时所喜爱的曲调。

他身形微微一顿，便急急地向箫声传来的方向掠去。

黝黑的铁墙，在这残秋的残阳里，仍是那么神秘，这箫声竟是发自这铁墙里。柳鹤亭伸手一挥头上汗珠，微微喘了口气，只听铁墙内突地又响起了几声铜鼓。轻轻地、准确地，敲在箫声的节奏上，使得本自凄婉的箫声，更平添了几分哀伤肃杀之意。

他心中一动，双肩下垂，将自己体内的真气，迅速地调息一次，突地微一顿足，潇洒的身形便有如一只冲天而起的白鹤，直飞了上去。

上拔三丈，他手掌一按铁墙，身形再次拔起，双臂一张，巧妙地搭着铁墙冰冷的墙头——

箫鼓之声，突地一齐顿住，随着一阵杂乱的叱咤声："是谁？"数条人影，闪电般自那神秘的屋宇中掠出。

柳鹤亭目光一扫，便已看清这几人的身形，不禁长叹一声，道："是我——"

他这一声长叹中既是悲哀又是兴奋，却又有些惊奇，等到他脚尖接触到地面，自屋中掠出的人，亦自欢呼一声："原来是你！"

柳鹤亭惊奇的是，戚氏兄弟四人竟会一齐都在这里。更令他惊奇的是，石阶上竟俏生生地伫立着一个翠巾翠衫、嫣然含笑，手里拿着一枝竹箫的绝色少女，也就是那"陶纯纯"口中的"石琪"。

两人目光相对，各各愣了半晌，绝色少女突地轻轻一笑，道："好久不见了，你好吗？"

这一声轻笑，使得柳鹤亭闪电般地忆起他俩初见时的情况来，虽与此刻相隔未久，但彼此之间，心中的感觉却有如隔世，若不是戚氏兄弟的大笑与催促，柳鹤亭真不知要等到何时才会走到屋里。

屋里的景象，也与柳鹤亭初来时大大地不同了，这神秘的大厅中，此刻竟有了平凡的设置。临窗一张贵妃榻上，端坐着一个软巾素服，面色苍白，仿佛生了一场大病似的少年。

他手里拿着一根短棒，面前摆着三面皮鼓，柳鹤亭一见此人之面，便不禁脱口轻呼一声："是你！项太子。"

项煌一笑，面上似乎略有羞愧之色，口中却道："我早就知道你会来的。"回首一望，又道，"纯纯，我不是早就告诉过你了么？"

柳鹤亭心头一跳，惊呼出声："纯纯，在哪里？"

这一声惊呼，换来的却是一阵大笑。

戚氏兄弟中的戚大器哈哈笑道："你难道还不知道么？石琪是陶纯纯，陶纯纯才是石琪。"

柳鹤亭双眉深皱，又惊又奇，呆呆地愕了半晌，突地会过意来，目光一转，望向那翠衫少女，轻轻道："原来你才是真的陶纯纯……"

项煌"咚"地一击皮鼓，道："不错，尊夫人只不过是冒——哈哈！不过只是这位陶纯纯的师姊，也就是那声名赫赫的'石观音'！"

柳鹤亭倒退几步，"噗"地坐到一张紫檀木椅上，额上汗珠，涔涔而落，竟宛如置身洪炉之畔。

只见那翠衫女子——陶纯纯幽幽长叹一声，道："我真想不到，师姐竟真的会做这种事，你记不记得我们初次见面的那一天——唉，就在那一天，我就被她幽禁了起来，因为那时她没有时间杀我，只想将我活活地饿死——"

她又自轻叹一声，对她的师姐，非但毫无怨恨之意，反似有些惋惜。

柳鹤亭看在眼里，不禁难受地一叹。

只听她又道："我虽然很小便学的是正宗的内功，虽然她幽禁我的那地窖中，那冰凉的石壁早晚都有些露水，能解我之渴，但是我终于被饿得奄奄一息，等到我眼前开始生出各种幻象，自念已要死的时候，却突然来了救星。原来这位项大哥的老太爷，不放心项大哥一人闯荡，也随后来到中原，寻到这里，却将我救了出来，又问了我一些关于我师姐的话，我人虽未死，但经过这一段时日，已瘦得不成人形，元气自更大为损伤，他老人家就令我在这里休养，又告诉我，势必要将这一切事的真相揭开。”

柳鹤亭暗暗忖道：“他若没有先寻到你，只怕他也不会这么快便揭穿这件事了。”

一阵沉默，翠衫少女陶纯纯轻叹道：“事到如今，我什么事也不必再瞒你了。我师姐之有今日，其实也不能完全怪她，因为我师父——唉，她老人家虽然不是坏人，可是什么事都太过做作了些，有时在明处放过了仇人，却在暗中将他杀死——”

柳鹤亭心头一凛：“原来慈悲的‘无恨大师’，竟是这样的心肠……”

戚氏兄弟此刻也再无一人发出笑声，戚二气接口道：“那石琪的确是位太聪明的女子，只可惜野心太大了些，竟想独尊武林……”

他话声微顿，柳鹤亭便不禁想起了那位多智的老人西门鸥，在毅然远行前对他说的话：“这女孩子竟用‘罂粟’麻醉了这些武林豪士，使得他们心甘情愿地听命于她，她还嫌不够，竟敢练那武林中没有一人敢练的《天武神经》，于是你便也不幸地牵涉到这旷古未有的武林奇案中来。我若不是亲眼所见，不敢相信世上竟会有这般凑巧、这般离奇的事，一本在武林中谁也不会重视，甚至人人都将它视为废纸的《天武神经》，竟会是造成这件离奇曲折之事的主要原因。”

“每一件事，乍看起来都像是独立的，没有任何关连的，每一件事的表面都带有独立的色彩，这一切事东一件、西一件，不到最后的时候，看起来的确既零落又紊乱。但等到后来却只要一根线轻轻一穿，就将所有的事全都穿到了一起，凑成一个多彩的环节。”

夜色渐临，大厅中每一个参与此事的人，心中都有着一分难言的沉重意味，谁都不愿说出话来。

突地，墙外一阵响动，“当”的一声，墙头搭上一只铁钩，众人一乱，挤至院外，墙那边却已接连跃入两个人来，齐地大嚷道：“柳老弟，你果然在这里！”

他们竟是“万胜神刀”边傲天，与那虬髯大汉梅三思！

一阵寒暄，边傲天叹道：“我已经见着了那位久已闻名的武林奇人‘南荒大君’，所以我们才会兼程赶到这里。但是——唉！就连他也在称赞那真是个聪明女子的石琪，她竟未在‘飞鹤山庄’露面，想必是她去时情势已不甚妙——除了‘南荒大君’的门人外，武林中一些闻名帮会，例如‘花溪四如’‘幽灵群魔’，以及‘黄翎黑箭’的弟兄们也都赶去了，‘乌衣神魔’怎么抵敌得过这团结到一起的大力量？是以她眼见大势不好，便将残余的‘乌衣神魔’全都带走了……唉！真是个聪明的女子。”

柳鹤亭只听得心房怦怦跳动，因为他对她终究有着一段深厚的情感，但是，他面上却仍然是麻木的，因为他已不愿再让这段情感存留在他心里。

只听边傲天沉声又自叹道：“但愿她此刻能洗心革面，否则——唉……”目光一转，突地炯然望向翠衫女子陶纯纯，道，“这位姑娘，可就是真的陶纯纯么？”

陶纯纯面颊一红，轻轻点了点头。

边傲天面容一霁，哈哈笑道：“好，好……”

陶纯纯回转身去，走到门畔，垂首玩弄着手中的竹箫，终于低声吹奏了起来。

梅三思仰天大笑一阵，突又轻轻道：“好，好，江湖中人，谁不知道陶纯纯是柳鹤亭的妻子，好好，这位陶纯纯，总算没有辱没柳老弟。”

柳鹤亭面颊不由一红，边傲天、梅三思、戚氏兄弟，一齐大笑起来。

陶纯纯背着身子，仍在吹奏着她的竹箫，装作根本没有听到这句话，但双目中却已不禁闪耀出快乐的光辉。

项煌愣了一愣，暗叹道：“我终是比不过他……”俯首暗叹一声，突地举起掌中短棒，应着箫声，敲打起来，面上也渐渐露出释然的笑容来。

这时铁墙外的浓林里，正有两条人影，并肩走过。他们一个穿着雪白的长衫，一个穿着青色的衣衫，听到这铁墙内突地传出一阵欢乐的乐声，听来只觉此刻已不是肃杀的残秋，天空碧蓝，绿草如茵，枯萎了的花木，也似有了生机……

他们静静地凝听半晌，默默地对望一眼，然后并肩向东方第一颗升起的明星走去。

《彩环曲》完

古龙经典

第一辑

古龙经典 *01*　《绝代双骄》（一）

古龙经典 *02*　《绝代双骄》（二）

古龙经典 *03*　《绝代双骄》（三）

古龙经典 *04*　《绝代双骄》（四）

古龙经典 *05*　《七种武器：长生剑·孔雀翎》

古龙经典 *06*　《七种武器2：碧玉刀·多情环》

古龙经典 *07*　《七种武器3：离别钩·霸王枪》

古龙经典 *08*　《七种武器4：愤怒的小马·七杀手》

古龙经典 *09*　《欢乐英雄》（上）

古龙经典 *10*　《欢乐英雄》（下）

古龙经典 *11*　《三少爷的剑》

古龙经典 *12*　《英雄无泪》

古龙经典 *13*　《大地飞鹰》（上）

古龙经典 *14*　《大地飞鹰》（下）

古龙经典 *15*　《彩环曲》

古龙经典 *16*　《剑客行》（上）

古龙经典 *17*　《剑客行》（下）

第二辑

古龙经典 *18*　《小李飞刀：多情剑客无情剑》（上）
古龙经典 *19*　《小李飞刀：多情剑客无情剑》（中）
古龙经典 *20*　《小李飞刀：多情剑客无情剑》（下）
古龙经典 *21*　《小李飞刀2：边城浪子》（上）
古龙经典 *22*　《小李飞刀2：边城浪子》（下）
古龙经典 *23*　《小李飞刀3：九月鹰飞》（上）
古龙经典 *24*　《小李飞刀3：九月鹰飞》（下）
古龙经典 *25*　《小李飞刀4：天涯·明月·刀》（上）
古龙经典 *26*　《小李飞刀4：天涯·明月·刀》（下）
古龙经典 *27*　《流星·蝴蝶·剑》（上）
古龙经典 *28*　《流星·蝴蝶·剑》（下）
古龙经典 *29*　《圆月弯刀》（上）
古龙经典 *30*　《圆月弯刀》（下）
古龙经典 *31*　《七星龙王》
古龙经典 *32*　《绝不低头》
古龙经典 *33*　《苍穹神剑》
古龙经典 *34*　《月异星邪》
古龙经典 *35*　《飘香剑雨》（上）
古龙经典 *36*　《飘香剑雨》（下）

第三辑

古龙经典 *37*　《陆小凤传奇：金鹏王朝》
古龙经典 *38*　《陆小凤传奇2：绣花大盗》
古龙经典 *39*　《陆小凤传奇3：决战前后》
古龙经典 *40*　《陆小凤传奇4：银钩赌坊》
古龙经典 *41*　《陆小凤传奇5：幽灵山庄》
古龙经典 *42*　《陆小凤传奇6：凤舞九天》
古龙经典 *43*　《陆小凤传奇7：剑神一笑》
古龙经典 *44*　《白玉老虎》（上）
古龙经典 *45*　《白玉老虎》（下）
古龙经典 *46*　《名剑风流》（上）
古龙经典 *47*　《名剑风流》（中）
古龙经典 *48*　《名剑风流》（下）
古龙经典 *49*　《碧血洗银枪》
古龙经典 *50*　《猎鹰·赌局》
古龙经典 *51*　《血鹦鹉》（上）
古龙经典 *52*　《血鹦鹉》（下）
古龙经典 *53*　《游侠录》
古龙经典 *54*　《失魂引》

第四辑

古龙经典 *55* 《楚留香新传：借尸还魂》

古龙经典 *56* 《楚留香新传2：蝙蝠传奇》

古龙经典 *57* 《楚留香新传3：桃花传奇》

古龙经典 *58* 《楚留香新传4：新月传奇·午夜兰花》

古龙经典 *59* 《萧十一郎》

古龙经典 *60* 《火并萧十一郎》

古龙经典 *61* 《武林外史》（上）

古龙经典 *62* 《武林外史》（中）

古龙经典 *63* 《武林外史》（下）

古龙经典 *64* 《大人物》

古龙经典 *65* 《风铃中的刀声》

古龙经典 *66* 《护花铃》（上）

古龙经典 *67* 《护花铃》（下）

古龙经典 *68* 《剑毒梅香》（上）

古龙经典 *69* 《剑毒梅香》（中）

古龙经典 *70* 《剑毒梅香》（下）

图书在版编目（CIP）数据

彩环曲 / 古龙著. -- 上海 : 文汇出版社, 2017.9

（古龙文集）

ISBN 978-7-5496-2303-7

Ⅰ. ①彩… Ⅱ. ①古… Ⅲ. ①侠义小说－中国－当代
Ⅳ. ①I247.5

中国版本图书馆CIP数据核字(2017)第215077号

著作权合同登记号：09-2017-710

彩环曲

作　　者 / 古　龙

责任编辑 / 竺振榕
特邀编辑 / 周奥扬　闵　唯
封面装帧 / 李子琪

出版发行 / 文匯出版社
上海市威海路 755 号
（邮政编码 200041）
经　　销 / 全国新华书店
印刷装订 / 北京中科印刷有限公司
版　　次 / 2017 年 9 月第 1 版
印　　次 / 2017 年 9 月第 1 次印刷
开　　本 / 890mm × 1270mm　1/32
字　　数 / 305 千字
印　　张 / 12.25

ISBN 978-7-5496-2303-7
定　　价 / 59.00 元